KB242036

글누림한국소설전집

달밤

이태준 단편선

책임편집·해설–정호웅
문학평론가. 홍익대학교 국어교육과 교수.
저서로는 『반영과 지향』, 『한국현대소설사론』, 『한국의 역사소설』 등이 있음.
1986년 중앙일보 신춘문예로 등단. 김환태문학상 수상.

일러스트–김주희
문예지 동화 일러스트 연재, 튤립 생태, 역사와 전통에 관한 다수의 작품 발표.
문화진흥회주최 전래놀이, 남이섬 책 읽는 즐거움, 동식물 세밀화 전시에 참여.
전국미전 특선, 출판미전 순수부문 금상 수상. 현재 그림책 작업 다수 진행.

글누림한국소설전집 8
달밤 이태준 단편선

초판발행 2007년 12월 3일

지 은 이 이태준
펴 낸 이 최종숙
펴 낸 곳 글누림출판사

편집기획 홍동선
진 행 이태곤
본문편집 김주헌 김지향
편 집 권분옥 이소희 양지숙 허윤희
마 케 팅 안현진 나현명 정태윤

주 소 서울시 서초구 반포4동 577-25 문창빌딩 2층(137-807)
전 화 02-3409-2055(대표), 2058(영업), 2060(편집)
팩 스 02-3409-2059
전자메일 nurim3888@hanmail.net
등록번호 제303-2005-000038호(2005. 10. 5)

값 10,900원
ISBN 978-89-91990-75-3-04810
ISBN 978-89-91990-67-8(세트)

출력·안문화사 **스캔**·삼평프로세스 **용지**·화인페이퍼 **인쇄**·서정인쇄 **제책**·동신제책

*이 책의 판권은 저작권자와 글누림출판사에 있습니다. 서면 동의 없는 무단 전재 및 복제를 금합니다.
*잘못된 책은 바꿔드립니다.

ⓒ 글누림출판사, 2007. Printed in Seoul, Korea

글누림한국소설전집 8

달밤

이태준 단편선

韓國現代小說

글누림

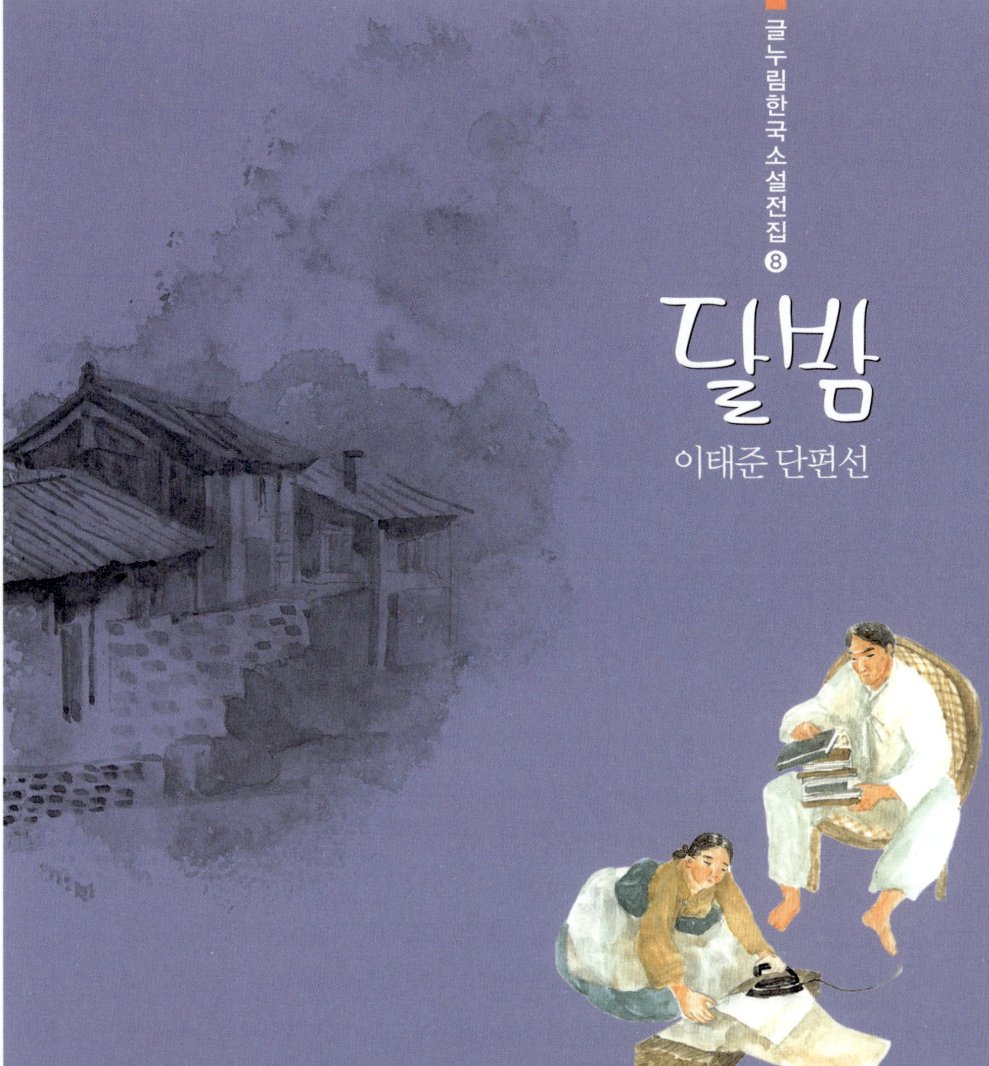

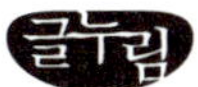

| 간행사 |

'글누림한국소설전집'을 새롭게 간행하며

디지털 환경에 익숙해진 문학 독자들을 위해 '글누림한국소설전집'을 새롭게 간행한다.

세계의 유수한 고전적 저작들의 목록 절반 이상이 소설이라는 것은 놀라운 일도 이상한 일도 아니다. 잘 짜인 한 편의 이야기인 소설은 사회가 지향하는 꿈과 소망을 고스란히 담고 있다. 소설을 언어로 직조한 시대의 세밀한 풍경화라고 하는 말은 그래서 가능하다. 소설이 그 짧은 역사에도 불구하고 인류 문화의 벗으로 자리 잡을 수 있었던 것도 이러한 특성과 무관하지 않다.

시대의 격랑 속에 한치 앞도 전망할 수 없는 오늘날의 개인은 소설 속에 담긴 과거의 시공간과 만나면서 인간의 보편성을 확인하고 자신의 개별성을 확장하는 정서적 체험을 하게 된다. 소설과의 만남은 단지 즐거운 독서 체험에 그치는 것이 아니라, 가치의 기준과 삶의 저변을 확장하는 문화의 실천인 것이다.

오늘날의 문학 환경은 과거에 비해 많이 변화되었다. 신세대를 위한 '글누림한국소설전집'은 시대의 디지털적 진화(?)를 고려하여 기획되었다. 무엇보다도 새로운 문화적 감수성으로 무장한 독자들에게 문자로 읽는 텍스트에 그치지 않고, 텍스트가 생산된 시대를 짐작하고 음미하며 즐길 수 있도록 배려한 것이 이 전집의 특징이다. 그 배려는 문학이 우리 삶에 기여하는 정서적 · 교육적 효과를 깊게 고려한 것이고, 동시에 역사가 주는 교훈과 달리 우리의 삶을 되비추는 거울과도 같은 성찰의 효과를 전제한 것이다.

'글누림한국소설전집'이 지향하는 기획 의도는 다음과 같다.

첫째, 이 기획은 문학교육 전문가들과 대학에서 문학을 강의하는 전공 교수들의 조언을 받아 이루어졌으며, 근대 초기로부터 한국전쟁 이전의 소설 중에서 특히 문학적 검증이 끝난, 이른바 정전(cannon)에 해당하는 작품들을 중심으로 구성되었다. 정전이란 한 시대의 표준적 규범을 뜻하는 말로, 문학 정전이란 현대문학사에서 누구나 인정하는 성과와 질을 담보한 불후의 명작들을 의미한다. 이 전집을 통해서 근대 초기 이후 지금까지 삶의 이면을 관류하는 문학의 근원적 가치와 이념을 확인할 수 있을 것이다.

둘째, 이 전집은 디지털 환경에 익숙한 젊은 독자들의 취향을 고려한 편의성을 최대한 제고하고자 하였다. 이를 위해서 어려운 낱말에는 상세한 단어풀이를 붙여 이해를 돕고자 했고, 동시에 작품 속에 등장하는 인물들의 갈등과 내면세계를 삽화로 제시하는 한편 작품과 관계되는 당대의 풍속, 생활, 풍물 등의 사진을 본문과 함께 배치하여 다양한 볼거리를 제공하고자 했다. 아울러 작가의 산실이 된 생가와 집필 장소, 유품 등을 사진으로 수록하여 작가의 삶과 작품에 대한 총체적인 이해를 돕고자 했다.

셋째, 이 기획은 교양과목을 수강하는 대학생과 시험을 앞둔 수험생, 풍요로운 삶을 소망하는 일반 독자들에게 작가와 작품, 작품의 배경이 된 당대 현실에 대한 이해를 돕는 교양서로 기능하도록 배려하였다. 수록 작품들은 본래의 의미를 최대한 존중하면서 다양한 이본들을 발표 원문과 일일이 대조하면서 현대식으로 표기하였고, 박사과정 재학 이상의 국문학 전공자의 교정 및 교열 작업을 거쳐 모범적인 판본을 만들었다.

현재 우리 소설의 역사는 1백 년을 넘어서 새로운 전통을 쌓아가고 있다. 우리 소설들에는 우리의 선조들이 고심했던 역사와 풍속, 삶의 내밀한 관심과 즐거움이 한데 녹아 있다. 독자들은 소설과의 만남을 통해 우리의 문화가 이룩해온 정체성을 확인하고 상상하는 즐거움을 만끽할 수 있을 것이다.

'글누림한국소설전집'이 디지털 시대를 살아가는 21세기의 젊은 독자들에게 새로운 독서 체험을 제공해 주고 동시에 삶의 풍부한 자양분 역할을 하기를 희망한다.

글누림한국소설전집 간행위원회

목차

간행사 004

오몽녀 009
기생 산월이 022
불우선생 032
꽃나무는 심어 놓고 045
달밤 060
촌뜨기 074
까마귀 088
장마 108
복덕방 135
패강랭(浿江冷) 155
영월 영감 171
농군 190
밤길 212
토끼 이야기 228
사냥 245
무연(無緣) 258
석양 272
돌다리 303
해방 전후 316

작가 연보 361
작품 해설 367

오몽녀

이 작품은 오직 나의 처녀작이란 애착에서 여기에 거둔다. 모델 소설이 아닌 것, 여기 나오는 현실도 지금은 딴판인 십오륙 년 전 옛날임을 말해둔다.

서수라
함경북도 경흥군에 있는 읍. 우리나라 가장 동북 끝에 있는 항구로 명태가 많이 난다.

*서수라(西水羅)라 하면 저 함경북도에도 아주 북단 원산, 성진, 청진, 웅기를 다 지나 마지막으로 붙어 있는 항구이다.

이 서수라에서 십 리쯤 북으로 들어가면 바로 두만강 가요, 동해변인 곳에 삼거리라는 작은 거리가 놓였다. 호수는 40여에 불과하나, 주재소가 있고 *객줏집이 사오 처나 있고 이발소가 하나 있고, 권연, 술, 과자, *우편 절수 등을 하는 잡화점이 하나 있고 그리고는 *색주가 비슷한 영업을 하는 집 외에는 모두 농가들이다.

객줏집
길 가는 나그네에게 술과 음식을 팔고 잠을 재워 주던 집.

그런데 이 사오 처나 되는 객줏집의 하나인 제일 윗머리에 지참봉네라고 있다.

이 지참봉은 벼슬을 해서 *참봉이 아니라 젊었을 때부터 실명이 되어서 어느 때부터인지 참봉참봉 하고 불리운다. 그는 부업으로 점도 치고 푸닥거리도 하고 하지만 워낙 작은 곳이라 그런 것이 많지 못하고, 객주를 한대야 철도 연변도 아닌 두멧국경이라, 보행객이 많아야 한 달에 오륙 인에 지나지 못한다. 그러니 눈먼 지참봉이 가난뱅이로 살 것은 사실이다. 식구는 단 둘인데 그는 사십이 넘은 이 지참봉과 갓스물을 나는 오몽녀(五夢女)다.

우편절수(郵便切守)
일본어로 우표를 뜻함.

색주가
젊은 여자를 두고 술과 함께 몸을 파는 집.

참봉
① 조선 왕조 때의 종9품 벼슬. ② 평안도, 함경도 지방에서는 '소경'을 뜻함. 여기서는 ②번의 뜻.

누구나 오몽녀는 지참봉의 딸인 줄 안다. 그러나 기실은 총각으로 늙어온 지참봉이 아홉 살 된 오몽녀를, 점치러 다닐 때 길잡이로 삼십몇 원에 사다 길러온 것이다. 그런데 벌써 오륙 년 전부터 혼례를 했는지 안 했는지 이웃사람들도 모르건만 지참봉과 오몽녀는 부부와 같은 생활을 해온다.

이렇게 단둘이 살아오므로 지참봉은 오몽녀를 끔찍이 사랑해오건만 오몽녀는 그와 반대였다. 어째서 팔려는 왔든, 자기는 앞길이 꽃같은 젊은 계집이요 같이 살아갈 남편이란 아버지뻘이나 되는 늙은 소경이라 *불만할 것도 무리는 아니다.

불만하다
만족스럽지 못하다.

오몽녀는 어쩌다, 좋은 반찬이 생기더라도 남편을 먹이는 법이 없다. 한자리에 마주 앉아 먹건만 보지 못하는 남편은 먹든 못 먹든 저만 집어먹으면서도 조금도 미안해하지 않는다. 그런 때문이라고 할지 모르나 지참봉은 북어처럼 말랐다. 두 눈이 퀘엥하게 붙은 얼굴에는 개기름이 쭈르르 흐르고 있다. 풋고추만한 상투에는 먼지가 하얗게 앉고 그래도 망건은 늘 쓰고 앉았다.

그러나 오몽녀는 그와 반대로 낫살이 차갈수록 살이 오르고 둥그스름한 얼굴은 허여멀겋고 뺨에는 늘 혈색이 배어 있었다. 미인이라기보다 거저 투실투실하게, 복스럽게 생겼다 할까. 그러나 이 조그마한 두 멧거리에선 일색인 체 꼬리를 치기에는 넉넉하였다.

이렇게 인물은 훤한 오몽녀건만 자라나기를 *빈한하게 자랐고, 눈먼 남편을 속여 오는 버릇이 늘어 남까지 속이기를 평범히 하게 되었다. 남의 것이라도 제 맘에만 들면 숨기고 훔치고 하였다. 어쩌다 손님이 들 때나 자기가 입덧이 날 때는 돈 들이지 않고 곧장 맛난 반찬을 장만하였다.

빈한하다
살림이 가난하여 집안이 쓸쓸하다.

때는 팔월 중순, 어느 날인지는 모르나 내일이 오몽녀의 생일이다. 그래서 오몽녀는 입쌀 되나 사고 미역오리나 뜯어 오고, 이제는 어두웠으므로 생선 장만을 하러 나오는 길이다. 으스름한 달밤에 바구니를 끼고, 맨발로 보드러운 모래를 사뿐사뿐 밟으며 바닷가로 나왔다. 뭍에 대어 있는 배 앞에 가서는 우뚝 서더니, 기침을 한번 하고는 뒤를 휙 돌아보고 아무도 없음을 살핀 다음에 고기잡이배 속으로 날름 들어갔다.

백합
백합과의 조개. 흰빛을 띤 잿빛 갈색에 붉은 갈색의 세로무늬가 있고 매끄러우며 안쪽은 희다. 식용하며 껍데기는 바둑돌이나 물감 따위의 재료로 쓴다.

오몽녀는 생선이나 *백합(白蛤)이 먹고 싶을 때면 늘 이 배에 나와 주인 없는 새 들어갔다.

이 배 주인은 한 이태 전에 웅기서 들어왔다는 금돌이라는 총각인데 워낙 어부의 자식이라 바다에 익숙해서 혼자 여기 와서도 어업을 하고 있었다. 금돌이는 종일 잡은 생선과 백합을 그날 저녁과 이튿날 아침에 별러서 파는 까닭에 그가 저녁에 팔 것을 지고 거리로 들어오면, 그 배에는 다음날 아침에 팔 것들이 남아 있고, 금돌이는 다 팔고 나오느라면 늘 밤이 으슥했었다. 오몽녀는 늘 이 틈을 타서 생선과 백합을 훔쳐들였다.

오늘 밤에도 마음을 턱 놓고, 배 안에 들어와 생선을 바구니에 주워 담을 때, 아차 배가 갑자기 움직이었다. 오몽녀는 질겁을 해 뛰어나와 본즉, 배는 벌써 내리지 못할 만큼 뭍을 떠났다.

이것은 여러 번이나 도적을 맞은 금돌이가 하필 그날은 고기도 한번 팔 것밖에 더 잡지 못하여, 누가 훔쳐가나 한번 지켜볼 겸, 나가지 않고 있었던 것이다. 금돌이는 오몽녀임을 알 때, 이 거리에선 화초로 여기는 오몽녀임을 알 때, 그는 큰 생선이 절로 안에 떨어진 듯 즐거웠다. 우선 배를 띄우는 것이 상책이라 하고, 몰래 배부터 뭍에서 떼어놓고 젓기 시작한 것이다.

오몽녀는 눈이 똥그래 어쩔 줄을 몰랐다. 소리도 못 칠 형편이다. 어스름한 달빛 속에서 오몽녀와 금돌을 실은 배는 뭍에서 보이지 않을 만치 나와 돛을 내렸다.

금 "앙이 아즈망이시덤둥?"

오 "……."

금 "놀래지 마십경이. 어찌헐 쉬 있음둥?"

오몽녀는 얼른 안색을 고치고 생긋 웃어준다. 그리고

오 "*생원(生員)에? 어찌겟음둥, 배르 대랑이."

생원(生員) 함경도에서 흔히 '총각'을 높이어 이를 때 씀.

금돌이는 싱글거리면서 오몽녀의 곁으로 나가서더니 부들부들 떨리는 손을 오몽녀의 어깨로 가져간다. 그리고 엷은 구름 속에 든 달을 가리켜 보인다. 오몽녀도 피하려 하지 않고 같이 달을 쳐다보고 나직한 소리로,

오 "배르 대랑이, 배르 대구선 무슨 노릇이 못될 게 있음둥? 이왕지새에……."

그러나 배는 움직이지 않았다.

오몽녀는 금돌이를 안 뒤로 지참봉에게 대한 불만이 더욱 커갔다. 저도 모르게 가끔 금돌이와 지참봉을 비교해 보는 버릇이 박혔다. 비교해 보고 날 때마다 금돌이 생각이 났다. 그날 밤 금돌이가 "또 오랑이, 뉘 알겠음둥? 낼 나주(내일밤)에두 고대하겠으꼬마, 꼭 나오랑이." 하던 말이 자꾸 생각났다. 오몽녀는 생일이 지난 지 십여 일 후에 기어이 바구니를 끼고, 이번에는 배가 비지 않고, 금돌이가 있기를 오히려 바라면서 다시 바다로 나왔다.

세 번째부터는, 오몽녀는 금돌이 배에 다니기를 심심하면 이웃집 마을 다니듯 하였다. 지참봉이 점이나 쳐서 잔돈푼이나 생기면 오몽녀는

그 돈을 노리었다가는 병을 들고 술집으로 갔다. 그러면 그날 밤엔, 지참봉은 술냄새도 못 맡아도, 금돌이는 얼근해서 뱃전을 장구삼아 치면서 오몽녀의 등을 어루만졌다.

호주(胡酒)
고량주.

객보(客報)
여관 등에서 손님의 변동사항을 관에 보고함.

이곳은 국경이라, 무장단(武裝團)과 아편(阿片), *호주(胡酒), 담배 등의 밀수입자들 때문에 경관의 객줏집 단속이 엄한 곳이므로 객이 들면 그 밤으로 주재소에 *객보(客報)를 써가야 한다. 만일 한 번이라도 잊어? 영업 중지는 물론, 주인은 구금이나 벌금을 당한다.

지참봉네도 객이 들면 그날 저녁으로 객보책을 내어 객에게 씌어가지고 오몽녀가 늘 주재소로 가지고 간다. 그 주재소엔 소장(所長) 외에 순사 두 명이 있다. 그 중에 남순사는 늘 오몽녀를 볼 때마다 공연히 여러 말을 걸고 이내 놓아 주지 않았다.

구월에 들어서 어느 날 저녁이다. 어떤 보행객 하나가 지참봉네 집에 들어 자고 갈 양으로 저녁을 시켜 먹고 누웠다가 서수라에 들어오는 뱃고동 소리를 듣고 그 배를 타러 그 밤으로 서수라로 가버린 일이 있다. 그래 객보를 할 새가 없었다. 그때 마침 주재소엔 소장은 어느 촌으로 총사냥을 가고, 다른 순사는 청진서로 출장가고, 남순사 혼자 있었다. 남순사는 좋은 기회로 여기고 오몽녀는 객보 안한 죄로 유치장에 갖다 넣었다. 그리

고 지참봉에게 가서는,

“무쉴에 객보르 앙이 함둥? 쇠쟁(所長)이 뇌했습데. 아무렇거나 내 좋을 데루 말하겠으꼬마. 쉬얼히 뇌히겠습지. 과히 *글탄으 마십껑이.” 하여 지참봉은 절을 백배나 하고 소장에게 잘 말을 해서 속히 나오게 해달라고 애걸하였다.

밤이 *어서으슥해서 거릿집들이 불을 다 끄기를 기다려 가지고 남순사는 주재소로 돌아왔다. 그리고 유치장 문을 열어놓았다. 그리고 고르지 못한 어조로,

“오몽녀? 내 쇠쟁 모르게 특별히 숙질실에 재우능 게야…… 나오랑이.”

이렇게 자기가 자야 할 숙직실에 오몽녀를 들여보내고, 자기는 저희 집으로 간다고 하면서 쇠를 밖으로 잠그고 저벅저벅 가버렸다.

*싼싼한 유치장에서 쪼크리고 앉았던 오몽녀는 남순사의 친절함을 퍽 감사했다. 조그마한 단간방이나 새로 도배를 하고, 불을 덥도 춥도 않게 알마치 때어서 봄날같이 훈훈하다. 게다가 푸근푸근한 *삼동주 이부자리가 펴져 있는 것이다. 오몽녀는 아무렇게나 이불 위에 쓰러져 보았다. 잠이 도리어 달아날 만치 편안하였다. 게다가 남포가 놀란 것처럼 크게 켜 있는 것이다.

‘남순사레 어째 나르 여기다……?’

오몽녀는 마음이 싱숭생숭해졌다. 무슨 소리가 나면 남순사가 오나 해서 벌떡 일어나 보기도 하나 남순사는 나타나지 않았다.

‘오늘 나주엔 금돌이레 고대할 게구마…….’

오몽녀는 뒤숭숭한 대로 얼마 만에 잠이 들고 말았다. 잠든 지 그리 오래지 않아서다. 오몽녀는 무엇인가 입술의 선뜩함을 느끼었다. 불은

글탄
‘끌탕’의 방언. 속을 태우는 걱정.

어서으슥하다
어슬어슬하다. 날이 어두워지거나 밝아질 무렵에 둘레가 조금 어두운 모양.

싼싼하다
‘산산하다’의 큰 말. 싸늘하고 차가운 기운.

삼동주
산동주. 중국 산뚱에서 나는 명주. 멧누에 실로 짜며, 누르스름하고 두껍다.

남포

꺼진 채로 완연히 찬 기운이 끼치는, 밖에서 들어온 사람이었다.

"내랑이…… 쉬이……."

남순사의 목소리가 틀리지 않았다.

그 후 남순사는 오몽녀를 으레 만나야 할 것으로 생각했으나 주재소 숙직실은 으레 조용한 처소는 아니었다. 하룻밤은 술이 얼근한 김에 남순사는 용기를 얻어 지참봉네 집으로 들어섰다. 바깥방을 엿들으니 여러 사람의 소리가 난다. 매가 동으로 갔느니 서로 갔느니 하고 지참봉은 매를 날려버린 사냥꾼과 점을 치고 있었다. 남순사는 숨을 죽이며 *정지를 지나 정지 윗방으로 갔다. 오몽녀는 마침 집에 있었다.

정지
정주간. 부엌과 안방 사이에 벽이 없이 부뚜막과 방바닥이 한데 잇달은 곳.

점이 끝나 사냥꾼들은 가고, 지참봉은 복전을 받아 주머니에 넣으며 뜨뜻한 정지로 자러 내려왔다. 더듬더듬 목침을 찾다가 지참봉의 손은 웬 구두 한 짝을 붙들었다. 처음엔 그것이 무엇인지 몰라 한참이나 어루만져 보았다. 바닥에 척척한 흙이 묻은 것으로 신발이 틀리지 않은 것, 구두라는 것이 틀리지 않은 것, 이 거리에서 이런 신발이면 순사가 틀리지 않을 것을 믿었다. '순사!' 지참봉은 구두를 떨굴 뻔하게 놀랐다. 그러고는 다음 순간엔 구두가 으스러지게 꽉 붙잡았다. 동자 없는 눈이 몇 번이나 희번덕거렸다. 입가엔 쓴웃음이 흘렀다. 오몽녀가 요즘 와 밤이면 자기 옆에 있기를 꺼리는 것, 골방에도 가보면 베개뿐, 오몽녀는 자리에 없다가 밝으면 어디서 목소리부터 나타나는 것, 진작부터 의심은 했지만 이렇게 그 증거를 손에 움켜본 적은 없다. 지참봉은 가만가만 정지 윗간으로 가 귀를 솟구었다. 지참봉은 두 팔을 부들부들 떨었다. 곧 더듬으면 식칼이 잡힐 것 같았으나 눈 없는 자기가 잘못하다가는 어느 놈인지도 모르고 퉁기기만 할 것 같다. 지참봉은 다시 그 골방문 밑을 물러나 구두 한 짝만 움켜쥐었다. 두 짝 다 찾아볼까 하는데 문 열리는 소리가 난다. 방안에서 나오던 사람들은 정지에 지참봉이 앉았는 바람에 주춤 물러서는 눈치다. 성큼성큼 앞을 지나 달아나려는 눈치에 지참봉은 소리를 질렀다.

"뉘구요? 구둬 있어사 뛰지비?"

남은 그제야 구두 한 짝을 찾아봐야 소용없을 것을 알았다. 맨발로라도 뛰지 못할 바는 아니지만 지참봉 손에 잡힌 그 구두 한 짝은 너무나 뚜렷한 증거품(證據品)이 된다. 남순사는 할 수 없이 지참봉의 입부터 막고 돈 장이나 집에 주지 않을 수 없게 되었다.

그 뒤에는 오몽녀가 없기만 하면 지참봉은 으레 남에게 간 줄 알게 되었다. 그런데 금돌의 마음도 점점 달게 되었다. 오몽녀가 자기 배에 나오는 도수가 점점 줄어가는 때문이다. 적어도 사흘에 한 번씩은 나오던 오몽녀가 닷새, 엿새를 항용 건너는 것이다. 금돌은 오몽녀에게 의심을 품기 시작하던 바, 하루아침은 해 뜰 머리인데, 소장네 집으로 생선을 팔러 가다가 오몽녀가 주재소 숙직실 쪽에서 나타나는 것을 보았다. 못본 체하고 숨어 섰던 금돌은 그제야 오몽녀의 다른 소행을 알았다. 금돌은 지참봉만 못지않게 주먹을 떨었다. 그리고 금돌은 이날 쌀을 대엿 말 싣고, 간장, 된장, 나무, 먹을 물, *쟁개비 해서 배에 두둑이 실었다. 그리고 오몽녀가 나오기를 기다렸다.

쟁개비
냄비의 고유어, 작은 냄비.

기다리던 오몽녀는 그 이튿날 밤, 그리 깊지 않아 역시 바구니를 끼고 나타났다. 금돌은 오몽녀가 배에 오르기가 바쁘게 배를 띄웠다. 배는 밤으로 한 십리 밖에 있는 무인도(無人島)에 닿았다.

지참봉은 젊은 아내를 아무리 기다리나 들어오지 않는다. 그날 밤이 그냥 새고, 밝는 날이 그냥 지나고, 이틀 사흘 감감하다. 화가 치밀어 점통도 흔들어 볼 여유가 없다. 여유가 있다 치더라도 점까지 쳐볼 필요가 없다.

'남가의 농간이다! 틀림없다!'

더 생각해 볼 필요도 없다 하였다. 그래 오몽녀가 나간 지 사흘만엔 지참봉은 남순사를 기별해 오게 하였다. 남이 들어서자 지참봉은 날쌔게 그의 절그럭 거리는 칼자루를 붙들었다. 그리고 악을 썼다.

"이놈! 오몽녀 내놔라. 네놈 짓이지비 뉘— 짓이갱이……. 이 칼루 네 죽구 내 죽구……."

하고 붙은 눈을 부릅뜨며 덤비었다. 남은 꼼짝없이 뒤집어쓰게 되었다.

남은 우선 지참봉의 입을 막아놔야겠기에 모두 자기의 짓이라 거짓 자백하였다. 그리고 정말 자기도 오몽녀가 아쉽다. 어떤 놈의 짓인지 이 밤으로, 거리의 술집들을 뒤지고 서수라나 웅기까지 가더라도 기어이 오몽녀를 찾아내고 싶었다. 남순사는 지참봉에게 오늘 밤으로 오몽녀를 데려온다고 장담을 하고 나왔다. 나와서는 거릿집들을 이 잡듯 하였으나 오몽녀가 나타날 리 없다. 지참봉은 점점 남순사만 조리게 되었다. 남순사는 급했다. 오몽녀가 기껏해야 서수라나 웅기로 나간 것이 틀리지 않은 것 같은데 거기까지 다니며 찾자니 일자가 걸린다. 그 동안을 지참봉이 묵묵히 앉아 기다려 줄 것 같지 않다. 이런 소문이 소장의 귀에 들어만 가면 순사도 떨어지고 낯을 들고 다닐 수도 없다. 오몽녀는 생각할수록 아쉽다. 지참봉 이상으로 분하다. 고작해야 서수라나 웅기, 어떤 술집에 들어박혔을 것만 같다. 가기만 하면 단박 뒤져낼 자신이 생긴다. 뒤져내어서는 우선 오몽녀를 며칠 데리고 지내고 싶다. 오몽녀는 그새 분도 바르고 *물색옷도 입고 *탯가락 내는 것도 좀 배웠을 것 같다. 그런 때벗은 오몽녀를 찾아다 다시 지참봉에게 더럽히고 싶지 않다.

"지참봉만 없으면 찾아놓는 오몽녀?"

남은 입속에 걸찍한 침을 삼킨다.

남은 밀수입자들에게서 압수한 독한 호주(胡酒)를 한 병, 역시 압수품인 아편을 얼마 떼어 넣고 밤 늦어 지참봉을 찾아간 것이다.

물색
물의 빛깔처럼 엷은 남색.

탯가락
태를 부리는 몸짓이나 몸가짐.

지참봉은 여편넨 달아나고, 눈은 멀고, 재물은 없고, 누구든지 자살한 것으로 알게 되었다. 남은, 이젠 오몽녀는 찾기만 하면 내것이라 하고 서수라고 웅기로 싸다녔으나 허탕만 잡고 오륙 일 만에 돌아왔다, 돌아와 보니 오몽녀는 어디선지 하루 앞서 멀쩡해 돌아와 있는 것이다. 남은 오몽녀를 만나자 잠깐 어쩔 줄을 몰랐다. 그간 자기가 범죄 중에 가장 큰 것을 범하면서까지 애먹은 생각을 하면, 또 어떤 놈과 어디로 가 그렇게 여러 날씩 파묻혀 있다 온 생각을 하면 당장 잡아다 족치고 싶으나 이왕 지나간 것보다는 앞으로의 욕심이 목 밑에서 꿀꺽거린다. '인전 내 해다' 하는 느긋한 손으로 유둘유둘한 오몽녀의 볼을 꾹 찝었다 놓으면서,

"앙이 어디루 바람이 났읍데?"

"요 아래 방진으 좀……."

"방진은 무쉴에?"

"히히……."

남순사는 슬그머니 오몽녀를 위협하였다. 너의 남편이 죽은 것은 너 때문이니까 너는 살인자나 마찬가지다, 네가 잡혀가지 않을 길은 하나 밖에 없다, 그 길은 내 첩이 되는 것이다, 하고 달래기도 하였다.

그러나 오몽녀는 남순사의 첩노릇보다는 금돌의 아내 노릇이 이름부터도 나은 것이요 정에 들어서도 그랬다. 오몽녀는 우선 남이 쌀말부터, 이부자리부터 끌어들이는 대로 받아들였다. 그러고는 금돌이와 내통을 해 동산(動産)이란 것은 놋숟갈 한 가락까지라도 모조리 배로

빼어내었다. 그리고 남순사가 오마던 자정이 가까워 올 임시에 오몽녀까지 배로 뛰어나왔다.

이들의 배는 이 밤으로 돛을 높이 달고 별빛 푸른 북쪽 하늘을 향해 달아났다.

『이태준 단편선』, 박문서관, 1939.

기생
산월이

산월(山月)이는 오늘 저녁에도 잊어버렸던 것처럼 제 나이를 따져 보았다.

"흥, 스물일곱! 기생은 갓스물이 환갑이라는데……."

산월이는 머리맡을 더듬어 자루 달린 거울을 집어 들었다. 그리고 스물일곱은커녕 서른 살도 넘어 보이는 제 얼굴을 한참이나 훑어보다가 화가 나는 듯이 거울을 내던지고 거의 입버릇처럼,

"망한 녀석!"

하고는 한숨을 지었다.

이 산월이의 '망한 녀석!' 이란 늘 두 녀석을 가리킨 것이다. 한 녀석은 지금으로부터 오륙 년 전에 산월이에게 미쳐서 다니다가 산월이가 그렇게 말리는 것도 듣지 않고 아편을 찌르기 시작하여 마음씨 착한 산월이의 알돈 사천 원을 들어먹고 나중에는 산월이 집에서 독약을 먹고 죽어 송장 *감장도 감장이려니와 죄 없는 산월이를 수십 차례나 경찰서 출입을 시킨 윤가(尹哥)라는 녀석이요, 다른 한 녀석은 산월이가 스물네 살 되던 해 봄인데, 제법 *화채 한푼 이렇다 못 하는 *뚝건달녀석 하나가 꿈결같이 하룻밤 지내고 간 뒤에 산월이의 그 매부리코만은 그냥 붙여 두었을지언정 육자배기 하나로 굶지는 않을 만큼 불려 다니던 그의 목청을 그만 절벽으로 만들어 놓고 간 이름도 성도 모르는 녀석이다.

산월이는 이 두 녀석 노래를 안 하자면서도 제가 제 신세타령을 하려니까 자연 그 두 녀석이 뛰어나오는 것이었다.

말하자면, 기생의 돈이라 무슨 성명이 있으료마는, 다른 기생과는 달라 박색한 탓이었던지 제법 큼직한 녀석이라고는 한 번도 건드려 보지 못한 산월이에게 있어서는, 사천 원 돈이라는 것도 일조일석에 생

감장
장사치르기를 끝냄.

화채
해웃값. 화대.

뚝건달
알건달. 알짜 건달.

긴 것이 아니라, 십여 년 동안 그야말로 뼛골이 빠지도록 목청을 팔아서 푼푼이 모았던 돈이었었다. 그러나 설사 그것은 몇만 원의 큰 돈이었다 하더라도 한때 즐기던 *정남이나 위해 써버린 것이니 산월이 같은 마음에 누구를 *칭원할 것도 아니지만 그 녀석, 그 듣도 보도 못 하던 뚝건달녀석으로 말미암아 자기에게는 둘도 없는 밑천인 목청을 결딴낸 것을 생각하면 그만 그 녀석을 찾아서 당장에 *육시를 내고 싶도록 치가 떨리었다.

정남(情男)
정을 나눈 남자.

칭원(稱寃)하다
원통함을 들어서 말하다.

육시(戮屍)
이미 죽은 사람의 시체에 다시 목을 베는 형벌을 가함.

아닌 게 아니라 산월이는 목청 하나뿐이 재산이었었다. 그의 목이 한번 그 몹쓸 병에 잠겨 버린 뒤에는 그의 생활이 너무도 *소상스럽게 변천하여 왔기 때문이다. 전셋집은 사글셋집으로 떨어지고, 사글셋집은 다시 사글셋방으로 내려앉아, 지금은 머릿장 하나도 없이 여관집 빈방으로 떠돌아다니니 쓸데없는 줄은 알면서도 왜 넋두리가 나오지 않을 수 있으랴.

소상(消詳)하다
아주 상세하다. 여기서는 '아주 뚜렷하게'의 뜻.

산월이는 열 시 치는 소리를 듣고 자리에서 일어났다. 아침 열 시가 아니라 밤 열 시기 때문이다.

어젯밤에도 새로 세 시까지나 미친년처럼 싸다니다가 손발이 꽁꽁 얼어 가지고 혼자 들어서고 말 때에는 울고 싶도록 안타까웠던 것을 생각하니 오늘 저녁도 또 헛수고가 되면 어쩌나 하고, 보는 사람은 없어도 무안스러운 생각부터 들어갔다. 그리고 그저께 밤에 당한 일도 다시 눈앞에 떠올랐다. 거의 문 앞까지 곧잘 따라오던 양복쟁이가 쓰단 달단 말도 없이 획 돌아서서 가버린 것과,

"여봐요, 날 좀 보세요."

하고 두어 번이나 불러 봤지만,

"*쑥이다 쑥이야."

쑥
숙맥. 너무 순하기만 하여 우습고 어리석은 사람을 비유하여 일컫는 말.

하면서 빵소니를 치던 것을 생각하니 다시금 얼굴이 화끈거리기도 하였다.

그러나 이왕 막다른 골목에 나선 길이라, 산월이는 새끼손 끝으로 방울지려는 눈물을 지우며 경대 앞으로 다가앉았다. 그리고 언제나 마찬가지로 머리맡에 놓여 있는 알코올 등잔에 불을 댕기고, 그 위에단 머리 지지는 가위를 걸쳐 놓았다.

이것은 다른 기생들과 같이 남과 맵시를 다투려는 경쟁심에서 *아이론을 쓰는 것은 아니다.

아이론
다리미. '머리 인두'.

천생으로 보기 싫게 벗어진 이마를 머리털을 내려 덮어 가리려니까, 언제든지 그에게는 아이론이 필요했던 것이다. 더군다나 요새 와서 컴컴한 골목을 찾아나가는 그에게는 분 바른 이마 위에 새까만 앞머리 털의 농간이 얼른 잘 드러나는 유혹의 손이 되는 것을 알았기 때문이다.

눈 온 지는 오래나 바람이 지나칠 때마다 어느 구석에 쌓였던 눈인지 얼굴과 목덜미가 선뜻선뜻하였다.

황금정

산월이는 종로 네거리에 나서서는 우선 어느 길을 잡아야 할지 몰랐다. 그래서 전차 타려는 사람처럼 안전지대에 올라서 보았으나, 황금정 편으로부터 전차가 오는 것을 보고는 얼른 찻길을 건너 종각 뒷골목으로 들어섰다.

전차

산월이는 몇 걸음을 가지 않아서 중년신사 두 사람과 마주쳤다. 둘이 다 *임바네쓰를 입은 큰 키를 꾸부정하고 산월이 얼굴을 들여다보았다. 산월이도 한 사람과 닥뜨린 것만큼은 반갑지 않았지마는 아무튼 해족해족 웃어 보였다. 그러나 그만 웃음은 아무 데서나 볼 수 있다는 듯이,

임바네쓰
Inverness. 이중으로 돌려 입는 남자용의 짧은 외투의 일종.

"나는 누구라구……."

하면서 다시는 돌아보지도 않고 저희끼리 수군거리며 밝은 큰길로 나가 버렸다.

산월이는 또 얼굴이 화끈하였다. 한참 동안은 지나치는 사람도 끊기었다. 백합원 앞을 지나려니까, 한 자는 시궁창에 소변을 보고 섰고, 한 자는 가만히 섰는 것도 몸을 가꾸지 못하고 흔드적거리더니, 노는 계집 같은 것이 제 앞을 지나가는 것을 보고는 성난 소처럼 씨근거리고 산월이가 미처 망토에서 손을 빼기도 전에 달려들었다.

"이런…… 이게 무슨 짓이야……."

술내가 후끈거리는 사나이 입술은 어느 새엔지 산월이의 입 가장을 스치고 지나갔다.

"뭐야, 이년! 더러운 년! 쌍년! 개딸년! 투엣!"

"이 사람 보게. 고…… 고걸 먹구 이래, 이…… 이런."

하는 딴 녀석도 같은 바리에 실을 녀석이었었다.

산월이는 그 녀석과 입맞춘 것쯤은 그다지 분한 일이 아니었다. 그것보다는 그 녀석은 술김에 아무에게나 해버리는 주책없는 욕설이겠지만,

"더러운 년! 쌍년!"

하고 하필 더러운 년이라고 박는 것이 자기 밑구멍을 들쳐 보고 하는 욕처럼 살을 에는 듯한 모욕을 느끼었다. 그러나 마침 그때에 우미관이 파하여 골목이 뿌듯하게 사람이 쏟아져 올라왔다. 산월이는 새 정신이 번듯 돌았다. 그는 물결같이 올려 쏠리는 사람 틈을 쑤시고 한가운데 들어섰다. 그리고 입으로 부르지만 않을 뿐이지 눈이 뒤집히도록 찾아보았다. 외투를 입었거나 임바네쓰를 입었거나 *나까오리를 썼거나 캡을 썼거나 나이가 이십이 되었거나 사십이 되었거나 기름기만 도

나까오리
중절(中折)모자.

는 사내 사람으로 자기의 눈웃음을 알아채는 사람이면 누구든지의 그 누구를 *우미관 앞이 다시 비어지도록 찾아보았다. 그러나 산월이의 발등을 밟고 통명스럽게,

"잘못됐소."

하고 힐끔 쳐다보던 노동자 한 사람밖에는 그를 아는 체하는 사람이 없었다.

산월이는 그 길로 조선극장 앞으로 갔다. 거기는 벌써 파한 지 한참 되어 더욱 쓸쓸하였다. 산월이는 그제야 우미관 앞에서 밟힌 발등을 톡톡 털고 나서 다시 종로 큰 행길로 나서고 말았다.

우미관
일제 때 유명한 영화관. 1928년 최초로 유성영화를 상영한 곳이다.

산월이는 밝은 골목이나 컴컴한 골목이나 바람만 마주치지 않는 골목이면 발길 내치는 대로 다녔다. 순경꾼의 딱딱이 소리에 공연히 질겁을 하고 돌아서다가 얼음 강판에 무릎을 찧기도 하면서, 이놈이 그럴듯하면 이놈도 따라 보고 저놈이 그럴듯하면 저놈의 옆도 서보며 밤이 어느덧 새로 두 점에나 들어가도록 싸다녀 보았다.

그러나 사내들은 계집이라면 수캐떼 몰리듯 한다는 것도 산월이에겐 거짓말 같았다. 서울 바닥에 이처럼 사내가 귀할까 하고 산월이는 이날 밤에도 낙망하지 않을 수 없었다.

산월이는 피곤하였다. 돈! 돈보다도 이제는 악에 받쳐서 사람이, 사내 사람이 몸이 닳도록 그리워졌다.

"돈 없는 녀석이라도!"

하고 굵다란 팔로 제 몸을 끌어안아 줄 사내 사람이 못 견디게 그리움을 느끼었다. 그래서 산월이는 동관 앞으로 와서 색주가 집들이 많이 있는 단성사 맞은편 골목으로 들어섰다.

이렇게 산월이가 제 몸이 달아서 아무 놈이라도 걸리어

라 하는 판이어서 그랬던 지 의외에도 훌륭한 신사 하나가 산월이를 기다렸던 것처럼 어디서 불거졌는지 열빈루 앞을 들어서는 산월의 길을 딱 막고 서 있었다. 검은 외투에 검은 털모자에, 수염은 구레나룻이나 살결이 흰, 어떤 방면으로 보든지 중역이나 간부급에 속할 사십 가까운 신사였다.

"오래간만입니다. 혼자 이런 데를 오셔요…… 저 모르시겠어요?"

구레나룻 신사는 산월이에게서 벌써 말인사를 받기 전에 서로 눈으로 문답이 있은 뒤라 *왕청스런 대답은 나올 리가 없었다.

"왜, 모르긴…… 어디서 이렇게 늦었소?"

왕청스럽다
왕청되다. 차이가 엄청 나다.

"난봉이 좀 나서요, 호호…… 그런데 벌써 전차가 끊어졌구먼요…… 어느 쪽으로 가시는지 저 좀 데려다 주셨으면!"

"가만있자, 집이 어디더라?"

"다옥정이지 어디예요. 좀 바래다 주세요, 네?"

산월이와 구레나룻은 말로는 아직 여기까지밖에 미치지 않았으나 걸음은 벌써 큰 행길까지 가지런히 붙어 나왔다.

구레나룻은 자동차를 불렀다. 그리고 자동차 속에서 산월이의 언 손을 주물러 주며,

"집이 조용하우?"

하고 운전사는 안 들릴 만치 은근하게 물었다. 구레나룻의 입에서는 약간 서양술 내가 퍼져 나왔다.

"나 혼자예요…… 혼자."

구레나룻은 산월이의 목을 끌어안아 보았다. 산월이는 눈치를 따라 하자는 대로 비위를 맞춰 주었다.

자동차는 어느 틈에 작은 광교에 머물렀다. 산월이는 먼저 차를 내리었다. 그리고 차 속에 앉은 채 차 삯을 꺼내 주는 구레나룻의 지갑 속엔 푸른 지전장이 여러 갈피나 산월이 눈에 비치일 때 산월이는 뛰고 싶도록 만족하였다.

산월이는 구레나룻을 데리고 가운데 다방골로 들어섰다. 걸음이 날아갈 듯이 가뜬하였다. 구레나룻도 그러하였다. 그들은 정말 나는 사람처럼 이리 성큼 저리 성큼 뛰며 걸었다.

"길바닥에 이게 웬 흙물이에요?"

산월이가 물었다.

"글쎄…… 어디 수통이 터졌을까……."

"아이, 흙물이라니까 그래요."

"아까 참 이편에 불이 난 모양 같더니……."

"불이요?"

산월이는 그리 놀랍지도 않았다. '이 가차이서 불이 났든 물이 났든, 내 방만 그대로 있으면' 하고, 깔아 놓고 나온 자리가 따뜻할 것밖에는 더 행복스러울 것이나 더 불행스러울 것이나 더 상상할 여지가 없었다.

"어딜 자꾸 먼첨 가세요. 호호, 이 골목인데."

산월이는 수통백이 골목을 들어서면서 벌써 습관이 되어 속곳 허리띠에 달린 자기 방 열쇠부터 더듬었다.

그러나 웬일일까? 주인집 대문간에 달린 전등 때문에 세밤중에 들어서도 대낮같이 환하던 골목 안이 움 속처럼 캄캄할 뿐 아니라 발을 내어놓을 수가 없이 물천지였었다. 산월이는 그만 가슴이 덜컹 하고 내려앉았다.

구레나룻 말이 옳았다. 불이 났던 것이다. 바로 그 집에서, 바로 그 방에서, 산월이의 앞머리나 지질 줄 알던 알코올 등잔은 산월이의 몇 가지 안 남은 방 세간을 태우고 누 날 지나 세도 못 낸 남의 집 방까지 홈싹 태운 후에 대문간과 행랑을 태우고 다시 안채로 옮아 붙다가 소방대 펌프질에 꺼지고 만 것이다.

행랑

산월이는 눈앞이 캄캄하였다. 그는 전신주를 끌어안고 생각하여 보았다. 아무리 생각하여도 알코올 등잔에 불을 댕긴 생각은 나도 끈 생각은 나지 않았다.

이때다. 죽은 듯이 컴컴하고 고요하던 주인집 안채에서는 그 호랑이 같은 주인 영감의 평안도 사투리로 억센 욕설이 울려 나왔다.

"죽일 놈의 에미나이! 방세도 싫으니 *나녀라 나녀라 해두 안 나니

나니다
나다니다. 밖으로 여기저기 다니다.

더니 남의 집을…… 체…… 이놈의 에미내가 들어나 와야 *가랑머리라도 찢어 놓지 그리…….”

가랑머리 두 갈래로 갈라 땋아서 늘인 머리.

산월이는 다시 사지가 오싹하였다. 뒷걸음질을 치며 큰 골목을 다시 나왔다. 그리고 속으로 ‘아! 그이!’ 하고 좌우를 둘러보았다. 구레나룻은 보이지 않았다.

“여보세요?”

하고 나직이, 그러나 힘을 주어 불러 보았으나 대답도 들려 오지 않았다. 또 한번 불러 보았다. 그래도 보이지 않고 대답도 들리지 않았다. 산월의 입술은 더 움직이려 하지 않았다.

그제야 산월이는 제 방에서 불이 난 것도 처음 안 것처럼 울음이 복받쳐 나왔다. 산월이는 그만 살얼음이 잡히는 진창 위에 그대로 주저앉았다. 그리고 꺼이꺼이 소리를 내어 울고 말았다. 몇십 년이나 정들이고 살아오던 제 남편이나 달아난 것처럼 구레나룻이 없어진 것이 무엇보다도 산월이의 가슴을 찢어 놓는 것처럼 쓰라림과 외로움을 주었던 것이다.

『달밤』, 한성도서, 1935.

불우선생

H군과 나는 그를 '불우선생(不遇先生)' 이라 부른다.

불우선생을 우리가 처음 알기는 작년 여름 *돈의동(敦義洞) 의신여관에 있을 때다. 하루는 다 저녁때 늙은 손님 하나가 주인을 찾았다.

돈의동(敦義洞)
서울 종로 3가에 있는 단성사에서 창덕궁 쪽으로 조금 올라오는 큰 길 서쪽 뒷골목에 있던 동네. 옛날 이름으로 '한양골'이라고도 불렸다.

"이리 오너라."

부르는 소리만은 아마 그 집 대문간에서 나던 소리 중에는 제일 점잖고 위풍이 있었으리라 생각한다.

눈딱부리 주인마님은 안마루에 앉아 저고리 가슴을 풀어헤치고 콩나물을 다듬고 있다가 너무나 놀라워서 허겁질을 해 일어섰던 것이다.

객실이 너절한 만치 우리 같은 무직자들이나, 유직자들이라 해도 무슨 보험회사 외교원 같은 입심으로, 사는 친구들만 모여들어, 그악은 혼자 부리면서도 늘 밥값은 받는 것보다 떼이는 것이 더 많은 마나님이라 찾아온 손님이 그 목소리만 점잖은 듯하여도 게서 더한 반가움은 없는 듯하였다.

주인마님은 저고리를 여미고 가래 끓는 목청을 다듬으며,

"네에."

소리를 거듭하며 달려 나왔다.

그때 문간방에 있던 H군과 나는 '저 마누라의 능청떠는 걸 좀 보리라' 하고 잠잠히 문간 쪽을 엿듣고 있었다. 그랬더니 우리의 상상과는 딴판으로 주인마님의 목소리는 고분고분하지가 않았다.

고분고분은 그만두고 무뚝뚝한 것도 지나쳐 반역정을 내는 데는 너무나 의외였다.

"당신이 찾소? 누구를 보료?"

"아니 누구를 보러 온 게 아니오, 여관 영업 패가 붙었으니 묵으러 온 것이지……."

"무슨 손님이 보따리 하나 없단 말요?"

"허! 이게 여관업자로 무슨 무례한 말씀이오. 보따리가 밥값 내오?"

주인마님은 겉보기와 속마음은 딴사람이었다. 아니 겉과 속이 다르다기보다 H군의 말마따나 금붕어에다 비긴다면 그 마나님은 겉과 속이 꼭 같은 사람이었다.

눈알이 불거진 것도 금붕어요, 얼굴이 붉고 궁둥이가 뒤룩뒤룩하는 것도 금붕어요 또 마음이 유순한 것도 금붕어 같은 마님이었다. 팔자타령과 함께 역정이 날 때는 집을 불이라도 지르고 끝장을 낼 것 같다가도 그는 오래 성내고는 자기 속이 견디지 못하는 성미였다.

밥값들을 안 낸다고 방마다 문을 열어제끼고 야단을 친 그날일수록 오히려 옷가지를 잡혀다가라도 반찬을 특별나게 차려 내놓는, 인정 많은 마나님이었다.

그래서 그날도 처음 나가 말 나오듯 해서야 그 손님이 어딜 문안에 들어서다니, 단박 쫓겨 나가고 말 것 같았으나 결국은 우리 있는 옆방으로 방을 정해 들여앉힌 것이다.

과연 그 손님은 목소리만은 점잔스러웠다. 의복이 초췌해 그렇지 신수도 좀스럽거나 막된 사람은 아니었다. 그는 후줄근한 *모시주의에 맥고모자는 삼년상을 그 모자로만 치르는지 먼지가 더께로 앉고 베 헝겊조차 땀에 얼룩이 져 있었다. *툇돌 위에 벗어 놓았다가 다시 집어 툇마루 위에 올려놓는 신발도 그리 대단스럽지는 못한 누르퉁퉁한 고무신이었다.

모시주의
모시 두루마기.

맥고모자

툇돌
'디딤돌'의 방언.

이 새로 든 손님은 우리 방에서 같이 저녁상을 받게 되었다. 그가 든 방은 겨우 드나드는 문 하나밖에 없어 낮에도 어둡고 바람이 통치 않아 웃돈을 받고 있으래도 못 견딜 방이다.

그래서 주인마님도 여름만 되면 아예 휴등(休燈)을 해두고 말기 때문에 늦은 저녁을 불 있는 우리 방에서 같이 먹게 된 것이다.

우리는 밥상을 받기 전에 이웃방 손님과 *통성을 하였다. 그는 우리에게 *존장뻘이 훨씬 넘는 중노인으로 이름은 송 아무개라 하였다. 그는 별로 말이 없어 한 손으로 부채질만 하면서 밥만 급한 듯 퍼먹었다. 우리는 반 그릇도 못 먹었을 새에 그의 밥사발은 밑바닥이 긁히는 소리가 났다. 그리고 그는 밥숟갈을 놓자마자 자기 손으로 밥상을 든 채,

"실례했소이다."

하면서 우리 방에서 나갔다.

그날 밤이다. 우리는 저녁 후에 가까이 있는 파고다 공원에 가서 두어 시간을 보내고 오니까, 우리 옆방, 그 굴 속 같은 어두운 방 속에선 왕— 왕— 글 읽는 소리가 났다. 물론 새로 든 그 방 주인의 소리겠지만 그렇게 청승스럽게 잘 읽는 소리는 처음 들었기 때문에 우리는 귀를 빼앗기고 듣고 있었다. 그때는 무슨 글인지는 몰랐으나 '*굴원이 기방(旣放)에' 니 '행음택반(行吟澤畔)할새 안색이 초췌(顔色憔悴)' 니 하던 마디를 생각해 보면 굴원(屈原)의 「어부사(漁父辭)」를 읽었던 모양이다.

우리는 무조건하고 글소리만에 그에게 경의를 느꼈다. 그리고

"송선생님?"

하고 그를 찾아 그 방은 더우니 우리 방에 와 자자고 청하였다. 그는 조금도 사양 없이 우리 방으로 왔다. 그리고 우리가 한 가지를 물으면 두 가지 세 가지씩 자기의 신상담을 비롯하여 조선의 최근 정변이며 현대 사상 문제의 여러 가지와 일본엔 백년지계를 가진 정치가가 없느니, 중국엔 *손일선(孫逸仙)이가 어떠했느니 하고 밤이 깊도록 떠벌렸다.

통성
통성명. 이름을 밝히며 인사를 함.

존장
자기의 나이보다 16세 이상 많은 사람을 높여 부르는 말.

굴원(屈原, B.C.343~B.C.277)
중국 전국시대 초나라의 정치가 · 시인. 이름은 평(平), 원(原)은 자. 초사(楚辭)라는 운문 형식을 처음으로 창안하였다. 모함을 입어 자신의 뜻을 펴지 못하다가 마침내 물에 빠져 죽었다. 작품은 모두 울분이 넘쳐 고대 문학에서는 드물게 서정성을 띠고 있다. 작품으로 「이소(離騷)」, 「천문(天問)」, 「구장(九章)」 등이 전한다.

손문(1866~1925)
중국의 정치가, 혁명의 지도자. 손일선은 손문을 자(字)로 일컫는 말.

그때 그의 말 중에 제일 선명하게 기억되는 것은, 자기는 십여 년 전만 하여도 천여 석 추수를 받아먹고 살던 귀인이었다는 것과 그 재산이 한말(韓末) 풍운 속에서 하룻밤 꿈처럼 얻은 것이라 불순한 재물인 것을 깨닫던 날부터는 물 퍼내 버리듯 하였다는 것과 한동안은 시대일보(時代日報)에도 중요 간부였었고 최근에 중외일보(中外日報)에도 자기가 산파역을 한 사람 중의 하나였다는 것과, 오늘의 자기는 이렇게 행색이 초췌해서 서울을 객지처럼 여관으로 돌아다니지만 여섯 식구나 되는 자기 집안이 모두 서울 안에 있다는 것과 이렇게 여관으로 다니는 것은 집에선 끼니가 간데없고 친구들의 신세도 씩씩할 뿐만 아니라 친구들이라야 모두 신문사 간부급의 인물들이라 그들의 체면도 생각해야겠고, 또 그네들이 요즘 와선 무슨 은행이나 기업회사의 중역처럼 아니꼬움 부리는 것이 메스꺼워 찾아가지 않는다는 것과, 또 이렇게 여관으로 다니면 동지라 할까 나 같은 사람도 알아주는 사람을 만날까 함이라는 것, 이런 것들이다.

"그러면 송선생은 송선생을 알아주는 사람을 만나면 무슨 일을 하시겠소?"

우리가 물었더니 그는,

"알아만 주는 것으로 일이 되오, 돈이 나올 사람이라야지."

하였다.

"돈도 많이 낼 사람이라면 말입니다."

"나 그럼 신문사 하겠소. 요즘도 셋이나 있긴 하지만 그것들이 신문사요? 조선선 그런 신문사 백이 있어도 있으나마나요……."

하였다.

"선생님 댁은 서울이라면서 이렇게 다니시면 댁 일은 누가 봅니까?

자제분이 봅니까?"

"나 철난 자식 없소. 어머니가 아직 생존해 계시고 여편네하고 과수된 제수 하나하고 딸년 두울 하고 아들이라곤 이제 열 둬 살 나는 것 하나 하고 모두 여섯 식구가 집에 있지만 난 집안일 *불고하지요. 불고 안 한댔자 별도리가 무에요만!"

불고(不顧) 돌아보지 아니함.

"그럼 댁에서들은 달리 수입이 계십니까?"

"수입이 무에요. 굶는 데 졸업들이 돼서 잘들 견디지요. 몇 달에 한 번 혹 그 앞을 지날 길에 들여다보아야 그렇게 굶고들도 한 명 축가는 법도 없지요. 정히 굶다 못 견디면 도적질이라도 하겠지요."

"그러면 도적질이라도 하게 두신단 말씀입니까?"

그때 H군이 물어 본 말이었다. 그는 늙었으나 정력이 가득 차 보이는 눈이 더 한층 빛나며 태연히 이렇게 대답하였다.

"내가 내 식구들만 먹이기 위해서 도적질을 한다면야 그건 죄가 되지요. 그러나 제각기 제 배가 고파서 훔치는 건 벌 받을 만한 죄악은 아니겠지요. 나는 그렇게 생각하고 아무런 책임감도 없이 다니오."

그날 저녁 그는 우리 방 윗목에서 잤다. 드러누워서 어찌 방귀를 뀌는지 H군이 견디다 못해 "무슨 방귀를 그렇게 뀌느냐" 하니 그는 "호랑이 방귀"라 하였다. "그게 무슨 말이냐" 하니까 "끼니를 규칙적으로 못 먹고 몇 끼씩 굶었다가 생기면 다부지게 먹으니까 창자 속에 이상이 일어난 표라" 하였다.

그 이튿날 아침도 주인마나님은 이 허줄한 손님에게 조반을 주었다. 그리고 조반상이 끝나자 나와서,

"어서 두어 끼 자셨으니 다른 여관으로 가시우."

하였다. 그러나 손님도 손님이라 노염도 타지 않고,

"여관에서 객을 마대다니 참!"
하였다.

"왜 객을 마다오, 누가? 그럼 선금을 내시구려."

"돈 잡히고 밥 사먹는 녀석이 어디 있소?"

"그럼 어서 나가시오. 나 두 끼 밥값도 안 받을 테니 어서 가슈. 별꼴 참 다 보겠군…… 댁이 내게 무슨 친정붙이나 되시오? 무슨 턱에 내 집에 와 성화요? 암만 있어야 밥 나올 줄 아오?"

"안 내보내면 굶구 견데 보리다……."

그날 저녁은 정말 우리 밥상만 나왔다. 그러니 덥다는 핑계로 (사실 그의 방엔 들어앉아 있을 수도 없었지만) 우리 방에 와 있으니 사람을 옆에 두고, 더구나 우리는 점심이나 먹었지만 그는 긴긴 여름날 하루를 그냥 앉아 배긴 사람을 모르는 체하고 우리만 먹을 수가 없었다.

"같이 좀 뜨십시다."

"아니오, 나는 노형네와 달러 잘 굶소. 아무렇지도 않소. 노형네가 미안할 것이니 저녁상이 끝나도록 나는 내 방에 가 있으리다."
하고 일어섰다. 그러나 우리는 일어서는 그를 잡아 앉히었다. 그리고 수저를 내오라고 어멈을 부르려니까 그는 여기 있노라 하며, 조끼에서 커다란 칼을 집어내었다.

그 칼은 이상한 칼이었다. 철물전에 가면 혹 그 비슷한 것은 있어도 그와 똑같은 것은 나는 아직 보지 못하였다. 어찌 생긴 칼인고 하니 칼은 칼 모양으로 되었는데 칼만 달린 것이 아니라 병마개 뽑는 것, 국물 떠먹기 좋은 움푹한 숟가락, 서양 사람들이 젓가락 대신으로 쓰는 *사시창까지 달린 칼이었다.

사시창
포크.

그는 숟가락을 잡아 뽑고 사시창을 잡아 뽑고 하더니 한끝으론 밥과

국을 떠먹고 한 끝으론 김치쪽을 찔러 먹는데, 젓가락을 들었다 놓았다 하는 우리보다 더 빨리 더 편리하게 먹었다. 그리고 오이지가 긴 것이 있으니까 칼날까지 열어 제끼더니 숭덩숭덩 썰어 가면서 먹었다. 그 칼은 그에게 없지 못할 무기 같았다.

그는 그 이튿날 아침에도 우리 조반상에서 그 완비한 무기를 사용하였다. 그리고 우리가 밖에 나갔다 저녁에 들어오니 그는 자기 방에도 우리 방에도 있지 않았다. 주인마님에게 물어 본즉 "내어쫓았다" 했다.

H군과 나는 그가 없어진 것을 적이 섭섭하게 느끼었다. 그래서 며칠 동안은 그의 인상을 이야기하며 그를 '불우선생' 이라 부르기 시작한 것이다.

*

우리가 이 불우선생을 다시 만나 보기는 그 후 한 달쯤 지나 삼청동에서다. 그는 석양이 가까운 그늘진 삼청동 골짜기에서 그 곡선미도 없는 비쩍 마른 몸뚱이를 벌거벗고 서서 돌 위에서 무엇을 털럭털럭 밟고 있었다.

가만히 보니 두루마기는 빨아서 풀밭에 널어놓고 적삼과 *중의를 말리다 말고 구김살을 펴느라고 밟고 섰는 꼴이었다.

"저런 궁상 좀 보게."

하고 우리는 웃었으나 그가 불우선생인 것을 알고는 반가워 그냥 지나쳐지지가 않았다.

"허허, 이게 웬일들이시오?"

하고 말은 그가 먼저 내었다.

"네, 송선생을 여기서 뵙겠습니다그려."

하고 우리가 *바투 가지 못하고 머뭇거리니까,

"허허, 이거 실례요."

하고 껄껄 웃었다. 그러면서도 여전히 털럭털럭 빨래를 밟는다.

"왜, 댁에 들어가 빨아 입지 않으시고 손수 이렇게 하십니까?"

"빨래 좀 해 입으려고 두어 달 만에 들어갔더니 집이 없어졌구려!"

중의
고의(袴衣). 여름에 바지 대신에 입는 홑옷.

바투
시간이나 거리가 아주 짧게.

"없어지다니요?"

"잡혀먹고 삼사 년이 되도록 이자나 어디 물어 왔소."

우리는 벌거벗은 그와 마주 섰기 민망하여 길게 섰지는 못하고 이내 헤어졌다. 우리는 그의 곁을 지날 때 땅바닥에 펼쳐 놓은 조그만 손수건 위에서 그의 전 소유물을 일별할 수 있었다.

전 소유물이라야 노랗게 전 참대 물부리 하나, 유지 부채 하나, 반나마 닳은 빨랫비누 하나 그리고는 예의 그 칼인데 역시 그 칼이 제일 값나가는 재산 같았다.

*

그 후 우리는 불우선생을 거의 잊고 있었다. 그러다가 내가 어제 우연히 행길에서 그를 만난 것이다.

"허! 이거 이공이 아니시오? 참 반갑소이다."

그가 먼저 나를 알아보고 손을 내어밀었다. 나도 반가웠다. 그러나 그를 초췌한 행색 그대로 다시 만나는 것은 조금 섭섭하였다.

"그간 어떻게 지내셨습니까, 무슨 사업이나 잡으셨습니까?"

"사업이라니요…… 그저 그렇지요…… 그런데 이공? 내가 시방 시장하오. 어디 좀 들어가 앉읍시다. 그리고 내 이야기도 좀 들어 주시오."

나는 그와 어느 청요릿집으로 들어갔다.

"이공! 허!"

그렇게 낙관이던 그의 눈에는 눈물이 핑그르 어리었다.

"네?"

"사람 목숨처럼 궁상스럽고 질긴 게 없구려……."

"왜 그렇게 언짢은 말씀을 하십니까? 더운 걸 좀 자시겠습니까?"

"아무게나 값싼 것으로 시키슈…… 내가 죽을 걸 살지 않았소!"

"글쎄, 신상이 매우 상하셨습니다."

"상하다뿐이겠소. 월여 전에 전찻길을 건느다가 그만 전차에 뒷통실 받혔지요. 그걸 그 당장에 전차쟁이들이 하자는 대로 못난 체하고 쫓아가 병원에 입원을 하고 고쳤드면 그다지 생고생은 안 했을 것인데 그 녀석들 욕을 몇 마디 하느라고 고집이 나서 따라가질 않고 그저 바람을 쐬고 다녔구려…… 아! 그랬드니 골 속이 붓지 않나요. 이런 제기, 그러니 벌써 며칠 뒤라 전기회사로 찾아갈 수도 없고 병원으로 가자니 돈이 있길 하오, 그냥 그러고 쏘다니다가 어떤 친구의 집엘 갔더니 그 친구의 아들이 의학교에 다닌다게 좀 봐달라고 하지 않었겠소. 그랬드니 골이 씩기를 시삭하니 다른 데와 달러 일주일 안에 일을 당하리라는구려. 허! 일이 별일이오. 죽는 것 아니겠소? 슬그머니 겁이 듭니다그려. 그래 그 길로 몇몇 친구를 찾아다녔으나 한 사람도 만나주지를 않아 그냥 돌아서니 그젠 눈물밖엔 나는 게 없습디다. 골은 자꾸 뜨겁고 쑤시긴 하고…… 그제는 그 끔찍할 것도 없는 집안 사람들 생각이 간절해집디다그려. 그래서 뉘 집 뜰아랫방이란 말만 듣고 가본 적은 없는 데를 두루 수소문을 해서 찾아가지를 않았겠소. 그러나 촐촐히 굶주리는 판에 돈 한 닢 들고 들어가지는 못하나마 병신이 돼서 죽으러 들어가구 보니 누가 반가워하겠소?"

"참, 댁에서도 경황없으셨겠습니다."

"경황이 무어요, 그래도 남 아닌 건 어머니밖엔 없습디다. 눈 어두신 어머님이 자꾸 붙들고 밤새 울으셨지요. 참 내가 *불초자요……."

하고 그의 눈엔 눈물이 다시 핑그르 돌았다.

"그래 어떻게 일어나셨습니까?"

"그저 죽을 날만 기다리고 있는데 하루는 어느 친구가 어디서 들었는지 알고 인력거를 보냈습디다그려. 그땐 그만 *자격지심에 그까짓 그냥 죽어 버리고 말려고 하는데 집안사람들이 기어이 끌어내서 병원으로 가지 않았겠소. 그러나 병원에선 보더니 한다는 소리가 때가 늦었으니 가만히 나가 있다가 죽는 것이 고생은 덜 한다고 그리는구려. 그러니 꼴만 점점 더 사납게 되지 않았소? 그래 죽더라도 칭원을 안 할 테니 수술을 하라고 했지요. 뭐 내가 살구파서 수술을 하라고 한 건 아니오. 경칠 놈의 세상 사람을 너무 조롱을 하는 것 같더라니 악이 받혀 대들은 셈이지요, 허! 그래서 이렇게 다시 살아났구려. 그때 죽었으면 편했을 걸 다시 이렇게 욕인 줄 모르고 살아 다니는구려!"

"참, 머리에 험집이 크게 나셨군요."

"고생한 데다 대면 험집이야 아주 없는 셈이죠."

"아무튼 불행 중 다행이십니다."

"욕이죠. 이렇게 살아나서 이선생을 또 만나는 건 반가워도 이렇게 신세지는 게 다 욕이 아뇨?"

"원, 별말씀을……."

음식이 올라왔다. 나는 배갈병을 들어 그의 잔에 가득히 부었다.

불초자(不肖子) 아들이 부모를 상대하여 자기를 낮추어 이르는 1인칭 대명사.

자격지심(自激之心) 자기가 한 일에 대해서 스스로 미흡하다고 여기는 마음.

인력거

"드십시오."

"네…… 그런데 요즘 일중 문제가 꽤 주의를 끌지요?"

한다.

"글쎄요, 저는 그런 방면엔 문외한이올시다."

하니,

"그럴 리가 있소. 저렇게 발발한 청년 시기에…… 요즘 극동 풍운이 맹랑해지거든……."

하는 데는, 불우선생은 돌연히 지난여름 의신여관에서 보던 때와 같은 *형형(炯炯)한 정열의 안광이 빛나기 시작하였다. 그리고 그는 나의 음식을 먹으면서도 나를 자기가 먹이는 듯 무엇인지 나를 압박하는 것이 있었다.

형형(炯炯)하다
광선이나 광채가 빛나며 밝다.

청요릿집을 나와서,

"송선생, 어디로 가시렵니까?"

하니,

"허! 아무데로나 가지요. 어서 먼저 가시오."

하고는 물끄러미 서서 때묻은 두루마기 자락을 바람에 날리며 내가 전찻길로 나오는 것을 바라보았다.

『이태준단편집』, 학예사, 1941.

꽃나무는
심어 놓고

"자꾸 돌아 봔 뭘 해, 어서 바람을 졌을 때 힝하니 걸어야지……."

하면서 아내를 돌아보는 그도 말소리는 천연스러우나 눈에는 눈물이 다시 핑그르 돌았다. 이 고갯마루만 넘어서면 저 동리는 다시 보려야 안 보이려니 생각할 때 발도 천근이나 무거워지는 것 같았다.

이 고개, 집에서 오 리밖에 안 되는 고개, 나무를 해 지고 이 고개턱을 넘어설 때마다 제일 먼저 눈에 띄곤 하던 저 우리 집, 집에서 연기가 떠오르는 것을 볼 때마다 허리띠를 조르고 다시 나뭇짐을 지고 일어서곤 하던 이 고개, 이 고개에선 넘어가는 햇볕에 우리 집 울타리에 빨아 넌 아내의 치마까지 빤히 보이곤 했다. 이젠 이 고개에서 저 집, 저 노랗게 갓 깐 병아리처럼 새로 *영을 인 저 집을 바라보는 것도 마지막이로구나!

그는 고개 마루턱에 올라서더니 *질빵을 치키며, 다시 한번 돌아서서 동네를 바라보았다.

아무 델 가도 저런 동네는 없을 것이다. 읍엘 갔다 와도 성황당 턱만 내려서면 바람 한 점 없이 아늑하고, 빨래하기 좋고 먹어도 좋은 앞 개울물이며, 날이 추우면 뒷산에 올라 솔잎만 긁어도 며칠씩은 염려없이 때더니…… 이젠 모두 남의 동네 이야기로구나!

"어서 갑시다."

하면서 이번에는 뒤에 떨어졌던 아내가 눈물 콧물을 풀어 던지며 앞을 섰다.

영
'이엉'의 준말. 지붕을 이는 데 쓰기 위하여 엮은 짚.

질빵
짐을 걸어서 메는 데 쓰는 줄.

그들은 고개를 넘어서선 보잘 것 없이 달아났다. 사내는 이불보, 옷꾸러미, 솥 부둥갱이, 바가지쪽 해서 한 짐 꾸역꾸역 걸머지고, 여편네는 어린애를 머리도 안 보이게 이불에 꿍쳐서 업은 데다 무슨 기름병 같은 것을 들고 앞서거니 뒤서거니 하여 도랑이면 건너뛰고 굽은 길이면 논틀밭틀로 질러가면서 귀에서 바람이 씽씽 나게 달아났다.

장날이 아니라 길에는 만나는 사람도 별로 없었다. 이따금 발밑에서 *모초리가 포드득 하고 날고 밭고랑에서 꿩이 놀라서 꺽꺽거리며 산으로 달아나는 것밖에 아무것도 없었다.

"길이나 잘못 들면 어째……."

"밤낮 나무 다니던 데를 모를까……."

조그만 갈랫길을 지날 때 이런 말을 주고받은 것뿐. 다시는 입이 붙은 듯 묵묵히 걸어 그들은 점심때가 훨씬 지나서야 서울 가는 큰길에 들어섰다.

큰길에는 바람이 제법 세차게 불었다.

모초리
'메추라기'의 방언.

전봇줄이 앵앵 울었다. 동지가 내일인가 모렌가 하는 때라 얼음같이 날카로운 바람결에 그들의 옷깃은 다시금 떨리었다.

바람이 차서도 떨리었거니와 그보다도 길고 어마어마하게 넓은 길, 그리고 눈이 모자라게 아득하니 깔려 있는 긴 길, 그 길은 그들에게 눈에도 설거니와 발에도, 마음에도 선 길이었다. 논틀과 밭둑으로 올 때에는 그래도 그런 줄은 몰랐는데 척 신작로에 올라서니 그젠 정말 낯선 데로 가는 것 같고 허턱 살길을 찾아 떠나는 불안스러운 걱정이 와짝 치밀었던 것이다. 그래서 앵앵 하는 전봇줄 소리도 멧새나 꿩의 소리보다는 엄청나게 무서웠다. 서로 말은 하지 않았어도 사내나 아내나 다 같이 그랬다.

꿩

그들은 그 길을 그저 십 리, 이십 리 걸어 나가는 수밖에 없었다. 자동차가 지날 때는 물론, 자전거만 때르릉 하고 와도 허둥거리고 한데 모여 길 아래로 내려서면서 서울을 향하고 타박타박 걸을 뿐이었다.

그들은 세 식구였다. 저희 내외, 방서방과 김씨와 김씨의 등에 업혀 가는 두 돌 되는 딸애 성순이었다. 며칠 전까지는 방서방의 아버지 한 분까지 네 식구로서 그가 나서 서른 두 해 동안 살아온, 이번에 떠나는 그 동리에서 그리운 게 없이 살았었다. 남의 땅이나마 몇 대째 눌러 부쳐 오던 김진사네 땅은 내 땅이나 다름없이 알고 마음 놓고 부쳐 먹었다. 김진사 당내에는 온 동리가 텃세 한 푼도 물지 않고 지냈으며 김진사가 돌아간 후에도 다른 지방에 대면 그리 심한 지주는 아니었다. 김진사의 아들 김의관도 돌아간 아버지의 덕성을 본받아 작인네가 혼상간에 큰일을 치르는 해면 으레 타작에서 두 섬 석 섬씩은 깎아 주었다. 이렇게 착한 김의관이 무엇에 써버리느라고 그 좋은 땅들을 잡혀 버렸는지, 작인들의 무딘 눈치로는 내용을 알 수가 없었다. 더러 읍엣사람들이 지껄이는 소리에 무슨 일본 사람과 금광을 했느니 회사를 했느니 하는 것을 들은 사람은 있고, 또 아닌게 아니라 한동안 일본 사람과 양복쟁이 몇이 김의관네 집을 드나들어 김의관네 큰 개 두 마리가 늘 컹컹거리고 짖던 것은 지금도 어저께 같은 일이었다.

아무튼 김의관네가 안성인가 어디로 떠나가고, 지주가 일본 사람의 회사로 갈린 다음부터는 제 땅마지기나 따로 가진 사람 전에는 배겨나기가 어려웠다. 텃세가 몇 갑절이나 올라가고 논에는 *금비를 써라 하고, 그것을 대어주고는 가을에 비싼 이자를 쳐서 벼는 헐값으로 따져가고 무슨 세납 무슨 요금 하고 이름도 모르던 것을 다 물리어 나중에 따지고 보면 농사 진 품값은커녕 도리어 빚을 지게 되었다. 그들이 지는 빚은 달리 도리가 없었다. 소가 있으면 소를 팔고 집이 있으면 집을 팔아 갚는 것밖에. 그래서 한 집 떠나고 두 집 떠나고 하는 것이 삼 년 안에 오륙 호가 떠난 것이었다.

금비(金肥)
돈을 주고 사서 쓰는 거름. '화학 비료'.

군청에서는 이것을 매우 걱정하였다. 전에는 모범촌으로 치던 동리가 폐동이 될 징조를 보이는 것은 군으로서 마땅히 대책을 세워야 될 일이었다. 그래서 지난봄에는 군으로부터 이 동리에 사쿠라 나무 이백여 주가 나왔다. 집집마다 두 나무씩 나눠 주고 길에도 심고 언덕에도 심어 주었다. 그래서 그 사쿠라 나무들이 꽃이 구름처럼 피면 무지한 이 동리 사람들이라도 자기 동리를 사랑하는 마음이 깊어져서 함부로 타관으로 떠나가지 않으리라 생각했던 것이다.

사쿠라 나무들은 몇 나무 죽지 않고 모두 잘 살아났다. 방서방네가 심은 것도 앞마당엣 것 뒷동산엣 것 모두 싱싱하게 잘 자랐다. 군에서 나와 보고 내년이면 모두 꽃이 피리라 했다.

그러나 떠날 사람은 자꾸 떠나고야 말았다.

사쿠라

방서방네도 허턱 타관으로 떠나기는 처음부터 싫었다. 동리를 사랑하는 마음, 자연을 사랑하는 것이나 이웃을 사랑하는 것이나 모두 사쿠라를 심어 주는 그네들보다는 몇 배 더 간절한 뼛속에서 우러나는 것이었다. 사쿠라 나무를 심었을 때도 혹시 죽는 나무나 있을까 하여 조석으로 들여다보면서 애를 쓴 사람들이요, 그것들이 가지에 윤이 나고 싹이 트는 것을 볼 때는 자연 속에 묻혀 사는 그들로서도 그때처럼 자연의 신비, 봄의 희열을 느껴 본 적은 일찍 없었던 것이다.

"내년이면 꽃이 핀다지?"

"글쎄, 꽃이 어떤지 몰라?"

"아무튼 이눔의 꽃이 볼만은 하다는데."

"글쎄 그렇대……."

그러나 떠날 사람은 자꾸 떠나고야 말았다. 올 겨울에 들어서도 방서방네가 두 집째나.

그들은 사흘 만에야 부르튼 다리를 절룩거리며 희끗희끗 나부끼는 눈발 속으로 저녁연기에 싸인 서울을 바라보았다. 그들은 날이 아주 어두워서야 서울 문안에 들어섰다.

서울에는 그들을 반가이 맞아 주는 사람이 없지도 않았다.

"어디서 오십니까? 어디로 가시는 길입니까? 우리 여관으로 가십시다."

그러나,

"돈이 있나요, 어디……."

하면 그 친절하던 사람들은 벌에 쏘인 것처럼 달아나곤 했다.

돈이 아주 없지는 않았다. 집을 팔아 빚을 갚고 남은 것이 몇 원은 되었다. 그러나 그 돈이 편안히 여관에 들어 밥을 사먹을 돈은 아니었다.

고달픈 다리를 끌고 교통 순사들에게 핀잔을 맞으며, 정처없이 거리에서 거리로 헤매던 그들은 밤이 훨씬 늦어서야 한곳에 짐을 벗어 놓았다. 아무리 찾아다니어도 그들을 위해서 눈발을 가려 주는 데는 무슨 다리인지 이름은 몰라도 이 다리 밑밖에는 없었다.

"그년을 젖을 좀 물리구려."

"그까짓 빈 젖을 물려선 뭘 하오."

아이가 하 우니까 지나던 사람들이 다리 아래를 기웃거려 보기 때문이었다.

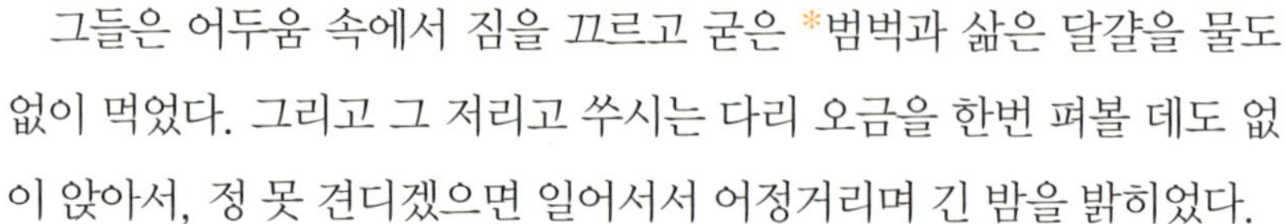

그들은 어두움 속에서 짐을 끄르고 굳은 *범벅과 삶은 달걀을 물도 없이 먹었다. 그리고 그 저리고 쑤시는 다리 오금을 한번 펴볼 데도 없이 앉아서, 정 못 견디겠으면 일어서서 어정거리며 긴 밤을 밝히었다.

범벅
곡식 가루에 호박 따위를 섞어서 풀처럼 되게 쑨 음식.

거적

이튿날은 그래도 거기를 한데보다는 낫답시고, 거적을 사다 두르고 냄비를 걸고 쌀을 사들이고 물을 길어 들이고 나무도 사들였다. 그리고 세 식구가 우선 하루를 푹 쉬었다.

눈발은 이날도 멎지 않았다. 밤이 되어서는 함박송이로 쏟아지기 시작했다. 방서방은 쏟아지는 눈을 바라보고 이 눈이 그치고는 무서운 추위가 오려니 생각했다. 그리고 또 싸리비를 한 자루 가져왔더면 하고도 생각했다.

그는 새벽같이 일어났다. 발등이 묻히는 눈 위로 한참 찾아다녀서 다람쥐 꽁지만한 싸리비 하나를, 그것도 오 전이나 주고 사기는 했다. 그리고 큰 밑천이나 잡은 듯이 집집마다 다니며 아직 열지도 않은 대문을 두드렸다.

"댁에 눈 쳐드릴까요?"

"우리 칠 사람 있소."

"댁에 눈 안 치시렵니까?"

"어련히 칠까 봐 걱정이오."

방서방은 어이가 없어,

"허! 마당도 없는 녀석이 괜히 비만 샀군!"

하고 다리 밑으로 돌아오고 말았다.

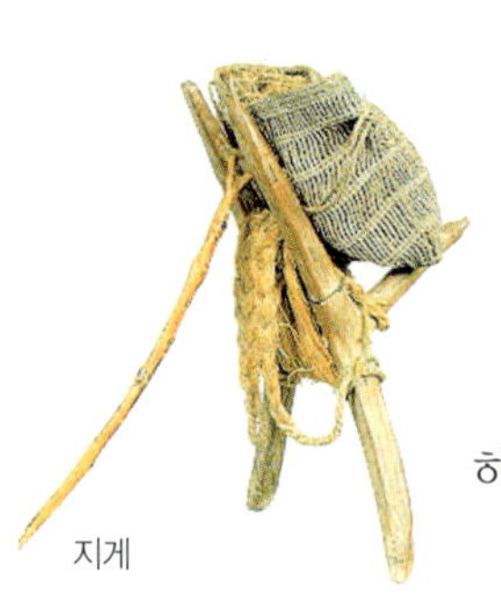
지게

그는 직업소개소도 가보았다. 행랑도 구해 보았다. 지게를 지고 삯짐도 져보려고 싸다녀 보았으나 지게를 부르는 사람은 없었다. 한 학생이 고리짝을 지고 정거장까지 가자고 했지만, 막상 닥뜨리고 보니 나중에 저 혼자 다리 밑으로 찾아올 수가 있을까가 걱정되었다. 그래서,

"거기 갔다가 제가 여기까지 혼자 찾어올까요!"

하고 어름거렸더니 그 학생은 무어라고 일본말로 핀잔을 주며 가버린 것이었다.

하루는 다리 밑으로 순사가 찾아왔다. 거기로 호구조사를 온 것은 아니었다.

"다리 밑에서 불을 때면 어떻게 할 테야, 응. 날마다 이 밑에서 연기가 났어…… 다시 불을 때다가는 이 밑에서 자지도 못하게 할 터이니 그리 알어……."

정말 그날 저녁부터는 연기가 나지 않았다. 끓일 것만 있으면 다리 밖에 나가서라도 못 끓일 바 아니었지만 그날은 아침부터 양식이 떨어진 것이다.

"어떡하우?"

아내는 맥이 풀려 울 기운도 없었다. 어린것만이 빈 젖을 물고 두어 번 빨아 보다가 울곤 울곤 하였다. 방서방은 아무런 대답도 없이 앉았다가 이따금,

"*정칠 놈의 세상!"

하고 입맛을 다실 뿐이었다.

정치다
경치다. 혹독하게 벌을 받다. 아주 심한 상태를 못마땅하게 여겨 이르는 말.

이튿날 이른 아침, 어린것은 아범의 품에서 잘 때다. 초저녁엔 어멈이 품속에 넣고 자다가 오줌을 싸면 그 다음엔 아범이 새 품을 헤치고 안고 자는 것이었다. 밤새도록 궁리에 묻혀 잠을 이루지 못하던 아범

이 새벽녘에야 잠이 들어 어린것과 함께 쿨쿨 잘 때였다.

김씨는 남편이 한없이 불쌍해 보였다. 술 한 잔 허투루 먹는 법 없고 담배도 일하는 날이나 일꾼들을 주려고만 살 줄 알던 남편이, 어쩌다 저 지경이 되었나 생각할 때 세상이 원망스러울 뿐이었다. 그리고 굶고 앉았더라도 그 집만 팔지 말고 그냥 두었던들 하고, 고향에만 돌아가고 싶은 생각뿐이었다.

김씨는 생각다 못해 바가지를 집어 든 것이다. 고향을 떠날 때 이웃집에서,

"서울 가면 이런 것도 산다는데."

하고 짐에 달아 주던, 잘 굳고 커다란 새 바가지였다.

그는 서울 와서 다리 밑을 처음 나선 것이다. 그리고 바가지를 들고 나서기는 생전 처음이었다. 다리가 후들후들하였다. 꼭 일주야를 굶었고 어린것에게 시달린 그의 눈엔 다 밝은 하늘에서 뻔쩍뻔쩍하는 별이 보였다. 그러나 눈을 가다듬으면서 그는 부잣집을 찾았다. 보매 모두 부잣집 같았으나 모두 대문이 굳게 닫혀 있었다. 대문을 연 집, 그는 이것을 찾고 헤매기에 그만 뒤를 돌아다보지 못하고 이 골목 저 골목으로 앞으로만 나간 것이었다. 다행히 문을 연 집이 있었고, 그런 집 중에도 다 주는 것이 아니었지만 열 집에 한 집으로 식은 밥, 더운 밥 해서 한 바가지를 얻었을 때는 돌아올

길을 잃어버리고 만 것이다. 이 길로 나가 보아도 딴 거리, 저 길로 나가 보아도 딴 세상, 어디로 가야 그 개천 그 다리가 나올는지 알 재주가 없었다. 기가 막히었다. 물어 볼 행인은 많았으나, 개천 이름이나 다리 이름을 모르고는 헛 일이었다. 해가 높아 갈수록 길에는 사람이 들끓었고 그럴수록 김씨는 마음과 다리가 더욱 갈팡질팡하고 있을 때 한 노파가 친절한 손길로 김씨의 등을 두드렸다.

"어딜 찾소?"

김씨는 울음부터 왈칵 나왔다.

"염려할 것 없소. 내 서울 장안엔 모르는 데가 없소, 내 찾아 주지……."

그 친절한 노파는 김씨를 데리고 곧 그 앞에 있는 제 집으로 들어가 뜨끈한 숭늉에 조반까지 먹으라 했다.

"염려 말고 좀 자시우. 그새 내 부엌을 좀 치고 같이 나갑시다."

김씨는 서울도 사람 사는 데라 인정이 있구나 하고, 그 노파만 하늘같이 믿고 감격한 눈물을 밥상에 떨구며 사양하지 않고 *밥술을 들었다. 그러나 굶은 남편과 어린것을 두고 제 목에만 밥이 넘어가지 않았다. 숭늉만 두어 모금 마시고 이내 술을 놓고 노파를 따라 나섰다.

밥술 밥숟가락.

그러나 친절한 노파는 김씨를 당치 않은 곳으로만 끌고 다녔다. 진고개로 백화점으로 개천이라도 당치 않은 개천으로만 한나절을 끌고 다니고는,

"오늘은 다리가 아프니 내일 찾읍시다."

하였다. 김씨는 가슴이 찢어지는 것 같았으나, 그 친절한 노파의 힘을 버리고 혼자 나설 자신은 없었다. 밤을 꼬박 앉아 새우고 은근히 재촉을 하여 이튿날 아침에도 또 일찌거니 나섰으나 노파는 그저 당치 않

은 데로만 끌고 다녔다.

노파는 애초부터 계획이 있었던 것이다. 김씨의 멀끔한 얼굴과 살의 젊음을 그는 *삵이 살진 암탉을 본 격으로 보았던 것이다.

'어떻게 돈냥이나 만들어 써볼 거리가 되면…….'

이것이 그 노파가 김씨를 발견하자 세운 뜻이었다.

김씨는 다시 다리 밑으로 돌아올 리가 없었다. 방서방은 눈에서 불이 났다.

삵
살쾡이. 고양이과의 포유동물. 고양이와 비슷하나 몸의 길이는 55~90cm이며 갈색 바탕에 검은 무늬가 있다. 야행성으로 꿩·다람쥐·물고기·닭 등을 잡아 먹고 살아간다. 한국·인도·중국 등지에 분포함.

"죽일 년이다! 이 어린것을 생각해선들 달아나다니! 고약한 년! 찢어 죽일 년."

하고 이를 갈았다.

방서방은 이틀이나 굶은 아이를 보다 못해 안고 나서서, 매운 것, 짠 것 할 것 없이 얻는 대로 주워 먹였다. 날은 갑자기 추워졌다. 어린애는 감기가 들고 설사까지 났다.

밤새도록 어두움 속에서 오줌똥을 받은 이불과 아범의 저고리 섶, 바짓자락은 얼어서 왈가닥거리고, 그 속에서도 어린애 몸은 들여다보는 눈이 뜨겁게 펄펄 달았다.

"어찌하나! 하느님, 이렇게 무심합니까?"

하고 중얼거려도 보았으나 새벽 찬바람만 윙 하고 뺨을 갈길 뿐이었다.

날이 밝기를 기다려 아이를 꾸려 안고 병원을 물어서 찾아갔다.

"이애 좀 살려 주십시오."

"선생님이 아직 안 나오셨소. 그런데 왜 이렇게 되도록 두었소. 진작 데리고 오지?"

"돈이 있어야죠니까……."

"지금은 있소?"

"없습니다. 그저 살려만 주시면 그거야 제 벌어서 갚지요. 그걸 안 갚겠습니까!"

"다른 큰 병원에 가보시우……."

방서방은 이렇게 병원집 문간으로만 한나절을 돌아다니다가 그냥 다리 밑으로 돌아오고 말았다.

방서방은 또 배가 고팠다. 그러나 앓는 것을 혼자 두고 단 한 걸음이 나가지지 않았다. 그래도 저녁때가 되어서는 그냥 밤을 새울 수는 없어 보지 않으리라는 듯이, 눈을 딱 감고 일어서 나왔던 것이다.

방서방이 얼마 만에 찬밥 몇 술을 얻어먹고 부랴부랴 돌아왔을 때는 날이 아주 어두웠다. 다리 밑은 캄캄한데 한참 들여다보니 아이는 자리에서 나와 언 맨땅에 목을 늘어뜨리고 흐득흐득 느끼었다. 끌어안고 다리 밖으로 나가 보니 경련이 일어나 눈을 뒤집어쓰고 있는 것이었다.

"죽을 테면 진작 죽어라! 고약한 년! 네 년이 이걸 버리고 가 얼마나 잘 되겠니……."

방서방은 몇 번이나,

"어서 죽어라!"

하고 아이를 밀어 던지었다가도 얼른 다시 끌어당겨 들여다보곤 했다. 그럴 때마다 아이의 숨소리는 자꾸 가빠만 갔다.

그러나 야속한 것은 잠, 어느 때쯤 되었을까 깜박 잠이 들었다가 놀라 깨었을 제는 그 동안이 잠시 같았으나 주위에는 큰 변화가 생기었다. 날이 환하게 새고 아이에게서는 그 가쁘게 일어나던 숨소리가 똑 그쳐 있었다. 겨우 겨드랑 밑에만 미온이 남았을 뿐, 그 불덩어리 같던 얼굴과 손발은 어느 틈에 언 생선처럼 싸늘하였다.

일제 때 창경원의 벚꽃놀이

봄이 왔다. 그렇게 방서방을 춥게 굴던 겨울은 다 지나가고 그 대신 방서방을 슬프게는 더 구는 봄이 왔다. 진달래와 개나리 꽃가지들은 전차마다 자동차마다 젊은 새악시들처럼 오락가락하고, 남산과 창경원엔 사쿠라 꽃이 구름처럼 핀 때였다. 무딘 힘줄로만 얼기설기한 방서방의 가슴에도 그 고향, 그 딸, 그 아내를 생각하기에는 너무나 슬픈 시인이 되게 하는 때였다.

하루아침, 그날따라 재수는 있어 *식전 바람에 일본 사람의 짐을 지고 남산정 막바지까지 가서 어렵지 않게 오십 전 한 닢이 들어왔다. 부리나케 술집을 찾아 내려 오느라니 일본집 뜰 안마당 가지가 휘어지게 열린 사쿠라 꽃송이, 그는 그림을 구경하듯 멍하니 서서 바라보았다. 불현듯 고향 생각이 난 것이었다.

식전 바람
아직 아침 밥을 먹지 아니한 이른 때.

'우리가 심은 사쿠라 나무도 저렇게 피었으려니…… 동네가 온통 꽃투성이려니…….'

그때 바침 일본 여자 하나가 꽃그늘에서 거닐다가 방서방과 눈이 마주쳤다. 방서방은 무슨 죄나 지은 듯이 움찔하고 돌아섰다. 꽃결같이 빛나는 그 젊은 여자의 얼굴! 방서방은 찌르르 하고 가슴을 진동시키는 무엇을 느끼며 내려왔다.

우선 단골집으로 가서 얼근한 술국에 곱빼기로 두어 잔 들이켰다. 그리고 늙수그레한 주모와 몇 마디 농담까지 주거니 받거니 하다 나서니, 세상은 슬프다면 온통 슬픈 것도 같고 즐겁다면 온통 즐거운 것 같기도 했다.

그러나 술만 깨면 역시 세상은 견딜 수 없이 슬픈 세상이었다.

"정칠 놈의 세상 같으니!"
하고 아무 데나 주저앉아 다리를 뻗고 울고 싶었다.

『달밤』, 한성도서, 1935.

달밤

성북동(城北洞)으로 이사 나와서 한 대엿새 되었을까, 그날 밤 나는 보던 신문을 머리맡에 밀어 던지고 누워 새삼스럽게,

"여기도 정말 시골이로군!"

하였다.

1939년경 성북동 인근 돈암동 일대의 모습

무어 바깥이 컴컴한 걸 처음 보고 시냇물 소리와 솨— 하는 솔바람 소리를 처음 들어서가 아니라 황수건이라는 사람을 이날 저녁에 처음 보았기 때문이다.

그는 말 몇 마디 사귀지 않아서 곧 못난이란 것이 드러났다. 이 못난이는 성북동의 산들보다 물들보다, 조그만 지름길들보다 더 나에게 성북동이 시골이란 느낌을 풍겨 주었다.

서울이라고 못난이가 없을 리야 없겠지만 대처에서는 못난이들이 거리에 나와 행세를 하지 못하고, 시골에선 아무리 못난이라도 마음 놓고 나와 다니는 때문인지, 못난이는 시골에만 있는 것처럼 흔히 시골에서 잘 눈에 뜨인다. 그리고 또 흔히 그는 태고 때 사람처럼 그 우둔하면서도 천진스런 눈을 가지고, 자기 동리에 처음 들어서는 손에게 가장 순박한 시골의 정취를 돋워 주는 것이다.

그런데 그날 밤 황수건이는 열시나 되어서 우리 집을 찾아왔다.

그는 어두운 마당에서 꽥 지르는 소리로,

"아, 이 댁이 문안서……."

하면서 들어섰다. 잡담 제하고 큰일이나 난 사람처럼 건넌방 문 앞으로 달려들더니,

"저, 저 문안 서대문 거리라나요, 어디선가 나오신 댁입쇼?"

한다.

합비(法被)
일본어. 인력거꾼이나 신문배달부 등이 입었던 웃옷. 등판이나 깃에 상호가 찍혀 있으며, 앞이 터진 가운 비슷한 모양이다.

보니 '*합비'는 안 입었으되 신문을 들고 온 것이 신문 배달부다.

"그렇소, 신문이오?"

"아, 그런 걸 사흘이나 저, 저 건너쪽에만 가 찾었습죠. 제기……."

하더니 신문을 방에 들이뜨리며,

"그런뎁쇼, 왜 이렇게 죄꼬만 집을 사구 와 겝쇼. 아, 내가 알었더면 이 아래 큰 개와집도 많은 걸입쇼……."

한다. 하 말이 황당스러 유심히 그의 생김을 내다보니 눈에 얼른 두드러지는 것이 빡빡 깎은 머리로되 보통 크다는 정도 이상으로 골이 크다. 그런데다 옆으로 보니 장구 대가리다.

"그렇소? 아무튼 집 찾느라고 수고했소."

하니 그는 큰 눈과 큰 입이 일시에 히죽거리며,

"뭘입쇼, 이게 제 업인뎁쇼."

하고 날래 물러서지 않고 목을 길게 빼어 방 안을 살핀다. 그러더니 묻지도 않는데,

"저는입쇼, 이 동네 사는 황수건이라 합니다……."

하고 인사를 붙인다. 나도 싹늣이 내 성명을 대었다. 그는 또 싱글벙글 하면서,

"댁엔 개가 없구먼입쇼."

한다.

"아직 없소."

하니,

"개 그까짓 거 두지 마십쇼."

한다.

"왜 그렇소?"

물으니, 그는 얼른 대답하는 말이,

"신문 보는 집엔입쇼, 개를 두지 말아야 합니다."

한다. 이것 재미있는 말이다 하고 나는,

"왜 그렇소?"

하고 또 물었다.

"아, 이 뒷동네 은행소에 댕기는 집엔입쇼, 망아지만한 개가 있는뎁쇼, 아, 신문을 배달할 수가 있어얍죠."

"왜?"

"막 깨물랴고 덤비는 걸입쇼."

한다. 말 같지 않아서 나는 웃기만 하니 그는 더욱 신을 낸다.

"그 눔의 개 그저, 한번, *양떡을 멕여 대야 할 텐데……."

하면서 주먹을 부르대는데 보니, 손과 팔목은 머리에 비기어 반비례로 작고 가느다랗다.

양떡
'남에게 뺨을 얻어맞는 것'을 이르는 말.

"어서 곤할 텐데 가 자시오."

하니 그는 마지못해 물러서며,

"선생님, 참 이선생님 편안히 주뭅쇼. 저이 집은 여기서 얼마 안 되는 걸입쇼."

하더니 돌아갔다.

그는 이튿날 저녁, 집을 알고 오는데도 아홉시가 지나서야,

"신문 배달해 왔습니다."

하고 소리를 치며 들어섰다.

"오늘은 왜 늦었소?"

물으니,

"자연 그럽죠."

하고 다른 이야기를 꺼냈다.

자기는 워낙 이 아래 있는 삼산학교에서 일을 보다 어떤 선생하고 뜻이 덜 맞아 나왔다는 것, 지금은 신문 배달을 하나 원배달이 아니라 보조배달이라는 것, 저희 집엔 양친과 형님 내외와 조카 하나와 저희 내외까지 식구가 일곱이라는 것, 저희 아버지와 저희 형님의 이름은 무엇무엇이며, 자기 이름은 황가인데다가 목숨 수(壽)자하고 세울 건(建)자로 황수건이기 때문에, 아이들이 노랑수건이라고 놀리어서 성북동에서는 가가호호에서 노랑수건 하면, 다 자긴 줄 알리라고 자랑스럽게 이야기하다가 이날도,

"어서 그만 다른 집에도 신문을 갖다 줘야 하지 않소?"
하니까 그때서야 마지못해 나갔다.

우리 집에서는 그까짓 반편과 무얼 대꾸를 해가지고 그러느냐 하되, 나는 그와 지껄이기가 좋았다.

그는 아무것도 아닌 것을 가지고 열심스럽게 이야기하는 것이 좋았고, 그와는 아무리 오래 지껄이어도 힘이 들지 않고, 또 아무리 오래 지껄이고 나도 웃음밖에는 남는 것이 없어 기분이 거뜬해지는 것도 좋았다. 그래서 나는 무슨 일을 하는 중만 아니면 한참씩 그의 말을 받아주었다.

어떤 날은 서로 말이 막히기도 했다. 대답이 막히는 것이 아니라 무슨 말을 해야 할까 하고 막히었다. 그러나 그는 늘 나보다 빠르게 이야깃거리를 잘 찾아냈다. 오뉴월인데도 '꿩고기를 잘 먹느냐?' 고도 묻고, '양복은 저고리를 먼저 입느냐 바지를 먼저 입느냐?' 고도 묻고 '소와 말과 싸움을 붙이면 어느 것이 이기겠느냐?' 는 둥, 아무튼 그가 얘깃거리를 취재하는 방면은 기상천외로 여간 범위가 넓지 않은 데는

도저히 당할 수가 없었다. 하루는 나는 '평생 소원이 무엇이냐?' 고 그에게 물어 보았다. 그는 '그까짓 것쯤 얼른 대답하기는 누워서 떡먹기' 라고 하면서 평생 소원은 자기도 원배달이 한번 되었으면 좋겠다는 것이었다.

남이 혼자 배달하기 힘들어서 한 이십 부 떼어 주는 것을 배달하고, 월급이라고 원배달에게서 한 삼 원 받는 터이라 월급을 이십여 원을 받고, 신문사 옷을 입고, 방울을 차고 다니는 원배달이 제일 부럽노라 하였다. 그리고 방울만 차면 자기도 뛰어다니며 빨리 돌 뿐 아니라 그 은행소에 다니는 집 개도 조금도 무서울 것이 없겠노라 하였다.

그래서 나는 "그럴 것 없이 아주 신문사 사장쯤 되었으면 원배달도 바랄 것 없고 그 은행소에 다니는 집 개도 상관할 바 없지 않겠느냐?" 한즉 그는 뚱그래지는 눈알을 한참 굴리며 생각하더니 "딴은 그렇겠다"고 하면서, 자기는 *경난이 없어 거기까지는 바랄 생각도 못 하였다고 무릎을 치듯 가슴을 쳤다.

그러나 신문 사장은 이내 잊어버리고 원배달만 마음에 박혔던 듯, 하루는 바깥마당에서부터 무어라고 떠들어 대며 들어왔다.

"이선생님? 이선생님 겝쇼? 아, 저도 내일부턴 원배달이올시다. 오늘 밤만 자면입쇼……."

한다. 자세히 물어 보니 성북동이 따로 한 구역이 되었는데, 자기가 맡게 되었으니까 내일은 배달복을 입고 방울을 막 떨렁거리면서 올 테니 보라고 한다. 그리고 '사람이란 게 그러게 무어든지 끝을 바라고 붙들어야 한다' 고 나에게 일러주면서 신이 나서 돌아갔다. 우리도 그가 원배달이 된 것이 좋은 친구가 큰 출세나 하는 것처럼 마음속으로 진실로 즐거웠다. 어서 내일 저녁에 그가 배달복을 입고 방울을 차고 와서

경난(經難) 어려운 일을 겪음. 여기서는 어려움을 겪고 있어서 경황이 없는 상태.

쫄럭거리는 것을 보리라 하였다.

그러나 이튿날 그는 오지 않았다. 밤이 늦도록 신문도 그도 오지 않았다. 그 다음날도 신문도 그도 오지 않다가 사흘째 되는 날에야, 이날은 해도 지기 전인데 방울 소리가 요란스럽게 우리 집으로 뛰어들었다.

'어디 보자!'

하고 나는 방에서 뛰어나갔다.

그러나 웬일일까, 정말 배달복에 방울을 차고 신문을 들고 들어서는 사람은 황수건이가 아니라 처음 보는 사람이다.

"왜 전엣사람은 어디 가고 당신이오?"

물으니 그는,

"제가 성북동을 맡았습니다."

한다.

"그럼, 전엣사람은 어디를 맡았소?"

하니 그는 픽 웃으며,

"그까짓 반편을 어딜 맡깁니까? 배달부로 쓸랴다가 똑똑지가 못하니까 안 쓰고 말었나 봅니다."

한다.

"그럼 보조배달도 떨어졌소?"

하니,

"그럼요, 여기가 따루 한 구역이 된 걸이오."
하면서 방울을 울리며 나갔다.

이렇게 되었으니 황수건이가 우리 집에 올 길은 없어지고 말았다. 나도 가끔 문안엔 다니지만 그의 집은 내가 다니는 길 옆은 아닌 듯 길가에서도 잘 보이지 않았다.

나는 가까운 친구를 먼 곳에 보낸 것처럼, 아니 친구가 큰 사업에나 실패하는 것을 보는 것처럼, 못 만나는 섭섭뿐이 아니라 마음이 아프기도 하였다. 그 당자와 함께 세상의 야박함이 원망스럽기도 하였다.

한데 황수건은 그의 말대로 노랑수건이라면 온 동네에서 유명은 하였다. 노랑수건 하면 누구나 성북동에서 오래 산 사람이면 먼저 웃고 대답하는 것을 나는 차츰 알았다.

내가 잠깐씩 며칠 보기에도 그랬거니와 그에겐 우스운 일화도 한두 가지가 아니었다.

삼산학교에 급사로 있을 시대에 삼산학교에다 남겨 놓고 나온 일화도 여러 가지라는데, 그 중에 두어 가지를 동네 사람들의 말대로 옮겨 보면, 역시 그때부터도 이야기하기를 대단 즐기어 선생들이 교실에 들어간 새 손님이 오면 으레 손님을 앉히고는 자기도 걸상을 갖다 떡 마주 놓고 앉는 것은 물론, 마주 앉아서는 곧 자기류의 만담 삼매로 빠지는 것인데, 한번은 도 학무국에서 시학관이 나온 것을 이 따위로 대접하였다. 일본말을 못 하니까 만담은 할 수 없고 마주 앉아서 자꾸 일본말을 연습하였다.

"센세이 히, 오하요 고자이마스카(선생님, 안녕하세요)?…… 히히 아메가 후리마스(비가 옵니다). 유키가 후리마스카(눈이 옵니까)? 히히…….”

시학관(視學官)
일제 때, 학무국에 속해 있던 고등관의 하나로 관내의 학사 시찰을 맡아 보았다.

*시학관도 인정이라 처음엔 웃었다. 그러나 열 번 스무 번을 되풀이하는 데는 성이 나고 말았다. 선생들은 아무리 기다려도 종소리가 나지 않으니까, 한 선생이 나와 보니 종 칠 것도 잊어버리고 손님과 마주 앉아서 '오하요 유키가 후리마스카(안녕하십니까. 눈이 옵니까)……' 하는 판이다.

그날 수건이는 선생들에게 단단히 몰리고 다시는 안 그러겠노라고 했으나, 그 버릇을 고치지 못해서 그예 쫓겨 나오고 만 것이다.

그는,

"너의 색시 달아난다."

하는 말을 제일 무서워했다 한다. 한번은 어느 선생이 장난엣말로,

"요즘 같은 따뜻한 봄날엔 옛날부터 색시들이 달아나기를 좋아하는데 어제도 저 아랫말에서 둘이나 달아났다니까 오늘은 이 동리에서 꼭 달아나는 색시가 있을 걸……."

했더니 수건이는 점심을 먹다 말고 눈이 휘둥그래졌다 한다. 그리고 그날 오후에는 어서 바삐 하학을 시키고 집으로 갈 양으로 오십 분 만에 치는 종을 이십 분 만에, 삼십 분 만에 함부로 다가서 쳤다는 이야기도 있다.

하루는 나는 거의 그를 잊어버리고 있을 때,

"이 선생님 곕쇼?"

하고 수건이가 찾아왔다. 반가웠다.

"선생님, 요즘 신문이 걸르지 않고 잘 옵쇼?"

하고 그는 배달 감독이나 되어 온 듯이 묻는다.

"잘 오, 왜 그류?"

한즉 또,

"늦지도 않굽쇼, 일즉이 제때마다 꼭꼭 옵쇼?"

한다.

"당신이 돌을 때보다 세 시간은 일즉이 오고 날마다 꼭꼭 잘 오."

하니 그는 머리를 벅적벅적 긁으면서,

"하루라도 걸르기만 해라. 신문사에 가서 대뜸 일러바치지……."

하고 그 빈약한 주먹을 부르댄다.

"그런뎁쇼, 선생님?"

"왜 그류?"

"삼산학교에 말씀예요, 그 제 대신 들어온 급사가 저보다 근력이 세게 생겼습죠?"

"나는 그 사람을 보지 못해서 모르겠소."

하니 그는 은근한 말소리로 히죽거리며,

"제가 거길 또 들어가 볼랴굽쇼, 운동을 합죠."

한다.

"어떻게 운동을 하오?"

"그까짓 거 날마당 사무실로 갑죠. 다시 써달라고 졸라 댑죠. 아, 그랬더니 새 급사란 녀석이 저보다 크기도 무척 큰뎁쇼, 이 녀석이 막 불근댑니다그려. 그래 한번 쌈을 해야 할턴뎁쇼, 그 녀석이 근력이 얼마나 센지 알아야 뎀벼들 턴뎁쇼…… 허."

"그렇지, 멋모르고 대들었다 매만 맞지."

하니 그는 한 걸음 다가서며 또 은근한 말을 한다.

"그래섭쇼, 엊저녁엔 큰 돌멩이 하나를 굴려다 삼산학교 대문에다

놨습죠. 그리구 오늘 아침에 가보니깐 없어졌는뎁쇼. 이 녀석이 나처럼 억지루 굴려다 버렸는지, 뻰찍 들어다 버렸는지 그만 못 봤거든입쇼, 제—길…….”

하고 머리를 긁는다. 그러더니 갑자기 무얼 생각한 듯 손뼉을 탁 치더니,

우두
천연두를 예방하기 위해 소에서 뽑은 면역 물질.

“그런뎁쇼, 제가 온 건입쇼, 댁에선 *우두를 넣지 마시라구 왔습죠.”

한다.

“우두를 왜 넣지 말란 말이오?”

한즉,

“요즘 마마가 다닌다구 모두 우두들을 넣는 뎁쇼, 우두를 넣으면 사람이 근력이 없어지는 법인뎁쇼.”

하고 자기 팔을 걷어 올려 우두 자리를 보이면서,

“이걸 봅쇼. 저두 우두를 이렇게 넣기 때문에 근력이 줄었습죠.”

한다.

“우두를 넣으면 근력이 준다고 누가 그럽디까?”

물으니 그는 싱글거리며,

“아, 제가 생각해 냈습죠.”

한다.

“왜 그렇소?”

하고 캐니,

“뭘…… 저 아래 윤금보라고 있는데 기운이 장산뎁쇼. 아, 삼산학교 그 녀석두 우두만 넣었다면 그까짓 것 무서울 것 없는뎁쇼, 그걸 모르겠거든입쇼…….”

한다. 나는,

"그렇게 용한 생각을 하고 일러주러 왔으니 아주 고맙소."

하였다. 그는 좋아서 벙긋거리며 머리를 긁었다.

"그래 삼산학교에 다시 들기만 기다리고 있소?"

물으니 그는,

"돈만 있으면 그까짓 거 누가 *'고스카이' 노릇을 합쇼. 밑천만 있으면 삼산학교 앞에 가서 뻐젓이 장사를 할 텐뎁쇼."

고스카이
잔심부름꾼, 사환.

한다.

"무슨 장사?"

"아, 방학될 때까지 차미 장사도 하굽쇼, 가을부턴 군밤 장사, *왜떡 장사, 습자지, 도화지 장사 막 합죠. 삼산학교 학생들이 저를 어떻게 좋아하겝쇼. 저를 선생들보다 낫게 치는뎁쇼."

왜떡
밀가루나 쌀가루를 짓이기어 얇게 늘여서 구운 과자.

한다.

나는 그날 그에게 돈 삼 원을 주었다. 그의 말대로 삼산학교 앞에 가서 뻐젓이 참외 장사라도 해보라고. 그리고 돈은 남지 못하면 돌려오지 않아도 좋다 하였다.

떡판을 맨 떡장수

그는 삼 원 돈에 덩실덩실 춤을 추다시피 뛰어나갔다. 그리고 그 이튿날,

"선생님 잡수시라굽쇼."

하고 나 없는 때 참외 세 개를 갖다 두고 갔다.

그리고는 온 여름 동안 그는 우리 집에 얼른하지 않았다.

들으니 참외 장사를 해보긴 했는데 이내 장마가 들어 밑천만 까먹었고, 또 그까짓 것보다 한 가지 놀라운 소식은 그의 아내가 달아났단 것이다. 저희끼리 금실은 괜찮았건만 *동세가 못 견디게 굴어 달아난 것이라 한다. 남편만 남 같으면 따로 살림나는 날이나 기다리고 살 것이

동세
동서.

나 평생 동서 밑에 살아야 할 신세를 생각하고 달아난 것이라 한다.

그런데 요 며칠 전이었다. 밤인데 달포 만에 수건이가 우리 집을 찾아왔다. 웬 포도를 큰 것으로 대여섯 송이를 종이에 싸지도 않고 맨손에 들고 들어왔다. 그는 벙긋거리며,

"선생님 잡수라고 사왔습죠."

하는 때였다. 웬 사람 하나가 날쌔게 그의 뒤를 따라 들어오더니 다짜고짜로 수건이의 멱살을 움켜쥐고 끌고 나갔다. 수건이는 그 우둔한 얼굴이 새하얗게 질리며 꼼짝 못 하고 끌려 나갔다.

직각하다
바로 깨닫다.

나는 수건이가 포도원에서 포도를 훔쳐 온 것을 *직각하였다. 쫓아 나가 매를 말리고 포도 값을 물어 주었다. 포도 값을 물어 주고 보니 수건이는 어느 틈에 사라지고 보이지 않았다.

나는 그 다섯 송이의 포도를 탁자 위에 얹어 놓고 오래 바라보며 아껴 먹었다. 그의 은근한 순정의 열매를 먹듯 한 알을 가지고도 오래 입 안에 굴려 보며 먹었다.

이제다. 문안에 들어갔다 늦어서 나오는데 불빛 없는 성북동 길 위에는 밝은 달빛이 깁을 깐 듯하였다.

그런데 포도원께를 올라오노라니까 누가 맑지도 못한 목청으로,

사케와나미다까다메이키카
'술은 눈물이냐 한숨이냐'하는 일본 가요. 당시 널리 유행했었다.

"*사…… 케…… 와 나…… 미다카 다메이…… 키…… 카……."

를 부르며 큰길이 좁다는 듯이 휘적거리며 내려왔다. 보니까 수건이 같았다. 나는,

"수건인가?"

하고 아는 체하려다 그가 나를 보면 무안해할 일이 있는 것을 생각하고 획 길 아래로 내려서 나무 그늘에 몸을 감추었다.

그는 길은 보지도 않고 달만 쳐다보며, 노래는 그 이상은 외우지도 못하는 듯 첫 줄 한 줄만 되풀이하면서 전에는 본 적이 없었는데 담배를 다 퍽퍽 빨면서 지나갔다.

달밤은 그에게도 유감한 듯하였다.

『달밤』, 한성도서, 1935.

촌뜨기

장군이는 스무 날 동안 열 아홉 밤을 유치장에서 잤다. 밤마다 잠들기 전에 먹은 마음, 열 아홉 번 먹은 마음이건만 경찰서 문 밖에 나서고 보니 그 결심은 꿈에 먹었던 마음처럼 어리둥절해지고 말았다.

"젠장, 한 이십 일 놀구 먹지 않었게……."

다리가 허청허청하였다. 그러나 그 허청거림은 속이 비었거나 기운이 탈진한 때문은 아니었다. 긴 장마를 방 안에서 *투전이나 낮잠으로 겪고 오래간만에 햇볕에 나서는 때처럼 운동부족이 일으키는 현기였다.

장군이는 여러 날 만에 묶어 보는 허리띠를 다시 한번 졸라매면서 서문 거리로 올라섰다.

"허, 그새 *멀구 다래가 들어와 한물 졌구나……."

하면서 면소 앞을 지나려니까, 벌써 풀센 겹옷을 왈가닥거리면서 촌사람 서넛이 둘러섰는 게 눈을 끌었다. 그리고,

"댓 냥이면 싸기야 엄청나게 싸죠니까, 그게 쇳값만 해두 어디라구……."

하는 소리에 장군이는 발을 멈추고 건너다보다가 '무엇들을 그러나?' 하는 생각에 또 혹시 자기네 이웃 사람들이나 아닌가 하여 그리로 가보았다.

촌사람들은 모두 낯선 사람들이었다. 그리고 그들이 둘러서서 하나씩 손에 들고 손톱으로 긁어도 보고 손가락으로 퉁기어 소리도 내보는 것은 모두 부엌 때가 묻은 주발, 대접, 국자 같은 놋그릇들이었다.

면소의 사환인 듯한 아이는,

"살랴거든 얼른 사구 돈이 없거든 물러서요. 딴사람이나 사게……."

하고 퉁을 준다.

투전
놀음 도구의 하나. 또는 그것으로 하는 노름. 손가락 너비만한 두꺼운 종이에 인물·조소(鳥獸)·충어(蟲魚) 따위를 그려 끗수를 나타내어 기름칠을 해 만든다. 60장이나 80장이 한 벌이나 실제로는 25장 또는 40장만 사용한다.

멀구
머루.

다래

장군이는 얼른 보아 전에도 두어 번 구경한 적이 있지만 면소에서 내어놓은 경매 물건인 것을 짐작하였다.

"거 사실랴고 그러슈?"

장군이는 면소 사환애의 퉁에도 물러서지 않고 주발을 그저 손에 받들고 들여다보는 갓쟁이에게 물었다.

"글쎄, 싸다니 한 벌 사볼까 하오만……."

하고 갓쟁이는 장군이를 힐끗힐끗 본다.

"사려거던 유기전에 가 새걸 사슈. 새걸 못 살 형편이거들랑 헌것두 살 생각 마슈."

"왜 그렇소? 새건 삼 곱은 줘야 사지 않겠소?"

"글쎄 삼 곱 아냐 오 곱을 주더라도 말요, 형세에 부치는 사람은 장만할 때뿐이지 저런 건 다 남의 물건 되기가 쉬운 거요. 언제 *집달리가 나와 저렇게 집어다 놀는지 아오? 당신은 세납이 안 밀린 게로구려……."

집달리
집달관. 재판 결과의 집행, 서류 송달 등의 사무를 맡아 보는 직원.

하고 장군이가 이죽거리고 먼저 한 걸음 물러서니 그 갓쟁이도,

"허긴 노형 말노 옳소."

하고 들었던 주발을 슬며시 놓고 돌아섰다.

장군이는 자기의 말 한마디에 촌사람들이 흩어져 버리는 것이 몹시 통쾌스러웠다. 우쭐렁 하여 서문거리를 나서서는 자기의 결심, 열 아홉 밤 동안 유치장에서 먹은 결심을 생각해 보면서 신작로를 터벅터벅 걸었다.

그의 결심이란 다른 것이 아니라 살림을 떠엎고 말리라는 것이었다.

살림이라야 가진 논밭이 없고 몇 대짼진 몰라도 하늘에서 떨어져서

는 첫 동네라는 안악굴 꼭대기에서 그 중에서도 제일 외따로 떨어져 있는 오막살이를 근거로 하고 화전이나 파먹고 숯이나 구워먹고 덫과 함정을 놓아 산짐승이나 잡아먹던 구차한 살림이었다.

그래도 자기 아버지 대에까지는 굶지는 않고 남에게 비럭질은 하지 않고 살아왔다. 그렇던 것이 언제 누구라 임자로 나서 팔아먹었는지 둘레가 백 리도 더 될 큰 산을 *삼정회사에서 샀노라고 나서 가지고는 *부대를 파지 못한다, 숯을 허가 없이 굽지 못한다, 또 경찰에서는 멧돼지 함정이나 여우 덫은 물론이요 꿩 창애나 옥누 같은 것도 허가 없이는 못 놓는다 하고 금하였다.

삼정회사
일본의 대표적 재벌인 미쓰이(三井)를 가리킴.

부대
화전(火田). 개간지.

창애
짐승을 꾀어 잡는 틀의 한 가지.

요즘 와서 안악굴 동네에는 산지기와 관청에서 이르는 대로만 지키자면 봄 여름에는 산나물이나 뜯어먹고 가을에는 멀구 다래나 하고 도토리나 주워다 먹고 겨울에는 곤충류와 같이 땅 속에 들어가 동면(冬眠)이나 할 수 있으면 상책이게 되었다.

그러나 큰 산 속, 안악굴서 사는 사람들이라고 해서 이 장군이네부터도 갑자기 멧돼지나 노루와 같이 초식만은 할 수가 없고 나비나 살무사처럼 삼동 한철을 자고만 배길 수도 없었다. 배길 수가 없어서가 아니라 하고 싶어도 재주가 없어서였다.

옥누
'올무'의 방언. 새나 짐승을 잡는 올가미.

그래서 안악굴 사람들은, 관청의 눈이 *동뜬 때문인지 엄밀하게 따지려면 늘 범죄의 생활자들이었다.

동뜨다
사이가 멀다. 시간이 오래 걸리다.

안악굴서 멧돼지와 노루의 함정을 파놓은 것이 이 장군이 한 사람만은 아니었다. 그날 하필 사냥을 나왔던 순사부장이 빠진다는 것이 알고 보니 여러 함정 중에 장군이가 파놓은 함정이었다.

그래서 장군이는 쩔름거리는 순사부장의 뒤를 따라 그의 묵직한 총

상사발
막사발. 품질이 낮은 사발.

장도막
한 장날로부터 다음 장날까지의 동안.

뜬숯
장작을 때고 난 뒤에 꺼서 만든 숯.

화릿불
'화롯불'의 방언.

을 메고 경찰서로 들어왔고 경찰서에 들어와선 처음엔 귀때기깨나 맞았으나 다음날부터는 저의 집 관솔불이나 *상사발에 대어서는 너무나 문화적인 전기등 밑에서 알루미늄 벤또에다 쌀밥만 먹고 지내다가 스무 날 만에 집으로 나오는 길이었다.

"거 광셍이 아냐?"

조짚으로 친 섬에다 무언지 불룩하니 넣어 지고 꾸벅꾸벅 땅만 보고 걸어오던 광셍이가 이마를 찌푸리며 눈을 들었다.

"아, 오늘이야 나오나? 그래 되겐 욕보지 않었어?"

"욕은커녕 서너 *장도막 놀구 먹구 나오네. 거 뭔가?"

"뜬숯…… 경칠 놈에거 경만 치지 않으면 그 속이 되려 편하지 이 짓을 해먹어."

"거 꽤 많이 맨들었네 그려…… *뜬숯은 허가 없이두 괜찮은지……."

"아, 그럼, *화릿불 꺼서 만드는걸 뭐……."

"어서 다녀나 오게. 우리집인 그새 호랭이나 안 물어 갔나 원……."

"징역을 간 줄 알고 자꾸 걱정이시데. 빨리 올라가 보게."

장군이는 광셍이를 지나쳐 놓고 속으로,

'정칠 것! 정말 호랭이게나 물려 갔으면 저두 좋구 나두 한시름 덜지……'

하면서 걸었다.

장군이는 경찰서 문 앞을 나설 때와 달라 집이 가까워질수록 걸음이 무거웠다.

"빌어먹을! 먹을 게 넉넉지 않거든 예펜네나 맘에 들든지……."

혼잣소리를 가래침과 함께 길바닥에 뱉어 버리면서 장군이는 이제 만났던 광셍이의 아내 생각을 했다.

나이도 자기 처보다는 일곱이나 젊고 얼굴이 토실토실한 것이 장날 읍에 가보아도 그런 인물은 쉽지 않았다.

처음에 자기가 장가를 들 제는 광셍이는 자기보다 나이도 위면서 장가들 가망이 없어 동네 늙은이들이,

"광셍인 언제나 말을 타보누."

하는 소리가 듣기 싫어 그늘로만 피해 다니던 그였는데 작년 가을부터는 인물 좋고 나이 어린 색시를 얻었노라고 신이 나서 된 데 안된 데 말참례를 하고 나서는 꼴이 다 보기 싫었다.

어쩌다 우물에서 자기 처와 광셍이 처가 마주 섰는 것을 볼 양이면 광셍이 처는 날아갈 듯한 주인아씨 감이요, 자기 처는 그에게 짓밟힐 *하님짜리밖에 안 돼 보이었다. 그럴 때마다 장군이는 며칠씩 아내와 말이 없었고, 공연한 일에도 트집만 잡으려 들었다.

하님
여자 종을 대접하여 이르는 말.

아무튼 광셍이 처가 안악굴 동네에 들어온 뒤로는 장군이 내외는 점점 새가 버그러졌다. 그런데다 살림은 갈수록 꼬였다.

"정칠 놈의 방아 같으니, 안 되는 놈은 자빠져도 코가 깨진다나……."

철둑을 넘어서 안악굴 올라가는 길섶에 들면 되다만 방앗간이 하나 있다. 돌각담으로 담만 둘러쌓고 확도 아직 만들지 않았고 풍채도 없다. 그러나 물 받을 자리와 물 빠질 보통은 다 째어 놓았고 주머니방아는 못 되더라도 한참 만에 한 번씩 뒷박질하듯 하는 통방아채 하나만은 확만 파놓으면 물을 대어 봐도 좋게 손이 떨어진 것이었다.

물레방앗간

장군이는 가을에 들어 이것으로 쌀되나 얻어먹어 볼까 하고 여름내

돌각담

방아채
디딜방아에 방앗공이를 끼운 긴 나무.

풍채
'풍차'의 방언. 곡물로부터 쭉정이, 겨, 먼지 등을 제거하는 농구.

북새를 놀다
북새(를) 놀다[놓다]. 여러 사람이 부산하게 법석하다.

보통을 낸다, 돌각담을 쌓는다, 빚을 마흔 냥 가까이 내어 가지고 *방아채 재목을 사고 목수품을 들이면서 거의 끝을 마쳐 가는데, 소문이 나기를, 새 술막 장풍언네가 발동긴가 무슨 조화방안가 하는 걸 사온다고 떠들어들 대었다. 그리고 발동기는 하루 쌀을 몇 백 말도 찧으니까, 새술막에 전에부터 있던 물방아도 세월이 없으리라 전하였다.

알고 보니 아닌 게 아니라 장풍언네는 아들이 서울 가서 발동기를 사오고 *풍채를 사오고, 그리고는 미리부터 찧는 삯이 물방아보다 적다는 것, 아무리 멀어도 저희가 일꾼을 시켜 찧을 것을 가져가고 찧어서는 배달까지 해준다는 것을 광고하였다. 이렇게 되고 보니 벼 두어 섬만 찧으려도 밤늦도록 관솔불을 켜가지고 *북새를 놀 게 더디기도 하려니와, 까부름새를 모두 곡식 임자가 가서 거들어 줘야 되는 물방아로 찾아올 사람이 있을 것 같지 않았다. 이래서 장군이는 여름내 방아터를 잡느라고 세월만 허비하고, 게다가 빚까지 진 셋을 중노에 손을 떼고 내어던지지 않을 수 없이 된 것이다.

장군이는 걸음을 멈추고 봇도랑 낸 데 물이 괸 것을 한참이나 서서 내려다보았다. 웅덩이라 바람 한 점 스치지 않는 수면(水面)은 거울같이 맑고 고요하여 내려다보는 장군이의 얼굴이 잔주름 하나 없이 비치었다.

누가 불러 보아도 듣지 못할 것처럼 꿈꾸듯 물만 내려다보고 섰던 장군이는 한참 만에 슬그머니 허리를 굽히었다. 그리고 손을 더듬더듬하여 커다란 뭉우리돌을 하나 집었다.

그리고는 다시 허리를 펴서 물을 내려다보았다.

물속에는 잠긴 자기 얼굴을 간질이는 듯 어찌 생각하면 자기를 비웃는 듯도 한 빤작빤작하는 송사리떼가 알른거리고 몰려다니었다.

철버덩!

장군이 손에 잡히었던 뭉우리돌은 거울 같은 물을 깨뜨리고 가을 산기슭의 적막을 흔들어 놓았다. 그러나 그의 *돌땅에 맞고 입이 광주리만큼씩 찢어지며 올려다보는 것은 제 얼굴의 그림자뿐, 송사리떼는 한 마리도 뜨지 않았다.

돌땅
큰 돌덩이를 물에 던져 그 충격으로 고기들이 놀라 뜨게 하는 짓.

한 이틀 뒤였다.

울어서 눈이 빼꾸기 눈처럼 시뻘개진 장군이 처가 그래도 울음을 참느라고 그 장군이가 제일 보기 싫어하던 *개발코를 벌룽거리면서 철둑을 올라섰다.

개발코
개발처럼 너부죽하고 뭉툭하게 생긴 코.

그 뒤에는 장군이, 그 뒤에는 배웅을 나오는 이웃 사람 서넛이 따라 철둑으로 올라섰다.

그러나 철둑을 넘어서 조밭머리로 해서 큰길로 나오는 건 장군이 양주뿐이었다. 그리고는 모두 높직한 철둑에 떨어져서들 가는 사람의 뒷모양만 봉우재에 가리어 안 보이도록 바라보았다.

장군이는 철둑 위에 섰는 만수 어머니서껀, 광셍이*서껀을 거의 산모롱에 가려지려 할 때 마지막으로 한번 돌아다보면서 속으로,

'내길래 그래도 떠나 본다!'

하였다. 그리고

'너이는 지냈니, 암만 기들을 써보렴. 몇 해나 더 견디나*….'

하였다.

서껀
'…이랑 함께'의 뜻을 나타내는 보조사.

장군이는 안악굴서 영영 나와 버린 것이 며칠 전에 유치장에서 나올

때처럼 속이 시원하였다.

그러나 앞에 선 아내의 쿨쩍거리는 꼴을 보면, 썩은 팔이나 다리를 자르는 것처럼 시원은 하면서도 뼛속이 저려드는 데가 있었다.

'꾹 참자! 모진 놈이라야 산다!'

속으로 이렇게 마음을 다시 먹으면서 아내를 보지 않으려 앞을 서기도 하였다.

선왕댕이 성황당.

얼마 안 가서 *선왕댕이 언덕이 바라보였다. 장군이는 또 한번 아내를 돌아다보았다. 보퉁이를 인 아내는 보퉁이에 눌리어 나오는 것처럼 그저 눈물이 줄줄 흘러내리었다.

선왕댕이 언덕만 올라서면 길이 갈라지는 데다. 그냥 큰길은 장군이가 읍으로 들어갈 길이요, 바른편으로 갈라지는 지름길은 밤까시로 가는 길인데, 그의 아내가 김화 땅인 친정으로 갈 길이다. 읍으로 해서도 가지마는 이렇게 질러가면 십 리 하나는 얻기 때문이요, 또 장군이는 이왕 손을 나누는 바엔 어서 아내를 떼어 버리고 혼자 가뜬한 길을 훨훨 달아나고 싶었다. 그래서 장군이는 선왕댕이에 와선 괴나리봇짐을 깊이진 새 바윗돌에 설터앉았다. 아내도 지척지척 따라와 보퉁이를 내려놓았다. 그리고 코를 풀더니 안악굴 쪽을 돌아다보았다.

곰방대

장군이는 곰방대에 담배를 붙여 물면서 곁눈으로 힐끔 아내를 보고,

"가서 아뭇소리 말구 한 이태 견뎌……친정도 내 집이드랬지 남의 집인가. 농사 밑천이나 벌어 가지면 내 어련히 찾아 안 가리……."

하고 담배를 뻑뻑 빨았다. 아내는 아무 대답은 없고 왈가닥거리는 치맛자락을 뒤집어 눈만 닦았다. 사방은 고요하였다. 담배 한 대가 다 타노라니까 벌에서 벼를 베어 싣고 나오는 *소바리가 하나 지나갔고, 그리고는 까마귀가 어디선지 날아와 선왕댕이 *가래나무 *썩정귀에 앉더니 까악까악 짖었다.

소바리
소의 등에 짐을 실어 나르는 일.

가래나무
가래나뭇과의 낙엽 활엽 교목. 열매의 씨는 먹거나 약제로 쓰인다.

장군이는 침을 배앝고 곰방대통을 털었다.

"어서 가…… 밤까시 앞으로 질러서…… 그까짓 한 이태 잠깐이지. 안악굴 구석에서 굶주리는 데다 댈까……."

아내는 좀처럼 먼저 일어나지 않았다. 까마귀가 또 까악까악 짖었다. 장군이는 일어나 돌팔매를 쳐 까마귀를 날리었다. 그리고 다시 앉아서,

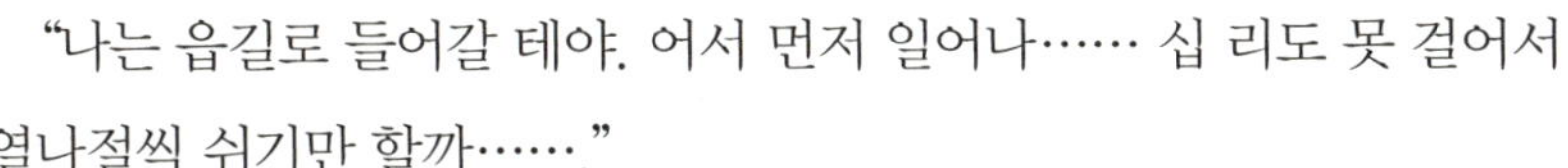

"나는 읍길로 들어갈 테야. 어서 먼저 일어나…… 십 리도 못 걸어서 열나절씩 쉬기만 할까……."

썩정귀
'삭정이'의 방언. 산나무에 붙은 채 말라죽은 가지.

아내는 그냥 앉아서 쿨쩍거리기만 하였다. 장군이는 지난밤 집에서 하듯 또 소리를 버럭 질렀다.

"되지 못하게시리…… 체…… 누군 하구 싶어 하는 노릇으로 아나 봬……."

장군이 처는 눈을 슴벅거리며 일어서고 말았다. *보통이를 다시 집어 이고 입을 비죽거리며 돌아섰다. 한참 가다 두어 번 돌아보았으나 장군이는 마주 보지 않는 체하려 눈으론 보면서도 얼굴은 다른 데로 돌리었다. 그리고 장군이도 아내의 그림자가 언덕 너머로 사라지고 말 적에는 눈물이 펑 쏟아지면서 코허리가 시큰거리었다. 그리고 목줄대기에선 울음을 참느라고 찌르륵 하는 소리까지 났다. 그는 손등으로 눈을 닦고 다시 곰방대를 꺼내 물었다.

보통
봇도랑. 봇물을 대거나 빼게 만든 도랑.

희연 한 대를 서너 모금에 다 태워 버리고, 저도 한번 안악굴 쪽 큰 산을 바라보면서 일어났다. 휭하니 선왕댕이 언덕을 올라섰다.

벌에는 군데군데 사람들이 있었다. 그러나 장군이 눈에 제일 먼저 뜨이는 것은 이제 겨우 큰길에서 떨어져 방축머리를 돌아가고 있는 아내의 그림자였다. 장군이는 발을 멈추고 멍하니 서서 바라보았다. 바라보고 섰노라니까 아내도 남편이 저를 바라보고 섰는 것을 돌아다본 듯 아내의 그림자도 움직이지 않고 한자리에 박혀 있었다. 장군이는 또 성이 버럭 나서 옆에 있기나 한 것처럼,

"가, 어서……."

하고 손짓을 하였다. 아내는 남편의 손짓을 알아챈 듯 그제사 다시 움직이었다.

읍길과 밤까싯길은 갈라져 가지고도 한 오 리 동안은 평행하는 길이다. 그래서 장군이 눈에는 아내의 그림자가 조밭에 가리었다가 혹은

수수밭에 가리었다가 가끔 다시 나타나곤 하였다. 어떤 때는 까맣게 멀리 보이었다가도 어떤 때는 뜻밖에 소리를 지르면 알아들을 만치 가까이서도 나타났다.

멀리서나 가까이서나 아내의 그림자가 보일 때마다 장군이는 걸음을 멈추고 바라보면서 생각하였다.

'읍에까지 같이 갈걸!'

장군이는 아내에게 떡이나 사먹여서 보내고 싶었다. 친정으로 가라는 바람에 이틀이나 곡기를 하지 않은 아내가 시장도 하려니와, 작년 겨울에 별로 *이차떡 말을 뇌던 것이 생각났다.

이차떡
'인절미'의 방언.

큰고개가 점점 *바투 다가들었다. 큰고개만 넘으면 읍이 보이는 데요, 밤까싯길과는 아주 산 하나가 막혀 버리는 데였다.

장군이는 발돋움을 하면서 밤까싯길을 바라보았다. 희끗 나부끼었던 아내의 그림자는 길이 낮은 때문인지 또 폭 가라앉았다. 장군이는 미리 우뚝한 돌각담 위로 뛰어올라가서 아내의 그림자가 다시 솟아오르기를 기다려 가지고,

바투
거리가 썩 가깝게.

"여봐, 여봐……."

하고 소리를 질렀다. 아내도 남편의 그림자를 놓치지 않으려 건너다보며 가던 것이라 이내 걸음을 머물렀다. 장군이는 또 소리를 질렀다.

"이리 좀 와…… 이리 좀……."

하고 이번에는 오라는 손짓을 하였다. 그러나 거리가 멀어 잘 알아듣지 못하는 모양인데, 마침 논에서 벼 베던 사람이 일어서서 이 광경을 보더니 중간에서 소리를 질러 말을 전해 주었다. 그리고 어느 *밭살피로 나오라고 길까지 가리켜 주는 모양이었다.

밭살피
두 땅의 경계선을 간단히 표시한 표.

각전
십 전짜리 같은 돈.

장군이는 아내가 오는 동안 돌각담에 앉아 또 곰방대를 내어 물었다. 그리고 안 호주머니에 든 지전 한 장과 *각전으로 이 원이 채 못 되는 돈을 더듬어 보았다.

'떡은 고만두고 바루 돈으로 한 댓 냥 더 줄까? 열 냥이나 채 가지구 가게…….'

장군이 처는 혹시 친정으로 가는 것을 그만두고 어디로든지 같이 가자고나 할까 하여 붉은 눈이나마 새로운 광채에 번뜩이며 허위단심으로 논둑과 밭고랑을 달려왔다.

"점심이나 읍에서 사먹구 가라구 불렀어……."

아내는 다시 낙망하는 듯 아무런 대꾸도 없이 그저 코만 벌룽거리었다.

장군이는 읍에 들어서자 떡전거리로 갔다. 이차떡을 두 냥 어치를 사서 한 목판 수북이 담아 놓고, 아내를 먹이면서 저도 몇 개 집어 먹었다. 아내는 처음에는 눈만 슴벅거리고 밭고불반 붇히고 주물럭거리기만 하더니 두 개째부터 김칫국을 마셔 가면서 넙적넙적 베물었다.

장군이는 떡장사에게 떡값을 치르고는 또 십 전짜리 다섯 닢을 꺼내었다.

"이거 받아…… 열 냥이나 채 가지고 가……."

아내는 받지 않았다. 장군이는 자꾸 손을 내어미는데 아내는 받지 않고 돌아섰다. 장군이는 또 소리를 꽥 질렀다.

"받어……."

아내는 할 수 없이 받아서 또 치마끈에 옭쳐매었다.

"이 길로만 사뭇 내려가. 그럼 큰길이 되니…… 큰길로만 자꾸 가면 알지 뭐……."

아내는 눈물에 흐린 눈으로 남편을 돌아보느라고 몇 번이나 남과 부딪치면서 아랫장거리로 타박타박 내려갔다. 장군이는 멍청하니 큰길 가운데 서서 아내의 뒷모양만 바라보았다. 아내의 그림자가 거의 이층집 모퉁이로 사라지려 할 때였다. 무엇인지 갑자기 허리가 다 시큰하도록 볼기짝께를 들이받았다. 쓰러질 뻔하면서 두어 걸음 물러나 얼굴을 돌리니 얼굴에는 대뜸 불이 번쩍하는 따귀가 올라왔다. 그리고 뺨을 때린 손길과 같이 날카로운 소리가 났다.

"이 자식아, 왜 큰길에 떡 막아서서 종을 울려도 안 비켜나? 촌뜨기 녀석 같으니……."

무슨 관청의 급사인 듯 양복쟁이나 노상 어린애였다. 그는 자전차 앞바퀴를 들고 한번 굴려 보더니 장군이가 탄할 사이도 없이 남실 자전차 위에 올라앉아 달아났다.

장군이는 멀거니 한옆으로 나서서 눈으로만 그 뒤를 쫓아보는 수밖에 없었다. 내리막길이라 자전차는 번개같이 달아났거니와 걸어간 아내의 그림자도 벌써 사라진 지는 오래였다.

『이태준단편선』, 박문출판사, 1939.

까마귀

"호—"

새로 사온 것이라 *등피에서는 아직 석유내도 나지 않는다. 닦을 것도 별로 없지만 전에 하던 버릇으로 그렇게 입김부터 불어 가지고 어스레해진 하늘에 비춰 보았다. 등피는 과민하게도 대뜸 뽀오얗게 흐려지고 만다.

"날이 꽤 차졌군……."

그는 등피를 닦으면서 아직 눈에 익지 않은 정원을 둘러보았다. 이끼 앉은 돌층계 밑에는 발이 묻히게 낙엽이 쌓여 있고 상나무, 전나무 같은 상록수를 빼어놓고는 단풍나무까지 이미 반나마 이울어 어떤 나무는 잎이라고 하나도 없이 *설멍하게 서 있다. '무장해제를 당한 포로들처럼' 하는 생각을 하면서 그런 쓸쓸한 나무들이 이 구석 저 구석에 묵묵히 섰는 것을 그는 등피를 다 닦고도 다시 한참이나 바라보다 가야 자기 방으로 정한 바깥채 작은사랑으로 올라갔다.

여기는 그의 어느 친구네 별장이다. 늘 *괴벽한 문체(文體)를 고집하여 독자를 널리 갖지 못하는 그는 한 달에 이십 원 남짓 하면 독방을 차지할 수 있는 학생층의 하숙 생활조차 뜻대로 되지 않았다. 궁여의 일책으로 이렇게 임시로나마 겨우내 그냥 비워 두는 친구네 별장 방 하나를 빌린 것이다. 내년 칠월까지는 어느 방이든지 마음대로 쓰라고 해서 정자지기가 방마다 문을 열어 보이는 대로 구경하였으나 모두 여름에나 좋은 북향들이라 너무 음습하고 너무 넓고 문들이 많아서 결국은 바깥채로 나와, 상노들이나 자는 방이라는 작은사랑을 치우게 한 것이다.

상노들이나 자는 방이라 하나 별장 전체를 그리 손색 있게 하는 방은 아니었다. 동향이어서 여름에는 늦잠을 자지 못할 것이 흠일까, 겨

등피
바람을 막고 불을 반사시켜 밝게 하기 위해 램프에 씌운 물건.

설멍하다
아랫도리가 가늘고 길어 어울리지 않다.

괴벽하다
말이나 행동이 괴상하고 망측하다.

울에는 어느 방보다 밝고 따뜻할 수 있고 미닫이와 들창도 다 갑창까지 들인데다 벽장문과 *두껍닫이에는 유명한 화가인지 아닌지는 몰라도 낙관(落款)이 있는 사군자(四君子)며 *기명절지(器皿折枝)가 붙어 있다. 밖으로도 문 위에는 추성각(秋聲閣)이라 추사체의 현판이 걸려 있고 양쪽 처마끝에는 파아랗게 녹슨 풍경이 창연히 달려 있다. 또 미닫이를 열면 눈 아래 깔리는 경치도 큰사랑만 못한 것 같지 않으니, 산기슭에 나붓이 섰는 수각(水閣)과 그 밑으로 마른 연잎과 단풍이 잠긴 연당이며 그리고 그 연당 언덕으로 올라오면서 무룡석으로 석가산을 모으고 잔디밭 새에 길을 돌린 것은 이 방에서 내려다보기가 *기중일 듯싶었다. 그런데다 눈을 번뜻 들면 동편 하늘이 바다처럼 트이고 그 한편으로 휜칠한 늙은 전나무 한 채가 절벽같이 가려 섰는 것이다. 사슴의 뿔처럼 *썩정귀가 된 상가지에는 희끗희끗 새똥까지 묻어서 고요히 바라보면 한눈에 태고(太古)가 깃들이는 듯한 그윽한 경치이다.

두껍닫이
미닫이를 열 때 문짝이나 창짝이 들어가 가려져 있게 만든 것. 두껍창. 두껍집.

기명절지(器皿折枝)
여러 가지 그릇과 꽃가지, 과일 따위를 섞어서 그린 그림.

기중(其中)
그 가운데.

썩정귀
삭정이. 살아 있는 나무에 붙어 있는, 말라 죽은 가지.

오래간만에 켜보는 남폿불이다. 펄럭— 하고 성냥불이 심지에 옮기더니 좁은 등피 속은 자옥하게 연기와 김이 서리었다가 차츰차츰 밝아지는 것이었다. 그렇게 차츰차츰 밝아지는 남폿불에 뻥 둘러앉았던 옛날 집안사람들의 얼굴이 생각나게, 그렇게 남폿불은 추억 많은 불이다.

그는 누워 너무나 고요함에 귀를 빼앗기면서 옛사람들의 얼굴을 그려 보다가 너무나 가까운 데서 까악! 까악! 하는 까마귀 소리에 얼른 일어나 문을 열었다. 바깥은 아직 아주 어둡지 않았다. 또 까악! 까악! 하는 소리에 치어다보니 지나가면서 우는 소리가 아니라 바로 그 전나무 삭정가지에 시커먼 세 마리가 웅크리고 앉아 그러는 것이었다.

"까마귀!"

까치나 비둘기를 본 것만은 못하였다. 그러나 자연이 준 그의 검음과 그의 탁한 음성을 까닭 없이 저주할 필요는 느끼지 않았다. 마침 정자지기가 올라와서,

"아, 진지는 어떡하십니까?"

하는 말에, 우유하고 빵이나 먹고 밥 생각이 나면 문안 들어가 사먹는다고, 그래도 자기는 괜찮다고 어름어름하고 말막음으로,

"웬 까마귀들이……?"

하고 물었다.

"네, 이 동네 많습니다. 저 나무엔 늘 와 사는 걸입쇼."

"그래요? 그럼 내 친구가 되겠군……."

하고 그는 웃었다.

"요 아래 돼지 기르는 데가 있습죠니까. 거기 밥찌꺼기 같은 게 흔하니까 그래 까마귀가 떠나질 않습니다."

하면서 정자지기는 한걸음 나서 *풀매 치는 형용을 하니 까마귀들은 주춤하고 날 듯한 자세를 가지다가 아래를 보더니 도로 앉아서 이번에는 '까르르……' 하고 GA 아래 R이 한없이 붙은 발음을 하는 것이다.

풀매 팔매.

정자지기가 내려간 후, 그는 다시 호젓하니 문을 닫고 아까와 같이 아무렇게나 다리를 뻗고 누워 버렸다.

배가 고팠다. 그는 또 그 어느 학자의 수면 습관설(睡眠習慣設)이 생각났다. 사람이 밤새도록 그 여러 시간을 자는 것은 불을 발명하기 전

에 할 일이 없어 자기만 한 것이 습관으로 전해진 것뿐이요, 꼭 그렇게 여러 시간을 자야만 될 리는 없다는 것이다. 그는 이 수면습관설에 관련하여 식욕이란 것도 그런 것으로 믿어 보고 싶었다. 사람은 하루 꼭 꼭 세 번씩 으레 먹어야 될 것처럼 충실히 먹는 것이나 이것도 그렇게 많이 먹어야만 되게 되어서가 아니라, 애초에는 수효 적은 사람들이 넓은 자연 속에서 먹을 것이 쉽사리 손에 들어오니까 먹기만 하던 것이 습관으로 전해진 것뿐이요 꼭 그렇게 세 끼씩이나 계획적으로 먹어야만 될 리는 없을 것 같았다. 그런데, 사람이 잠을 자기 위해서는 그처럼 큰 부담이 있는 것은 아니나 먹기 위해서는, 하루 세 번씩 먹는 그 습관을 지키기 위해서는 얼마나 큰, 얼마나 무거운 부담이 있는 것인가. 그러기에 살려고 먹는 것이 아니라 먹으려고 산다는 말까지 생긴 것이 아닌가 생각되었다.

'먹을려구 산다! 평생을 먹을려구만 눈이 빨개 허둥거리다 죽어? 그건 실로 인간의 모욕이다.'

그는 쓴웃음을 지으며 지금 자기의 속이 쓰려 올라오는 것과 입 속이 빡빡해지며 눈에는 자꾸 기름진 식탁이 나타나는 것을 한낱 부가치한 습관의 발작으로만 돌려 버리려 노력해 보는 것이다.

'어디선가 *르나르는 예술가는 빵 한 근보다 꽃 한 송이를 꺾는다고, 그러나 배가 고프면? 하고 제가 묻고는 그러면 그는 괴로워하고 훔치고 혹은 사람을 죽일지도 모른다. 그렇더라도 글쓰기를 버리지는 않을 게라고 했다. 난 배가 고파할 줄 아는 얄미운 습관부터 아예 망각시켜 보리라. 잉크는 새것이 한 병 새벽 우물처럼 충충히 담겨 있겄다, 원고지도 두툼한 게 여남은 *축 쌓여 있겄다!'

그는 우선 그 문 앞으로 살랑살랑 지나다니면서 "쌀값은 오르기만

르나르(Jules Renard, 1864~1910)
프랑스의 소설가, 극작가. 작품으로 「박물지」가 있음.

축(軸)
① 책력 스무 권을 하나치로 하여 세는 단위. ② 한지는 열 권, 두루마리는 하나를 하나치로 하여 종이를 세는 단위.

허구…… 석탄두 들여야겠는데……"를 입버릇처럼 하던 주인마누라의 목소리를 십 리나 떨어져서 은은한 풍경 소리와 짙은 어둠에 함빡 싸인, 이 산장 호젓한 방에서 옛 애인을 만난 듯한 다정스러운 남폿불을 돋우고 글만을 생각하는 데 취할 수 있는 것이 갑자기 몸이 비단에 싸이는 듯, 살이 찔 듯한 행복이었다.

저녁마다 그는 남포에 새 석유를 붓고 등피를 닦고 그리고 까마귀 소리를 들으면서 어둠을 기다리었다. 방 구석구석에서 밤의 신비가 소곤거려 나올 때 살며시 무릎을 꿇고 귀한 손님의 의관처럼 공손히 남포 갓을 들어올리고 불을 켜는 것이며 펄럭거리던 *불방울이 가만히 자리 잡는 것을 보고야 아랫목으로 물러나 그제는 눕든지 앉든지 마음대로 하며 혼자 밤이 깊도록 무얼 읽고 무얼 생각하고 무얼 쓰고 하는 것이다. 그래서 아침이면 늘 늦도록 자곤 하였다. 어떤 날은 큰사랑 뒤에 있는 우물에 올라가 세수를 하고 나면 산 너머로 오정 소리가 울려오기도 했다. 그러다가 이날은 무슨 무서운 꿈을 꾸고 그 서슬에 소스라쳐 깨어 보니 밤은 벌써 아니었다. 미닫이에는 전나무 가지가 꿩의 *장목처럼 비끼었고

쨍쨍한 햇볕은 쏴— 소리가 날 듯 쪼여 있었다. 어수선한 꿈자리를 떨쳐 버리는 홀가분한 기분과 여기 나와서는 처음 일찍 깨어 보는 호기심에서 그는 머리를 흔들고 미닫이부터 쫙 밀어 놓았다. 문턱을 넘어 드는 바깥 공기는 체온에 부딪히는 것이 찬물 같았다. 여윈 손으로 눈을 비비며 얼마나 아름다운 아침일까를 내어다보았다. 해는 역광선이어서 부신 눈으로 수각을 더듬고 *연당을 더듬고 잔디밭 길을 더듬다가 그 실뱀 같은 잔디밭 길에서다. 그는 문득 어떤 여자의 그림자 하

불방울
'불티'의 방언.

장목
꿩의 꽁지깃을 묶어 깃대 끝에 꽂아 다는 꾸밈새. 흔히 군기나 농기에 씀.

연당(蓮塘)
연못.

나를 발견한 것이다.

여태 꿈인가 해서 다시금 눈부터 비비었다. 확실히 여자요, 또 확실히 고요히 섰으되 산 사람이었다. 그는 너무 넓게 열렸던 문을 당황히 닫아 버리고 다시 조그만 틈으로 내어다보았다.

여자는 잊어버린 듯 오래도록 햇볕만 쏘이고 서 있다가 어디선지 산새 한 마리가 날아와 가까운 나뭇가지에 앉는 것을 보더니 그제야 사뿐 발을 떼어놓았다. 머리는 틀어올리었고 저고리는 노르스름한 명주빛인데 고동색 스웨터를 아이 업듯 두 소매는 앞으로 늘어뜨리고 등에만 걸치었을 뿐, 꽤 날씬한 허리 아래엔 옥색 치맛자락이 부드러운 물결처럼 가벼운 주름살을 일으켰다. 빨간 단풍잎 하나를 들었을 뿐, 고요한 아침 산보인 듯하다.

'누굴까?'

그는 장정(裝幀) 고운 신간서(新刊書)에처럼 호기심이 일어났다. 가까이 축대 아래로 지나가는 것을 보니 새 양봉투 같은 깨끗한 이마에 눈결은 뉘어 쓴 영어 글씨같이 채근하다. 꼭 다문 입술, 그리고 뾰로통한 콧봉우리에는 어간지 않은 프라이드가 느껴지는 얼굴이었다.

'웬 여잔데!'

이튿날 아침에도 비교적 이르게 잠이 깨었다. 살며시 연당 쪽을 내어다보니 연당 앞에도 잔디밭 길에도 아무도 사람이라고는 보이지 않았다. 왜 그런지 붙들었던 새를 날려 보낸 듯 그는 서운하였다.

이날 오후이다. 그는 낙엽을 긁어다가 불을 때고 있었다. 누군지 축대 아래에서 인기척이 났다. 머리를 쓸어넘기며 내려다보니 어제 아침의 그 여자다. 어제 그 옷, 그 모양, 그 고요함으로 약간 발그레해진 얼굴을 쳐들고 사뭇 아는 사람을 보듯 얼굴을 돌리려 하지 않고 걸음을 멈추고 섰는 것이다. 이쪽은 당황하여 다시 머리를 쓸어넘기며 일어섰다.

"×선생님 아니세요?"

여자가 거의 자신을 가지고 먼저 묻는다.

"네, ×××입니다."

"……."

여자는 먼저 물어 놓고 더 말이 없이 귀밑까지 발그레해지는 얼굴을 폭 수그렸다. 한참이나 아궁에서 낙엽 타는 소리뿐이었다.

"절 아십니까?"

"……."

여자는 다시 얼굴을 들 뿐 말은 없다가 수줍은 웃음을 머금고 옆에 있는 돌층계를 휘뚝휘뚝 올라왔다. 이쪽에서는 낙엽 한 무더기를 또 아궁에 쓸어 넣고 손을 털었다.

"문간에 명함 붙이신 걸루 알었세요."

"네……."

"저두 선생님 독자예요. 꽤 충실한……."

"그러십니까? 부끄럽습니다."

그는 손을 비비며 여자의 눈을 보았다. 잦아든 가을 호수와 같이 약간 꺼진 듯한 피곤한 눈이면서도 겨울 별 같은 찬 광채가 일어났다.

"손수 불을 때시나요?"

"네."

"전 이 집 정원을 저이 집처럼 날마다 산보 와요, 아침이문……."

"네! 퍽 넓구 좋은 정원입니다."

"참 좋아요…… 어서 때세요."

"네, 이 동네 계십니까?"

"요 개울 건너예요."

이날은 더 이야기가 나올 새 없이 부끄러움도 미처 걷지 못하고 여자는 돌아가고 말았다.

그는 한참 뒤에 바깥 한길로 나와 개울 건너를 살펴보았다. 거기는 기와집, 초가집 여러 집이 언덕에 층층으로 놓여 있었다. 어느 것이 그 여자가 들어간 집인지 짐작조차 할 수 없었다.

이날 저녁에 정자지기를 만나 물었더니,

"그 여자 병인이올시다."

하였다. 보기에 그리 병색은 아니더라 하니,

"뭐 폐병이라나요. 약 먹누라구 여기 나왔는데 숨이 차 산엔 못 댕기구 우리 정자로만 밤낮 오죠."

하였다.

폐병! 그는 온전한 남의 일 같지 않게 마음이 쓰였다. 그렇게 *예모 있고 상냥스러운 대화를 지껄일 수 있는 아름다운 입술이 악마 같은 병균을 빌산하리라는 사실은 상상만 하기에도 우울하였다.

예모
예절에 맞는 몸가짐.

그러나 그 다음날부터는 정원에서 그 여자를 만나 인사할 수 있는 것이 즐거웠고, 될 수만 있으면 그를 위로해 주고 그와 더불어 자기의 *빈한한 예술을 이야기하고 싶었다. 그래서 그 여자가 자기의 방문 앞으로 왔을 때는 몇 번이나,

빈한하다
가난하고 쓸쓸하다.

"바람이 찹니다."

하여 보았다. 그러나 번번이,

"여기가 좋아요."

하고 여자는 툇마루에 걸터앉았고 손수건으로 자주 입과 코를 막기를

잊지 않았다. 하루는,

"글쎄 괜찮으니 좀 들어오십시오."

하고 괜찮다는 말에 힘을 주었더니 여자는 약간 상기가 되면서 그래도 이쪽에 밝히 따지려는 듯이,

"전 전염병 환자예요."

하고 쓸쓸한 웃음을 지었다.

"글쎄 그런 줄 압니다. 괜찮으니 들어오십시오."

하니 그제야 가벼운 감격이 마음속에 파동치는 듯, 잠깐 멀리 하늘가에 눈을 던지었다가 살며시 들어왔다. 황혼이었다. 동향 방의 황혼이라 말할 때의 그 여자의 맑은 눈 속과 흰 잇속만이 별로 또렷또렷 빛이 났다.

"저처럼 죽음에 대면해 있는 처녀를 작품 속에서 생각해 보신 적 계세요, 선생님?"

"없습니다! 그리구 그만 정도에 왜 죽음을 생각허십니까?"

"그래두 자꾸 생각하게 되어요."

하고 여자는 보일 듯 말 듯한 웃음으로 천장을 쳐다보았다. 한참 침묵 뒤에,

"전 병을 퍽 행복스럽다 했어요. 처음엔……."

하고 또 가벼이 웃었다.

"……."

"모두 날 위해 주구 친구들이 꽃을 가지구 찾아와 주구 그리고 건강했을 때보다 여간 희망이 많지 않아요. 인제 병이 나으면 누구헌테 제일 먼저 편지를 쓰겠다, 누구헌테 전에 잘못한 걸 사과하리라…… 참 별별 희망이 다 끓어올랐예요…… 병든 걸 참 감사했어요. 그땐……."

"지금은요?"

"무서워졌예요. 죽음두 첨에는 퍽 아름다운 걸루 알었드랬예요. 언제든지 살다 귀찮으면 꽃밭에 뛰어들듯 언제나 아름다운 죽음에 뛰어들 수 있는 걸 기뻐했어요. 그런데 이렇게 닥뜨리고 보니 겁이 자꾸 나요. 꿈을 꿔두……."

하는데 까악까악 하는 소리가 바로 그 전나무 썩정 가지에서인 듯, 언제나 똑같은 거리에서 울려 왔다.

"여기 나와선 까마귀가 내 친굽니다."

하고 그는 억지로 그 불길스러운 소리를 웃음으로 덮어 버리려 하였다.

"선생님은 친구라구꺼정! 전 이 동네가 모두 좋은데 저게 싫어요. 죽음을 잊어버리면 안 된다구 자꾸 깨쳐 주는 것 같아요."

"긴 괜한 관념인 줄 압니다. 흰 새가 있듯 검은 새도 있는 거요. 소리 맑은 새가 있듯 소리 탁한 새도 있는 거죠. 취미에 따라 까마귀도 사랑할 수 있는 샌 줄 압니다."

"건 죽음을 아직 남의 걸로만 아는 건강한 사람들의 두개골을 사랑하는 것 같은 악취미겠지요. 지금 저헌텐 무서운 짐승이에요. 무슨 음모를 가지구 복면허구 내 뒤를 쫓아다니는 무슨 음흉한 사내같이 소름이 끼쳐요. 아마 내가 죽으면 저 새가 덥석 날러와 앞을 설 것만 같이……."

"……."

"죽음이 아름답게 생각될 때 죽는 것처럼 행복은 없을 것 같어요."
하고 여자는 너무 길게 지껄였다는 듯이 수건으로 입을 코까지 싸서 막고 멀거니 어두워 들어오는 미닫이를 바라보았다.

이 병든 처녀가 처음으로 방에 들어와 얼마 안 되는 이야기를 그의 체온과 그의 병균과 함께 남기고 간 날 밤, 그는 몹시 우울하였다.

'무슨 말을 하여야 그 여자를 위로할 수 있을까?'

'과연 그 여자의 병은 구할 수 없는 것일까?'

'어떻게 하면 그 여자에게 죽음이 다시 한번 꽃밭으로 보일 수 있을까?'

그는 비스듬히 벽에 기대어 이것을 생각하다가 머릿속에서 무엇이 버스럭거리는 소리를 들었다. 가만히 이마에 손을 대니 그것은 벽장 속에서 나는 소리였다. 그는 벽장을 열고 두어 마리의 쥐를 쫓고 나무 때기처럼 굳은 빵 한쪽을 꺼내었다. 그리고 한 손으로는 뒷산에서 주워 온 그 환약과 같이 동그라면서도 가랑잎처럼 무게가 없는 토끼의 배설물을 집어 보면서 요즘은 자기의 것도 그렇게 담박한 것이 틀리지 않을 것을 미소하였다. '사람에게서도 풀내가 나야 한다.' 한 철인 *소로의 말이 생각났으며, 사람도 사는 날까지 극히 겸손한 곤충처럼 맑은 이슬과 향기로운 풀잎으로만 만족하지 못하는 것을, 그 운명이 슬픈 생각도 났다.

소로(Henry David Thoreau, 1817~1862)
미국의 사상가. 에머슨의 절대주의의 영향을 받아 비인간적이며 순수한 자연을 추구함. 『시민의 반항』, 『숲속의 생활』 등의 저서가 있다.

'무슨 말을 하여 주면 그 여자에게 새 희망이 생길까?'

그는 다시 이런 궁리에 잠기었고 그랬다가 문득,

'내가 사랑하리라!'

하는 정열에 부딪히었다.

'확실히 그 여자는 애인을 갖지 못했을 거다. 누가 그 벌레 먹는 가슴에 사랑을 묻었을 거냐.'

그는 그 여자의 앉았던 자리에 두 손길을 깔아 보았다. 싸늘한 장판의 감촉일 뿐 체온은 날아간 지 오래였다.

'슬픈 아가씨여, 죽더라도 나를 사랑하면서 죽어 다오! 애인이 없이 죽는 것은 애인을 남기고 죽기보다 더욱 슬플 것이다……. 오래 전부터 병균과 싸워 온 그대에겐 확실히 애인이 있을 수 없을 게다.'

그는 문풍지 떠는 소리에 덧문을 닫고 남포의 불을 낮추고 *포의 슬픈 시 「레이벤」을 생각하면서,

"레노어? 레노어?"

하고, 포가 그의 애인의 망령을 불렀듯이 슬픈 음성을 소리쳐 보기도 하였다. 그 덮을 것도 없이 애인의 헌 외투 자락에 싸여서, 그러나 행복스럽게 임종하였을 레노어의 가엾고 또 아름다운 시체는, 생각하여 보면 포의 정열 이상으로 포근히 끌어안아 보고 싶은 충동도 일어났다. 포가 외로운 서재에 앉아 밤 깊도록 옛 책을 상고할 때 폭풍은 와문을 열이 찢뜨렸고 검은 숲속에서는 보이지도 않는 까마귀가 울면서 머리 풀어헤친 아름다운 레노어의 망령이 스르르 방 안 한구석에 들어서곤 하였다.

포(Edgar Allan Poe, 1809~1849)
19세기 최대의 독창가로 꼽히는 미국의 시인·소설가·비평가. 단편 『황금 풍뎅이』, 『어셔가의 몰락』, 『검은 고양이』, 『잃어버린 편지』 등이 있다. 「레이벤」은 죽은 연인에 대한 끝없는 연민의 정을 담고 있는 시집 『갈가마귀 The Raven』(1845)를 말한다.

'오오! 나의 레노어! 너는 아직 확실히 애인을 갖지 못했을 거다. 내가 너를 사랑해 주며 내가 너의 주검을 지키는 슬픈 애인이 되어 주마.'

그는 밤이 너무나 긴 것을 탄식하며 어서 날이 밝기를 기다리었다.

그러나 밝는 날 아침의 하늘은 너무나 두껍게 흐려 있었고 거친 바람은 구석구석에서 몰려나오며 눈발조차 희끗희끗 날리었다. 온실 속에서나 갸웃이 내어다보는 한 송이 온대지방 꽃처럼, 그렇게 가냘픈

그 처녀의 얼굴이 도저히 나타나기를 바랄 수 없는 날씨였다.

'오, 가엾은 아가씨! 너는 이렇게 흐린 날, 어두운 방 속에 누워 애인이 없이 죽을 것을 슬퍼하리라! 나의 가엾은 레노어!'

사흘이나 눈이 오고 또 사흘이나 눈보라가 치고 다시 며칠 흐리었다가 눈이 오고 그리고 날이 들고 따뜻해졌다. 처마 끝에서 눈 녹은 물이 비 오듯 하는 날 오후인데 가엾은 아가씨가 나타났다. 더 창백해진 얼굴에는 *상장(喪章) 같은 마스크를 입에 대었고 방에 들어와서는 눈꺼풀이 무거운 듯 자주 눈을 감았다 뜨면서,

상장(喪章)
거상이나 조상(弔喪)의 뜻을 나타내기 위해 옷가슴, 소매 따위에 다는 표.

"그간 두어 번이나 몹시 각혈을 했어요."

하였다.

"그러나……."

"의사는 기관에서 터진 피래지만, 전 가슴에서 나온 줄 모르지 않아요."

"그래도 의사가 더 잘 알지 않겠어요?"

"의사가 절 속여요. 의사만 아니라 사람들이 다 날 속이려고만 들어요. 돌아서선 뻔—히 내가 죽을 걸 이야기하다가두 나보군 아닌 체들해요. 그래서 벌써부터 난 딴 세상 사람처럼 따돌리는 게 저는 슬퍼요. 죽음이 그렇게 외로운 거란 걸 날 죽기 전부터 맛보게들 해요."

아가씨의 말소리는 떨리었다.

"그래도…… 만일 지금이라도 만일…… 진정으로 사랑하는 사람이 있다면 그 사람의 말만은 곧이들으시겠습니까?"

"……."

눈을 고요히 감고 뜨지 않았다.

"앓으시는 병을 조금도 싫어하지 않고 정말 운명을 같이 따라 하려

는 사람만 있다면……?"

"그럼 그건 아마 사람이 아니겠지요. 저한테 사랑하는 사람이 있긴 있어요……. 절 열렬히 사랑해 주어요. 요즘도 자주 저한테 나와요."

"……."

"그는 정말 날 사랑하는 표루 내가 이런, 모두 싫어허는 병이 걸린 걸 자기만은 싫어허지 않는단 표루 하루는 내 가슴에서 나온 피를 반 컵이나 되는 걸 먹기까지 한 사람이야요. 그렇지만 그게 내게 위로가 되는 줄 아세요?"

"……."

그는 우울할 뿐이었다.

"내 피까지 먹고 나허구 그렇게 가깝게 해두 그는 저대로 건강하구 저대로 살아가야 할 준비를 하니까요. 머리가 좋으면 이발소에 가고, 신이 해지면 새 구둘 맞추구, 날마다 대학 도서관에 다니면서 학위 받을 연구만 하구 있어요. 그러니 얼마나 저허곤 길이 달러요? 전 머릿속에 상여, 무덤 그런 생각뿐인데……."

"왜 그런 생각만 자꾸 하십니까?"

"사람끼린 동정하구퍼두 동정이 안 되는 거 같아요."

"왜요?"

"병자에겐 같은 병자가 되는 것 아니곤 동정이 못 될 겁니다. 그런데 어떻게 맘대루 같은 병자가 되며 같은 정도로 앓다, 같은 시각에 죽습니까? 뻔—히 죽을 사람을 말로만 괜찮다, 괜찮다 하구 속이는 건 이쪽을 더 빨리 외롭게만 만드는 거예요."

"어떤 상여를 생각하십니까?"

그는 대담하게 이런 것을 물어 주었다. 그렇게 하는 것이 그 아가씨의 세계에 접근하는 것이 될까 하였다.

“조선 상여는 참 타기 싫어요. 요즘 금칠 막 한 자동차도 보기두 싫어요. 하아얀 말 여럿이 끌구 가는 하얀 마차가 있다면…… 하구 공상해 봤어요. 그리고 무덤도 조선 무덤들은 참 암만 해도 정이 가질 않어요. 서양엔 묘지가 공원처럼 아름답다는데 조선 산수들이야 어디 누구의 영원한 주택이란 그런 감정이 나요? 곁에 둘 수 없으니 흙으루 덮구 그냥 두면 비에 패니까 잔디를 심는 것뿐이지 꽃 한 송이 심을 데나 꽂을 데가 있어요? 조선 사람처럼 죽은 사람의 감정을 안 생각해 주는 사람들은 없는 것 같아요. 괜히 그 듣기 싫은 목소리로 울기만 허고 까마귀나 모여들게 떡 쪼가리나 갖다 어질러놓고…….”

서양 묘지

“…….”

“선생님은 왜 이렇게 외롭게 사세요?”

“…….”

그는 아무 대답도 하지 않았다. 그 여자에게 애인이 없으리라 단정한 자기의 어리석음을 마음 아프게 비웃었고 저렇게 절망에 극하여 세상 욕심이라고는 털끝만치도 없는 거룩한 여자를 애인으로 가진 그 젊은 학도가 몹시 부러운 생각뿐이었다.

날은 이미 황혼에 가까웠다. 연당 아래 전나무 꼭대기에서는 아직, 그 탁한 소리로 울지는 않으나 그 우악스런 주둥이로 그 검은 새들이 썩정이를 쪼는 소리가 딱딱 울려 왔다.

“까마귀가 온 게지요?”

“그렇게 그게 싫으십니까?”

“싫어요. 그것 뱃속엔 아마 별별 귀신딱지가 다 든 것처럼 무서워요.

한번은 꿈을 꾸었는데 까마귀 뱃속에 무슨 부적이 들고 칼이 들고 시퍼런 불이 들고 한 걸 봤어요. 웃지 마세요. 상식은 절 떠난 지 벌써 오래요…….”

“허허…….”

그러나 그는 웃고 속으로 이제 까마귀를 한 마리 잡으리라 하였다. 그 배를 갈라서 그 속에는 다른 새나 조금도 다를 것이 없는 내장뿐인 것을 보여 주리라. 그래서 그 상식을 잃은 여자의 까마귀에 대한 공포심을 근절시키고, 그래서 죽음에 대한 공포심까지도 좀 덜게 해주리라 마음먹었다.

물푸레나무
물푸레나무과의 낙엽 활엽 교목. 나무껍질은 약재로 쓰며 한국, 중국 등지에 분포한다.

그는 이 아가씨가 간 뒤에 그 길로 뒷산에 올라 *물푸레나무를 베다가 큰 활을 하나 메었다.

꼿꼿한 싸리로 살을 만들고 끝에다는 큰 못을 갈아 촉을 박고 여러 번 겨냥을 연습하여 보고 까마귀를 창문 가까이 유혹하였다. 눈 위에 여기저기 콩을 뿌리었더니 그들은 마침내 좌우를 의뭉스런 눈으로 두리번거리면서도 내려와 그것을 쪼았다. 먼 데 것이 없어지는 대로 그들은 곧 날듯 날듯이 어깨를 곧추세우면서도 차츰차츰 방문 가까이 놓인 것을 쪼며 들어왔다. 방 안에서는 숨을 죽이고 조그만 문구멍에 살촉을 얹고 가장 가까이 들어온 놈의 옆구리를 겨냥하여 기운껏 활을 당겨 가지고 쏘아 버렸다.

푸드득 하더니 날기는 다 날았으나 한 놈이 죽지에 살이 박힌 채 이내 그 자리에 떨어졌고 다른 놈들은 까악까악거리면서 전나무 꼭대기로 올라갔다. 그는 황망히 신을 끌며 떨어진 놈을 좇아 들어가 발로 덮치려 하였다. 그러나 까마귀는 어느 틈에 그의 발밑에 들지 않고 훌쩍 몸을 솟구어 그 찬란한 핏방울을 눈 위에 흩뿌리며 두 다리와 한 날개로 반은 날고 반은 뛰면서 잔디밭 쪽으로 더플더플 달아났다. 이쪽에서도 숨차게 뛰어 *다우쳤다. 보기에 악한과 같은 짐승이었지만 그도 한낱 새였다. 공중을 잃어버린 그에겐 이내 막다른 골목이 나왔다. 화살이 그냥 박힌 채 연당으로 내려가는 도랑창에 거꾸로 박히더니 쌕쌕하면서 불덩어리인지 핏방울인지 모를 두 눈을 뒤집어쓰고 집게 같은 입을 딱딱 벌리며 대가리를 곧추들었다. 그리고 머리 위에서는 다른 놈들이 전나무에서 내려와 까악거리며 저희 가족을 기어이 구하려는 듯이 낮게 떠돌며 덤비었다.

다우치다. 뒤를 쫓다.

그는 슬그머니 겁이 나기도 했으나 *뭉우리돌을 집어 공중의 놈들을 위협하며 도랑에서 다시 더풀 올려솟는 놈을 쫓아 들어가 곧은 발길로 *멱투시를 차 내던지었다. 화살은 빠져 떨어지고 까마귀만 대여섯 칸 밖에 나가떨어지며 킥—하고 빼들적거렸다. 다시 쫓아가 발길을 들었으나 그때는 벌써 까마귀는 적을 볼 줄도 모르고 덮어누르는 죽음과 싸울 뿐이었다. 그는 두근거리는 가슴으로 이 검은 새의 죽음의 고민을 내려다보며 그 병든 처녀의 임종을 상상해 보았다. 슬픈 일이었다. 그는 이내 자기 방으로 돌아왔고 나중에 정자지기를 시켜 그 죽은 까마귀를 목을 매어 어느 나뭇가지에 걸게 하였다. 그리고 어서 그 아가씨가 나타나면 곧 훌륭한 외과의(外科醫)나처럼 그 검은 시체를 해부하여 까마귀의 뱃속에도 다른 날짐승과 똑같이 단순한 조류(鳥類)의 내장이 있을 뿐, 결코 그런 무슨 부적이거나 칼이거나 푸른 불이 들어 있지 않다는 것을 증명하리라 하였다.

뭉우리돌 모난 데가 없이 둥글둥글하게 생긴 큼지막한 돌.

멱투시 '멱살'의 방언.

그러나 날씨는 추워 가기만 하고 열흘에 한 번도 따뜻한 해가 비치지 않았다. 달포가 지나도록 그 아가씨는 나타나지 않았다. 날씨는 다시 풀어져 연당에 눈이 녹고 단풍나무 가지에 걸린 까마귀의 시체도 해부하기 알맞게 녹았지만 그 아가씨는 나타나지 않았다.

*

곤작(困作)
글을 애써 가며 더디 지음, 또는 그 작품.

하루는 다시 추워져 싸락눈이 사륵사륵 길에 떨어져 구르는 날 오후이다. 그는 어느 잡지사에 들어가 *곤작(困作) 한 편을 팔아 가지고 약간의 식료를 사들고 다 나온 길인데 개울 건너 넓은 마당에는 두어 대의 검은 자동차와 함께 금빛 영구차 한 대가 놓여 있는 것이다.

그는 가슴이 섬뜩하였다. 별장 쪽을 올려다보니 전나무 꼭대기에서는 진작부터 서너 마리의 까마귀가 이 광경을 내려다보며 쭈그리고 앉아 있었다.

'그 여자가 죽은 거나 아닌가?'

영구차 안에는 이미 검은 보상에 덮인 관이 실려 있었다. 둘러섰는 동네 사람 속에서 정자지기가 나타나더니 가까이 와 일러주었다.

"우리 정자로 늘 오던 색시가 갔답니다."

"……."

그는 고요히 영구차를 향하여 모자를 벗었다.

"저 뒤에 자동차에 지금 오르는 사람이 그 색시하구 정혼했던 남자랩니다."

그는 잠자코 그 대학 도서실에 다니며 학위 얻을 연구를 한다는 청년을 바라보았다. 그 청년은 자동차 안에 들어앉아, 이내 하얀 손수건을 내어 얼굴에 대었다. 그러자 자동차들은 영구차가 앞을 서며 고요히 굴러 떠나갔다. 눈은 함박눈이 되면서 펑펑 쏟아지기 시작하였다. 그 자동차들이 굴러간 자리도 얼마 안 있어 덮어 버리고 말았다.

까마귀들은 이날 저녁에도 별다른 소리는 없이 그저 까악까악거리다가 이따금씩 까르르 하고 그 GA 아래 R이 한없이 붙은 발음을 내곤 하였다.

「가마귀」, 한성도서, 1937.

장마

"가만히 눴느니 *반침이나 좀 열어 보구려."

"건 또 무슨 소리야?"

"책이 모두 썩어두 몰루?"

하고 아내는 몰래 감추어 두고 쓰는 전기 다리미 줄을 내다가 곰팡을 턴다.

"책두 본 사람이 좀 내다 그렇게 털구려."

"일이 없어 그런 거꺼정 하겠군! 좀 당신 건 당신이 해봐요, 또 남보구만 그런 것두 못 보구 집에서 뭘 했냐 마냐 하지 말구……."

"쉬— 고만둡시다. 말이 길면 또 엊저녁처럼 돼."

하고 나는 마룻바닥에서 일어나 등의자로 올라앉았다. 등의자도 삶아 낸 것처럼 눅눅하다. 적삼고름으로 파놓은 데를 쓱 문대 보니 송충이나 꿰뚫은 것처럼 곰팡이와 때가 시퍼렇고 시커멓게 묻어난다. 나는 그제야 오늘 아침에 새로 입은 적삼인 것을 깨닫고 얼른 고름을 감추며 아내를 보았다. 아내는 아직 전기 다리미 줄만 마른 행주로 훔치고 있었다. 보았으면 으레 "어린애유? 남 기껀 빨아 대려 입혀 놓니까……." 하고 한마디, 혹은 내가 가만히 듣고 있지 않고 맞받으면 열 마디 스무 마디라도 나왔을 것이다. 늙은 내외처럼 흥흥거리기만 하고 지내는 것은 벌써 인생으로서 피곤을 느낀 뒤이다. 젊은 우리는 가끔가다 한 번 씩 오금을 박으며 꼬집어 떼듯이 말총을 쏘고 받는 것도 다음 시간부터의 새 공기를 위해

반침(半寢)
큰 방에 딸린 조그만 방. 여러가지 물건을 넣어두는 데에 쓴다.

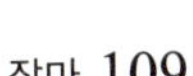

미상불
아닌 게 아니라.

서는 *미상불 필요한 청량제이기도 하다.

그러나 요즘 두 주일 동안은 비에 갇혀 내가 나가지 못한 때문인지 공연히 말다툼이 잦았다. 부부간의 말다툼이란 (우리의 길지 못한 경험에선) 언제든지 지내 놓고 보면 공연스러웠던 것이 원칙으로 우리가 엊저녁에 말다툼한 것도 다툴 이유로는 여간 희박한 내용이 아니었다. 소명이란 년이 하루에 옷을 네 벌을 말아 놓았다는 것이 동기였다. 해는 나지 않고 젖은 옷은 썩기만 하는데 왜 자꾸 비를 맞고 나가느냐고 쥐어박으니 아이는 악을 쓰고 울었다. 나는 듣그러우니까 탄할밖에 없었다. 아이들이란 비도 맞고 놀아 버릇을 해야 감기 같은 것에 저항력도 생기는 것인데 어른이 옷을 말려 댈 수가 없다는 이유로 감금을 하려들 뿐만 아니라 구타까지 하는 것은 무슨 몰상식, 무책임한 짓이냐고 하였더니 아내는 지지 않고 책임이라 하니 그런 책임이 어째 어멈에게만 있고 아비에겐 없을 리가 있느냐는 것이다. 또 그렇게 아이들이 하루에 옷을 몇 벌을 말아 놓던지 달리지 않게 왜 옷을 여러 벌 사다 놓지 못하느냐? 또 젖은 옷도 썩을 새 없이 말릴 만한 그런 설비 완전한 집을 왜 지이 놓지 못하느냐? 그러고도 큰소리만 탕탕 하고 앉았는 건 남편이나 아비 된 자로서 무슨 몰상식, 무책임한 짓이냐 하고 우리집 경제적 설비의 불완전한 점은 모조리 외고 있었던 것처럼 지적해 가면서 특히 '왜 못 하느냐' 에 강한 악센트를 내가며 나의 무능을 힐책하는 것이었다.

이런 경우에 나의 말막음은 역시 태연한 것으로,

"또 이건 무슨 약속위반이야? 혼인하기 전에 물질적으로는 어떤 곤란이 있든지 불평하지 않기로 약속한 건 누구야?"

그래도 저쪽에서 나오는 말이 많으면 최후로는,

"그럼 마음대로 해봐."

이다. 이 마음대로 해보라는 말은 가장 함축이 많은 술어(術語)로서 저쪽에서 듣고만 있지 않고,

"마음대로 어떻게 하란 말야?"

하고 해석을 요구하는 경우에는 얼마든지 폭탄적 선언으로 설명을 들려줄 수 있는 것이니 아내의 비위를 초점적으로 건드리는 데는 가장 효과 있는 말이 된다.

어제는 이 술어를 설명하는 데까지 이르렀더니 아내의 골은, 밤잔 원수가 없다는 말은 아무 의미도 없게, 아침까지 풀리지 않은 모양이었다.

비는 어쩌면 그칠 듯하다. 나는 마루 밑에서 구두를 꺼냈다. 안팎으로 곰팡이가 파랗게 피었다.

"여보?"

나는 엊저녁 이래 처음으로 의논성스럽게 아내를 불러 본다.

아내는 힐끗 보기만 한다.

"여보?"

"부르지 않군 말 못 하나."

"곰팡이가 식물이던가? 동물이던가?"

"승겁긴……."

나는 사실 가끔 싱겁다.

오래간만에 넥타이를 매느라고 거울을 들여다보았더니 수염이 마당의 잡초와 함께 무성하다.

"면도를 하구 나가?"

면도칼을 꺼내 보니 녹이 슬었다. 여럿이 쓰는 물건 같으면 또 남을 탓했을는지 모르나, 나 혼자밖에 쓰는 사람이 없는 면도칼이라, 녹이 슨 것은 틀림없이 내가 물기를 잘 닦지 못하고 둔 때문이다. 녹을 벗기려면 한참 갈아야 되겠다. 물을 떠오너라, 비누를 좀 내다 다오, 다 귀찮은 노릇이다. 링컨과 같은 구레나룻을 가진 이상(李箱)의 생각이 난다. 사내 얼굴에는 수염이 좀 거칠어서 야성미를 띠어 보는 것도 좋은 화장일지 모른다. 그러나 내 수염은 좀 빈약하다. 사진을 보면 우리 아버지는 꽤 긴 구레나룻이셨는데 아버지는 나에게 그것을 물리지 않으셨다.

구본웅이 그린 이상

아직 열한 점, 그러나 낙랑(樂浪)이나 *명치제과(明治製菓)쯤 가면, 사무적 소속을 갖지 않은 이상이나 *구보(仇甫) 같은 이는 혹 나보다 더 무성한 수염으로 커피잔을 앞에 놓고 무료히 앉았을는지도 모른다. 그러다가 내가 들어서면 마치 나를 기다리기나 하고 있었던 것처럼 반

명치제과(明治製菓) 예전에 충무로 2가에 있었던 고급 제과점.

가이 맞아 줄는지도 모른다. 그리고 요즘 자기들이 읽은 작품 중에서 어느 하나를 나에게 읽기를 권하는 것을 비롯하여 나의 곰팡이 슨 창작욕을 자극해 주는 이야기까지 해줄는지도 모른다.

구보
박태원의 호. 『천변풍경』, 「소설가 구보씨의 일일」 등의 대표작이 있다.

나는 집을 나선다. 포도원 앞쯤 내려오면 늘 나는 생각, '버스가 이 돌다리까지 들어왔으면'을 오늘도 잊어버리지 않고 하면서 개울물을 내려다본다. 여러 날째 씻겨 내려간 개울이라 양치질을 하여도 좋게 물이 맑다. 한 아낙네가 지나면서,

"빨래하기 좋겠다!"

하였다.

이런 맑은 물을 보면 으레 '빨래하기 좋겠다!'나 느낄 줄 아는, 조선 여성들의 불우한 풍속을 슬퍼한다.

푸른 하늘은 한 군데도 보이지 않는다. 고개에 올라서니 하늘은 더욱 낮아진다. 곰보네 가게는 유리창도 열어 놓지 않았고, 세월 잃은 '*아스꾸리' 통은 교통방해가 되리만치 길가에 나와 넘어졌다.

"저따위가 누굴 쇠기긴…… 내가 *초약이 되는 거야. 이리 내애……."

아스꾸리
아이스크림.

초약
화투놀이에서 난초 넉 장을 갖추어 이루는 약.

열두어 살밖에 안 된 계집애 목소리 같은 곰보 아내의 날카로운 소리다. 나는 곰보 가게라고 하지만 다른 사람들은 흔히 안주인을 표준으로 곱추 가게라고 한다. 얼굴은 늘 회충을 연상하게 창백한데, 좀 모두가 소규모여서 그렇지, 그만하면 이쁘다고 할 수 있는 눈이요, 코요, 입을 가지어서 곱추만 아니었다면 곰보로는 올려보지도 못할 미인이다. 병신이 되었기 때문에 할 수 없이 이 고개마루턱에다 빙수 가게나 내고 앉았는 곰보에게 온 모양으로, 속으로는 남편을 늘 네까짓 것 하는 자존심이 떠나지 않는 모양이었다. 가끔 지나는 귓결에 들어 보아도 색시는 그 패다 만 앳된 목소리로 남편에게 "저 따위가" 어쩐다는

소리를 잘 썼다. 그러면 아내와는 아주 딴판으로 검고 우악스럽게 생긴 남편은 "요것이……" 하고 눈을 히뜩거리며 쫓아가 어디를 쥐는지 "아야얏" 소리가 반은 비명이요, 반은 앙탈이게 멀리 지난 뒤에도 들리는 것이었다. 사내는 그 가냘픈, 그리고 방아깨비 다리처럼 꺾이어진 색시에게 비겨, 너무나 우람스럽게 튼튼하다. 어떤 날 보면 보성학교 밑에서부터 고개마루턱 저희 가게 앞까지 사이다니 바나나니를 한 짐이나 되게 장본 것을 실은 자전차를, 사뭇 탄 채로 올라오는 것이었다. 그런 장정에게 한번 아스러지게 잡히고 앙탈스런 비명을 내는 것도, 그 색시로서는 은연히 탐내는 향락의 하나일지도 모른다. 비는 오고 물건은 팔리지 않고 먹을 것은 달린다 하더라도 남편과 단 둘이 들어앉아 약이니 띠니 하고 무슨 내기였던지 화투장이나 젖히는 재미도, 어찌 생각하면 걱정거리 많은 이 세상에서 택함을 받은 생활일지도 모른다.

비는 다시 뿌린다. 남산은 뽀얗게 운무 속에 들어 있다. 고개는 올라올 때보다도 내려갈 때가 더 무엇을 생각하며 걷기에 좋다.

얼굴 읽은 이와 등 굽은 이의 부처, 저희끼리 '난 곰보니 넌 곱추라도 좋다' '난 곱추니 넌 곰보라도 좋다' 하고 손을 맞잡았을 리는 없을 것이요 누구라도 새에 들어서서, 그러나 한 쪽에 가서는 신랑이 곰보라는 말을 반드시 하였을 것이요, 또 한 쪽에 가서는 신부가 곱추라는 것을 반드시 이야기하고서야 되었을 것이다.

'자기와 혼인하려는 처녀가 곱추라는 말을 들었을 때, 그 총각의 심경은 어떠하였을 것인가?'

나는 생각하기에도 괴롭다.

아직도 고개는 더 내려가야 한다.

'우리 부처는 어떻게 되어 혼인이 되었더라?'

나는 우리 자신의 과거를 추억해 본다. 나는 강원도, 아내는 황해도, 내가 스물여섯이 되도록 한 번도 본 적도 없고 들은 적도 없었다. 다만 인연이란 내가 잘 아는 조양이(지금은 그도 여사이나) 내 아내와도 친한 동무였다. 그렇다고 처음부터 조양 때문에 우연히 서로 보고 로맨스가 일어난 것도 아니었다. 혹 그런 기회가 있었더라도 나라면 모르나, 내 아내란 위인이 결코 로맨스의 여왕이 될 소질은 피천 한푼어치도 없는 사람이다. 애초부터 결혼을 문제삼아 가지고 조양이 우리 두 사람을 맞대 놓았다. 조양은 저쪽에다 나를 무엇이라고 소개했는지는 모르지만 나한테다는,

"첫째 가정이 점잖고, 고생은 못 해봤으나 무어든 처지대로 감당해 나갈 만한 타협심이 있고, 신여성이라도 모던과는 반대요, 음악을 전공하나 무대에 야심이 있는 것이 아니라 취미에 그칠 뿐이요, 인물은 미인은 아니나 보시면 서로 만족하실 줄 압니다."

하였다. 나는 곧 만날 기회를 청했었다. 조양은 이내 그런 기회를 주선해 주었다. 나는 이발을 하고 양복에 먼지를 털어 입고 구두를 닦아 신고 갔었다. 내가 보기만 하는 것이 아니라 나도 뵈이는 터이라 얼떨떨하여서 테이블만 굽어보고 있었으나, 대체로 그가 다혈질이 아닌 것과 겸손해 뵈는 것과 좀 수줍은 티가 있는 것과 얼굴이 *구조무자형(九條武子型)인 데 마음에 싫지 않았다.

'그러나 결혼엔 사랑이 있어야 한다는데, 사랑을 인제 해가지고 결혼에 도달할 건가? 이렇게 미리부터 결혼을 조건으로 하고 만나는 데는 순수한 사랑이 얼크러질 리가 없다. 이건, 아무리 서로 마음에 들어 활동사진에 나오는 것 같은 러브신을 가져 본다 하더라도 어디까지 결

구조무자형(九條武子型)
일본 교토의 여가수 구조무자처럼 생긴 얼굴.

혼하기 위한 선보기의 발전이지 로맨스일 리는 없다…….'

나는 차라리 만나 본 것을 후회하였다. 다만 조양을 그의 인격으로나 교양으로나 우정으로나 모든 것을 믿는 만큼, 모든 것을 맡겨 버리고 서로 미지의 인연대로 약혼이 되게 하였더면, 그랬더면 그 혼인식장에 가서나 아내의 얼굴을 처음으로 대하는, 그 고전적인, 어리석한 흥미란 얼마나 구수한 것이었으랴. 나는 그렇게 못 한 것을 지금까지도 후회하거니와 나는 이왕 만나 본 김에야 좀 더 사귀어 볼 필요가 있다 하고, 한번 같이 산보할 기회를 청해 보았다. 저쪽에서 답이 오기를 자기도 그렇게 하고 싶다고 하였고, 토요일 오후에는 두 시서부터 다섯 시까지 세 시간 동안은 학교에서 나가 있을 수 있는데, 무슨 공원이나 극장 같은 번잡한 데는 싫다고 하였다.

나는 그때, 서대문턱 전차정류장에서 그를 만나 가지고 어디로 걸어야 좋을지 몰랐다.

진관사. 서울 진관내동에 있는 절로 봉은사의 말사. 고려 현종 때 창건되었다.

"어느 쪽으로 걸을까요?"

"전 몰라요."

하고 그는 붉어진 얼굴로 주위를 둘러보았다. 그는 동무나 선생을 만날까 봐 얼른 그 자리를 떠나자는 눈치였다.

"이 성 밑으로 올라갈까요?"

그는 잠자코 걷기 시작했다. 한참 올라가다가,

"그럼 이 산 위로 올라가 볼까요?"

하고 향촌동 위를 가리켰더니,

"거긴 동무들이 산보 잘 오는 데에요."

하였다. 할 수 없이 나는 중학 때 원족으로 진관사(津寬寺) 가던 길을 생각하였다. 서대문형무소 앞을 지나 무학재를 넘어서면 저 *세검정(洗劍亭)에서 내려오는 개천이 모래도 곱고 물도 맑았다. 철도 그때와 같이 가을이라 곡식 익는 향기와 들국화와 맑은 하늘과 새하얀 모랫길이 곧 우리를 반길 것만 같았다. 그래서 먼지가 발을 덮는 서대문형무소 앞을 참고 걸어서 무악재를 넘어섰다.

세검정
인조 반정 때 이곳에서 광해군의 폐위를 논의하며 칼을 씻은데서 생긴 이름이다.

고개만 넘어서면 곧 길이 맑고 수정 같은 개천이 흐르리라고 믿었던 것은 나의 착각이었다. 얼마를 걸어도 먼지만 풀썩풀썩 일어난다. 거름마차만 그 코를 찌르는 냄새에다 먼지를 일으키며 지나간다. 자동차나 한 번 지나면 한참씩 눈도 뜰 수가 없고 숨도 쉴 수가 없다. 벌써 한 시간이나 거의 소비했다. 조용한 말이라고는 한 마디도 못 해보았다. 그 세검정서 내려오는 개천은 여간 더 멀리 걷기 전에는 만날 것 같지도 않았다. 햇볕은 제일 뜨거운 각도로 우리를 쏘았다. 나는 산을 둘러보았다. 이글이글 단 바위뿐이다. 그러나 산으로나 올라가 앉을 자리를 찾는 수밖에 없었다. 산은 나무가 좀 있는 데를 찾아가니 맨 새빨갛게 송충이 먹은 소나무뿐이었다. 그리고 좀 응달이 진 데를 찾아가 앉으니, 실오리만한 물줄기에는 빨래꾼들이 천렵이나 하듯 법석이었다. 빨랫방망이들 소리에 우리는 여간 크게 발음을 하지 않고는 서로 알아들을 수가 없었다.

1900년대 초의 무악재

아내는 성북동(城北洞)으로 처음 나와 볼 때, 왜 그때 이렇게 산보하기 좋은 데를 몰랐느냐고 나를 비웃었고, 소설을 쓰되 연애소설은 쓸 자격이 없겠다 하였다. 나의 변명은 그때 우리는 연애가 아니었다는 것이다.

그런 소리를 하면 아내는 실쭉해져서,

"그럼 한이 풀리게 연애를 한번 해보구려."

하는 것이다.

아닌 게 아니라 가끔 연애욕이 일어난다. 이것은 누구에게나 영원한 식욕일지도 모른다. 또 얼마를 해보든지 늘 새로운 것이어서 포만될 줄 모르는 것도 이것일지 모른다.

버스는 오늘도 놀리고 간다. 우산을 접으며 뛰어가려니까 스타트해 버린다. 나는 굳이 버스의 뒤를 보지 않으려, 그 얄미운 버스 뒤에다 광고를 낸 어떤 상품의 이름 하나를 기억해야 할 의무를 가지지 않으려 다른 데로 눈을 피한다.

벌써 삼 년째 거의 날마다 집을 나와서는 으레 버스를 타지만, 뛰어오거나 와서 기다리거나 하지 않고 오는 그대로 와서, 척 올라탈 수 있게, 그렇게 버스와 알맞게 만나 본 적은 한 번도 없다. 그 여러 백 번에 한두 번쯤은 그런 경우가 있는 편이 도리어 자연스러운 일일 것 같은데 아직 한 번도 그 자연은 오지 않는다.

'그러나 어디로 먼저 갈까?'

나는 한참 생각하다가 어느 편으로고 먼저 오는 버스를 타기로 한다. 총독부행(總督府行)이 먼저 온다. 꽤 고물이 된 자동차다. 억지로 비비고 운전사 뒷자리에 앉았더니 기계에 기름도 치지 않았는지 차를 정지시킬 때와 스타트시킬 때마다 무엇인지 부삽자루만한 것을 잡아당겼다 밀었다 하는데 그놈이 귀가 찢어지게 삐익— 삐익 소리를 낸다. 그

조선총독부

러나 이 총독부행의 코스를 탈 때마다 불쾌한 것은 돈화문(敦化門) 정류장을 거쳐야 하는 데 있다. 거기 가서는 감독이 꼭 가래야만 차가 움직이는데 감독의 심사는 열 번에 한 번도 차를 곧 떠나게 하는 적은 없다. 차 안의 모든 눈이 '이 자식아, 얼른 가라구 해라' 하는 듯이 쏘아보기를, 어떤 때는 목욕탕에 들어앉았을 때처럼 '하나 두울……' 하고 수를 헤어 보면, 무릇 칠십 팔십까지 헤도록 해야 가라고 하는 것이다. 그나 그뿐이 아니라 뻔쩍하면 앞 차로 갈아타라 뒷 차로 갈아타라 해서, 어떤 신경질 승객에게서는 '*바가야로' 소리가 절로 나오게 되는데 제일에 나 같은 키 큰 승객이 욕을 보는 것은 기껏 자리를 잡고 앉았다가 앉을 자리는 벌써 다 앉아 버린, 다른 차로 가서 목을 펴지 못하고 억지로 바깥을 내다보는 체하며 서서 가야 하는 것이다.

돈화문

바가야로
일본어, 바보자식, 멍청이.

"망할 자식, 무슨 심사루 차를 이렇게 오래 세워 둬……."

또,

"저 자식은 밤낮 앞차로만 갈아타라고만 하더라, 빌어먹을 자식……."

하고 욕이 절로 나오지만, 생각해 보면 그 감독이란 친구도 고의로 그러는 것은 아닐 뿐 아니라 승객 일반을 위해서는 그런 조절, 정리가 필요한 것은 물론이다.

그러나 이런 사회학적 사고(思考)는 나중 문제요 먼저는 모두 저 갈 길부터 바빠서 욕하고 눈을 흘기고 하는 것이 보통이니, 이것은 조선 사회에 아직 나 같은 공덕교양(公德敎養)이 부족한 분자가 많기 때문인지는 몰라도 아무튼 버스 감독이란 것도 형사나 세관리(稅關吏)만 못하지 않게 친화력(親和力)과는 담싼 직업이다.

헤다
'세다'의 옛날 방언.

오늘도 다행히 차는 바꿔 타란 말이 없었으나 헤기만 했으면 아마 일흔은 *헤었을 듯해서야 차가 움직이었다.

안국동(安國洞)서 전차로 갈아탔다. 안국정(安國町)이지만 아직 안국동이래야 말이 되는 것 같다. 이 동(洞)이나 이(里)를 깡그리 정화(町化)시킨 데 대해서는 적지 않은 불평을 품는다. 그렇게 비즈니스의 능률만 본위로 문화를 통제하는 것은 그릇된 나치스의 수입이다. 더구나 우리 성북동을 성북정이라 불러 보면 '이주사'라고 불러야 할 어른을 '리상'이라고 남실거리는 격이다. 이러다가는 몇 해 후에는 이가니 김가니 박가니 정가니 무슨 가니가 모두 어수선스럽다고 시민의 성명까지도 무슨 방법으로든지 통제할는지도 모른다.

모든 것에 있어 개성(個性)을 살벌하는 문화는 고급한 문화는 아닐 게다.

"조선중앙일보사 앞이오."

하는 바람에 종로까지 다 가지 않고 내린다. 일 년이나 자리 하나를 가지고 앉았던 데라 들어가면 일은 없더라도, 인젠 하품 소리만큼도 의외기 없는 '재미 좋으십니까?' 소리밖에는 주고받을 것이 없더라도, 종로 일대에서는 가장 아는 사람이 많이 모여 있는 곳이라 과히 바쁘지 않으면 으레 한 번씩 들러 보는 것이 나의 풍속이다.

그러나 들어가서는 늘 싱거움을 느낀다. 나도 전에 그랬지만 손목만 한번 잡아 볼 뿐, 그리고 옆에 의자가 있으면 앉으라고 권해 볼 뿐, 저희 쓰던 것을 수굿하고 써야만 한다. 나의 말대답을 하다가도 전화를 받아야 한다. 손은 나와 잡고도,

"애! 광고 몇 단인가 알아봐라."

소리를 급사에게 질러야 한다. *선미(禪味) 다분한 *여수(麗水)가 사회

선미(禪味)
선(禪)의 취미. 탈속한 취미.

여수(麗水)
박팔양(1905~?)의 호. 카프 회원으로 활동하면서 경향시를 씀. 해방 후 월북.

부장 자리에서 강도나 강간 기사 제목에 눈살만 찌푸리고 앉았는 것은 아무리 보아도 비극이다. 《동아》에서는 *빙허(憑虛)가 또 그 자리에서 썩는 지 오래다. *수주(樹洲) 같은 이가 부인잡지에서 세월을 보내게 한다.

"이렇게까지들 사람을 모르나?"

좋게 말하자면 사원들의 재능을 만점으로 가장 효과적이게 착취할 줄들을 모른다. 내가 한 번 신문, 잡지사의 주권자가 된다면, 인재배치에만은 지금 어느 그들보다 우월하겠다는 자신에서 공연히 썩는 이들을 위해, 또 그 잡지 그 신문을 위해 비분해 본다.

"왜 벌써 가시렵니까?"

"네."

나는 언제나 마찬가지로 《동경신문》 몇 가지를 뒤적거리다가는 그들이 나의 친구가 되기에는 너무 시간들이 없는 것을 느끼고 서먹해 일어선다.

"거 소설 좀 몇 회 치씩 밀리게 해주십시오."

"네."

대답은 한결같이 시원하다. 그러나 미리는 안 써지고 쓸 재미도 없다. 이것은 참말 수술이라도 해야 할 악습이다. 이러고 언제 신문소설이 아닌 본격 장편을 한 편이라도 써보나 생각하면 병신처럼 슬퍼진다.

출판부로 내려와 본다. 여기 친구들도 바쁘다. 돌리는 의자를 끝까지 치켜 올리고는 그 위에서도 양말을 벗어 내던진 발로 뒤를 보듯 쪼그리고 앉아 팔을 걷고 한 손으로는 담뱃재를 툭툭 떨어 가면서, 한 손으로는 박짝박짝 철필을 긁어 내려가는, 아명 신복씨(兒名信福氏)는 바쁜 사람 모양의 전형일 것이다.

빙허(憑虛)
현진건(1900~1943)의 호. 소설가, 1936년 8월 일장기 말살사건으로 1년간 복역했다.

수주(樹洲)
변영로(1898~1961)의 호. 당시 수주는 부인잡지 『신가정』의 편집을 맡고 있었음.

"원고 써주셔서 감사합니다."

"웬 원고는요?"

난 몇 번 부탁은 받았으나 아직 써 보낸 것은 하나도 없다고 기억된다.

"인제 써주시면 감사하겠단 말씀이죠."

하고 역시 여기서 '*간쓰메'가 되어 있는 *윤 동요작가(尹童謠作家)가 해설해 준다.

간쓰메
일본어. 통조림.

윤 동요작가(尹童謠作家)
아동학자인 윤석중을 지칭하는 말.

"그럼 인제 써드리리다."

하였더니 그 말이 떨어지기 바쁘게 신복씨는 의자를 뱅그르르 돌리며 내려서더니 원고지와 펜을 갖다 놓는다.

"수필 하나 써주십시오."

"무슨 제목입니까?"

"바다 하나 써주십시오."

나는 작문 한 시간을 하지 않으면 안 되게 되었다.

"바다!"

멀—리 쳐다보이는 것은 비에 젖은 북한산이다. 들리는 건 처마 물 떨이지는 소리와 공장에서 윤전기 돌아가는 소리다.

윤전기

"바다!"

암만 바다를 불러 보아도 내가 그리려는 바다는 오백오십 리를 동으로 가야 나올 게다. 한 줄 쓰다 찍, 두 줄 쓰다 찍, 작문시간에 학생들에게 심히 굴지 말아야 할 것을 느낀다. 파리가 날아와 손등에 앉는다. 장마 파리는 구더기처럼 처끈처끈하고 서물거리는 감촉을 준다. 날려 버리면 이내 또 그 자리에 와 앉는다. 이런 때 끈끈이를 손등에다 발랐으면 요 파리란 놈이 달라붙어 가지고 처음 날릴 때 멀리 달아나지 않은 것을 얼마나 후회할까 생각해 본다. 그러다 보니 '바다'를 써야 할 것을 한참이나 잊어버리고 있었다.

"이선생님?"

"네?"

"『조광(朝光)』 내월 호 어느 날 나오는지 아십니까?"

"모릅니다."

하고 가만히 생각해 보니 알더라도 모른다고 해야 할 대답이다. 신문들의 경쟁보다 잡지들의 경쟁은 표면화되어 있다. 『중앙』과 『조광』에다 그만치 놀러 다니는 나를 이 두 군데서 다 이런 것을 묻기도 하는 반면 요시찰인시(要視察人視)할지도 모른다. 모른다가 아니라 그럴 줄 알아야 할 사실이다. 좀 불쾌하다. 또 깨달으니 '바다'를 한참이나 잊어버리고 있었다.

말동무가 그립다. 조광사(朝光社)에 들러 보고 싶은 생각도 난다. 그러나 들르나 마나다. 뻔한 노릇이다. *노산(鷺山)은 전화로 맞추고 가기 전에는 자리에 없기가 일쑤요, *일보(一步)는 직접 편집에 양적(量的)으로 바쁜 이요, *석영(夕影)은 삽화 그리기에 한참씩 눈을 찌푸리고 빈 종이만 내려다보아, 얼른 보기엔 한가한 듯하나 질적(質的)으로 바쁜 이다.

바로 낙랑으로 가니 웬일인지 유성기 소리가 나지 않는다. 그러나 문만 밀고 들어서면 누구나 한 사람쯤은 아는 얼굴이 앉았다가 반가이 눈짓을 해줄 것만 같다. 긴장해 들어서서는 앉았는 사람부터 둘러보았다. 그러나 원체 손님도 적거니와 모두 나를 쳐다보고는 이내 시치미

노산(鷺山)
이은상(1903~1982)의 호. 시조시인.

일보(一步)
함대훈(1907~1949)의 호. 소설가.

석영(夕影)
안석주(1901~1950)의 호. 화가, 영화인. 조선일보 학예부장 역임.

를 떼고 돌려 버리는 얼굴뿐이다. 들어가 구석자리 하나를 차지하고 앉는다. 불쾌하다. 내가 들어설 때 쳐다보던 사람들은 모두 낙랑 때가 묻은 사람들이다. 인사는 서로 하지 않아도 낙랑에 오면 흔히는 만나는 얼굴들이다. 그런 정도로 아는 얼굴은 숫제 처음 보는 얼굴만 못한 것이 보통이다. 그런 얼굴들은 내가 들어서면, 나도 저이들에게 그런 경우에 그렇게 할 수 있듯이,

'저자 또 오는군!'

하고 이유 없이 일종의 멸시에 가까운 감정을 가질 것과 나아가서는,

'저자는 무얼 해먹고 살길래 벌써부터 찻집 출근이람?'

하고 자기보다는 결코 높지 못한 아무 걸로나 평가해 볼 것에 미쳐서는 여간 불쾌하지 않다.

커피 한 잔을 달래 놓았으나 컵에 군물이 도는 것이 구미가 당기지 않는다. 그 원료에서부터 조리에까지 좀 학적(學的) 양심을 가지고 끓여 논 커피를 마셔 봤으면 싶다. 그러면서 화제 없는 이야기도 실컷 지껄여 보고 싶다.

나는 심부름하는 애를 불렀다.

"너 이층에 올라가 주인 좀 내려오래라."

"아직 안 일어나셨나 분데요."

"지금 몇 신데, 가서 깨워라."

"누구시라고 여쭐까요?"

"글쎄 그냥 가 깨워라, 괜찮다."

하고 우기니깐, 그 애는 올라간다.

주인은 나와 동경시대에 사귄 '눈물의 기사' 이군(李君)이다. 눈물에 천재가 있어 공연한 일에도,

"아하!"
하고 감탄만 한 번 하면 곧 눈에는 눈물이 차버리는 친구로 밤낮 찻집에 다니기를 좋아하더니 나와서도 화신상회에서 꽤 고급을 주는 것도 미술가를 이해해 주지 못한다는 불평으로 이내 그만두고 이 낙랑을 차려 놓은 것이다.

그는 나를 만나면, 늘 조용히 하고 싶은 말이 있노라 했다. 한 번은 밤에 들렀더니 이층에 있는 자기의 방으로 끌고 가서, 자기가 연애를 하는 중이라고 말하였다. 상대자는 서울 청년들이 누구나 우러러보지 않는 사람이 없는, 평판 높은 미인인데, 그 모두 쳐다만 보는 높은 들창의 열쇠를 차지한 행운의 사나이는 자기란 것과, 그렇게 되기 위해서는 열 몇 달이라는 시일을 두고 이 낙랑의 수입을 온통 걸어 가면서 뭇 사나이의 마수를 막아 가던 이야기를 눈물이 글썽글썽해서 하였다. 그리고는,

"자네 알다시피 내겐 처자식이 있지 않나? 이를 어쩌면 좋은가?"
하고 그것을 좀 속시원하게 말해 달라 하였다. 나는 오래 생각할 것도 없이 만일 나 자신에게 그런 경우가 생겨도 그렇게밖에는 할 도리가 없기 때문에,

"단념해 보게."
하였다.

"어느 편을?"
하고 그의 눈은 최대한도의 시력을 내었다.

"연인을."
하니,

"건 죽어도……."

하였다.

"그럼 연애를 그대로 하게나."

하였더니,

"아낸 그냥 두구 말이지?"

한다.

"그럼, 몰래 하는 연애까지야 아내가 간섭 못 할 것 아닌가? 결혼을 할 작정이면 몰라도…… 자네 결혼까지 하고 싶은가?"

하였더니,

"그럼…… 그럼……."

하고 그는 고개를 숙이었다. 나는,

"죽어도 단념할 수는 없다니 자네 나갈 탓이지 제 삼자가 뭐라고 *용훼하나?"

용훼
말참견을 함.

하고 물러앉으려 하였더니 그는 내 손을 덤뻑 잡고,

"아직 우린 순결하네. 끝까지 정신적으로만 사랑해 나갈 순 없을까?"

묻는 것이었다.

"그건 참 단념하는 것만은 못하나 좋은 이상이긴 하네."

하였더니 그는,

"이상이라? 그럼 불가능하리란 말일세그려?"

했다. 그리고 그 여자의 초상화 그린 것을 내다보이며,

"미인 아닌가?"
하면서 울었다.

그 뒤 얼마 만에 만났더니 그는 얼굴이 몹시 상했고 한 쪽 손 무명지를 붕대로 칭칭 감고 있었다. 왜 그러냐 물었더니,

"*생인손을 앓아 짤라 버렸네."
하는데 그 대답이 퍽 부자연스러웠다. 나는 감격성 많고 선량한 그가 그 연애사건으로 말미암아 단지(斷指)한 것임을 직각하였으나 여럿이 있는 데서라 다시 묻지는 못하였는데 영업이 잘 되지 않아 낙랑도 팔아 버리고 동경으로나 다시 가 바람을 쐬겠다고 하면서 낙랑 인계할 만한 사람이 있거든 한 사람 소개해 달라고 하는 양이 여러 가지 비관이 있는 모양이었다. 그 뒤로는 다시 못 만났는데 심부름하는 아이는 한참 만에 내려오더니,

"주인 선생님이 일어나셨는데 어디루 나가셨나 봐요. 아마 댁으로 진지 잡수러 가셨나 봐요."
하는 것이다.

"집에? 집에 가 잡숫니 늘?"

"어쩌다 조선 음식 잡숫고 싶으면 가시나 봐요."
한다. 구보도 이상도 나타나지 않는다. 비는 한결같이 구질구질 내린다. 유성기 소리가 나기 시작한다. 누구든지 한 사람 기어이 만나보고만 싶다. 대판옥(大阪屋)이나 일한서방(日韓書房)쯤 가면 어쩌면 *월파(月坡)나 *일석(一夕)을 만날지도 모른다.

'친구?'

나는 이것을 생각하며 낙랑을 나서 비 내리는 포도를 걷는다. 낙랑의 이군만 해도 서로 친구라고 부르는 사이다. 그러나 그가 그의 집으로

생인손
손가락 끝에 종기가 나서 곪는 병.

월파(月坡)
김상용(1902~1951)의 호.

일석(一夕)
이희승(1896~1989)의 호. 국어학자.

갔나 보다고 할 때, 나는 그의 집안을 상상하기에 너무나 막연하다. 그의 어머니는 어떤 부인이요 아버지는 어떤 양반이요 대체 이군은 어디서 났으며 소학교는 어디를 다녔으며 어릴 때의 그는 어떤 아이였더랬나? 나는 깜깜이다. 그가 만일 친상을 당했다 하더라도 나는 어떤 노인이 죽은 것을 의미하는 것인지 막연할 것이다. 그의 조상에는 어떤 사람이 나왔나, 그의 어린애들은 어떻게 생긴 아이들인가 모두 깜깜하다.

'이러고도 친구간인가? 친구라 할 수 있는 것인가?'

생각이 들어간다. 생각해 보면 오늘 만나 본 중앙일보사의 모든 사람들, 또 지금부터 만났으면 하는 구보나 이상이나 월파나 일석이나 모두 안 그런 친구는 하나도 없지 않은가? 모두 한 신문사에 있었으니깐 알았고 한 학교에 있으니깐 알았고 한 *구인회원이니깐 안 것뿐이 아닌가? 직업적으로, 사무적으로 자주 만나니까 인사하고 자주 인사하니까 손도 잡고 흔들게 되고 하는 것뿐이지 더 무슨 애틋한, 그리워해야 할 인연이나 정분이 어디 있단 말인가? '친구간에 어쩌고어쩌고……' 하는 말이 모두 쑥스럽지 않은가? 그러자 나는 몇 어렸을 때 친구 생각이 난다.

구인회(九人會) 순수문학을 표방하고 9인의 중견문인들이 1933년 결성한 문학 동호회. 이태준, 박태원, 이상, 조용만, 이효석, 김유영, 정지용, 이종명, 유치진, 이무영 등의 9명.

용기, 홍봉이, 학순이, 봉성이……. 그들은 정말 친구라 할 수 있을까? 어려서 발가벗고 한 개울에서 헤엄을 치고 자랐다. 그래서 용기 다리에는 무슨 흠집이 있고 봉성이 잔등에는 기미가 몇인 것까지도 안다. 학순이는 대운동회 때, 나와 이인삼각(二人三脚)의 짝이 되어 일등을 탄 다음부터 더 친하게 놀았다. 그들의 조부모는 어떤 사람들이고 부모는 어떤 사람들이고 죄 안다. 그들의 집안 풍경까지도 소상하다. 누구네 집 마당에는 수수배나무가 서고, 누구네 집 뒷동산에는 밀살구나무가 선 것까지도…….

'참! 지난 봄에 학순에게서 편지 온 걸…….'

나는 아직 답장을 해주지 못한 것을 깨닫는다. 몇 가지 부탁이 있은 것까지 모른 체 해 버리고 만 것이 생각난다. 그때 즉시 답장을 하지 못한 것은 바빠서라기보다 그냥 모른 척해 버리고 싶었기 때문이다. 그의 편지 사연은 지금도 기억할 수 있다.

"'어느 잡지책에선가 보니 *자네가 '달밤' 이란 소설책을 냈데그려. 이 사람 내가 애기책 좋아하는 줄 번연히 알면서 어쩌문 그거 한 권 안 보내 준단 말인가? 그런데 책 이름을 어째 그렇게 지었나? '추월색' 이니 '강상명월' 이니만치 운치가 없지 않은가? 그런데 내용은 물론 연애 소설이겠지? 하여간 한번 읽어 보고 싶네. 부디 한 권 부쳐 주기 바라며 또 한 가지 부탁은 돈은 못 부치나 담배꽁댕이를 모아 담아 먹으려 하니 아조 꾀고만 *고불통 물뿌리 하나만 사서 '달밤' 과 함께 똘똘 말아 부쳐 주게. 야시에 가면 십 전짜리 그런 고불통이 있다대……."

자네
이태준을 지칭함.

고불통
흙을 구워 만든 담배통.

소학교 이후 그는 농촌에만 묻혀 있으니 남의 창작집을 '추월색' 따위 이야기책과 비겨 말하려는 것이 무리는 아니나 좀 불쾌하기도 하고, '달밤' 을 보낸댔자 그의 기대에 맞을 리가 없을 것이 뻔하여 그 고불통까지도 잠자코 내버려뒀던 것이다.

나는 후회한다. 그가 알고 읽든 모르고 읽든, 한 책 보내 주어야 할 정리에 쥐뿔 같은 자존심만 내인 것을 후회한다.

나는 진고개로 들어서서 고불통, 마도로스 파이프부터 눈여겨보았다.

하나도 십 전 급엣것은 없다. 모두 오륙 원 한다. 이런 것은 그에게 '달밤' 이 맞지 않을 이상으로 당치 않을 것들이다.

마도로스 파이프

대판옥 서점으로 들어섰다. 책을 보기 전에 사람부터 둘러보았으나 아는 이는 한 사람도 없다. 신간서도 변변한 것이 보이지 않는데 장마 때에 무슨 먼지가 앉았을라고 점원이 총채를 가지고 와 두드리기 시작한다. 쫓기어 나와 일한서방으로 가니 거기도 아는 얼굴은 하나도 없는 듯하였는데 그 아는 얼굴이 아니었던 속에서 한 사람이 번지르르한 레인코트를 털면서 내 앞으로 다가왔다.

"이군 아냐?"

그의 목소리를 듣고 보니 전에 안경 안 썼던 때의 그의 얼굴이 차츰 떠올라온다.

"강군……."

나도 그의 성을 알아맞혔다. 중학 때 한 반이었던 사람이다. 그는 나의 손을 잡고, 흔들면 흔들수록 옛날 생각이 솟아나는 듯 자꾸 흔들기를 한참 하더니 나를 본정그릴로 데리고 간다. *클로크에 들어서 모자를 벗는 것을 보니 머리는 상고머리요 레인코트를 벗는 것을 보니 양복저고리 *에리에는 일장기 배지를 척 꽂았다. 테이블을 정하고 앉더니 그는 그 일장기 꽂힌 옷깃을 가다듬고,

클로크(cloak) 휴대품 보관소.

에리 일본어. 옷깃

"그간 자네 가쓰야쿠부리(활약상)는 신문잡지에서 늘 봤지."

하였고 다음에는,

"그래 돈 좀 잡았나?"

하는 것이다.

"돈?"

하고 나는 여러 가지 의미의 고소를 그에게 주었다. 그리고,

"자넨 좀 붙들었나?"

물었더니,

"글쎄 낚시는 몇 개 당겨 놨네만……."
하고 맥주를 자꾸 먹으라고 권하더니 자기도 한 잔 들이켜고 나서는,
"자네도 알겠지만 세상일이 다 낚시질이데그려. 알아듣겠나? 미끼가 든단 말일세, 허허……."
하고 선웃음을 치는 것이 여간 교젯속에 닳지 않았다.
"나 그간 저어 황해도 어느 해변에 가 *간사지 사업 좀 했네."

간사지
간석지. 밀물이 드나드는 개펄.

"간사지라니?"
나는 간사지가 무엇인지 모른다. 그는,
"허— 안방 도련님일세그려."
하고 설명해 주는데 들으니 조수가 들락날락하는 넓은 벌판을 변두리를 막아 다시는 조수가 못 들어오게 하고 그 땅을 개간한다는 것이다.
"한 사오십 정보 맨들어 놨네."
하더니 내가 그 사업의 가치를 잘 몰라주는 것이 딱한 듯,
"잘 팔리면 오십만 원쯤은 무려할 걸세. 난 본부에 들어가서두 막 뻗히네."
하는 것이다.
"본부라니?"
나는 간부와 대립되는 본부는 아닐 줄 아나 그것도 무엇인지 몰랐다.
"허— 이 사람 서울 헛 있네그려. 본불 몰라? 총독불!"
하고 사뭇 무안을 준다. 그리고 자기는 정무총감한테 가서도 하고픈 말은 다 한다고 하면서 간사지란, 지도에도 바다로 들어가는 것인데 그것을 훌륭한 전답지로 만들어 놓았으니 국토를 늘려 논 셈 아닌가 하면서,
"안 해 그렇지 군수 하나쯤이야 운동하면 여반장이지."

하고 보이를 크게 부르더니 날더러 뭘 점심으로 시켜 먹자고 한다. 런치를 시키더니,

"여보게?"

하고 목소리를 고친다.

"말하게."

"자네 여학교에 관계한다데그려?"

"좀 허지."

"나 장개 좀 들여 주게."

하고 또 선웃음을 친다.

몹시 불쾌하다. 점심만 시키지 않았으면 곧 일어나고 싶다.

"이 사람 친구 호사 한번 시키게나그려? 농담이 아니라 진담일세. 나 지금 독신일세."

나는 그에게 아직 미혼이냐 이혼이냐 상배를 당했느냐 아무것도 묻지 않았고 친구라는 말에만 정신이 번쩍 났다. 그는 역시 친구라는 말을 태연히 쓴다.

"친구간에 오래 적조했다 만났는데 어서 들게."

하고 맥주를 권하였고,

"친구간 아니면 갑자기 만나 이런 말 하겠나."

하고 트림을 한다.

런치가 나오기 시작한다. 나는 이 사람이 금세 '세상일은 다 낚시질이데그려' 하던 말을 잊을 수 없다. 이것도 그의 낚시질인지 모른다. 내가 미끼를 먹는 셈인지도 모른다.

"여잔 암만해두 인물부터 좀 있어야겠데…… 자넨 어떻게 생각하나?"

나는 '옳지 낚시질 시작이로구나' 하고,

"글쎄……."

하였을 뿐이다. 생각하면 낚시질이란 반드시 어부 편에만 이익이 돌아가는 것은 아니다. 고기가 미끼만 곧잘 따먹어 낼 수도 없지는 않은 것이다. 그가 비싼 것을 시키는 대로, 그가 권하는 대로 내 양껏 잘 먹고 잘 소화해 볼 생각이 생긴다.

그는 나중에,

"자넨 문학가니까 연애나 결혼이나 그런 방면에 나보다 대갈 줄 아네. 자네가 간택한 여자라면 난 무조건하고 복종할 테니 아예 농담으로 듣지만 말게…… 내 자랑 같네만 본부에 있는 친구들서껀, 참 자네 ×사무관 아나?"

한다.

"알 택 있나."

"메칠 안 있으면 도지사 돼 나갈 걸세. 그런 사람들도 당당한 재산가 영양들만 소개하지만 자네 소개가 원일세. 소설에 나오는 것 같은 쪽 뽑은 신여성 하나 권해 주게. 내 어려운 살림은 안 시킬 걸세."

그리고,

"친구간이니 말일세만 독신 된 후론 자연 화류계 계집들과 상종이 되니 몸도 이젠 괴롭고 첫째 살림꼴이 되나 어디……."

하더니 명함 한 장을 꺼내 주고 서울 오면 교제상 어쩔 수 없어서 *비전옥(備前屋)에 들어 있으니 자주 통신을 달라 한다. 그리고 길에 나와 헤어져서 저만치 가다 말고 돌아서더니,

"꼭 믿네."

하고 소리를 지르는 것이다.

그가 이제부터 또 누구에게 '낚시는 몇 개 당겨 놨네만' 하는 말에

비전옥(備前屋) 일제 때 경성 중앙우체국 아래쪽에 위치했던 유명한 일본 여관.

는 오늘 나에게 런치 먹인 것도 들어갈는지도 모른다.

비는 그저 내린다. 못 먹는 맥주를 두어 컵이나 먹었더니 등허리가 후끈거린다. 이런 것이 다 나에게도 교젯속 공부일지 모른다.

지금쯤 아내는 골이 풀어졌을 듯도 하다. 그러나 내가 들어서면 또 절로 새침해질는지도 모른다.

"내 어려운 살림은 안 시킬 걸세."

하던 강군의 말이 잊혀지지 않는다.

'난 아내에게 어려운 살림을 시키는 남편이다!'

나는 낙랑 뒤를 돌아 중국 사람들의 거리로 들어섰다. 아내가 젖이 잘 나지 않던 어느 해다. 누가 중국 사람들이 먹는 도야지족을 사다 먹이라 하였다. 사다 먹여 보니 젖이 잘 나왔다. 여러 번 먹어 보더니 맛을 들여 젖은 안 먹이는 지금도 그것만 사다 주면 좋아한다. 나는 천증원(天增園)에 들러 제일 큰 것으로 하나 샀다. 그리고 그 길로는 한도(漢圖)로 갔다. 고불통은 다른 날 사보내기로 하고 우선 『달밤』만 한 책을 학순에세 부치었다.

우리 성북동 쪽 산들은 그저 뽀얀 이슬비 속에 잠겨 있다.

『가마귀』, 한성도서, 1937.

복덕방

철썩, 앞집 판장 밑에서 물 내버리는 소리가 났다. 주먹구구에 골독했던 안초시에게는 놀랄 만한 폭음이었던지, 다리 부러진 돋보기 너머로, 똑 모이를 쪼으려는 닭의 눈을 해가지고 수챗구멍을 내다본다. 뿌연 뜨물에 휩쓸려 나오는 것이 여러 가지다. 호박 꼭지, 계란 껍질, *거피해 버린 녹두 껍질.

거피
콩·팥·녹두 따위의 껍질이나 소·돼지·말 따위의 가죽을 벗기는 일.

"녹두 빈자떡을 부치는 게로군, 흥……."

일제시대의 복덕방

한 오륙 년째 안초시는 말끝마다 '젠―장……'이 아니면 '흥!' 하는 코웃음을 잘 붙이었다.

"추석이 벌써 낼 모레지! 젠―장……."

안초시는 저도 모르게 입맛을 다시었다. 기름내가 코에 풍기는 듯 대뜸 입 안에 침이 흥건해지고 전에 괜찮게 지낼 때, 충치니 풍치니 하던 것은 거짓말이었던 것처럼 아래윗니가 송곳 끝같이 날카로워짐을 느끼었다.

안초시는 그 날카로워진 이를 빈 입인 채 빠드득 소리가 나게 한 번 물어 보고 고개를 들었다.

하늘은 천리같이 트였는데 조각구름들이 여기저기 널리었다. 어떤 구름은 깨끗이 바래 말린 *옥양목처럼 흰 빛이 눈이 부시다. 안초시는 이내 자기의 때묻은 적삼 생각이 났다. 소매를 내려다보는 그의 얼굴은 날래 들리지 않는다. 거기는 한 *조박의 녹두빈자나 한잔의 약주로써 어쩌지 못할, 더 슬픔과 더 고적함이 품겨 있는 것 같았다.

옥양목
빛이 희고 발이 고운 무명.

조박
'조각'의 방언.

혹혹 소매 끝을 불어 보고 손 끝으로 튀겨 보기도 하다가 목침을 세우고 눕고 말았다.

"이사는 팔하고 사오는 이십이라 천이 되지…… 가만…… 천이라? 사로 했으니 사천이라 사천 평…… 매 평에 아주 줄여 잡아 오 환씩만

하게 돼두 사 환 칠십오 전씩이 남으니, 그럼…… 사사는 십륙 일만 육천 환하구…….”

안초시가 다시 주먹구구를 거듭해서 얻어 낸 총액이 일만 구천 원, 단 천 원만 들여도 일만 구천 원이 되리라는 셈속이니, 만 원만 들이면 그게 얼만가? 그는 벌떡 일어났다. 이마가 화끈했다. 도사렸던 무릎을 얼른 곧추세우고 뒤나 보려는 사람처럼 쪼그렸다. *마코 갑이 번연히 빈 것인 줄 알면서도 다시 집어다 눌러 보았다. 주머니에는 단돈 십 전, 그도 안경 다리를 고친다고 벌써 세 번짼가 네 번째 딸에게서 사오십 전씩 얻어 가지고는 번번이 담뱃값으로 다 내어보내고 말던 최후의 십 전, 안초시는 주머니에 손을 넣어 그것을 집어 내었다. 백통화 한 푼을 얹은 야윈 손바닥, 가만히 떨리었다. 서*참위(徐參尉)의 투박한 손을 생각하면 너무나 얇고 잔망스러운 손이거니 하였다. 그러나 이따금 술잔은 얻어먹고, 이렇게 내 방처럼 그의 복덕방(福德房)에서 잠까지 빌려 자건만 한 번도, 집 *거간이나 해먹는 서참위의 생활이 부럽지는 않았다. 그래도 언제든지 한번쯤은 무슨 수가 생기어 다시 한 번 내 집을 쓰게 되고, 내 밥을 먹게 되고, 내 힘과 내 낯으로 다시 한 번 세상에 부딪쳐 보려니 믿어졌다.

초시는 전에 어떤 관상쟁이의 “엄지손가락을 안으로 넣고 주먹을 쥐어야 재물이 나가지 않는다.”는 말이 생각났다. 늘 그렇게 쥐노라고는 했지만 문득 생각이 나 내려다볼 때는, 으레 엄지손가락이 얄밉도록 밖으로만 쥐어져 있었다. 그래 *드팀전을 하다가도 실패를 하였고, 그래 집까지 잡혀서 *장전을 내었다가도 그만 화재를 보았거니 하는 것이다.

“이놈의 엄지손가락아, 안으로 좀 들어가아, 젠장.”

마코
일제 때의 담배 이름으로 고급에 속했다.

참위(參尉)
구한말 때 무관 장교 계급의 하나.

거간
사이에 들어 흥정을 붙임.

드팀전
온갖 피륙을 파는 가게.

장전
장롱 같은 방세간을 만들어 파는 가게.

하고 연습삼아 엄지손가락을 먼저 안으로 넣고 아프도록 두 주먹을 꽉 쥐어 보았다. 그리고 당장 내어보낼 돈이면서도 그 십 전짜리를 그렇게 쥔 주먹에 단단히 넣고 담배 가게로 나갔다.

이 복덕방에는 흔히 세 늙은이가 모이었다.

언제, 누가 와, 집 보러 가잘지 몰라, 늘 갓을 쓰고 앉아서 행길을 잘 내다보는, 얼굴 붉고 눈방울 큰 노인은 주인 서참위다. 참위로 다니다가 합병 후에는 다섯 해를 놀면서 시기를 엿보았으나 별 수가 없을 것 같아서 이럭저럭 심심파적으로 갖게 된 것이 이 가옥 중개업(家屋仲介業)이었다. 처음에는 겨우 굶지 않을 만한 수입이었으나 *대정 팔구년 이후로는 시골 부자들이 세금(稅金)에 몰려, 혹은 자녀들의 교육을 위해 서울로만 몰려들고, 그런데다 돈은 흔해져서 관철동(貫鐵洞), 다옥정(茶屋町) 같은 중앙지대에는 그리 고옥만 아니면 만 원대를 예사로 훌훌 넘었다. 그 판에 봄 가을로 어떤 달에는 삼사백 원 수입이 있어, 그러기를 몇 해를 지나 가회동(嘉會洞)에 수십 간 집을 세웠고 또 몇 해 지나지 않아서는 창동(倉洞) 근처에 땅을 장만하기 시작하였다. 지금은 중개업자도 많이 늘었고 건양사(建陽社) 같은 큰 건축회사가 생기어서 당자끼리 직접 팔고 사는 것이 원칙처럼 되어 가기 때문에 중개료의 수입은 전보다 훨씬 준 셈이다. 그러나 이십여 간 집에 학생을 치고 싶은 대로 치기 때문에 서참위의 수입이 없는 달이라고 쌀값이 밀리거나 나뭇값에 졸릴 형편은 아니다.

대정(大正)
일본 다이쇼 천황의 연호. 1912~1926년. 1912년이 대정 원년. '대정 팔구년'은 1920~21년.

"세상은 먹구 살게는 마련야……."

서참위가 흔히 하는 말이다. 칼을 차고 훈련원에 나서 병법을 익힐 제는, 한번 호령만 하고 보면 산천이라도 물러설 것 같던, 그 기개와 오늘의 자기, 한낱 *가쾌(家儈)로 복덕방 영감으로 기생, 갈보 따위가 사글셋방 한 간을 얻어 달래도 네— 네 하고 따라나서야 하는, 만인의 심부름꾼인 것을 생각하면 서글픈 눈물이 아니 날 수도 없는 것이다. 워낙 술을 즐기기도 하지만 어떤 때는 남몰래 이런 감회(感懷)를 이기지 못해서 술집에 들어선 적도 여러 번이다.

가쾌(家儈)
집 흥정 붙이는 일로 업을 삼는 사람.

그러나 호반〔武人〕들의 기개란 흔히 혈기(血氣)에서 나오는 것이기 때문이지 몸에서 혈기가 줆을 따라 그런 감회를 일으킴조차 요즘은 적어지고 말았다. 하루는 집에서 점심을 먹다 듣노라니 무슨 장사치의 외는 소리인데 아무래도 귀에 익은 목청이다. 자세히 귀를 기울이니 점점 가까이 오는 소리인데 제법 무엇을 사라는 소리가 아니라 "유리병이나 간장통 팔거쏘" 하는 소리이다. 그런데 그 목청이 보면 꼭 알 사람 같아, 일어서 마루 들창으로 내어다보니, 이번에는 "가마니나 신문 잡지나 팔거쏘" 하면서 가마니 두어 개를 지고 한 손에는 저울을 들고 중노인이나 된 사나이가 지나가는데 아는 사람은 확실히 아는 사람이다. 그러나 그를 어디서 알았으며 성명이 무엇이며 애초에는 무엇을 하던 사람인지가 감감해지고 말았다.

서대문을 통과하는 조선군의 모습

"오오라! 그렇군…… 분명…… 저런!"
하고 그는 한참 만에 고개를 끄덕이었다. 그 유리병과 간장통을 외는 소리가 골목 안으로 사라져 갈 즈음에야 서참위는 그가 누구인 것을 깨달아 낸 것이다.

"동관(同官) 김참위…… 허!"

나이는 자기보다 훨씬 연소하였으나 학식과 재기가 있는데다 호령 소리가 좋아 상관에게 늘 칭찬을 받던 청년 무관이었었다. 이십여 년 뒤에 들어도 갈 데 없이 그 목청이요 그 모습이었다. 전날의 그를 생각하고 오늘의 그를 보니 적이 감개에 사무치어 밥숟가락을 멈추고 냉수만 거듭 마시었다.

그러나 전에 혈기 있을 때와 달라 그런 기분이 오래 가지는 않았다. 중학교 졸업반인 둘째 아들이 학교에 갔다 들어서는 것을 보고, 또 싸전에서 쌀값 받으러 와 마누라가 선선히 시퍼런 지전을 내어 헤는 것을 볼 때 서참위는 이내 속으로,

개가죽을 쓰고 돌아다니다
체면을 돌아보지 않고 아무 일이나 하는 것을 뜻한다.

'거저 살아야지 별수 있나. 저렇게 *개가죽을 쓰고 돌아다니는 친구도 있는데…… 에헴.'

하였을 뿐 아니라 그런 절박한 친구에다 대면 자기는 얼마나 훌륭한 지체냐 하는 자존심도 없지 않았다.

'지난 일 그까짓 생각할 건 뭐 있나. 사는 날까지…… 허허.'

여생을 웃으며 살 작정이었다. 그래 그런지 워낙 좀 실없는 티가 있는 데다 요즘 와서는 누구에게나 농지거리가 늘어 갔다. 그래 늘 눈이 달리고 뾰로통한 입으로는 말끝마다 젠—장 소리만 나오는 안초시와는 싱미가 맞시 않았다.

"쫌보야, 술 한 잔 사주랴?"

쫌보라는 말이 자기를 업수이 여기는 것 같아서 안초시는 이내 발끈해 가지고,

"네깟 놈 술 더러 안 먹는다."

한다.

"화투패나 밤낮 떼면 너이 어멈이 살아온다덴?"

하고 서참위가 발끝으로 화투장들을 밀어 던지면 그만 얼굴이 새빨개져서 쌔근쌔근하다가 부채면 부채, 담뱃갑이면 담뱃갑, 자기의 것을

냉큼 집어 들고 다시 안 올 듯이 새침해 나가 버리는 것이다.

"조게 계집이문 천생 남의 첩 감이야."

하고 서참위는 껄껄 웃어 버리나 안초시는 이렇게 돼서 올라가면 한 이틀씩 보이지 않았다.

안경화의 실제 모델로 알려진 당대의 최고의 무용가 최승희

한번은 안초시의 딸의 무용회(舞踊會) 날 밤이었다. 안경화(安京華)라고, 한동안 토월회(土月會)에도 다니다가 대판(大阪)에 가 있느니 동경(東京)에 가 있느니 하더니 오륙 년 뒤에 무용가로라 이름을 날리며 서울에 나타났다. 바로 제 일회 공연 날 밤이었다. 서참위가 조르기도 했지만, 안초시도 딸의 사진과 이야기가 신문마다 나는 바람에 어깨가 으쓱해서 공표를 얻을 수 있는 대로 얻어 가지고 서참위뿐 아니라 여러 친구를 돌라줬던 것이다.

"허! 저기 한가운데서 지금 한창 다릿짓하는 게 자네 딸인가?"

남은 다 멍멍히 앉았는데 서참위가 해괴한 것을 보는 듯 마땅치 않은 어조로 물었다.

"무용이란 건 문명국일수록 벗구 한다네그려."

약기는 한 안초시는 미리 이런 대답으로 막았다.

"모르겠네 원…… 지금 총각놈들은 모두 등신인가 바……."

"왜?"

하고 이번에는 다른 친구가 탄하였다.

"우린 총각 시절에 저런 걸 보문 그냥 못 배기네."

"빌어먹을 녀석…… 나잇값을 못 하구 개야 저건 개……."

벌써 안초시는 분통이 발끈거려서 나오는 소리였다.

한 가지가 끝나고 불이 환하게 켜졌을 때다.

"도루 차라리 여배우 노릇을 댕기라구 그래라. 여배운 그래두 저렇

게 넓적다린 내놓구 덤비지 않더라."

"그 자식 오지랖 경치게 넓네. 네가 안방 건넌방이 몇 칸이요나 알았지 뭘 쥐뿔이나 안다구 그래? 보기 싫건 나가렴."

하고 안초시는 화를 발끈 내었다. 그러니까 서참위도 안방 건넌방 말에 화가 나서 꽤 높은 소리로,

"넌 또 뭘 아니? 요 쫌보야."

하고 일어서 버리었다.

이 일이 있은 후 안초시는 거의 *달포나 서참위의 복덕방에 나오지 않았었다. 그런 걸 박희완(朴喜完) 영감이 가서 데리고 왔었다.

달포
한 달 이상이 되는 동안.

박희완 영감이란 세 영감 중의 하나로 안초시처럼 이 복덕방에 와 자기까지는 안 하나 꽤 쏠쏠히 놀러 오는 늙은이다. 아니, 놀러 오기만 하는 것이 아니라 와서는 공부도 한다. 재판소에 다니는 조카가 있어 대서업(代書業) 운동을 한다고 *『속수국어독본(速修國語讀本)』을 노상 끼고 와 그 『삼국지(三國志)』 읽던 투로,

"*긴상 도꼬에 유키이 마스카."

어쩌고를 외고 있는 것이다.

그러나 『속수국어독본』 뚜껑이 손때에 절고, 또 어떤 때는 목침 위에 받쳐 베고 낮잠도 자서 머리때까지 새까맣게 절어 조선총독부편찬(朝鮮總督府編纂)이란 잔 글자들은 보이지 않게 되도록, 대서업 허가는 의연히 나오지 않는 모양이었다.

"너나 내나 다 산 것들이 업은 가져 뭘 허니. 무슨 세월에…… 흥!"

하고 어떤 때, 안초시는 한나절이나 화투패를 떼다 안 떨어지면 그 화풀이로 박희완 영감이 들고 중얼거리는 『속수국어독본』을 툭 채어 행

속수국어독본(速修國語讀本)
일본어를 속히 익히기 위한 목적으로 편찬된 책.

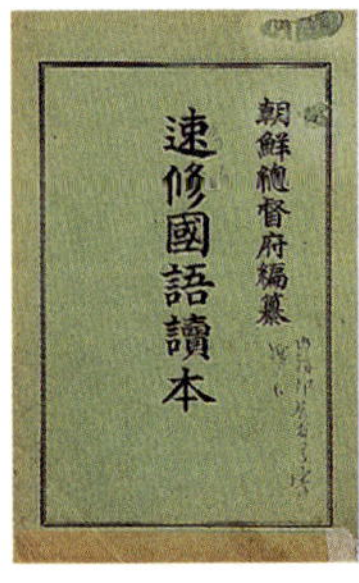

긴상 도꼬에 유키이 마스카
"김 선생님 어디 가십니까?"

길로 팽개치며 그랬다.

"넌 또 무슨 재술 바라구 밤낮 화토패나 떨어지길 바라니?"

"난 심심풀이지."

그러나 속으로는 박희완 영감보다 더 세상에 대한 야심이 끓었다. 딸이 평양으로 대구로 다니며 지방 순회까지 하여서 제법 돈냥이나 걷힌 것 같으나 연구소를 내느라고 집을 뜯어고친다, 유성기를 사들인다, 교제를 하러 돌아다닌다 하느라고, 더구나 귀찮게만 아는 이 애비를 위해 쓸 돈은 예산에부터 들지 못하는 모양이었다.

"애? 낡은 솜이 돼 그런지, 삯바느질이 돼 그런지 바지 솜이 모두 치어서 어떤 덴 홑옷이야. 암만해두 사쓸 한 벌 사 입어야겠다."

하고 딸의 눈치만 보아 오다 한 번은 입을 열었더니,

"어련히 인제 사드릴라구요."

하고 딸은 대답은 선선하였으나 샤쓰는 그해 겨울이 다 지나도록 구경도 못 하였다. 샤쓰는커녕 안경다리를 고치겠다고 돈 일 원만 달래도 일 원짜리를 굳이 바꿔다가 오십 전 한 닢만 주었다. 안경은 돈을 좀 주무르던 시절에 장만한 것이라 테만 오륙 원 먹은 것이어서 오십 전만으로 그런 다리는 어림도 없었다. 오십 전짜리 다리도 있지만 살 바에는 조촐한 것을 택하던 초시의 성미라 더구나 면상에서 짝짝이로 드러나는 것을 사기가 싫었다. 차라리 종이 노끈인 채 쓰기로 하고 오십 전은 담뱃값으로 나가고 말았다.

"왜 안경다린 안 고치셨어요?"

딸이 그날 저녁으로 물었다.

"흥……."

초시는 말은 하지 않았다. 딸은 며칠 뒤에 또 오십 전을 주었다. 그러면서 어떻게 들으라고 하는 소리인지,

"아버지 보험료만 해두 한 달에 삼 원 팔십 전씩 나가요."

하였다. 보험료나 타먹게 어서 죽어 달라는 소리로도 들리었다.

"그게 내게 상관 있니?"

"아버지 위해 들었지 누구 위해 들었게요 그럼?"

초시는 '정말 날 위해 하는 거문 살아서 한 푼이라두 다우. 죽은 뒤에 내가 알 게 뭐냐' 소리가 나오는 것을 억지로 참았다.

"오십 전이문 왜 안경다릴 못 고치세요?"

초시는 설명하지 않았다.

"지금 아버지가 좋고 낮은 걸 가리실 처지야요?"

그러나 오십 전은 또 마코 값으로 다 나갔다. 이러기를 아마 서너 번째다.

"자식도 소용없어. 더구나 딸자식…… 그저 내 수중에 돈이 있어야……."

초시는 돈의 긴요성(緊要性)을 날로날로 더욱 심각하게 느끼었다.

"돈만 가지면야 좀 좋은 세상인가!"

심심해서 운동삼아 좀 나다녀 보면 거리마다 짓느니 고층 건축들이요 동네마다 느느니 그림 같은 문화주택들이다. 조금만 정신을 놓아도 물에서 갓 튀어나온 메기처럼 미끈미끈한 자동차가 등덜미에서 소리를 꽥 지른다. 돌아다보면 운전수는 눈을 부릅떴고 그 뒤에는 금시곗줄이 번쩍거리는 살진 중년 신사가 빙그레 웃고 앉았는 것이었다.

"예순이 낼 모레…… 젠장할 것."

초시는 늙어 가는 것이 원통하였다. 어떻게 해서나 더 늙기 전에 적게 돈 만 원이라도 붙들어 가지고 내 손으로 다시 한 번 이 세상과 교섭해 보고 싶었다. 지금 이 꼴로서야 문화주택이 암만 서기로 내게 무슨 상관이며 자동차, 비행기가 개미떼나 파리떼처럼 퍼지기로 나와 무슨 인연이 있는 것이냐, 세상과 자기와는 자기 손에서 돈이 떨어진, 그 즉시로 인연이 끊어진 것이라 생각되었다.

"그러면 송장이나 다름없지 뭔가?"

초시는 이런 질문을 자신에게 던지는 지가 이미 오래였다.

"무슨 수가 없을까?"

또,

"무슨 그루터기가 있어야 비비지!"

그러다가도,

"그래도 돈냥이나 엎질러 본 녀석이 벌기도 하는 게지."

하고 그야말로 무슨 그루터기만 만나면 꼭 벌기는 할 자신이었다.

그러다가 박희완 영감에게서 들은 말이었다. 관변에 있는 모 유력자를 통해 비밀리에 나온 말인데 황해 연안에 제 이의 나진(羅津)이 생긴다는 말이었다. 지금은 관청에서만 알 뿐이나 축항 용지(築港用地)는 비밀리에 매수되었으므로 불원하여 당국자로부터 공표가 있으리라는 것이다.

"그럼, 거기가 황무진가? 전답들인가?"

초시는 눈이 뻘개 물었다.

"밭이라데."

"밭? 그럼 매 평 얼마나 간다나?"

"좀 올랐대. 관청에서 사는 바람에 아무리 시굴 사람들이기루 그만 눈치 없겠나. 그래두 무슨 일루 관청서 사는진 모르거든……."

"그래?"

"그래, 그리 오르진 않었대…… 아마 평당 이십오륙 전씩이면 살 수 있다나 보데. 그러니 *화중지병이지 뭘 허나 우리가……."

화중지병(畵中之餠) 그림의 떡. 보기는 하여도 실제로 차지할 수 없는 것을 이르는 말.

"음……."

초시는 관자놀이가 욱신거리었다. 정말이기만 하면 한 시각이라도 먼저 덤비는 놈이 더 먹는 판이다. 나진도 오륙 전 하던 땅이 한번 개항된다는 소문이 나자 당년으로 오륙 전의 백 배 이상이 올랐고 삼사 년 뒤에는, 띵 나름이지만 어떤 요지(要地)는 천 배 이상이 오른 데가 많다.

'다 산 나이에 오래 끌 건 뭐 있나. 당년으로 넘겨두 최소한도 오 환씩야 무려할 테지…….'

혼자 생각한 초시는,

"대관절 어디란 말야 거기가?"

하고 나앉으며 물었다.

"그걸 낸들 아나?"

"그럼?"

"그 모씨라는 이만 알지. 그리게 날더러 단 만 원이라도 자본을 운동하면 자기는 거기서도 어디어디가 요지라는 걸 설계도를 복사해 낸 사람이니까 그 요지만 산단 말이지, 그리구 많이두 바라지 않어, 비용 죄다 제치구 순이익의 이 할만 달라는 거야."

"그럴 테지…… 누가 그런 자국을 일러주구 구경만 하자겠나…… 이 할이라…… 이 할……."

초시는 생각할수록 이것이 훌륭한, 그 무슨 그루터기가 될 것 같았다. 나진의 선례도 있거니와 박희완 영감 말이 만주국이 되는 바람에 중국과의 관계가 미묘해지므로 황해 연안에도 으레 나진과 같은 사명을 갖는 큰 항구가 필요할 것은 우리 상식으로도 추측할 바이라 하였다. 초시의 상식에도 그것을 믿을 수 있었다.

오늘은 오래간만에 *피죤을 사서, 거기서 아주 한 대를 피워 물고 왔다. 어째 박희완 영감이 종일 보이지 않는다. 다른 데로 자금운동을 다니나 보다 하였다. 서참위는 점심 전에 나간 사람이 어디서 흥정이 한 자리 떨어지느라고인지 아직 돌아오지 않는다. 안초시는 미닫이틀 위에서 낡은 화투를 꺼내었다.

"허, 이거 봐라!"

피죤
일제 때 담배 '하도'의 영어명(pigeon: 비둘기)으로 저급 담배에 속했다.

거북패
골패나 화투짝을 거북 모양으로 모두 엎어 놓고 혼자 하나씩 젖히어 패를 보는 놀이.

지지콜콜
시시콜콜. 지루하게 미주알고주알 캐고 드는 꼴.

청장
빚 따위의 셈할 것을 깨끗이 청산함.

금시 발복
운(運)이 티어 복이 닥침.

여간해선 잘 떨어지지 않던 *거북패가 단번에 뚝 떨어진다. 누가 옆에 있어 좀 보아 줬으면 싶었다.

"아무래두 이게 심상치 않어…… 이제 재수가 티나 부다!"

초시는 반도 타지 않은 담배를 행길로 내어던졌다. 출출하던 판에 담배만 몇 대를 피고 나니 목이 컬컬해진다. 앞집 수채에는 뜨물에 떠내려가다 막힌 녹두 껍질이 그저 누렇게 보인다.

"오냐, 내년 추석엔……."

초시는 이날 저녁에 박희완 영감에게서 들은 이야기를 딸에게 하였다. 실패는 했을지라도 그래도 십수 년을 상업계에서 논 안초시라 출자(出資)를 권유하는 수작만은 딸이 듣기에도 딴사람인 듯 놀라웠다. 딸은 즉석에서는 가부를 말하지 않았으나 그의 머릿속에서도 이내 잊혀지지는 않았던지 다음날 아침에는, 딸 편이 먼저 이 이야기를 다시 꺼내었고, 초시가 박희완 영감에게 묻던 이상으로 *지지콜콜이 캐어 물었다. 그러면 초시는 또 박희완 영감 이상으로 손가락으로 가리키듯 소상히 설명하였고 일 년 안에 *청장을 하더라도 최소한도로 오십 배 이상의 순이익이 날 것이라 장담 장담하였다.

딸은 솔깃했다. 사흘 안에 연구소 집을 어느 신탁회사(信託會社)에 넣고 삼천 원을 돌리기로 하였다. 초시는 *금시 발복이나 된 듯 뛰고 싶게 기뻤다.

"서참위 이놈, 날 은근히 멸시했것다. 내 굳이 널 시켜 네 집보다 난 집을 살 테다. 네깐놈이 천생 가쾌지 별거냐……."

그러나 신탁회사에서 돈이 되는 날은 웬 처음 보는 청년 하나가 초시의 앞을 가리며 나타났다. 그는 딸의 청년이었다. 딸은 아버지의 손에 단 일 전도 넣지 않았고 꼭 그 청년이 나서 돈을 쓰며 처리하게 하였다. 처음에는 팩 나오는 노염을 참을 수가 없었으나 며칠 밤을 지내고 나니, 적어도 삼천 원의 순이익이 오륙만 원은 될 것이라, 만 원 하나야 어디로 가랴 하는 타협이 생기어서 안초시는 으슬으슬 그, 이를테면 사위녀석 격인 청년의 뒤를 따라나섰다.

일 년이 지났다.

모두 꿈이었다. 꿈이라도 너무 악한 꿈이었다. 삼천 원 어치 땅을 사놓고 날마다 신문을 훑어보며 수소문을 하여도 거기는 축항이 된단 말이 신문에도, 소문에도 나지 않았다. *용당포(龍塘浦)와 *다사도(多獅島)에는 땅값이 삼십 배가 올랐느니 오십 배가 올랐느니 하고 졸부들이 생겼다는 소문이 있어도 여기는 감감소식일 뿐 아니라 나중에, 역시, 이것도 박희완 영감을 통해 알고 보니 그 관변 모씨에게 박희완 영감부터 속아 떨어진 것이었다. 축항 후보지로 측량까지 하기는 하였으나 무슨 결점으로인지 중지되고 마는 바람에 너무 기민하게 거기다 땅을 샀던, 그 모씨가 그 땅 처치에 곤란하여 꾸민 연극이었다.

용당포(龍塘浦) 황해도 해주에 딸린 포구.

다사도(多獅島) 신의주의 신흥 외항이며 육계도를 이용한 해항. 축항시설이 정비된 관서 유일의 완전 부동항임. 신의주 공업지대의 문호를 이루고 있는 공업도시.

돈을 쓸 때는 일 원짜리 한 장 만져도 못 봤지만 벼락은 초시에게 떨어졌다. 서너 끼씩 굶어도 밥 먹을 정신이 나지도 않았거니와 밥을 먹으러 들어갈 수도 없었다.

"재물이란 친자간의 의리도 배추 밑 도리듯 하는 건가?"

탄식할 뿐이었다. 밥보다는 술과 담배가 그리웠다. 물론 안경다리는 그저 못 고치었다. 그러나 이제는 오십 전짜리는커녕 단 십 전짜리도 얻어 볼 길이 없다.

추석 가까운 날씨는 해마다의 그때와 같이 맑았다. 하늘은 천리같이 트였는데 조각구름들이 여기저기 널리었다. 어떤 구름은 깨끗이 바래 말린 옥양목처럼 흰 빛이 눈이 부시다. 안초시는 이번에도 자기의 때

묻은 적삼 생각이 났다. 그러나 이번에는 소매 끝을 불거나 떨지는 않았다. 고요히 흘러내리는 눈물을 그 더러운 소매로 닦았을 뿐이다.

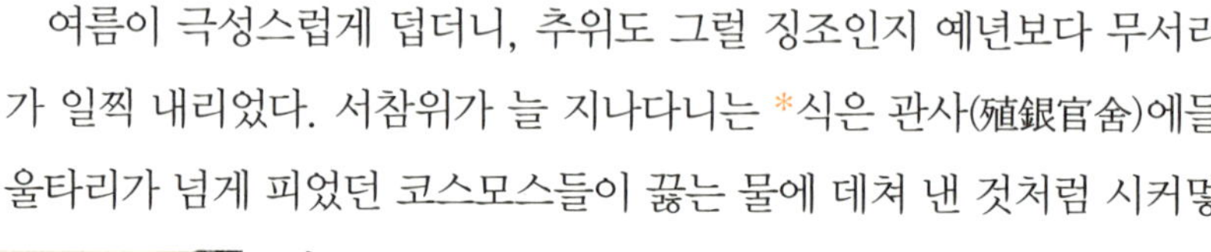

여름이 극성스럽게 덥더니, 추위도 그럴 징조인지 예년보다 무서리가 일찍 내리었다. 서참위가 늘 지나다니는 *식은 관사(殖銀官舍)에들 울타리가 넘게 피었던 코스모스들이 끓는 물에 데쳐 낸 것처럼 시커멓게 무르녹고 말았다.

식은
'조선식산은행'의 준말. 지금의 한국산업은행.

참의는 머리가 띵하였다. 요즘 와서 울기 잘하는 안초시를 한 번 위로해 주려, 엊저녁에는 데리고 나와 청요릿집으로, 추탕집으로 새로 두 점을 치도록 돌아다닌 때문 같았다. 조반이라고 몇 술 뜨기는 했으나 혀도 그냥 뻑뻑하다. 안초시도 그럴 것이니까 해는 벌써 오정 때지만 끌고 나와 해장술이나 먹으리라 하고 부지런히 내려와 보니, 웬일인지 복덕방이라고 쓴 베 발이 아직 내어걸리지 않았다.

"이 사람 봐아…… 어느 땐 줄 알구 코만 고누……."

그러나 코고는 소리는 들리지 않았다. 미닫이를 밀어 젖힌 서참위는 정신이 번쩍 났다. 안초시의 입에는 피, 얼굴은 잿빛이다. 방 안은 움속처럼 음습한 바람이 휭 끼친다.

"아니……?"

참의는 우선 미닫이를 닫고 눈을 비비고 초시를 들여다보았다. 안초시는 벌써 아니요, 안초시의 시체일 뿐, 둘러보니 무슨 약병인 듯한 것 하나가 굴러져 있다.

참의는 한참 만에야 이 일이 슬픈 일인 것을 깨달았다.

"허……."

파출소로 갈까 하다 그래도 자식한테 먼저 알려야겠다 하고 말만 듣던 그 안경화 무용연구소를 찾아가서 안경화를 데리고 왔다. 딸이 한참 울고 난 뒤다.

"관청에 어서 알려야지?"

"아니야요. 아스세요."

딸은 펄쩍 뛰었다.

"아스라니?"

"저……."

"저라니?"

"제 명예도 좀……."

하고 그는 애원하였다.

"명예? 안 될 말이지, 명옐 생각하는 사람이 애빌 저 모양으로 세상 떠나게 해?"

"……."

안경화는 엎드려 다시 울었다. 그러다가 나가려는 서참위의 다리를 끌어안고 놓지 않았다. 그리고,

"절 살려 주세요."

소리를 몇 번이나 거듭하였다.

"그럼, 비밀은 내가 지킬 테니 나 하자는 대로 할까?"

"네."

서참위는 다시 앉았다.

"부친 위해 보험 든 거 있지?"

"네 *간이보험이야요."

"무슨 보험이던…… 얼마나 타게 되누?"

간이보험
일반적으로 보험금액이 낮고 계약수속이 간편한 보험.

"사백팔십 원요."

"부친 위해 들었으니 부친 위해 다 써야지?"

"그럼요."

"에헴, 그럼…… 돌아간 이가 늘 속사쓸 입구퍼 했어. 상등 털사쓰를 사다 입히구, 그 우에 진견으로 수의 일습 구색 맞춰 짓게 허구…… 선산이 있나, 묻힐 데가?"

"웬걸요, 없어요."

"그럼 공동묘지라도 특등지루 널찍하게 사구…… 장례식을 장하게 해야 말이지 초라하게 해버리면 내가 그저 안 있을 게야. 알아들어?"

"네에."

하고 안경화는 그제야 핸드백을 열고 눈물 젖은 얼굴을 닦았다.

안초시의 소위 영결식(永訣式)이 그 딸의 연구소 마당에서 열리었다.

서참위와 박희완 영감은 술이 거나하게 취해 갔다. 박희완 영감이 무얼 잡혀서 가져왔다는 부의(賻儀) 이 원을 서참위가,

"장례비가 넉넉하니 자네 돈 그 계집애 줄 거 없네."
하고 우선 술집에 들러 거나하게 곱빼기들을 한 것이다.

영결식장에는 제법 반반한 조객들이 모여들었다. 예복을 차리고 온 사람도 두엇 있었다. 모두 고인을 알아 온 것이 아니요, 무용가 안경화를 보아 온 사람들 같았다. 그 중에는, 고인의 슬픔을 알아 우는 사람인지, 덩달아 기분으로 우는 사람인지 울음을 삼키느라고 끽끽 하는 사람도 있었다. 안경화도 제법 눈이 젖어 가지고 신식 상복이라나 공단 같은 새까만 양복으로 관 앞에 나와 향불을 놓고 절하였다. 그 뒤를 따라 한 이십 명 관 앞에 와 꾸벅거리었다. 그리고 무어라고 지껄이고 나가는 사람도 있었다.

그들의 분향이 거의 끝난 듯 하였을 때,

"에헴!"
하고 얼굴이 시뻘건 서참위도 한 마디 없을 수 없다는 듯이 나섰다. 향을 한 움큼이나 집어 놓아 연기가 시커멓게 올려 솟더니 불이 일어났다. 후후 불어 불을 끄고, 수염을 한 번 쓰다듬고 절을 했다. 그리고 다시,

"헴……."
하더니 조사(弔辭)를 하였다.

"나 서참일세, 알겠나? 흥…… 자네 참 호살세 호사야…… 잘 죽었느니. 자네 살았으문 이만 호살 해보겠나? 인전 안경다리 고칠 걱정두 없구…… 아무튼지……."
하는데 박희완 영감이 들어서더니,

"이 사람 취했네그려."
하며 서참위를 밀어냈다.

박희완 영감도 가슴이 답답하였다. 분향을 하고 무슨 소리를 한 마디 했으면 속이 후련히 트일 것 같아서 잠깐 멈칫하고 서 있어 보았으나,

"으흐흑……."

하고 울음이 먼저 터져 그만 나오고 말았다.

서참위와 박희완 영감도 묘지까지 나갈 작정이었으나 거기 모인 사람들이 하나도 마음에 들지 않아 도로 술집으로 내려오고 말았다.

『가마귀』, 한성도서, 1937.

패강랭
(浿江冷)

패강랭(浿江冷)
'패강랭'은 '패강이 얼었다'는 뜻으로, 작가의 쓸쓸한 마음을 감정이입한 것. '패강'은 대동강을 이르는 별칭임.

부벽루(浮碧樓)
평양 모란대 밑 절벽 위에 있는 누각.

편액(扁額)
종이나 비단 또는 널빤지에 그림을 그리거나 글씨를 써서 방 안이나 문 위에 걸어 놓는 액자. 아래는 부벽루의 편액.

청류벽(淸流壁)
평양 대동강 변에 있는 명승지.

연광정(練光亭)
평양의 대동강 가에 있는 정자. 대동강을 내려다 볼 수 있는 바위 위에 있음.

다락에는 제일강산(第一江山)이라, *부벽루(浮碧樓)라, 빛 낡은 *편액(扁額)들이 걸려 있을 뿐,

새 한 마리 앉아 있지 않았다. 고요한 그 속을 들어서기가 그림이나 찢는 것 같아 현(玄)은 축대 아래로만 어정거리며 다락을 우러러본다. 질펀하게 굵은 기둥들, 힘 내닫는 대로 밀어 던진 첨차와 촛가지의 깎음새들, 이조(李朝)의 문물(文物)다운 우직한 순정이 군데군데서 구수하게 풍겨 나온다.

다락에 비겨 대동강은 너무나 차다. 물이 아니라 유리 같은 것이 부벽루에서도 한 뼘처럼 들여다보인다. 푸르기는 하면서도 마름〔水草〕의 포기포기 흐늘거리는 것, 조약돌 사이사이가 미꾸리라도 한 마리 엎디었기만 하면 숨쉬는 것까지 보일 듯싶다. 물은 흐르나 소리도 없다. 수도국 다리를 빠져, *청류벽(淸流壁)을 돌아서는 비단필이 훨쩍 펼쳐진 듯 질펀하게 깔려 나갔는데 하늘과 물은 함께 저녁놀에 물들어 아득한 장미꽃밭으로 사라져 버렸다. *연광정(練光亭) 앞으로부터 까뭇까뭇 널려 있는 마상이와 수상선들, 하나도 움직여 보이지 않는다. 끝없는 대농벌에 점점이 놓인 구릉(丘陵)들과 함께 자못 유구한 맛이 난다.

현은 피우던 담배를 내어던지고 저고리 단추를 여미었다. 단풍은 이제부터 익기 시작하나 날씨는 어느덧 손이 시리다.

'조선 자연은 왜 이다지 슬퍼 보일까?'

현은 부여(夫餘)에 가서 낙화암(落花巖)이며 백마강(白馬江)의 호젓함을 바라보던 생각이 난다.

현은 평양이 십여 년 만이다. 소설에서 평양 장면을 쓰게 될 때마다, 이번에는 좀 새로 가보고 써야, 스케치를 해 와야, 하고 벼르기만 했

지, 한 번도 그래서 와보지는 못하였다. 소설을 위해서 뿐 아니라 친구들도 가끔 놀러 오라는 편지가 있었다. 학창 때 사귄 벗들로, 이곳 *부회 의원이요 실업가인 김(金)도 있고, 어느 고등보통학교에서 조선어와 한문을 가르치는 박(朴)도 있건만, 그들의 편지에 한 번도 용기를 내어 본 적은 없었다. 이번에 받은 박의 편지는 놀러 오라는 말이 있던 편지보다 오히려 현의 마음을 끌었다. —내 시간이 반이 없어진 것은 자네도 짐작할 걸세. 편안하긴 허이. 그러나 전임으론 나가 주고 시간으로나 다녀 주기를 바라는 눈칠세. 나머지 시간이라야 그리 오래 지탱돼 나갈 학과 같지는 않네. 그것마저 없어지는 날 나도 그때 아주 손을 씻어 버리려 아직은 *찌싯찌싯 붙어 있네.— 하는 사연을 읽고는 갑자기 박을 가 만나 주고 싶었다. 만나야만 할 말이 있는 것은 아니지만 손이라도 한 번 잡아 주고 싶어 전보만 한 장 치고 훌쩍 떠나 내려온 것이다.

부회
일제 때, 부회의원으로 구성된 부의 의결기관. 곧 부의 의회.

찌싯찌싯
남이 싫어하는 것을 자주 짓궂게 구는 모양.

정거장에 나온 박은 수염도 깎은 지 오래어 터부룩한데다 버릇처럼 자주 찡그려지는 비웃는 웃음은 전에 못 보던 표정이었다. 그 다니는 학교에서만 지싯지싯 붙어 있는 것이 아니라 이 시대 전체에서 긴치 않게 여기는, 지싯지싯 붙어 있는 존재 같았다. 현은 박의 그런 찌싯찌싯 함에서 선뜻 자기를 느끼고 또 자기의 작품들을 느끼고 그만 더 울고 싶게 괴로워졌다.

한참이나 붙들고 섰던 손목을 놓고, 그들은 우선 대합실로 들어왔다. 할 말은 많은 듯하면서도 지껄여 보고 싶은 말은 골라 낼 수가 없었다. 이내 다시 일어나 현은,

"나 좀 혼자 걸어 보구 싶네."

하였다. 그래서 박은 저녁에 김을 만나 가지고 대동강 가에 있는 동

일관(東一館)이란 요정으로 나오기로 하고 현만이 모란봉으로 온 것이다.

뿌다귀 뿌다구니. 물건의 삐죽하게 내민 부분 또는 쑥 내민 모퉁이.

오면서 자동차에서 시가도 가끔 내다보았다. 전에 본 기억이 없는 새 빌딩들이 꽤 많이 늘어섰다. 그 중에 한 가지 인상이 깊은 것은 어느 큰 거리 한 *뿌다귀에 벽돌 공장도 아닐 테요 감옥도 아닐 터인데 시뻘건 벽돌만으로, 무슨 큰 분묘(墳墓)와 같이 된 건축이 웅크리고 있는 것이다. 현은 운전사에게 물어 보니, 경찰서라고 했다.

1930년대 경찰서

또 한 가지 이상하다 생각한 것은, 그림자도 찾을 수 없는 여자들의 머릿수건이다. 운전사에게 물으니 그는 없어진 이유는 말하지 않고,

"거, 잘 없어졌죠. 인전 평양두 서울과 별루 지지 않습니다."

하는 매우 자긍하는 말투였다.

현은 평양 여자들의 머릿수건이 보기 좋았었다. 단순하면서도 흰 호접과 같이 살아 보였고, 장미처럼 자연스런 무게로 한 송이 얹힌 댕기는, 그들의 악센드 명랑한 사투리와 함께 '피양내인'들만이 가질 수 있는 독특한 아름다움이었다. 그런 아름다움을 그 고장에 와서도 구경하지 못하는 것은, 평양은 또 한 가지 의미에서 폐허라는 서글픔을 주는 것이었다.

을밀대(乙密臺) 평양 금수산 한 모퉁이, 모란대와 맞선 대 및 그 위에 세워진 정자의 이름.

현은 *을밀대(乙密臺)로 올라갈까 하다 비행장을 경계함인 듯, 총에 창을 꽂아 든 병정이 섰는 것을 발견하고는 그냥 강가로 내려오고 말았다. 마침 놀잇배 하나가 빈 채로 내려오는 것을 불렀다. *주암산까지 올라갔다가 내려오자니까 거기는 비행장이

주암산 평양 대동강 변에 있는 산.

가까워 못 올라가게 한다고 한다.

그럼 노를 젓지는 말고 흐르는 대로 동일관까지 가기로 하고 배를 탔다.

나뭇잎처럼 물 가는 대로만 떠가는 배는 낙조가 다 꺼져 버리고 강물이 어두워서야 동일관에 닿았다.

이 요릿집은 강물에 내민 바위를 의지하고 지어졌다. 뒷문에 배를 대고 풍악 소리 높은 밤 정자에 오르는 맛은, 비록 마음 어두운 현으로도 적이 흥취 도연해짐을 아니 느낄 수 없다.

'먹을 줄 모르는 술이나 이번엔 사양치 말고 받어 먹자! 박을 위로해 주자!'

생각했다.

박은 김을 데리고 와 벌써 두 기생으로 더불어 자리를 잡고 있었다.

김의 면도 자리 푸른 살진 볼과 기생들의 가벼운 옷자락을 보니 현은 기분이 다시 한번 갠다.

"이 사람, 자네두 김군처럼 면도나 좀 허구 올 게지?"

"허, 저런 색시들 반허게!"

하고 박은 씩— 웃는다.

"그래 요즘 어떤가? 우리 김 부회의원 나리?"

"이 사람, 오래간만에 만나 *히야카시부턴가?"

"자넨 참 늙지 않네그려! 우리 서울서 재작년에 만났던가?"

"그렇지 아마…… 내 그때 도시 시찰로 *내지 다녀오던 길이니까……."

"참 자넨 서평양인지 동평양인지서 땅 노름에 돈 좀 잡았다데그려?"

"흥, 이 사람! 선비가 돈 말이 *하관고?"

"별수 있나? 먹어야 배부르데."

"먹게, 오늘 저녁엔 자네가 못 먹나 내가 못 먹이나 한번 해보세."

"난 옆에서 *경평대항전 구경이나 헐까?"

"저이들은 응원하구요."

기생들도 박과 함께 말참례를 시작한다.

"시굴 기생들 우습지?"

"우습다니? 기생엔 여기가 서울 아닌가. 금수강산 정기들이 다르네!"

기생들은 하나는 방긋 웃고, 하나는 새침한다. 방긋 웃는 기생을 보니, 현은 문득 생각나는 기생이 하나 있다.

"여보게들?"

"그래."

"벌써 열둬— 해 됐네그려? 그때 나 왔을 때 저 능라도에 가 어죽 쒀

히야카시
일본어. 희롱. 조롱

내지
외국이나 식민지에서 자기 본국을 일컫는 말. 여기서는 '일본'.

하관고
"무슨 연관인고", 즉 그게 무슨 소리냐는 뜻.

경평대항전
경성축구단과 평양축구단이 1933년부터 장소를 바꾸어 가며 벌였던 친선 축구경기.

먹던 생각 안 나?"

"벌써 그렇게 됐나 참."

"그때 그 기생이 이름이 뭐드라? 자네들 생각 안 나나?"

"오— 그렇지!"

비스듬히 벽에 기대었던 김이 놀라 일어나더니,

"이거 정작 부를 기생은 안 불렀네그려!"

하고 손뼉을 친다.

"아니, 그 기생이 여태 있나?"

"살았지 그럼."

"기생 노릇을 여태 해?"

"암—"

"오—라!"

하고 박도 그제야 생각나는 듯이 무릎을 친다.

그때도 현이 서울서 내려와서 이 세 사람이 *능라도에 어죽놀이를 차렸다. 한 기생이 특히 현을 따라, 그때만 해도 문학 청년 기분이던 현은 영월의 손수건에 시를 써 주고 둘이만 부벽루를 배경으로 하고 사진을 다 찍고 하였었다.

능라도
평양 대동강 가운데 있는 경치 좋은 섬.

"아니, 지금 나이 몇 살일 텐데 아직 기생 노릇을 해? 난 생각은 나두 이름두 잊었네."

"그리게 이번엔 자네가 제발 좀 데리구 올라가게."

"누군데요?"

하고 기생들이 묻는다.

"참, 이름이 뭐드라?"

박도,

"이름은 나두 생각 안 나는걸……."

하는데 보이가 온다.

"기생, 제일 오랜 기생, 제일 나이 많은 기생이 누구냐?"

보이는 멀뚱히 생각하더니 댄다.

"관옥인가요? 영월인가요?"

"오! 영월이다 영월이. 곧 불러라."

현은 적이 으쓱해진다. 상이 들어왔다. 술잔이 돌아간다.

"그간 술 좀 뱄나?"

박이 현에게 잔을 보내며 묻는다.

"웬걸…… 술이야 고학할 수 있던가, 어디……."

가긍하다 불쌍하고 가엾다.

"망할 자식 *가긍허구나! 허긴 너이 따위들이 밤낮 글 써야 무슨 덕분에 술 차례가 가겠니! 오늘 내 신세지……."

"아닌게 아니라……."

하고 김이 또 현에게 잔을 내어밀더니,

"현군도 인젠 방향 선환을 허게."

한다.

"방향 전환이라니?"

"거 누구? 뭐래던가 동경 가 글 쓰는 사람 있지?"

"있지."

"그 사람 선견이 있는 사람야!"

하고 김은 감탄한다.

"이 자식아, 잔이나 받아라. 듣기 싫다."

하고 현은 김의 잔을 부리나케 마시고 돌려보낸다.

박이 다 눈두덩을 내려쓸도록 모두 얼근해진 뒤에야 영월이가 들어섰다. 흰 저고리 옥색 치마, 머리도 가리마만 약간 옆으로 탔을 뿐, 시체 기생들처럼 물들이거나 지지거나 하지 않았다. 미닫이 밑에 사뿐 앉더니 좌석을 휙 둘러본다. 김과 박은 어쩌나 보느라고 아무 말도 않고 영월과 현의 태도만 번갈아 살핀다. 영월의 눈은 현에게서 무심히 스쳐 지나 박을 넘어뛰어 김에게 머무르더니,

"영감, 오래간만이외다그려."

하고 쌩끗 웃는다.

"허! 자네 눈두 인젠 무뎄네그려! 자넬 반가워할 사람은 내가 아냐."

"기생이 정말 속으로 반가운 손님헌텐 인살 안 한답니다."

하고 슬쩍 다시 박을 거쳐 현에게 눈을 옮긴다.

"과연 명기로군! 척척 받음수가……."

하고 김이 먼저 잔을 드니 영월은 선뜻 상머리에 나앉으며 술병을 든다.

웃은 지 오래나 눈 속은 그저 웃는 것이 옛 모습일 뿐, 눈시울에 거무스름하게 그림자가 깃들인 것이나 볼이 훌쭉 꺼진 것이나 입술이 까시시 메마른 것은 너무나 세월이 자국을 깊이 남기고 지나갔다.

"자네, 나 모르겠나?"

현이 담배를 끄며 묻는다.

"어서 잔이나 드시라우요."

잔을 드는 현과 눈이 마주치자 영월은 술이 넘는 것도 모르고 얼굴을 붉힌다.

"자네도 세상살이가 고단한 걸세그려?"

"피차 일반인가 봅니다. 언제 오셌나요?"

하고 현이 마시고 주는 잔에 가득히 붓는 대로 영월도 사양하지 않고

받아 마신다.

"전엔 하—얀 나비 같은 수건을 썼더니……."

"참, 수건이 도루 쓰고퍼요."

"또 평양말을 더 또렷또렷하게 잘했었는데……."

"손님들이 요샌 서울말을 해야 좋아한답니다."

"그깟놈들…… 그런데 박군? 어째 평양 와 수건 쓴 걸 볼 수 없나?"

"건 이 김 부회의원 영감께 여쭤 볼 문젤세. 이런 경세가(經世家)들이 금령을 내렸다네."

"그렇다드군 참!"

"누가 아나 빌어먹을 자식들……."

"이 자식들아, 너이야말루 빌어먹을 자식들인 게…… 그까짓 수건 쓴 게 보기 좋을 건 뭬며 이 평양부내만 해두 일 년에 그 수건값허구 당기값이 얼만지 알기나 허나들?"

하고 김이 당당히 허리를 펴고 나앉는다.

"백만 원이면? 문화 가치를 모르는 자식들……."

"그러니까 너이 글 쓰는 너식들은 세상을 모르구 산단 말이야."

"주제넘은 자식…… 조선 여자들이 뭘 남용을 해? 예펜네들 모양 좀 내기루? 예펜넨 좀 고와야지."

"돈이 드는걸……."

"흥! 그래 집안에서 죽두룩 일해, 새끼 나 길러, 사내 뒤치개질 해…… 그리구 일년에 당기 한 감 사 매는 게 과하다? 아서라, 사내들 술값, 담뱃값은 얼만지 아나? 생활개선, 그래 예펜네들 수건값이나 당기값이나 졸여 먹구? 요 *푼푼치 못한 경세가들아? 저인 남용할 것 다 허구……."

푼푼하다
진졸하지 아니하고 활달하다.

"망할 자식, 말버릇 좀 고쳐라…… 이 자식아, 술이란 실사회선 얼마나 필요한 건지 아니?"

"안다. 술만 필요허냐? 고유한 문환 필요치 않구? 돼지 같은 자식들…… 너이가 진줄 알 수 있니…… 허……."

"히도오 바가니 수르나 고노야로 (사람 우습게 보지 마라 이 자식)……."

"너이 따윈 좀 바까니시데모 이이나 (깔봐도 좋다)……."

"나니(뭐라구)?"

"나닌 다 뭐 말라빠진 거냐? 네 술 좀 먹기루 이 자식, 내 헐말 못 헐 놈 아니다. 허긴 너헌테나 분풀이다만……."

하고 현은 트림을 한다.

"이 사람들 고걸 먹구 벌써 취했네그려."

박이 이쑤시개를 놓고 다시 잔을 현에게 내민다. 김은 잠자코 안주를 집는 체한다.

오래 해먹어서 손님들 기분에 눈치 빠른 영월은 보이를 부르더니 장구를 가져오게 하였다. 척 장구채를 뽑아 잡고 저쪽 손으로 먼저 장구 *전두리를 뚱땅 울려 보더니,

전두리
둥근 뚜껑 등의 둘레의 가장자리.

"어—따 조오쿠나 이십—오—현 탄—야월……."

하고 불러내기 시작한다. 현은 물끄러미 영월의 핏줄 일어선 목을 건너다보며 조끼 단추를 끌렀다. 부들부들 떨리는 손으로 상머리를 뚜드려 본다. 그러나 자기에겐 가락이 생기지 않는다.

"에—헹—에— 헤이야—하 어—라 우겨—라 방아로구나……."

하고 받는 사람은 김 뿐이다. 현은 더욱 가슴속에서만 끓는다. 이런 땐 소리라도 한 마디 불러 내었으면 얼마나 속이 시원하랴 싶어진다. 기생들도 다른 기생들은 잠잠히 앉아 영월의 입만 쳐다본다. 소리가 끝나자 박은,

"수고했네."

하고 영월에게 술 한 잔을 권하더니 가사를 하나 부르라 청한다. 영월은 사양치 않고 밀어 놓았던 장구를 다시 당기어 안더니,

장구

"일조—오— 나앙군……."

불러 낸다. 박은 입을 씻고 씻고 하더니 곡조는 서투르나 그래도 꽤 어울리게 이런 시 한 구를 읊어서 소리를 받는다.

"각하—안— 산—진 수궁처…… 임—정— 가고옥— 역난위를……."

박은 눈물이 글썽해 후— 한숨으로 끝을 맺는다.

자리는 다시 친비가 지나간 듯 호젓해진다. 김은 보이를 부르더니 유성기를 가져오라 했다.

유성기

재즈를 틀어 놓더니 그제야 다른 두 기생은 저희 세상인 듯 *번차 김과 마주 잡고 댄스를 추는 것이다.

번차
번(番)을 드는 차례.

"영월이?"

영월은 잠자코 현의 곁으로 온다.

"난 자넬 또 만날 줄은 몰랐네, 반갑네."

"저 같은 걸 누가 데려가야죠?"

"눈이 너머 높은 게지?"

"네?"

유성기 소리에 잘 들리지 않는다.

"눈이 너머 높은 게야?"

"천만에…… 그간 많이 상허셨에요."

"응?"

"많이 상허셨에요."

"나?"

"네."

"자네가 그리워서……."

"말씀만이라두……."

"허!"

댄스가 한 곡조 끝났다. 김은 자리에 앉으며 현더러,

"기미모 오도레(너도 춤춰라)."

한다.

"난 출 줄도 모르네. 기생을 불러 놓고 딴스나 하는 친구들은 내 일찍부터 경멸하는 발세."

"자네처럼 마게오시미 스요이(고집이 센)한 사람두 없을 걸세. 못 추면 그냥 못 춘대지……."

"흥! 지기 싫어서가 아닐세. 끌어안구 궁댕잇짓이나 허구, 유행가 나부랭이나 비명을 허구, 그게 기생들이며 그게 놀 줄 아는 사람들인가? 아마 우리 영월인 딴슬 못 할 걸세. 못 하는 게 아니라 안 할걸?"

"아이! 영월 언니가 딴슬 어떻게 잘하게요."

하고 다른 기생이 핼깃 쳐다보며 가로챈다.

"자네두 그래 딴슬 허나?"

"잘 못 한답니다."

"글쎄, 잘 허구 못 허구 간에?"

"어쩝니까? 이런 손님 저런 손님 다 비윌 맞추자니까요."

"건 왜?"

"돈을 벌어야죠."

"건 그리 벌기만 해 뭘 허누?"

"기생일수록 제 돈이 있어야겠습니다."

"어째?"

"생각해 보시구려."

"모르겠는데? 돈 많은 사내헌테 가면 되지 않나?"

"돈 많은 사내가 변심 않구 나 하나만 데리고 사나요?"

"그럴까?"

"본처나 되면 아무리 남편이 오입을 해두 늙으면 돌아오겠지 하구 자식낙이나 보면서 살지 않어요? 기생야 그 사람 하나만 바라고 갔는데 남자가 안 들어와 봐요? 뭘 바라고 삽니까? 그리게 살림 들어갔다 오래 시는 기생이 몇 됩니까? 우리 기생은 제가 돈을 뫄서 돈 없는 사낼 얻는 게 제일이랍니다."

언즉시야(言則是也) 말인즉 사리에 맞음.

"야! *언즉시야라 거 반가운 소리구나!"

하고 박이 나앉는다. 그리고,

"난 한 푼 없는 놈이다. 직업두 인젠 벤벤치 못하다. 내 예펜네라야 늙어서 바가지두 긁지 않을 거구, 자네 돈 뫘으면 나하구 살세?"

하고 영월의 손을 끌어당긴다.

"이 사람, 영월인 현군 걸세."

"참, 돈 가진 기생이나 얻는 수밖에 없네 인젠……."

하고 현도 웃었다.

"아닌게아니라 자네들 이제부턴 실속 채려야 하네."

하고 김은 힐긋 현의 눈치를 본다.

"더러운 자식!"

"흥, 너이가 아무리 꼬장꼬장한 체해야……."

"뭐 이 자식……."

하더니 현은 술을 깨려고 마시던 사이다 컵을 김에게 사이다째 던져 버린다. 깨지고 뛰고 하는 것은 유리컵만이 아니다. 기생들이 그리로 쏠린다. 보이들도 들어온다.

"이 자식? 되나 안 되나 우린 우린…… 이래봬두 우리……."

하고 현의 두리두리해진 눈엔 눈물이 핑— 어리고 만다.

"이런 데서 뭘…… 이 사람 취했네그려, 나가 바람 좀 쐬세."

하고 박이 부산한 자리에서 현을 이끌어 낸다. 현은 담배를 하나 집으며 복도로 나왔다.

"이 사람아? 김군 말쯤 고지식하게 탄할 게 뭔가?"

"후……."

"그까짓 무슨 소용이야……."

"내가 취했나 보이…… 내가…… 김군이 미워 그리나?…… 자넨 들어가 보게……."

현은 한참 난간에 의지해 섰다가 슬리퍼를 신은 채 강가로 내려왔다. 강에는 배 하나 지나가지 않는다. 바람은 없으나 등골이 오싹해진다. 강가에 흩어진 나뭇잎들은 서릿발이 끼쳐 은종이처럼 번뜩인다. 번뜩이는 것을 찾아 하나씩 밟아 본다.

"*이상견빙지(履霜堅冰至)……."

이상견빙지(履霜堅冰至) 서리를 밟게 되면 멀지 않아 매서운 겨울이 닥칠 것이라는 뜻.

주역
고대 중국의 철학서로 육경(六經)의 하나.

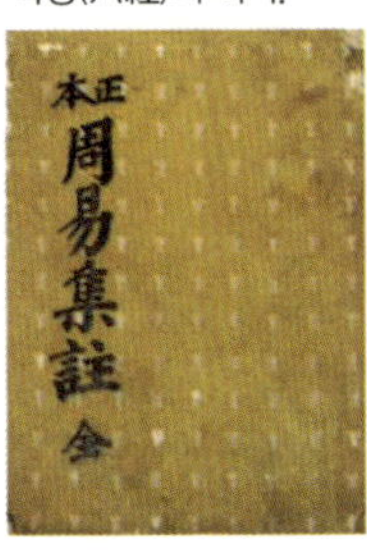

「주역(周易)」에 있는 말이 생각났다. 서리를 밟거든 그 뒤에 얼음이 올 것을 각오하란 말이다. 현은 술이 확 깬다. 저고리 섶을 여미나 찬 기운은 품속에 사무친다. 담배를 피우려 하나 성냥이 없다.

"이상견빙지…… 이상견빙지……."

밤 강물은 시체와 같이 차고 고요하다.

『이태준단편집』, 학예사, 1941.

영월 영감

지까다비
노동자용 작업화.

작년 가을, 어느 비 오는 날이었다. 성익은 집에 들어서자 사랑 마루에 웬 누르퉁퉁한 지우산과 검은 *지까다비 한 켤레가 놓인 것에부터 눈이 미치었다. 한 손에 찬거리를 사든 길이라 안으로 들어가 아내에게 들은즉, 자기는 처음 보는 어른인데, 아이들더러, 나두 너희 할아범이야 하는 것을 보아, 아마 당신 아저씨뻘 되는 양반인 게라고 하였다. 옆에서 어린것 하나는, 아주 무섭게 생긴 할아버지야 하였다. 나와 뵈니, 정말 성익도 어렸을 때는 무서워하던 영월 아저씨였다.

성익은 참 뜻밖이요 오래간만에 뵙는 아저씨였다. 혼인한 지 십 년이 넘는 성익의 아내는 이번이 처음이도록 여러 해 동안을 뵐 수 없던, 생사조차 모르던 영월 아저씨였다.

젊어 영월(寧越) 군수를 지내어 영월댁이라, 영월 영감이라, 영월 아저씨, 영월 할아버지로 불리어지는 인데, 키가 훤칠하고, 이글이글 타는 눈방울이 늘 술취한 사람처럼 화기 띤 얼굴에서 번뜩일 뿐 아니라 음성이 행길에서 들더라도 찌렁찌렁 울리는 데가 있는 어른이어서, 영월 할아버지 오신다 하면 아이들은 울음을 그치었다. 위엄은 아이들이나 하인배에뿐 아니라 그분과 동년배요 항렬로는 도리어 위 되는 이라도 영월 영감이 오는 눈치면 으레 물었던 담뱃대를 뽑아 들고 길을 비키었다.

가대
집의 터전과 이에 딸린 원림과 전토의 총칭.

위토(位土)
묘제의 비용을 위하여 경작하는 논밭.

심경에 큰 변화를 일으킨 듯, 논을 팔고 밭을 팔고 *가대와 종중(宗中)의 *위토(位土)까지를 잡혀 쓰면서 한동안 경향 각지로 출입이 잦았었다.

그러나 무슨 이권이나 세도를 얻으려 다니는 것 같지는 않다가 한 번은 그런 예사로운 출입으로 나간 것이 소식이 끊이기를 십오륙 년,

대소가가 모두 궁금하게 여기던 것조차 이제는 지쳐 버리게 되었는데, 이렇게 서울서 문득 찢어진 지우산과 지까다비로 조카 성익의 집에 나타난 것이었다.

"그간 어디 가 계셨습니까?"

"*일소부주(一所不住)지, 안 당긴 데 있나……."

일소부주(一所不住) 어느 한 곳에 머무르지 않음.

음성이 높은 것, 우묵하게 꺼지기는 하였으나 그 푸른 안정이 쏘아 나오는 눈, 그리고 저녁상에서 성익은 갈비를 다시 구워 올 것도 없게 실패쪽처럼 벗겨 자시는 것을 보면 그 식사나 기력의 정정함도 옛 풍모 그대로였다. 그러나 이마와 눈시울에 잘고 굵은 주름들은 너무나 탄력을 잃었다. 더구나 머리와 수염이 반이 넘어 흰 것을 뵙고는, 가슴이 뿌지지했다.

"아저씨두 인전 반백이나 되셨군요?"

"반백은 넘었지. 허!"

하고 그 수염을 한번 쓸어 보면서,

"*빈발여하백(鬢髮如何白)고 다인적학로(多因積學勞)라더니 내 백발은 적학로도 아니고…… 허허!"

빈발여하백(鬢髮如何白)고 다인적학로(多因積學勞)라 "귀밑머리가 어찌하여 세었는고? 많이 공부를 쌓은 노고 때문이지."

하고 크게 웃었다. 그리고 조카가 이것저것 물었으나 별로 대답이 없이 손자 되는 어린것의 머리만 쓰다듬다가,

"세월밖에 헤일 게 없구나! 대답할 게 없으니 아무것두 묻지 말아…… 내가 다녀갔단 말 시굴집에들 알릴 것두 없구…… 네게 온 건 돈 얼마 변통해 쓸까 하구 왔는데……."

하였다. 성익은 그래도 그 동안 대소가 소식들부터 알려 드리고 나서,

"얼마나 쓰실 일입니까?"

물었다.

"한 천 원 가까이 됐으면 좋겠다."

성익은 얼른 마루 아래 놓인 이 아저씨의 지까다비 생각이 났다. 이분이 금광을 하시는 것이나 아닌가? 하였으나 아무것도 묻지 말라는 말을 먼저 받았다. 아무튼 비록 행색은 초췌할망정 생사조차 알리지 않다가 십여 년 만에 찾는 조카에게 자기 개인 밥값 같은 것이나 궁해서 돈 말을 할 영월 아저씨로는 믿어지지 않았다. 성익은 할 수 없이 무리를 해서 모아 온 골동품(骨董品)에 손을 대었다. 고려청자 찻종 하나와 *단계석(端溪石) 벼루 하나를 이튿날 식전에 들고 나가 천 원은 못다 되고 칠백 원을 만들어다 드리었다. 돈이 칠백 원이란 말만 들었을 뿐, 영월 영감은 헤어 보지도 않고 빛 낡은 양복 조끼 안주머니에 넣너니 서넉때가 가까웠는데도 떠나야 한다고 나섰다. 비는 그저 지적지적 내리었다.

단계석(端溪石)
중국의 단계에서 나는 벼룻돌로, 최고의 벼룻돌로 침.

단계석 벼루

"애장품을 없애 줘 미안타. 그러나 그런 건 누가 보관턴 보관돼 갈 거구……."

하면서 마당에 내려 화단에서 비에 젖는 고석을 잠깐 눈주어 보더니,

"어디서 구했니?"

하였다.

"해석입니다. 충남 어느 섬에서 온 거라는데 파는 걸 사왔습니다."

"넌 너의 아버질 너무 닮는구나! 전에 너의 아버지께서 고석을 좋아

하셔서 늘 안협(安峽)으로 사람을 보내 구해 오셨지…… 그런데 난 이런 처사취미(處士趣味)엔 대 반대다."

"왜 그러십니까?"

"더구나 젊은이들이…… 우리 동양 사람은, 그중에두 우리 조선 사람이지, 자연에들 너무 돌아와 걱정이야."

"글쎄올시다."

"자연으루 돌아와야 할 건 서양 사람들이지. 우린 반대야. 문명으루, 도회지루, 역사가 만들어지는 데루 자꾸 나가야 돼……."

이렇게 영월 영감은 목소리가 더 우렁차지며 얼굴이 더 붉어지며 가을비에 이끼 끼는 성익의 집 마당을 부산하게 나섰다.

돈을 언제 갚는단 말도, 어디 와 있다는 말도, 성익도 기다리지도 않았지만 전혀 소식이 없다가 꼭 돌이 되어, 요 전달 하순이었다.

하루는 세브란스 병원에서 성익에게 메신저 보이가 왔다. 박대하란 환자를 대신해 쓴다 하고 곧 좀 외과 진찰실로 와달라는 것이었다. 박대하란 영월 영감이다. 성익은 곧 달려갔다. 간호부가 가리키긴 하나 누군지 알아볼 수 없게 얼굴 온통이 붕대 뭉치가 되어 진찰대에 누워 있었다. 멀겋게 부푼 입술이 번질번질한 약을 바르고 콧구멍과 함께 숨을 쉴 정도로 내어 놓아졌을 뿐, 눈까지 약칠한 가제에 덮여 있는 것이다. 송장이 아닌가 싶었다.

"이분이?"

"네, 박대하 씨라구요. 광산에서 다치셨대요. 입원을 허실 턴데 시내에 보증인이 있어야니까요."

하고 간호부는 환자의 귀 가까이로 가더니,

"불러 달라시던 분 오셨에요."

하였다. 환자의 육중한 입술이 부르르 떨리었다. 성익은 덤썩 환자의 손을 끌어 쥐었다. 뜨거웠다.

"성익이냐?"

분명히 영월 아저씨였다.

"네, 이게 웬일입니까?"

"뭐, 허, 답답해라…… 대단친 않구…… 자꾸 보증인인갈 세래 널 알렸다."

"다치신 덴 얼굴뿐입니까?"

"그럼."

"어디서 다치셨는데, 누구 같이 온 사람두 없습니까?"

간호부가 복도로 나와 같이 온 사람을 가리켜 주었다. 우중충한 복도에 섰는 흙물이 시뻘건 바지저고리 바람의 장정이었다.

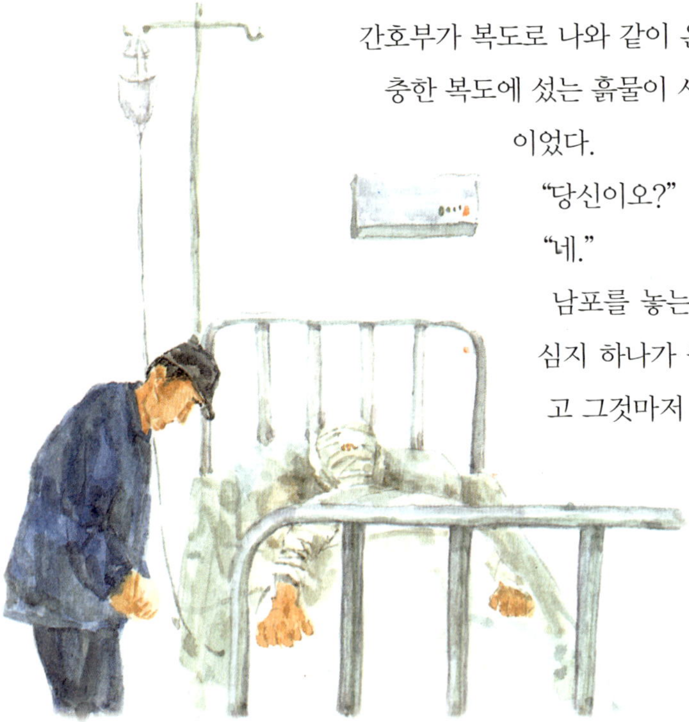

"당신이오?"

"네."

남포를 놓는데, 세 방을 한꺼번에 놓는데, 심지 하나가 중간에서 불이 꺼지는 것을 보고 그것마저 들어가 대려 놓는데 먼저 타들어간 것이 의외에 빨리 터졌다는 것이다.

"광산은 어디요?"

"거기가 양평따입지요. 그런데 과히 오래 가든 않는

답니까?"

"글쎄, 아직 모르겠소."

하고 성익은 그제야 의사에게로 왔다. 머리를 돌에 맞아 뇌진탕을 일으켰으나 반 시간도 못 돼서 정신을 차렸다는 정도니까 꿰맨 자리만 아물면 뇌엔 별일이 없을 것이요, 얼굴은 전면적으로 매연과 모래에 타박상을 받았으나 큰 상처는 없고, 안과에서 보았는데 눈도 동공은 상하지 않았으니까 중증의 결막염 정도니까 며칠 치료하면 뜰 수 있으리란 것이다.

성익은 다행으로 알고 아저씨를 병실로 옮기고 곧 입원 수속을 끝내었다. 그리고 아저씨께 돌아오니 그의 앞에는 광부가 꾸부리고 무슨 부탁을 듣고 서 있었다.

"아마 한길은 더 울렸으리……."

"그렇습죠."

"허니 천변두 울리지 않었나 조심해서들 보구, 내 나가길 기대릴 게 아니라 따내게들……."

"그립죠."

"서 덕대보구 따들어가다 *재바닥만 비치거든 감석을 골라 내게 좀 보내 달라구 그러게."

재바닥
잿빛을 띤 사금의 바닥.

"네."

"어서 떠나게. 중상은 아니라구 염려들 말라구 그리게."

"네, 그럼……."

광부가 나간 뒤에 성익은 잠깐 멍청히 서서 병실 안을 둘러보았다. 다른 침대 하나에는 아직 환자가 없다. 두 쪽 유리창에도 도시의 하늘답지 않게 전선줄 한 오리 걸리지 않고 유리 그대로 멀뚱하다. 누워 있는 영월 아저씨는 번질번질한 부푼 두 입술이 있을 뿐, 모두 흰 붕대와 흰 약과 흰 홑이불에 덮여 있다. 비었다기보다 시체실에 혼자 섰는 것처럼 서뭇해진다. 저분이 금광을? 그럼, 저분이 여태껏 찾아다닌 것도 금이던가? 금? 그럼, 내 돈 칠백 원도 금광에 투자한 셈이던가? 성익은 씁쓰레한 군침을 입 안에 다시며 침상 앞으로 나섰다.

사금 채취하는 모습

"아저씨?"

"성익이냐? 이거 답답해 어디 견디겠나!"

영월 영감은 시울이 팅팅히 부어 떠지지 않는 눈을 눈썹만 슴벅거려 본다.

"그런데 어쩌실려구 빠언히 위험한 델 들어가셨습니까?"

"인정처럼 고약한 게 없거던…… 첨에는 심질 십여 척씩 늘이구두 뒤돌아볼 새 없이 뛔나오더랬는데 것두 몇 해 다뤄 보니 심상해져 겁이 어디 나? 사람이 비켜야만 터질 것처럼 믿어진단 말이야."

"그런데 아저씨께서 금광을 허시리라군 의욉니다."

"어째?"

"막연히 그런 생각이 듭니다."

"막연이겠지…… 힘없이 무슨 일을 허나? 금 같은 힘이 어딨나? 금 캐기야 조선같이 좋은 데가 어딨나? 누구나 발견할 권리가 있어, 누구나 출원하면 캐게 해, 국고 보조까지 있어, 남 다 허는 걸 왜 구경만 허구 앉었어?"

"이제 와 아저씬 금력을 믿으십니까?"

"이제 와서가 아니라 벌써 여러 해 전부터다. 금력은 어디 물력뿐이냐? 정신력도 금력이 필요한 거다."

"그래 광을 허십니까?"

"그럼."

"허면 꼭 금을 캘 걸 믿으십니까?"

"암, 못 캐란 법은 어딨나? 왜 못 될 걸 믿어?"

"그러나 사실에 성공하는 사람이 천에 하나나 만에 하나 아닙니까?"

"억만에서 하나기루 그 하나이 자기가 되길 계획해 못쓸까? 사람이란 그다지 계획력이 미약한 건가?"

"글쎄올시다."

"글쎄올시다가 아니야. 그렇게 막연히 살아 무슨 전도가 있나? 천에 하나, 만에 하나가 저절루 자기가 되길 바라선, 요행히 되길 바라선, 건 허영이지, 건 투기지. 그런 요행이야 천에 하나 만에 하나밖에 없을 게 당연지사겠지. 그러나 끝까지만 나가면야 천이면 천, 만이면 만 다 성공할 게 원측이지."

"그래두 일생을 광산으로 다녀두 보따리를 벤 채 죽는 사람이 얼마든지 있지 않습니까?"

"……."

영월 영감은 부푼 입술이 거북한 듯 말 대신 고개를 젓는다.

"참, 말씀 그만두시죠. 입술두 퍽 부셨는데."

"말꺼정 못 하군 정말 죽은 거 같게…… 그런 것들은 다 투기자들이지. 물욕부터 앞서 제가 실패한 원인을 반성할 여유가 없이 나가구, 또 뻔히 경험으로 봐 안 될 것두 요행만 바라구 나가거던…… 그런 사람들 실패하는 거야 *원형이정이지…… 나두 벌써 십여 차 실패다. 그러나 똑같은 실팬 한 번도 안 했다. 똑같은 실팰 다시 허기 시작허면야

원형이정(元亨利貞) 사물의 근본이 되는 도리.

건 무한한 거다. 그러나 금을 캐는 데 있을 실패가 그렇게 무한한 수로 있을 건 아니지. 실패를 잘만 해서 실패된 원인만 밝혀나간다면야 실패가 많아질수록 성공에 가까워 가는 게 아니냐? 난 그걸 믿는다."

"……."

"조선땅엔 금은 아직 무진장이다. 어느 시대구 어느 나라서구 불변 가치를 갖는 게 금밖에 또 있니? 힘없이 움즉일 수 있니? 금만한 힘이 있니?"

"……."

"금을 금답게 쓰지 못하는 자들이 얼마나 많이들 금을 캐내니? 땅이 울 게다! 땅이……."

하고 영월 영감은 홑이불을 밀어 던지고 석수처럼 돌때에 뿌연 손을 올려 가슴 위에 깍지를 꼈다.

이튿날부터 영월 영감은 광산에서 기별이 오기를 기다렸다.

"몇 자 안 내려가 재바닥이 비칠 건데…… 맥형 생긴 게 틀림은 없는데……."

그리고 사흘부터는 의사를 조르기 시작하였다.

"허! 이거 일월을 못 보니 꼭 죽었소그려. 언제나 눈을 뚜? 머린 이내 아물겠소?"

"맘이 급허시문 더 더딥니다. 눈은 차츰 부기가 낫기 시작합니다만 머리야 젊은 사람과 달라 어디 그렇게 빨리 아뭅니까?"

"내가 늙어 그러리까?"

"조그만 헌디 하나라두 연령관계가 큽니다. 신진대사 차이가 크니까요."

의사가 나간 뒤 한 시간이나 지나서다. 속으로는 그저 그 생각이었던 듯,

"내가 지금 사십만 같애두! 사십만……."

하고 한숨을 쉬는 것이었다.

"이론이 그렇지, 그것 아무는 데 며칠 상관이 될라구요."

"어디 이것뿐이냐? 매사에 *일모도원이다! 넌 올에 몇이지?"

"서른둘입니다."

"서른둘! 호랑이 같은 때로구나! 왜들 가만히들 있니?"

"……."

한참 침묵이 지나서다.

"너 낼 산에 좀 갔다 와다우."

"산에요?"

"광산에 가, 그새 작업을 어떻게 했는지두 좀 알구, 나온 걸 어떤 돌이구간에 한 가지씩 가져오너라. 엊저녁 꿈엔 돼지를 다 봤는데……."

"돼지요?"

"미신이나 금광 허는 사람들이 돼지 보길 바라지들…… 돼질 보면 금이 난다구들, 허허……."

영월 영감은 차츰 제 빛이 돌아오는 입술에 빙그레 웃음을 띠었다.

성익은 아저씨가 일러 준 대로 이튿날 자동차로 양평(楊平)을 지나 *풍수원(豊水院)이란 데로 왔다. 여기서는 사람을 하나 사가지고 동북간으로 고개라기는 좀 큰 산을 넘어 아저씨의 광산을 찾았다. *다복솔이 깔린 펑퍼짐한 산허리에 서너 군데나 생흙이 밀려 나와 사태난 자리처럼 쌓였다. 가까이 가보니 흙이 아니라 모두 돌이었다. *굿막과

일모도원(日暮途遠) 날은 저물고 갈길은 멀다. 즉 늙어서 쇠약해짐.

풍수원(豊水院) 강원도 횡성군 서원면 유현리에 있는 마을.

다복솔 가지가 빈틈없이 많이 퍼져 소복하게 된 어린 소나무.

굿막 구덩이 밖에 광부의 휴게소로 지어놓은 작은 집.

질통꾼
질통으로 광석, 버력 등을 져서 나르는 사람.

덕대
광주와 계약을 맺고 그 광산의 일부를 떼어 맡아 광부를 데리고 채광하는 사람.

굿
구덩이가 무너지지 않도록 단속(굿단속)한 구덩이.

벽선
기둥에 붙여 세우는 네모진 굵은 나무.

화약고도 이내 나타났으나 사람이라고는 *질통꾼 서너 명만 보였다. 질통꾼들에게 서 *덕대를 물으니 *굿 속에서 작업중이라 한다. 굿 속으로 따라 들어가려 하였으나 바닥이 질고 천반에선 여기저기 기름과 철분에 시뻘건 샘물이 낙숫물 떨어지듯 하여 달리 차리지 않고는 들어설 수가 없다. 우선 서 덕대를 좀 나오라고 이르고 땀이나 들이려 냉장고같이 시원한 굿 초입에 서 있었다. 굿 속은 키 큰 사람은 모자가 닿으리만치 낮다. 통나무로 좌우 *벽선과 천반을 버티어 들어갔다. *간드레 불을 든 질통꾼들이 한 삼십 간 들어가서는 꼬부라져 사라지고 만다. 거기까지는 수평이다. 그 뒤는 캄캄하여 도무지 짐작을 할 수가 없다. 물방울 떨어지는 소리뿐 가만히 귀를 기울여야 쿠응쿠응 바위 울리는 소리가 은은히 돌아나온다. 그쪽은 저승과 같이 아득하고 신비스럽다.

'저 속에서 금이 난다!'

성익은 담배를 피워 물고 생각하였다.

그 몇 만 분지, 몇 십만 분지의 일인 금을 얻으려 산을 헐고 바위를 뚫고…… 그 적은 비례의 하나를 찾기 위해 몇 만 배, 몇 십만 배의 흙을 파내고 돌을 쪼아 내고…… 성익은 고개를 기다랗게 내밀어 광산 전체를 쳐다보았다. 까맣게 올려다 보이는 석벽도 이 산의 봉우리는 아직 아니었다.

'하나를 위해 구만 구천구백구십구의 헛일을 해야 하는…….'

성익은 한숨이 나왔다. 어렸을 때 풀기 어려운 산술 숙제를 받던 생각이 난다. 그러나 이내 또, 아저씨의 "사람이란 그다지 계획력에 미약한 거냐." 하던 말도 생각난다.

"계획? 나 자신에겐 지금 무슨 계획이 있는가?"

성익은, 굿막 퇴장에 걸터앉아 아무 의식이 없이 *머르레한 눈으로 건넛산을 바라보는, 그 풍수원서 데리고 온 사람의 꼴에서 자기를 발견하는 것 같은 허무함을 느끼었다.

다시 붙인 담배를 반이나 태웠을까, 그때 굿 속에서 사람들이 나타났다.

"내가 서이관이오."

하고 나서는 서 덕대는 늙은 푼수로는 야무진 목소리다.

"우리 광주 영감 좀 어떠신가요?"

"차츰 나가십니다. 도무지 *감석인갈 보내지 않으니까 궁금허시다구 좀 가보래 왔습니다."

"허!"

서 덕대는 굿막 퇴장으로 와 담배부터 피워 문다. 전체가 까맣고, 딴

간드레(candle)
광산의 갱내에서 켜 들고 다니는 등.

질통

머르레하다
흐리다.

감석
감돌. 유용한 광물이 정도 이상으로 들어 있는 광석.

딴하게 뭉친 것이 엿누룽갱이 같은 늙은이다. 침을 찍 뱉어 버리더니,

"영감 운이 아직 틔질 않어…… 영감 운이 틔셔야 우리네두 고생한 끝이 나겠는데……."

하는 꼴이 좋은 바닥이 아직 비치지를 않는 모양이다.

"그럼, 아직 광석이랄 게 나오지 않습니까?"

"나오기야 나오죠. 허잘 것 없는 게 나오니, 그런 거야 자동차비가 아까워 어떻게 보내 드리나요."

"더 따들어가면 좋은 게 나올 것 같습니까?"

"허! 그걸 장담헐 수 있나요. 장담두 많이 해봤죠만 이전 내 입으룬 장담 않죠."

"그럼 이 광산이 영감 보시겐 신통치 않은가 봅니다그려?"

"것두 장담 아뇨? 내 눈두 과히 어둡진 않죠. *금전밥을 먹는 지두 서른 대여섯 해 되죠. *당구 십년 격으루 산을 보면 대강 짐작은 납니다만 난 인전 산 보구 쫓아다니진 않소."

"그럼, 뭘 보십니까?"

"산에 한두 번 속았겠소? 난 인전 광주 보구 쫓아다니시요. 이 영감님 모시구 다니는 지두 벌써 칠 년째죠만 인덕이 그만허시구야 *금줄 못 잡을 리 있나요."

성익은 겉옷을 바꿔 입고 서 덕대를 따라 굿 속 작업현장을 구경하고, 물이 충충히 괴어 개구리들만 끓는 쨉이라는, 수직으로 내려뚫은 광구도 몇 군데 구경하고는 그래도 질이 좀 나은 것이라는 회색 차돌 몇 덩이를 싸들고 풍수원으로 넘어와 밤을 자고 이튿날 오후 한 시나 돼서 병원으로 돌아왔다.

금전
금광.

당구
서당개.

금줄
금이 나는 광맥. 금맥.

병원에서는 영월 영감보다 의사가 더 성익을 기다리고 있었다. 간호부가 성익을 보자,

"잠깐만 거기 계셔요."

하고 병실에 들어가기 전에 무슨 일이 있다는 듯이 의사 있는 데로 달려가는 것이다. 성익은 가슴이 섬뜩하여 주춤하고 섰었으나 두어 방만 지나가면 아저씨의 병실이라 우선 병실로 가 문을 열었다. 아저씨는 여전히 침대에 누웠다. 그러나 문소리 나는 쪽을 향해 '성익이냐?' 불러 봄직한 그가 문소리 난 것도 모를 뿐 아니라 두 손을 쳐들어 합장도 아니요 박수도 아닌 손짓을 하고 있는 것이다. 머리맡에는 보지 않던 얼음주머니도 달려 있다.

"아저씨?"

"……."

"아저씨?"

"누구야…… 응?"

성익은 가슴이 철렁 내려앉는다.

"저야요, 성익이야요."

"오오."

그제야 영월 영감은 벌떡 일어나 앉는다.

"누세요."

"이리 내……."

그러나 눈은 아직 열리지 않는다. 한 손으로 한 쪽 눈을 억지로 벌리려 한다. 성익은 얼른 붕산수에 적신 약솜을 뜯어 눈곱을 닦아 드리었다. 그리고,

"어디 어디……."

하고 내어미는 아저씨의 손바닥을 보고는 광석을 놓기 전에 다시 한번 놀라지 않을 수 없다.

"아저씨 손바닥이……."

"어서 이리 내."

성익은 아저씨의 다른 편 손바닥도 펼쳐 보았다. 양편이 똑같다. 검붉은 포돗빛의 *혈반이 은단알만큼 녹두알만큼 꽃 피듯 번져 있는 것이다. 그리고 뜨거운 것이다. 그러나 당자는 아직 자기 피부에 그런 이상이 나타난 것도 모르는 것 같다. 광석 하나를 받아 들더니 광선이 제일 환한 쪽으로 상체를 돌린다.

혈반
피부에 검보랏빛 얼룩이 생기는 피하 출혈.

"가져온 것 다 인내라."

신문지에 싼 채 다 그의 앞으로 가 펼쳐 들었다. 더듬더듬 하나씩 하나씩 모조리 만져 보고, 들어보고, 그 다시 푸르스름해진 입술에 갖다 혀끝까지 대어 보곤 하더니 그 중에서 역시 서덕대가,

"모두 요놈만 같애두."

하던 것을 용하게 골라 내어 한 손으로 눈곱 낚은 눈을 벌리었다. 그 눈에 유리창은 너무 밝았나. 광선이 아니라 녹한 연기를 쏘인 듯 눈물이 펑 쏟아져 다시는 벌리지도 못하고 만다.

"누세요. 제가 말씀 드릴게요."

"서덕대가 뭐래?"

"퍽 좋은 바닥이 나왔답니다."

"어떤?"

"차돌인데 맥이 넓구 여간 질이 좋지 않다구 안심허시랍니다."

"노다지가 나오다니?"

"네?"

국내 최대의 금광인 운산광산

성익은 아저씨의 정신상태가 아무래도 의심스러웠다.

"아저씨?"

아저씨는 두 손에 한 움큼씩 광석을 움켜쥔 채 얼음주머니를 뒤통수로 때리며 벌떡 뒤로 드러누워 버린다.

간호부가 그제야 나타난다. 이쪽에서 뭐랄 새도 없이,

"선생님이 좀 오시래요."

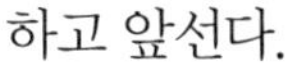

하고 앞선다.

의사는 다른 환자의 처방을 끝내어 간호부에게 주어 버리더니 이렇게 말한다.

"지금 들어가 보셨지요?"

"네, 손바닥에 그런데……."

"네, 네……."

의사는 영월 영감의 진찰부를 꺼내 놓더니 보지는 않고,

"손바닥과 발바닥에 모두 피하 출혈이 현저하게 드러났습니다."

"어떤 딴 증세가 난 겁니까?"

"패혈증입니다. 더 의심할 수 없는……."

"패혈증이라뇨?"

"피가 썩는 겁니다. 어떤 상처로 미균이 들어가 가지군…… 아마 그 머리 다치신 상처겠죠…… 광산 같은 데서 애초에 소독이 완전히 됐을 리 있습니까?"

"걸 어째 진작 모르셨나요?"

"건 모릅니다. 발증이 되기까진 모르는 겁니다. 또 미리 안댔자 지금 의학으론 테라폴 따위 살균제나 놓는데 그런 걸룬 절망입니다."

"절망이야요?"

"벌써 피 대부분이 상했습니다. 가족에 곧 알리시구 유언이라두 들어 두시죠."

성익은 복도로 나와 한 십 분 동안 제정신을 차리기에 애를 썼다. 정신을 차려 가지고는 우선 우편국으로 가 이분의 두 아들에게 다 전보를 쳐주었다. 그리고 성익은 또 한 가지 생각이 났다. 얼른 자동차로 종로로 와서 광석 표본을 진열창에 많이 늘어놓은 무슨 광산 사무손가를 찾았다. 팔지 않는다는 것을, 성냥갑만한 유리갑에 넣은 노다지 한 덩어리를 억지로 샀다. 영월 영감은 의사의 예언대로 최후의 맑은 정신이 돌아왔다. 방 안은 으스름한 황혼이다. 성익은 간호부에게 불을 켜라 일렀다. 그리고 약솜으로 아저씨의 두 눈을 닦고 최대한도로 띄어드리었다. *지내미 상한 고기 눈처럼 머르레한 눈동자는 이내 눈물에 잠기고 만다.

지내미
'지느러미'의 방언.

"아저씨, 이걸 자세 보세요."

"이게…… 에! 노다지로구나!"

"많이 나왔습니다."

"오! 오……."

영월 영감은 말이 놀라는 것처럼 우쩍 상반신을 일으켰다. 두 주먹을 뛰려는 말발굽처럼 움켜들었다. 주먹은 손가락 가락가락 부르르 떨리면서 펼쳐진다. 그러나 눈은 자기 힘으로 떠지지 않는다. 부들부들 팔째 떨리던 주먹은 탁 자기 얼굴을 휩싸 때리더니 '아휴!' 하고 성익의 팔에 쓰러지고 말았다.

성익은 차마 유언을 묻지 못하였다.

두 아들이 나타났을 때는, 영월 영감은 이미 시체실로 옮겨진 뒤였다.

성익은 아저씨의 화장장에서 돌아오는 길 버스 안에서 맏상제 봉익에게 물었다.

"자넨 몇이지 올에?"

"형님보다 내가 두 살 아래 아뉴?"

성익은 눈을 감고 잠깐 멍청히 흔들리다가 중얼거리었다.

"서른! 서른둘! 호랭이 같은……."

『돌다리』, 박문서관, 1943.

농군

* 이 소설의 배경 만주는 그전 장작림(張作霖) 정권시대임을 말해둔다.

1

*봉천행 보통 급행 삼등실, 내리는 사람보다 타는 사람이 더 많다. 세면소에는 물도 떨어졌거니와 거기도 기대고, 쭈그리고, 모두 자기 체중에 피로한 사람들로 빼곡하다. 쳐다보면 시렁도 그뜩, 가죽가방, 헝겊보따리, 신문지에 꾸린 것, 새끼에 얽힌 소반, 바가지쪽, 어떤 것은 중심이 시렁 끝에 겨우 걸치어 급한 커브나 돌아간다면 밑엣사람 정수리를 내려치기 알맞다.

봉천
'심양'의 만주국 때의 이름.

차는 *사리원(沙里院)을 지나 시뻘건 진흙 평야를 달린다. 한 쪽 창에는 해가 뜨겁다. 북으로 달릴수록 벌써 초겨울의 풍경이긴 하나 훅훅 찌는 사람내 속에 종일 앉았는 얼굴엔 햇볕까지 받기에 진땀이 난다.

사리원(沙里院)
황해도 봉산군의 북서부에 있는 도시. 경의선과 황해선의 분기점.

개다리소반에 바가지쪽들이 차가 쿵쿵거리는 대로 들썩거리는 시렁 밑이다.

1930년대 기차

"뜨겁죠, 할아버지? 이걸 내립시다."

스물두셋 된 청년, 움푹한 눈시울엔 땀이 흥건하다.

"그냥 둬…… 뜨건 게 낫지. 밖을 볼 수 있어야지."

할아버지는 찌적찌적한 눈을 슴벅거리면서 담뱃대를 내어 희연을 담는다. 두어 모금 빨더니 자기 담배연기에 기침이 시작된다. 멎을 듯 멎을 듯, 이 노인의 등이 굽은 것은 이 기침병 때문인 듯하다. 땀을 쭉 빼더니 겨우 진정하고 이내 담배를 털어 고무신으로 밟아 버린다.

"그리게 아버닌 담밸 끊으셔야 한대두."

맞은 편에 끼여 앉아 걱정하는 아낙네도 머리가 반백은 되었다.

"거 윤풍언이 차에서 피라구 한 봉지 사주게…… 망한 눔의 기침, 물이나 갈아 먹음 원, 어떨지……."

똑 수염이 염소 같은 턱은 그저 후들후들 떨면서 햇볕 뜨거운 창 밖을 머르레 내다본다.

"흙두 되운 뻘겋다. 저기서 곡식이 돼?"

"뻘겋기만 허지 돌이야 어딨에요? 한새울겉이 돌 많은 눔으 데가 어딨에요. 우리 동네니깐 떠나기 안됐지, 농토야 한 자리 탐날 게 있나요?"

하며 청년도 눈을 찌푸리며 창 밖을 내다본다.

댓진
담뱃대 구멍에 낀 까말고 끈끈한 진.

"우리 가는 덴 흙이 *댓진 같대지?"

"한 댓— 핸 거름 않구두 조이삭 하내 개꼬리만큼씩 수그러진대니까요."

"채심이가 거짓말야 했겠니……."

영감은 창에서 물러나더니 군입을 쩍— 쩍 다신다.

서깟
사람이 잘 관리하여 키운 나무.

"거 웃골 *서깟은 괜히 팔았느니라."

"또 아버닌!"

하고, 청년에센 어머니요 노인에겐 며느리인 듯한 아낙네가 노인의 말문을 막는다.

"글쎄 할아버지두 되풀일 허심 뭘 허세요? 묘(墓) 자리가 백이문 뭘 해요. 여간 사람 아니군 허갈 맡아야 쓰잖어요?"

"몰래두 잘들만 쓰더라 원."

하고 노인은 수그리더니 침을 퉤 뱉는다. 그리고 들릴락말락하게 혼자 말처럼 지껄였다.

감장
장사를 치르기를 끝냄.

"그저 난 병만 들건 차에 얺어라…… 칠십 년이나 살던 델 두구 어디가 묻히란 말이냐! 한새울 사람들이 아무 밭머리에구 나 하나 *감장 안

해주겠니…….”

“아버닌 자계 생각만 허시는군! 재 아버진 뭐 묻구퍼 공동메다 묻었나…….”

하더니 아낙네는 여태 무릎 위에 얹었던 신문 뭉치를 펼친다. 팥알들이 꼬실꼬실 마른 시루떡 부스러기다. 파리가 와 붙은 대로 아들한테 내민다.

“싫수.”

“입두 짧기두 허지…… 너두 참, 배고프겠다.”

하고 이번엔 영감 옆에 앉은 처녀인지 색시인지 분간 못 할 젊은 여자에게 내어민다. 살결이 맑지는 않은데 햇볕을 못 본 얼굴인 듯, *너리도 없는 이빨이 누렇게 보이도록 창백하다. 트레머리인지 쪽인지 손질은 많이 했으나 뒤룩거린다. 갓스물은 되었을까, 눈이 가늘고 이마가 도드라진 것이 약삭빠르게는 보인다. 시루떡을 집으러 오는 손이 새마다 짓물렀던 자리가 있다.

너리
잇몸이 헐어 헤어지는 병.

어떤 손가락 사이엔 아직도 *붕산말 같은 가루약이 묻어 있다. 햇볕에 구릿빛으로 그을은 노인, 아낙네, 청년, 이들과는 동떨어져 보인다. 그러나 한 일행이다.

붕산말
붕산가루.

무어라는 소리인지 차 안은 한쪽 끝에서부터 수선스러워진다. 차장이 들어섰다. 차장이니 남의 어깨라도 넘어 헤치고 들어오며 차표 조사다. 이 청년은 이내 조끼에서 차표 넉 장을 내어 든다.

차장 뒤에는 그냥 양복쟁이 하나가 뒷짐을 지고 넘싯넘싯 차장이 찍는 차표와 그 차표를 낸 승객을 둘러보며 따라온다. 차장은 청년의 손에서 넉 장 차표를 받아 말없이 찍기만 하고 돌려 준다. 그런데 양복쟁이가 청년에게 손을 쑥 내미는 것이다. 청년은 조끼에 집어넣으려던

장춘(長春)
중국 길림성 남서부의 도시. 일제 때 만주국의 수도로 신경이라 불림.

차표를 다시 내어주었다. 양복쟁이는 차표에서 *장춘(長春)까지 가는 것을 알았을 터인데도,

"어디꺼정 가?"

묻는다.

"장춘꺼지요."

"차는 장춘꺼지지만 거기선?"

"네……."

청년은 손이 조끼로 간다. 만주 어느 지명 적은 것을 꺼내려는 눈치다.

"이리 좀 나와."

청년은 조끼에 손을 찌른 채 가족들을 둘러보며 일어선다. 가족들은 눈과 입이 다 뚱그래진다. 청년은 속으로 경관이거니는 하면서도,

"왜요, 어디루요?"

맞서 본다.

"오래니깐……."

청년은 양복쟁이의 흘긴 눈을 따라가는 수밖에 없다. 찻간 끝에 변소만한 방, 차장의 붉은 기와 푸른 기가 놓인 책상, 그리고 양쪽에 걸상이 있었다.

"앉어…… 어…… 이름이 뭐?"

"윤창권입니다."

"쓸 줄 아나?"

"네."

창권은 손가락으로 책상 위에 '尹昌權'이라 써보인다.

"원적은?"

“강원도 ××군…….”

형사가 적는 대로 글자까지 불러 준다.

“누구누군가? 젊은 여잔 아낸가?”

“네.”

“어째 얼굴이 혼자 그렇게 하얀가?”

“공장에 가 있었습니다.”

“무슨?”

“읍에 고치실 켜는 공장입니다.”

“응, 방적회사 말이로군?”

“네.”

“늙은인?”

“조부님입니다.”

“아버진?”

“안 계십니다.”

“부인넨 어머닌가?”

“네.”

“만주엔 누가 가 있나?”

“저이 동네서 한 삼 년 전에 간 황채심이란 이가 있습니다. 그이가 늘 들어만 옴 농산 맘대루 질 수 있대서요. 그런데 조선 사람들만 한 삼십 가구 한데 뫄서 땅을 여러 백 섬지기 사기루 했다구요. 한 삼사백 원 어치만 맡아두 대여섯 식구 걱정 없을 만치 논을 풀 수 있대나요.”

“황채심이…… 그자는 믿을 만헌가? 사람이?”

“네, 전에 동장두 지내구 저 댕긴 사립학교 선생님이더랬습니다.”

“돈 얼마나 가지구 가나?”

"한 오백 원 됩니다."

"오백 원, 웬 건가?"

"밭허구 산허구 집서껀 판 겁니다."

"집두 있구 밭두 있으면 왜 고향서 안 살구 가는 거야?"

"밭이라구 모두 삼백이십 원 받은걸요. 조선서 삼백이십 원짜리 밭이나 가지군 살 수 있어야죠. 남의 소작도 해봤는데 땅 나쁜 건 품값두……."

"듣기 싫여…… 아내가 벌었다며?"

"네, 돈 쓸 일은 걸루 다 메꿔 나갔습죠. 그렇지만 밤낮 공장에만 갖다 둘 수 있습니까?"

마침 차가 꽤 큰 정거장에 머문다. 형사는 수첩을 집어넣더니, 쓰다 달단 말도 없이 차를 내린다.

"애, 무슨 일이냐?"

어머니가 따라와 진작부터 서 있었던 것이다.

"괜찮어요. 으레 조사허는 건데요."

"글쎄, 그래두……."

어머니와 아들은 뒤를 돌아보며 서로 이끌며 저희 자리로 돌아왔다.

2

이튿날 새벽, 찻속은 몹시 추웠다. 어제 조선에서처럼 자리가 붐비지는 않아 한 자리에 둘씩은 제대로 앉을 수가 있으나 다리를 뻗어 볼 도리는 없었다. 할아버지와 어머니가 한 자리에서 서로 마주 보듯 양편으로 기대어 입을 떡 벌리고 잠이 들었고, 맞은편 자리에서 창권이 양주는 진작부터 잠이 깨어 있었다.

"여기가 어딜까?"

"……."

남의 집에 가서 자고 깬 것처럼 차 안이 휑—한 게 서툴러 보인다. 자는 얼굴이기도 하지만 할아버지, 어머니, 다 남처럼 서먹해 보인다. 창권은 이웃집에 주고 온 강아지 생각이 문득 난다.

"몇 점이나 됐을까?"

"글쎄."

창권은 뒤틀어 기지개를 켜고 창장을 치밀고 밖을 내다본다. 동이 훤히 트기 시작한다.

"벌써 밝는데."

아내도 목을 길게 빼 내다본다.

"아무것두 뵈지 않네."

"인제 조꼼만 더 감 땅이 뵈겠지."

"밤새도록 왔으니 얼마나 멀어졌을까!"

둘이는 다시 눈을 감아 본다. 몇 달을 간대도 다시 돌아갈 수 없을 만치 조선이 멀어진 것 같다.

"왜 벌써 깼어?"

하고 창권은 아내의 몸으로 바투 가 기대 본다. 아내의 몸은 자기보다 한결 따스하게 느껴진다.

"공장에선 늘 이맘때 깨던걸 뭐."

아내가 공장에서 나와 버렸을 때는 집을 팔아 버리고 동넷집 단칸방 하나를 빌려 임시로 들어 있을 때였다. 아내와 몸 운기라도 같이 통해 보는 것은 달포 만이다. 만주로 간대야 쉽사리 저희 내외만의 방을 가져 볼 것 같지 않다.

"가문 집은 어떡허우?"

"봐야지…… 아무케나 서너 간 세야겠지."

"겨울 안으루 질 수 있을까?"

"그럼."

"말르나 벽이?"

"그래두 살게 마련이겠지."

창권은 아내의 손을 꽉 잡아 보고 놓는다. 아내는 눈물이 글썽해진다. 창권은 다시 창밖을 주의해 내다본다. 시커멓던 유리창에 희끄무레하게 떠오르는 안개, 그 안개 속에서 다시 떠오르는 땅, 창권이네게는 새 세상의 출현이다. 어룽어룽 누비바탕 같은 것이 지나간다. 그 어룽이는 차츰차츰 밭이랑으로 변한다. 밭이랑은 까마득하게 끝이 없다.

"밭들 봐! 야……."

아내도 또 다가와 내다본다.

"아이, 벌판이 그냥 밭이죠!"

어쩌다 버드나무가 대여섯씩 모여 서고 거기엔 무덤인지 두엄가리인지 한둘씩 있을 뿐, 그냥 내처 밭이다.

"저렇게 넓구야 거름을 낼래 낼 수 있어!"

"저걸 어떻게 다 갈까!"

"젠—장 저기 뿌리는 씨알만 해두!"

"그리게 말유!"

지붕 낯선 이곳 사람들의 부락이 지나간다. 길에는 푸른 옷 입은 사람들이 나타나기 시작한다. 멀—거니 서서 지나가는 차를 구경하는 것이겠지만 창권이 내외에겐 이상히 무서워 보인다. '밭이 암만 많음 어쨌단 말야? 다 우리 임자 있어. 뭐러 오는 거야?' 하고 흘겨보는 것만 같다.

창권은 허리띠 밑으로 손을 넣어 전대를 더듬어 본다.

3

장자워푸(姜家窩柵), 눈이 모자라게 찾아보아야 한두 집, 두세 집, 서로 눈이 모자랄 거리로 드러난다. 이런, 어느 두세 집이 중심이 되어 장쟈워푸란 동네 이름이 생겼는지 알 수 없다. 산은커녕 소 등허리만 한 언덕도 없다. 여기 와 개간권 운동을 해가지고 황무지를 사기 시작하는 조선 사람들도 처음에는 어디를 중심으로 하고 집을 지어야 할지 몰랐으나 차차 자기네의 소유지가 생기자 그 땅 한쪽에 흙을 좀 돋우고 돌 하나 없는 바닥에다 돌 주초 하나 없이 청인에게서 백양목 따위 생나무를 사다가 네 귀 기둥만 세우면 흙으로 쌓아 올리는 것이, 근 삼십 호 늘어앉게 된 것이다. 그래서 이제는 장쟈워푸라면 이 조선 사람들 동네가 중심이 되었다.

창권이네가 온 데도 여기다. 창권이네도 중국옷을 입은 황채심이가 시키는 대로 황무지를 십오 상(十五晌 : 약 삼만 평)을 삼백 원을 내고 샀다. 그리고 이십 리나 가서 밭머리에 선 백양목을 사서 찍어다 부엌을 중심으로 하고 양쪽에다 *캉(걸어앉을 정도로 높은 온돌)을 만들었다. 그리고 채심이가 시키는 대로 좁쌀을 열 포대, 옥수수 가루를 다섯 포대 사고, 소금을 몇 말 사고, 겨우내 땔 조, *기장, 수수 따위의 곡초를 산더미처럼 두어 낟가리 사서 쌓고, 공동으로 사온 볍씨 값을 내고, *봇도랑을 이퉁허(伊通河)란 내에서 삼십 리나 끌어오는 데 *쿨리(苦力) 삯전으로 삼십 원을 부담하고 그리고는 빈손으로 날마다 봇도랑 째는 것이 일이 되었다.

깊은 겨울엔 땅 속이 한 길씩 언다. 얼기 전에 삼십 리 대간선(大幹線)은 째어 놓아야 내년 봄엔 물이 온다. 이것을 실패하면 황무지엔 잡곡이나 뿌릴 수밖에 없고, 그 면적에 잡곡이나 뿌려 가지고는 그 다음 해 먹을 수가 없다.

창권이넨 새로 와서 지리도 어둡고, *가역도 끝나기 전이라 동네에서 제일 가까운 구역을 맡았다. 한 삼 *마장 길이 되는 대간선의 끝 구역이었다. 그것을 쿨리 다섯 명을 데리고, 넓이 열두 자, 깊이 다섯 자

캉
우리나라 고유의 난방 방식인 온돌. 중국에서는 이를 '항(炕)'이라 하는데, '캉'은 이 '항'이 변한 말.

기장
포아풀과에 속하는 일년초. 열매는 '황실', 떡·술·빵 등의 원료 및 가축의 사료로 씀.

기장

조

수수

봇도랑
봇물을 대거나 빼게 만든 도랑.

쿨리[苦力]
중노동에 종사하는 중국이나 인도의 하층 노동자. 실업자나 전답을 잃은 빈농, 소농이 쿨리로 전락함.

가역(家役)
집을 짓거나 고치는 일.

마장
주로, 십리가 못 되는 거리를 이를 때 이(里) 대신으로 쓰는 말.

로 얼기 전에 뚫어 놔야 한다. 여간 대규모의 수리공사(水利工事)가 아니다. 창권은 가역 때문에 처음 얼마는 쿨리들만 시키었으나, 날이 자꾸 추워지는 것이 겁나 집일 웬만한 것은 어머니와 아내에게 맡기고 봇도랑 내는 데만 전력하였다.

쿨리들은 눈만 피하면 꾀를 피웠다. 우묵한 양지쪽에 앉아 이를 잡지 않으면 졸고 있었다. 빨리 하라고 소리를 치면 그들도 알아들을 수 없는 말로 마주 투덜대었다. 다행히 돌은 없으나 흙일은 변화가 없어 타박타박해 힘들고 지리했다.

이런 일이 반이나 진행되었을까 한 때다. 땅도 자꾸 얼어들어 일도 힘들어졌거니와 더 큰 문제가 일어났다. 이날도 역시 모두 제 구역에서 제가 맡은 쿨리들을 데리고 일을 하는데 쿨리들이 먼저 보고 둔덕으로 뛰어올라가며 뭐라고 떠들어 댔다. 창권이도 둔덕으로 올라서 보았다. 한편 쪽에서 갈가마귀 떼처럼 이곳 *토민들이 수십 명씩 무더기가 져서 새까맣게 몰려오는 것이다.

"마적떼 아닌가!"

그러나 말을 탄 사람은 하나도 없다. 그들은 더러는 이쪽으로 몰려오고 더러는 동네로 들어간다. 창권은 집안 식구들이 걱정된다. 삽을 든 채 집으로 뛰어들어가다가 그들 한패와 부딪쳤다. 앞을 턱 막아서더니 쭉 에워싼다. *까울리, *까울리방즈, 어쩌구 한다. 조선 사람이냐고 묻는 눈치다. 그렇다고 고개를 끄덕이니까 한 자가 버럭 나서며 창권이가 잡은 삽을 낚아챘다. 창권은 기운이 부쳐서가 아니라 얼떨결에 삽자루를 놓쳤다. 삽을 빼앗은 자는 삽을 번쩍 쳐들고 창권을 내려치려 한다. 창권은 얼굴이 퍼렇게 질려 뒤로 물러났다. 창권에게 발등을 밟힌 자가 창권의 등덜미를 갈긴다. 그러고는 일제 깔깔 웃어 댄다. 삽

토민(土民)
한 곳에서 여러 대를 두고 붙박이로 사는 백성.

까울리
고려를 중국음으로 일컫는 말. 중국인이 한국인을 낮추어 부르는 말.

까울리방즈
고려방자의 중국음. 한국인을 낮추어 부를 때 씀.

을 들었던 자도 삽을 휘휘 두르더니 밭 가운데로 팽개쳐 버린다. 그리고는 창권의 멱살을 잡고 봇도랑 내는 데로 끄는 것이다.

창권은 꼼짝 못 하고 끌렸다. 뭐라고 각기 제대로 떠들고 삿대질이더니 창권을 봇도랑 바닥에 고꾸라뜨린다. 창권이뿐 아니라 봇도랑 일을 하던 쿨리들도 붙들어 가지고 힐난이다. 봇도랑을 못 내게 하는 모양이다. 그러자 윗구역에서, 또 그 윗구역에서 여깃말 할 줄 아는 조선 사람들이 내려왔다. 동리에서도 조선 사람들이 소리를 지르며 나타났다. 창권은 눈이 째지게 놀랐다. 윗구역에서 내려오는 조선 사람 하나가 괭이를 둘러메고 여기 토민들 몰켜선 데로 뭐라고 여깃말로 호통을 치면서 그냥 닥치는 대로 찍으려 덤벼드는 것이다. 몰켜 섰던 토민들은 와—흩어져 버린다. 창권을 둘러쌌던 패들도 슬금슬금 물러선다. 동리에서는 조선 부인네들 몇은 식칼을 들고 낫을 들고 달려들 나오는 것이다. 낫과 식칼을 보더니 토민들은 제각기 사방으로 흩어져 달아난다. 창권은 사지가 부르르 떨렸다.

'여기선 저럭해야 사나 부다! 아니, 이 봇도랑은 우리 목줄이 아니고 뭐냐!'

아까 등덜미를 맞고 멱살을 잡히고 한 분통이 와락 터진다. 다리 오금이 날갯죽지처럼 뻗는다.

"덤벼라! 우린 여기서 못 살면 죽긴 마찬가지다!"

달아나는 녀석 하나를 다우쳤다. 뒷덜미를 낚아챘다. 공중걸이로 나가떨어진다. 또 하나 쫓아가는데 뒤에서 어머니의 목소리가 난다. 어머니가 달려오며 붙든다.

이 장자워푸를 수십 리 둘러 사는 토민들이 한덩어리가 되어 조선 사람들이 *봇동 내는 것을 반대하는 것이었다.

봇동
보막이로 돌아 쌓은 둑. 원본에는 '보통'으로 되어 있다.

반대하는 이유는 극히 단순한 것이었다. 봇동을 내어 논을 풀면 그 논에서들 나오는 물이 어디로 가느냐였다. 방바닥 같은 들이라 자기네 밭에 모두 침수가 될 것이니 자기네는 조선 사람들 때문에 농사도 못 짓고 떠나야 옳으냐는 것이다. 너희들도 그 물을 끌어다 벼농사를 지으면 도리어 이익이 아니냐 해도 막무가내였다. 자기넨 벼농사를 지을 줄도 모르거니와 이밥을 못 먹는다는 것이다. 고소하지도 않을 뿐 아니라 배가 아파진다는 것이다. 그럼 먹지는 못하더라도 벼를 장춘으로 가지고 가 팔면 잡곡을 몇 배 살 돈이 나오지 않느냐? 또 벼농사를 지을 줄 모르면 우리가 가르쳐 줄 터이니 그대로 해보라고 하여도 완강히 반대로만 나가는 것이었다. 그리고 조선 사람이 칼이나 낫으로 덤비면 저희에게도 도끼도 몽둥이도 있다는 투로 맞서는 것이다.

조선 사람들은 일을 계속하기가 틀렸다. 쿨리들이 다 달아났다. 땅이 자꾸 얼었다. 삼동 동안은 그냥 해토되기만 기다리는 수밖에 없고, 해토가 된다 하여도 조선 사람들의 힘만으로는, 못자리는 우물물로 만든다 치더라도, 모낼 때까지 봇물을 끌어오게 될지 의문이다.

그러나 이 봇동 이외에 달리 살 길은 없다. 겨울 동안에 황채심과 몇몇 이곳 말 잘하는 사람들은 나서 이웃 동네들을 가가호호 방문하였다. 봇동을 낸다고 물을 무제한으로 끌어오는 것이 아니요, 완전한 장치로 조절한다는 것과 조선서는 봇물이 오면 수세를 내면서까지 밭을 논으로 만든다는 것과 여기서도 한 해만 지어 보면 나도 나도 하고 물이 세가 나게 될 것과 우리가 벼농사 짓는 법도 가르쳐 주고, 벼만 지어 놓으면 팔기는 우리가 나서 주선해 줄 것이니 그것은 서로 계약을 해도 좋다고까지 역설하였으나 하나같이 쇠귀에 경읽기였다. 뿐만 아니라 어떤 동네에선 사나운 개를 내세워 가까이 오지도 못하게 하였다.

조선 사람들은 지칠 대로 지치고 악만 남았다.

추위는 하루같이 극성스럽다. 더구나 늦게 지은 창권이네 집은 벽이 모두 얼음장이 되었다. 그냥 견딜 수가 없어 방 안에다 조짚을 엮어 둘러쳤다. 석유도 귀하거니와 불이 날까 보아 등잔도 별로 켜지 못했다. 불 안 켜는 밤이면 바람 소리는 더 크게 일어났다.

장근
거의.

창권이 할아버지는 물을 갈아 먹어 낫기는커녕 추위 때문에 기침이 더해졌다. *장근 두 달을 밤을 새더니 그만 자리보전을 하고 눕고 말았다. 하 추우니까 인젠 조선 나가는 차에까지 내다 실어 달라는 성화도 못 하고 그저 불만 자꾸 더 때달라다가, 또 머루를 달여 먹으면 기침이 좀 멎는 법인데, 머루만 좀 구해 오라고 아이처럼 조르다가, 섣달 그믐을 못 채우고 눈보라 제일 심한 날 밤, 함경도 사투리 하는 노인, 경상도 사투리 하는 노인, 평안도 사투리 하는 이웃 노인들에게 싸여, 오래간만에 돋워 놓은 석유 등잔 밑에서 별로 유언도 없이 운명하고 말았다.

4

괭이 낫

봄이 되었다. 삼십 리 봇도랑은 조선 사람들의 다시 참호(塹壕)가 되었다. 땅이 한 치가 녹으면 한 치를 걷어 내고 반 자가 녹으면 반 자를 파낸다. 이 눈치를 챈 토민들은 다시 불온해졌다. 그러나 조선 사람들은 봇도랑에 나갈 때 괭이나 삽만 가지고 나가지 않았다. 있는 물자는 이 황무지와 이 봇도랑을 위해 남김없이 바쳐 버렸다. 이것을 버리고 돌아설 데는 없다. 죽어도 여기밖에 없다. 집도 여기요 무덤도 여기다.

언제 토민들이 몰려오든지, 오는 날은 사생결단이다. 낫이 있는 사람은 낫을 차고 식칼밖에 없는 사람은 식칼을 들고 봇도랑으로 나왔다.

토민들은 조선 사람들이 사생결단을 하고 달려드는 것을 알았다. 그들은 할 수 없이 저희 관청에 진정을 하였다.

쉰징(순경)들이 한둘씩 여러 번 말을 타고 나타났다.

나타날 때마다 조선 사람들은 현정부(縣政府)로부터 현지사(縣知事)의 인이 찍힌 거주권(居住權)과 개간권(開墾權)의 허가장을 내어보였다. 그러나 그네들은 그런 관청과는 아무런 관련이 없는 사람들처럼, 저희 관청 문서를 무시하고 덤비었다.

그러나 삼십 리 긴 봇동에 흩어진 사람들을 일일이 어쩔 수는 없어 그냥 동네 가까운 데로만 다니며 울근거리다가 저희 갈 길이 늦을 듯하면 그냥 어디로인지 사라져 버리곤 하였다.

조선 사람들은 밤낮 없이, 남녀노소 없이 봇도랑을 팠다. 물길이 될지, 무덤이 될지 아무튼 파는 길밖에 없었다.

토민들은 자기네 관헌이 무력한 것을 보고 돈을 걷어서 군부(軍部)의 유력한 사람을 먹였다는 소문이 돌았다. 아닌게아니라 순경 대신 총을 멘 군인들이 나타나기 시작하는 것이다. 처음엔 다섯 명이 와서 잠자코 봇도랑을 한 십 리 올라가며 보기만 하고 갔다. 다음날엔 한 이십 명이 역시 총을 메고 말을 타고 나왔다. 황채심 이하 사오 인이 그들의 두목 앞으로 나가 자초지종을 이야기하고, 역시 현정부에서 얻은 개간 허가장을 보이고 또 여기 삼십 호 조선 농민은 가지고 온 물자는 이 황무지와 봇동에 남김없이 바쳤기 때문에 이 황무지에 물을 대고 모를 꽂지 못하는 날은 죽는 날일 수밖에 없다는 것을 간곡히 사정하였다. 그러나 그 군인들은 한다는 소리가,

"타우첸바(돈 내라)."

"늬문 구냥 화칸(너희 딸 이쁘다)."

이따위요, 이쪽 사정은 한 사람도 귀담아듣지 않았다.

이날 밤 조선 사람들은 동회를 열었다. 여기서도 군대의 우두머리를 먹이자는 공론도 없지 않았지만 애초에 개간권 허가운동을 할 때에도 *공안국장(公安局長)에게 돈 오백 원, 현지사 부인에게 삼백 원을 들여 순금 손목걸이를 해다 바쳤던 것이다. 이제는 삼십 호 집집마다 털어 모은대도 단돈 오십 원이 못 될 것이다. 그것으로는 구석구석에서 벌리는 입을 하나도 제대로 씻기지 못할 것이다. 생각다 못해 여기서도 현정부에 진정을 해보는 수밖에 없다는 공론이 돌았다. 진정서를 꾸며 가지고 이튿날 황채심이가 장춘으로 갔다.

공안국
중국의 경찰서.

그런데 사흘이 되어도 황채심이가 돌아오지 않는다.

다른 한 사람이 갔다.

또 돌아오지 않는다.

이번엔 두 사람이 갔다.

역시 돌아오지 않는다.

가는 족족 잡아 두고 보내지 않는 것이 틀림없었다. 무장한 군인들은 수십 명이 봇도랑에 나와 이리 몰리고 저리 몰리고 하면서 봇도랑을 파지 못하게 으르대고 욕하고 때리고 하였다.

그러나 매맞는 것은 죽는 것보다 나은 것이 너무나 엄연하다. 병정들이 저쪽으로 가면 이쪽에선 그냥 팠다. 이쪽으로 오면 저쪽에서 그냥 팠다.

얼마 안 파면 물곬은 서게 되었다.

병정들은 나중엔 총을 놨다. 총소리는 이들에게 물길이 아니면 무덤이란 각오를 더욱 굳게 하였다. 총소리를 들으면서도 멀리서는 자꾸 팠다.

총알이 날아와 흙둔덕을 푹 파헤쳐 놓는다. 어떤 사람은 도리어 악이 받쳐 웃통을 벗어던지고, 보아라 하는 듯이 흙삽을 더 높이 더 높이 떠올려 던졌다.

창권이네 식구도 모두 봇도랑에 나와 있었다. 창권이는 안사람들만 집에 두기 안 되었고, 어머니나 아내는 또 창권이만 봇동에 두면 무슨 일이 나는 것도 모르고 있을까 보아 따라 나왔다.

봇도랑 속은 거의 한 길이나 우묵해지고 양지가 되어 집에 있기보다 따스하고 그 구수하고 푹신한 흙은 냄새도 좋고 만지기에도 좋았다. 물만 어서 떨떨 굴러와 논자리들이 늠실늠실 넘치도록 들어가만 준다면 논은 해먹지 않고 그것만을 보고 죽더라도 한이 풀릴 것 같았다. 까마득한 삼십 리 밖, 이 푹신푹신한 생흙바닥으로 물이 고이며 흘러오리라고는, 무슨 꿈을 꾸고 나서 그것을 생시에 바라는 것같이 허황스럽기도 했다. 더구나 여기 토민들 가운데는, 이퉁허보다 여기 지면이 높기 때문에 조선 사람들이 암만 봇도랑을 내어도 물이 올 리가 없다고 장담을 하는 패도 있다는 것이다. 그러나 황채심이란 전에 조선서 세부측량 때 측량 기수도 따라다녀 본 사람이다. 그가 지면고저(地面高低)에 어두울 리 없다.

창권이네가 맡은 구역은 제일 끝구역이다. 여기만 물이 지나간다면 흙이 태고적부터 썩어 댓진 같은 황무지는 문전옥답으로 변하는 날이다. 삼만 평이면 일백오십 마지기〔斗落〕는 된다. 양석씩만 나준다면 삼백 석 추수다. 대뜸 허리띠 끈을 끌러놓게 되는 날이다. *무연한 벌판에 탐스런 *모춤이 끝없이 꽂혀 나갈 광경을 그려 보면 팔죽지가 근지

무연하다
아득하게 너르다.

모춤
볏모나 모종을 묶은 단, 보통 서너 웅큼씩 묶음.

러워진다. 창권은 후다닥 뛰어 일어나 날 깊은 괭이를 내려찍는다. 잔돌 하나 없는 살흙은 허벅지에 퍽 박힌다.

5

아흐레 만에 황채심만이 순경들에게 끌리어 돌아왔다. 현정부에서는 거주권도 개간권도 다 승인한다는 것이다. 다만 논으로 풀지 말고 밭으로만 일구라는 것이다. 그것을 들을 수 없다고 주장하였더니 가는 족족 잡아 가두었고 나중에는 황채심을 시켜 조선 이민들에게 밭으로만 개간하도록 설복을 시키려 끌고 나온 것이다.

이날 밤이다. 황채심은 순경들이 못 알아듣는 조선말로 도리어 이민들을 격려하였다.

서속(黍粟) 기장과 조.

몽리 이익을 얻음.

“여러분, 여러분네 알다시피 저까짓 땅에 *서속이나 심자구 우리가 한 상에 이십 원씩 낸 건 아뇨. 잡곡이나 거둬 가지군 그 식이 장식요. 우리가 민리타관 갖구 온 서라군 봇도랑에 죄다 집어넣소. 것두 우리만 살구 남을 해치는 일이면 우리가 천벌을 받어 마땅하오. 그렇지만 물만 들어와 보, 여기 토민들도 다 *몽리가 되는 게 아뇨? 우린 별수 없소. 작정한 대루 나갈 수밖엔…… 낮에 일할 수 없음 밤에들 나와 팝시다. 낼이구 모레구 웬만만 험 물부터 끌어 넣고 봅시다…….”

어세와 팔짓을 보아 순경들도 눈치를 챘다. 대뜸 황채심의 면상을 포승줄로 후려갈긴다. 코피가 쭈르르 쏟아진다. 와, 이민들은 몰리고 흩어지고 어쩔 줄을 몰랐다.

황채심은 그 길로 다시 끌려갔다.

이민들은 최후로 결심들을 했다. 되나 안 되나 이 밤으로 가서 물부터 끌어 넣기로 했다. 십여 명의 장정이 이퉁허로 밤길을 올려달았다. 그리고 제각기 제 구역에서 남녀노소가 밤이슬을 맞으며 악에 받쳐 도랑 바닥을 쳐낸다.

새벽녘이다. 동리에서 한 오 리쯤 윗구역에서다. 무어라는 것인지 지르는 소리가 났다. 중간에서 같이 질러 받는다. 창권이는 둑으로 뛰어올라갔다. 또 무어라고 소리가 질러 온다. 그쪽을 향해 창권이도 허턱 소리를 질러 보냈다. 그러자 큰길 쪽에서 불이 반짝 하더니 탕 소리가 난다. 그러자 쉴 새 없이 탕탕탕 *몰방을 친다. 창권은 두 발자국이나 뛰었을까 무에 아랫도리를 후려갈겨 고꾸라졌다.

몰방
총, 대포같은 것을 한 곳을 향하여, 한꺼번에 여럿이 쏨.

"익……."

얼른 다시 일어서려니까 남의 다리다. 띠구르르 굴러 도랑 바닥으로 떨어졌다.

어머니와 아내가 달려왔다. 총소리는 위쪽에서도 난다. 뭐라고 하는 것인지 또 악쓰는 소리가 온다. 또 총소리가 난다. 조용하다.

창권의 넓적다리에선 선뜩선뜩 피가 터지었다. 총알이 살만 뚫고 나갔다. 아내의 치마폭을 찢어 한참 동이는 때다. 무에 시커먼 것이 대가리를 휘저으며 도랑 바닥을 설설 기어 오는 것이다. 아내와 어머니는 으악 소리를 지르고 물러났다. 아! 그것은 배암이 아니었다. 물이었다. 윗녘에서 또 소리를 질렀다. 물 내려간다는 소리였다. 아, 물이 오는 것이었다.

창권이네 세 식구는 그제야 와락 눈물이 쏟아졌다.

물줄기는 대뜸 서까래처럼 굵어졌다.

모두 물줄기로 뛰어들었다. 두 손으로들 움켜 본다. 물은 생선처럼

작품의 소재가 된 '만보산사건'(萬寶山事件)
1931년 7월 2일 중국 지린성(吉林省) 창춘현(長春縣) 만보산 지역에서 일제의 술책으로 조선인 농민과 중국인 농민이 벌인 유혈사태. 일제의 토지조사사업을 계기로 일본인 대지주가 증가한 반면, 조선의 많은 농민들은 소작농으로 전락했고 생활은 극도로 비참해졌다. 이런 상황에서 만주나 일본 등지로 이주하는 농민들이 증가하여, 1927년 56만 명이던 이주민 수가 1936년에는 89만 명으로 증가했다. 만주로 간 농민들의 대부분은 농업에 종사했지만 궁핍한 생활을 하기는 마찬가지였다. 만보산 사건은 이러한 배경 속에서 일어났다. 1931년 4월 창춘 와세다 공사[早稻田公司]의 경리 하오융더[永德]가 이퉁허[伊通河]기슭에 있는 완바오 산 지역의 미개간지 약 3㏊를 차지한 것을 다시 조선농민 이승훈(李昇薰) 등 8명이 10년 기한으로 조차계약을 맺었다. 이승훈은 조선 농민 180여 명을 이 지방에 이주시키고 바로 그 개척에 착수했는데, 그것이 부근 농지에 피해를 입혀 토착 중국 농민들의 조직적인 반대에 직면하였다. 이에 일제는 중국 농민의 반대를 물리치고 공사를 재개하였는데, 그것이 계기가 되어 일본의 후원을 받는 조선인과 중국인 사이에 큰 충돌이 일어났다. 일본경찰은 중국인 농민에게 무차별 발포함으로써 많은 피해를 냈고, 중국 정부가 이에 강경하게 대항하였으나 일본은 아무런 성의를 보이지 않았다. 조선 내 각 신문이 민족감정을 자극하여 조선 내에 거류하는 중국인을 적대시하는 분위기가 생겨났다. 그로 인해 인천을 필두로 경성 · 원산 · 평양 등 각지에서 중국인 배척운동이 일어났다. 이 사건의 본질은 만주에 세력을 형성한 중국 민족운동 세력과 조선인 민족운동 세력의 반일 공동전선투쟁에 대해 이를 분열시키려는 일제의 치밀한 음모였으며, 이를 만주침략과 대륙침탈의 발판으로 삼고 국제적으로는 자기 입장을 유리하게 하려는 술책이었다.

찬 것이 펄펄 살았다. 물이다. 만주 와서 처음 들어 보는 물 흐르는 소리다. 입술이 조여든 창권은 다시 움켜 흙물인 채 뻘걱뻘걱 들이켰다.

물은 기둥처럼 굵어졌다.

어디서 또 총소리가 몰방을 친다.

물은 철룩철룩 소리를 쳐 둔덕진 데를 때리며 휩쓸며 내려쏠린다. 종아리께가 대뜸 지나친다. 삽과 괭이를 둔덕으로 끌어올렸다.

동이 튼다.

두 간통 대간선이 허옇게 물빛이 부풀어 오른다. 물은 사뭇 홍수로 내려쏠린다. 괭잇자루가 떠내려 온다. 삽자루가 껍신껍신 떠내려 온다.

"저런!"

사람이다! 희끗희끗, 붉은 거품 속에 잠겼다 떴다 하며 내려오는 것이 사람이다. 창권은 쩔룩거리며 뛰어들었다. 노인이다. 총에 옆구리를 맞은 듯 한편 바짓가랑이가 피투성이다. 바로 창권이 할아버지 운명할 때 눈을 쓸어 감겨 주던 경상도 사투리 하던 노인이다. 창권은 가슴에서 뚝 하고 무슨 *탕개 끊어지는 소리가 났다. 차라리 제 가슴 복판에 총알이 와 콱 박혔으면 시원할 것 같았다.

피와 물에 흥건한 노인의 시체를 두 팔로 쳐들고 둔덕으로 뛰어올랐다.

'아!'

창권은 다시 한 번 놀랐다.

몇 달째 꿈속에나 보던 광경이다. 일망무제, 논자리마다 얼음장처럼 새벽 하늘이 으리으리 번뜩인다. 창권은 더 다리에 힘을 줄 수 없어 노인의 시체를 안은 채 쿵 주저앉았다. 그러나 이내 재우쳐 일어났다. 어머니와 아내에게 부축이 되며 두 주먹을 허공에 내저었다. 뭐라고인지 자기도 모를 소리를 악을 써 질렀다. 위쪽에서 위쪽에서 악쓰는 소리들이 달려 내려온다.

탕개
물건의 동인 줄을 죄어 치는 제구.

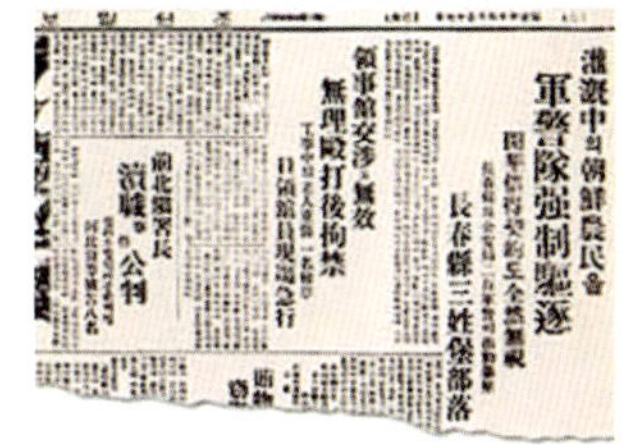
灌漑中의朝鮮農民을
軍警隊强制驅逐
長春縣三姓堡部落
領事館交涉도無效
無理毆打後拘禁
日領館員現場急行
前北鎭署長
瀆職으로公判

만보산사건을 소개한 조선일보 기사

물은 대간선 언저리를 철버덩철버덩 떨궈 휩쓸면서 두 간통 봇동이 뿌듯하게 내려쏠린다.

논자리마다 넘실넘실 넘친다.

아침 햇살과 함께 물은 끝없는 벌판을 번져 나간다.

『돌다리』, 박문서관, 1943.

밤길

월미도(月尾島) 끝에 물에다 지어 놓은, 용궁각인가 수궁각인가는 오늘도 운무에 잠겨 보이지 않는다. 벌써 열나흘째 줄곧 그치지 않는 비다. 삼십 간이 넘는 큰 집 역사에 암키와만이라도 덮은 것이 다행이나 목수들은 토역이 끝나기를 기다리고, 미장이들은 겨우 초벽만 쳐놓고 날 들기만 기다린다.

기둥에, *중방, *인방에 시퍼렇게 곰팡이가 돋았다. 기대거나 스치거나 하면 무슨 버러지 터진 것처럼 더럽다. 집주인은 으레 하루 한 번씩 와서 둘러보고, 기둥 하나에 십 원이 더 치었느니, 토역도 끝나기 전에 만여 원이 들었느니 하고, 황서방과 권서방더러만 조심성이 없어 곰팡이를 문대기고 다녀 집을 더럽힌다고, 쭝얼거리다가는 으레 월미도 쪽을 눈살을 찌푸려 내어다보고는, 이놈의 하늘이 영영 *물커져 버리려나, 어쩌려나 하고는 입맛을 다시다 가버린다. 그러면 황서방과 권서방은 입을 삐죽하며 집주인의 뒷모양을 비웃고, 이젠 이 집이 우리 차지라는 듯이, 아직 *새벽질도 안 한 안방으로 들어가 파리를 날리고 가마니쪽 위에 눕는다.

날이 들지 않는 것을 탓할 푼수로는 집주인보다, 목수들보다, 미장이들보다, *모군꾼인 황서방과 권서방이 훨씬 윗길이라야 한다.

권서방은 집도, 권속도 없이 떠돌아다니는 홀아비지만, 황서방은 서울서 내려왔다. 수표다리께 뉘 집 행랑살이나마 아내도 자식도 있다. 계집애는 큰 게 둘이지만, 아들로는 첫아이를 올에 얻었다. 황서방은 돈을 뫄야겠다는 생각이 딸애들 때와 달리 부쩍 났다. 어떻게 돈 십 원이나 마련되면 가을부터는 군밤 장사라도 해볼 예산으로, 주인나리한테 사정사정해서 처자식만 맡겨 놓고

중방
중인방. 벽 한가운데로 가로지르는 인방.

인방
문짝 아래위 틀과 평행되게 기둥과 기둥 사이에 문이나 창을 사이로 아래 위에 가로지르는 나무.

물커지다
물크러지다. 즉 너무 풀리거나 물러서 본 모양이 없어지도록 헤어지다.

새벽질
벽이나 방바닥 따위에 새벽을 바르는 일.

모군
공사판에서 삯을 받고 품팔이 하는 사람.

수표다리

인천으로 내려온 것이다.

와서 이틀 만에 이 역사터를 만났다. 한 보름 동안은 재미나게 벌었다. 처음 사나흘 동안은 품삯을 받는 대로 먹어 없앴다. 처자식 생각이 났으나 눈에 보이지 않으니 우선 내 입에부터 널름널름 집어넣을 수가 있다. 서울서는 벼르기만 하던, 얼음 넣은 냉면도 밤참으로 사먹어 보고, 콩국, 순댓국, 호떡, *아스꾸리까지 사먹어 봤다. 지카다비를 겨우 한 켤레 샀을 때는 벌써 인천 온 지 열흘이 지났다. 아차, 이렇게 버는 족족 집어 써선 만날 가야 목돈이 잡힐 것 같지 않다. 정신을 바짝 차려 대엿새째 오륙십 전씩이라도 남겨 나가니 장마가 시작이다. 그 대엿새의 오륙십 전은, 낮잠만 자며 다 까먹은 지가 벌써 오래다. 집주인한테 구걸하듯 해서, 그것도, 꾀를 피우지 않고 힘껏 일을 해왔기 때문에 주인 눈에 들었던 덕으로, 이제 날이 들면 일할 셈치고 선고가로 하루 사십 전씩을 얻어 연명을 하는 판이다.

아스꾸리
아이스크림.

새벽에 잠만 깨면 귀부터 든다. 부슬부슬, 빗소리는 어제나 다름없다.

"이거 자빠져두 코가 깨진단 말이 날 두구 헌 말이여!"

"기, 황서방은 그래 화두 하나 질 줄 모르드람!"

권서방은 또 일어나 앉더니 오관인가 사관인가를 뗀다.

"우리 에펜네허구 같군."

"누가?"

"권서방 말유."

"내가 댁 마누라허구 같긴 뭬 같어?"

"우리 에펜네가 저걸 곧잘 해…… 가끔 날 보구 핀잔이지, 헐 줄 모른다구."

"화툴 다 허구 *해깔라생인 게로구라?"

해깔라생
'하이칼라쟁이'의 일본투 말.

"허긴 남 행랑 구석에나 처너 두긴 아깝지."

"벨 빌어먹을 소리 다 듣겠군! 어떤 녀석은 제 에펜네 남 행랑살이 시키기 좋아 시킨답디까?"

"허기야……."

"이눔의 솔학껍질 하내 어디 가 백였나……."

"젠장 돈두 못 벌구 생홀애비 노릇만 허니 이게 무슨 청승이어!"

"황서방두 마누라 궁뎅인 꽤 바치는 게로군."

"궁금헌데…… 내가 편질 부친 게 우리 그저께 밤이지?"

"그렇지 아마."

"어젠 그럼 내 편질 봤겠군! 젠장 돈이나 몇 원 부쳐 줬어야 헐 건데……."

"색시가 젊우?"

"지금 한창이지."

"그럼, 황서방보담 아랜 게로구랴?"

"열네 해나."

"저런! 그럼 삼십 안짝이게?"

"안짝이지."

"거, 황서방 땡이로구려!"

하는데 밖에서 비 맞는 지우산 소리가 난다.

"누구야, 저게?"

황서방도 일어났다. 지우산이 접히자 파나마에 금테 안경을 쓴, 시뻐옇게 살진 양복쟁이다. 황서방의 퀭한 눈이 뚱그래서 뛰어나간다. 뭐라는지 허리를 굽신하고 인사를 하는 눈치인데 저쪽에선 인사를 받기는커녕 우산을 놓기가 바쁘게 절컥 황서방의

파나마 모자

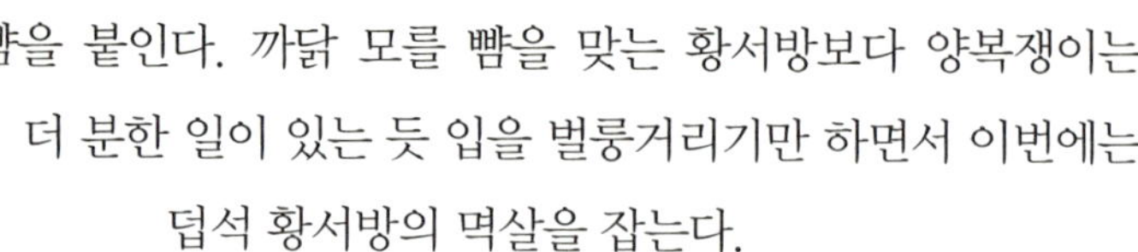

뺨을 붙인다. 까닭 모를 뺨을 맞는 황서방보다 양복쟁이는 더 분한 일이 있는 듯 입을 벌룽거리기만 하면서 이번에는 덥석 황서방의 멱살을 잡는다.

"아니, 나리님? 무슨 영문인지나……."

"무…… 뭐시어?"

하더니 또 철썩 귀쌈을 올려붙인다. 권서방이 화닥닥 뛰어내려왔다. 양복쟁이에게 덤비지는 못하나 황서방더러 버럭 소리를 지른다.

"이 자식이 손은 뒀다 뭣에 쓰자는 거냐? 죽을 죌 졌기루서니 말두 듣기 전에 매부터 맞어?"

그제야 양복쟁이는 황서방의 멱살을 놓고 가래를 돌아 밸더니 마룻널 포개 놓은 데로 가 앉는다. 담배부터 내어 피워 물더니,

"인두겁을 썼음 너두 사람 녀석이지…… 네 계집두 사람년이구……."

양복쟁이는 황서방네 주인나리였다. 다른 게 아니라, 황서방의 처가 달아난 것이다. 아홉 살짜리, 여섯 살짜리, 두 계집애와 백일 겨우 지난 아들애까지 내버려두고 주인집 은수저 네 벌과 풀 먹이라고 내어준 빨래 한 보퉁이까지 가지고 나가선 무소식이란 것이다. 두 큰 계집애가 밤마다 우는 것은 고사하고 질색인 건 젖먹이 때문이었다. 그런데 애비마저 돈 벌러 나간단 녀석이 장마 속에도 돌아오지 않는다.

밥만 주면 처먹는 것만도 아니요, 암죽을 쑤어 먹이든지, 우유를 사다 먹이든지 해야 되고, 똥오줌을 받아내야 하고, 게다가 에미 젖을 못 먹게 되자 설사를 시작한다. 한 열흘 하더니 그 가는 팔다리가 비비 틀

린다. 볼 수가 없다. 이게 무슨 팔자에 없는 치다꺼리인가? 아씨는 조석으로 화를 내었고 나리님은 집안에 들어서면 편안할 수가 없다. 잘못하다가는 어린애 송장까지 쳐야 될 모양이다. 경찰서에까지 가서 상의해 보았으나 아이들은 그 애비 되는 자가 돌아올 때까지 주인이 보호해 주는 도리밖에 없다는 퉁명스런 부탁만 받고 돌아왔다. 이런 무도한 연놈이 있나? 개돼지만도 못한 것이지 제 새끼를 셋이나, 것두 겨우 백일 지난 걸 놔두구 달아나는 년이야 워낙 개만도 못한 년이지만, 애비 되는 녀석까지, 아무리 제 여편네가 달아난 줄은 모른다 쳐도, 밤낮 아이만 끼구 앉아 이마때기에 분칠만 하는 년이 안일을 뭘 그리 칠칠히 해내며 또 시킬 일은 무에 그리 있다고 염치 좋게 네 식구씩이나 그냥 먹여 줍쇼 하고 나가선 달포가 되도록 소식이 없는 건가? 이놈이 들어서건 다리옹두릴 꺾어 놔 내쫓아야, 이놈이 사람놈일 수가 있나! 욕밖에 나가는 것이 없다가 황서방의 편지가 온 것이다.

"이눔이 인천 가 자빠졌구나!"

당장에 나리님은 큰 계집애한테 젖먹이를 업히고, 작은 계집애한테는 보퉁이를 들리고, 비 오는 건 아무것도 아니다,

그 길로 인천으로 끌고 내려온 것이다.

"그래 애들은 어딨세유?"

"정거장에들 앉혀 뒀으니 가 인전 맡어. 맨들어만 놈 에미애빈가! 개 같은 것들……."

나리님은 시계를 꺼내 보더니 일어선다. 일어서더니 엥이! 하고 침을 뱉더니 우산을 펴든다.

황서방은 무슨 꿈인지 모르겠다. 아무튼 나리님 뒤를 따라 정거장으로 나오는 수밖에 없다. 옷 젖기 좋을 만치 내리는 비를 그냥 맞으며.

정거장에는 두 딸년이 오르르 떨고 바깥을 내다보다가 애비를 보자 으아 소리를 내고 울었다. 젖먹이는 울음소리도 없다. 옆에서 다른 사람들이 무심히 들여다보았다가는 엥이! 하고 안 볼 것을 보았다는 듯이 얼굴을 돌린다.

황서방은 가슴이 섬찍하는 것을 참고 받아 안았다. 빈 포대기처럼 무게가 없다. 비린내만 훅 끼친다. 나리님은 어느새 차표를 샀는지, 마지막 선심을 쓴다기보다 들고 가기가 귀찮다는 듯이, 옜다 이년아, 하고 젖은 지우산을 큰 계집애한테 던져 주고는 시원스럽게 차 타러 들어가 버리고 만다.

황서방은 아이들을 끌고, 안고, 저 있던 데로 돌아올 수밖에 없다.

"거, 살긴 틀렸나 부!"

한참이나 앓는 아이를 들여다보던 권서방의 말이다.

"남자보구 곤쳐 내래게 걱정이여?"

"그렇단 말이지."

"글쎄, 웬 걱정이여?"

황서방은 참고 참던, 누구한테 대들어야 할지 모르던 분통이 터진 것이다.

"그럼 잘못 됐구려…… 제에길……."

"……."

황서방은 그만 안았던 아이를 털썩 내려놓고 뿌우연 눈을 슴벅거린다.

"무…… 무돈년…… 제년이 먼저 급살을 맞지 살 줄 알구……."

"그래두 거 의원을 좀 뵈야지 않어?"

"쥐뿔이나 있어?"

권서방도 침만 찍 뱉고 돌아앉았다. 아이는 입을 딱딱 벌리더니 젖을 찾는 듯 주름잡힌 턱을 옴직거린다. 아무것도 와 닿는 것이 없어 그러는지, 그 옴직거림조차 힘이 들어 그러는지, 이내 다시 잠잠해진다. 죽었나 해서 코에 손을 대어 본다. 아비 손에서 담뱃내를 느낀 듯 킥, 킥 재채기를 한다. 그러더니 그 서슬에 모기 소리만큼 애앵애앵 보채 본다. 그리고는 다시 까부라진다.

"병원에 가두 틀렸어, 이전."

남의 말에는 성을 내던 아비의 말이다.

"뭐구 집쥔이 옴?"

"……."

월미도 쪽이 더 새까매지더니 바람까지 치며 빗발이 굵어진다. 황서방은 다리를 치켜 걷었다. 앓는 애를 바짝 품안에 붙이고 나리님이 주고 간 지우산을 받고 나섰다. 허턱 병원을 찾았다. 의사가 왕진 갔다고 받지 않고, 소아과가 아니라고 받지 않고 하여 네 번째 찾아간 병원에서 겨우 진찰을 받았다. 의사는 애 아비를 보더니 말은 간호부에게만 무어라 지껄이고는 안으로 들어가 버린다.

"안 되겠습죠?"

"아는구려."

하고 간호부는 그냥 안고 나가라고 한다.

"한이나 없게 약을 좀 줍쇼."

"왜 진작 안 데리구 오냐 말요? 이런 애 죽는 건 에미애비가 생아일 쥑이는 거요. 오늘 밤 못 넹규."

황서방은 다시는 울 줄도 모르는 아이를 안고 어청어청 다시 돌아오는 수밖에 없었다.

밤이 되었다. 권서방에게 있는 돈을 털어다 호떡을 사왔다. 황서방은 호떡을 질근질근 씹어 침을 모아 앓는 아이 입에 넣어 본다. 처음엔 몇 입 받아 삼키는 모양이나 이내 쏼깍쏼깍 게워 버린다. 황서방은 아이 입에는 고만두고 자기가 먹어 버린다. 종일 굶었다가 호떡이라도 좀 입에 들어가니 우선 정신이 난다. 딸년들에게 아내에게 대한 몇 가지를 물어 보았으나 달아났다는 사실을 더욱 똑똑하게 알아차릴 것뿐이다.

"병원에서 헌 말이 맞을라는 게로군!"

"뭐랬게?"

"밤을 못 넹기리라더니……."

캄캄해졌다. 초를 사올 돈도 없다. 아이의 얼굴이 희끄무레할 뿐 눈도 똑똑히 보이지 않는다. 빗소리에 실낱 같은 숨소리는 있는지 없는지 분별할 도리가 없다.

"이 사람?"

모기를 때리느라고 연성 종아리를 철썩거리던 권서방이 울리지 않는 점잖은 목소리를 내인다.

"생각허니 말일세…… 집쥔이 여태 알진 못해두……."

"집쥔?"

"그랴…… 아무래두 살릴 순 없잖나?"

"얘 말이지?"

"글쎄."

"어쩌란 말야?"

"남 새집…… 들기두 전에 안됐지 뭐야?"

"흥! 별년의 소리 다 듣겠네! 자넨 오지랖두 정치겐 넓네."

"넓잖음 어쩌나?"

"그럼, 죽는 앨 끌구 이 우중에 어디루 나가야 옳아?"

"글쎄 황서방은 노염부터 날 줄두 알어. 그렇지만 사필귀정으로 남의 일두 생각해 줘야 허느니……."

"자넨 이눔으 집서 뭐 행랑살이나 얻어 헐까구 그리나?"

"예에끼 사람! 자네믄 그래 방두 꿔미기 전에 길 닦아 노니까 뭐부터 지나가더라구 남의 자식부터 죽어 나감 좋겠나? 말은 바른 대루……."

"자넴 또 자네 자식임 그래 이 우중에 끌구 나가겠나?"

하고 황서방은 버럭 소리를 질렀다.

"나면 나가네."

"같은 없는 눔끼리 너무허네."

이면경계(裏面境界)
일의 내용의 옳고 그름.

"없는 눔이라구 *이면경계야 몰라?"

"난 이면두 경계두 모르는 눔일세, 웬 걱정이여?"

빗소리뿐, 한참이나 잠잠하다가 황서방이 코를 훌쩍거리는 것이 우는 꼴이다. 권서방은 머리만 긁적거리었다. 한참 만에 황서방은 성냥을 긋는다. 어린애를 들여다보다가는 성냥개비가 다 붙기도 전에 던져 버린다. 권서방은 그만 누워 버리고 말았다.

어느 때나 되었는지 깜박 잠이 들었는데 황서방이 깨운다.

"왜 그려?"

권서방은 벌떡 일어나며 인젠 어린애가 죽었나 보다 하였다.

"자네 말이 옳으이……."

"뭐?"

"아무래두 죽을 자식인데 남헌테 궂은 짓 할 것 뭐 있나!"
하고 한숨을 쉰다. 아직 죽지는 않은 모양이다. 권서방은 후닥닥 일어났다. 비는 한결같이 내렸다. 권서방은 먼저 다리를 무릎 위까지 올려 걷었다. 그리고 삽을 찾아 든다.

"그림, 안구 나서세."

"어디루?"

"어딘? 아무 데루나 가다가 죽건 묻세그려."

"……."

"아무래두 이 밤 못 넹길 거 날 밝으문 괜히 앙징스런 꼴 자꾸 보게만 되지 무슨 소용 있어? 안게 어서."

황서방은 또 키륵키륵 느끼면서 나뭇잎처럼 거뿐한 아이를 싸 품에 안고 일어선다.

"이런 땐 맘 모질게 먹는 게 수여. 밤이길 잘했지……."

"……."

황서방은 딸년들 자는 것을 들여다보고는 성큼 퇴 아래로 내려섰다. 지우산을 펴자 쫘르르 소리가 난다. 쫘르르 소리에 큰딸년이 깨어 일어난다. 황서방은 큰딸년을 미리, 꼼짝 말고 있으라고 윽박지른다.

황서방은 아이를 안고 한 손으로 지우산을 받고 나서고, 그 뒤로 권서방이 헛간을 가리었던 가마니를 떼어 두르고 삽을 메고 나섰다.

허턱 주안(朱安) 쪽을 향해 걷는다. 얼마 안 걸어 시가지는 끝나고 길은 차츰 어두워진다. 길만 어두워지는 것이 아니라 바람이 세차진다. 홱 비를 몰아붙이며 우산을 떠받는다. 황서방은 우산을 뒤집히지 않으려 바람을 따라 빙그르 돌아본다. 그러면 비는 아이 얼굴에 흠박 쏟아진다. 그래도 아이는 별로 소리가 없다. 권서방더러 성냥을 그어 대라고 한다. 그어 대면 얼굴은 죽은 것이나 마찬가지나 빗물 흐르는 비비 틀린 목줄에서는 아직도 발랑거리는 것이 보인다. 바람이 또 친다. 또 빙그르 돌아본다. 바람은 갑자기 반대편에서도 친다. 우산은 그예 뒤집히고 만다. 뒤집힌 지우산은 두 번, 세 번 만에는 갈기갈기 찢어지고 말았다. 또 성냥을 켜보려 한다. 그러나 성냥이 눅어 불이 일지 않는다. 하늘은 그저 먹장이다. 한참 숨을 죽이고 들여다보아야 희끄무레하게 아이 얼굴이 떠오른다.

"이거, 왜 얼른 뒈지지 않어!"

"아마 한 십 리 왔나 보이."

다시 한 오 리 걸었을 때다. 황서방은 살만 남은 지우산을 집어 내던지며 우뚝 섰다.

"왜?"

인젠 죽었느냐 말은 차마 나오지 않는다.

"인전 묻어버려두 되나 볼세."

"그래?"

권서방은 질—질 끌던 삽을 들어 쩔겅 소리가 나게 자갈길을 한번 내려쳐 삽을 짚고 좌우를 둘러본다. 한편에 소 등어리처럼 거무스름한 산이 나타난다. 권서방은 그리로 향해 큰길을 내려선다. 도랑물이 털버덩한다. 삽도 집지 못한 황서방은 겨우 아이만 물에 잠그지 않았다. 오이밭인지 호박밭인지 서슬 센 덩굴이 종아리를 어인다.

"옘병을 헐……."

밭은 넓기도 했다. 밭두덩에 올라서자 돌각담이다. 미끄런 고무신 한 짝이 뱀장어처럼 빼들컹하더니 벗어져 달아난다. 권서방까지 다시 와 암만 찾아도 보이지 않는다.

"이거디 더 걷겠나?"

"여기 팝시다."

"여기 돌 아니여?"

"파문 흙 나오겠지."

황서방은 돌각담에 아이 시체를 안고 앉았고, 권서방은 삽으로 구덩이를 판다. 떡떡 돌이 두드러지고, 돌을 뽑으면 우물처럼 물이 철철 고인다.

"이런 빌어먹을 눔의 비……."

"물구뎅이지 별수 있어……."

황서방은 권서방이 벗어 놓은 가마니쪽에 아이 시체를 누이고 자기

도 구덩이로 왔다. 이내 서너 자 깊이로 들어갔다. 깊어지는 대로 물은 고인다. 다행히 비탈이라 낮은 데로 물꼬를 따놓았다. 물은 철철철 소리를 내며 이내 빠진다. 황서방은,

"으흐흐……."

하고 한 자리 통곡을 한다. 애비 손으로 제 새끼를 이런 물구덩이에 넣을 것이 측은해, 권서방이 아이 시체를 안으러 갔다.

"뭐?"

죽은 줄만 알고 안아 올렸던 권서방은 머리칼이 곤두섰다. 분명히 아이의 입에서 무슨 소리가 난다. 꼴깍꼴깍 아이의 입은 무엇을 토하는 것이다. 비리치근한 냄새가 확 끼친다.

"여보 어디……?"

황서방도 분명히 꼴깍 소리를 들었다. 아이는 아직 목숨이 붙었다. 빗물이 입으로 흘러들어간 것을 게운 것이다.

"제에길, 파리새끼만두 못한 게 찔기긴!"

아비가 받았던 아이를 구덩이 둔덕에 털썩 놓아 버린다.

비는 한결같다. 산골짜기에는 물소리뿐 아니라, 개구리, 맹꽁이 그리고도 무슨 날짐승 소리 같은 것도 난다.

아이는 세 번째 들여다볼 적에는 틀림없이 죽은 것 같았다. 다시 구덩이 바닥에 물을 쳐내었다. 가마니를 한 끝을 깔고 아이를 놓고 남은 한 끝으로 덮고 흙을 덮었다.

황서방은 아이를 묻고, 고무신 한 짝을 잃어버리고 쩔름거리며 권서방의 뒤를 따라 한길로 내려왔다.

아직 하늘은 트이려 하지 않는다.

"섰음 뭘 허나?"

황서방은 아이 무덤 쪽을 쳐다보고 멍청히 섰다.

"돌아서세, 어서."

"예가 어디쯤이지."

"그까짓 건…… 고무신 한 짝이 아깝네만……."

"……."

"가세 어서."

황서방은 아이 무덤 쪽에서 돌아서기는 했으나 권서방과는 반대 방향으로 걸어가는 것이다. 권서방이 쫓아와 붙든다.

"내 이년을 그예 찾아 한 구뎅이에 처박구 말 테여……."

"허! 이럼 뭘 허나?"

"으흐흐…… 이리구 삶 뭘 허는 게여? 목석만두 못헌 애비지 뭐여? 저것 원술 누가 갚어…… 이년을, 내 젖퉁일 썩뚝 짤러다 묻어 줄 테다."

"황서방 진정해요."

"노래두……."

"아, 딸년들은 또 어떻게 되라구?"

"……."

황서방은 그만 길 가운데 철벅 주저앉아 버린다.

하늘은 그저 먹장이요, 빗소리 속에 개구리와 맹꽁이 소리뿐이다.

『문장』, 1940. 5.~7.

토끼 이야기

현은 잠이 깨자 눈을 부비기 전에 먼저 머리맡부터 더듬었다. 사기 대접에서 밤새 숭늉은 얼음에 채운 맥주보다 오히려 차고 단 듯하였다. 문득 전에 *서해(曙海)가, 이제 현도 술이 좀 늘어야 물맛을 알지 하던 생각이 난다.

서해(曙海)
최학송(1901~1932)의 호. 소설가, 작품으로 「탈출기」, 「큰물 진 뒤」 등이 있음.

《중외(中外)》
1926년 11월에 창간된 일간지 〈중외일보〉의 약칭.

'지금껏 서해가 살았던들, 술맛, 물맛을 같이 한번 즐겨 볼 것을! 그가 간 지도 벌써 십 년이 넘는구나!'

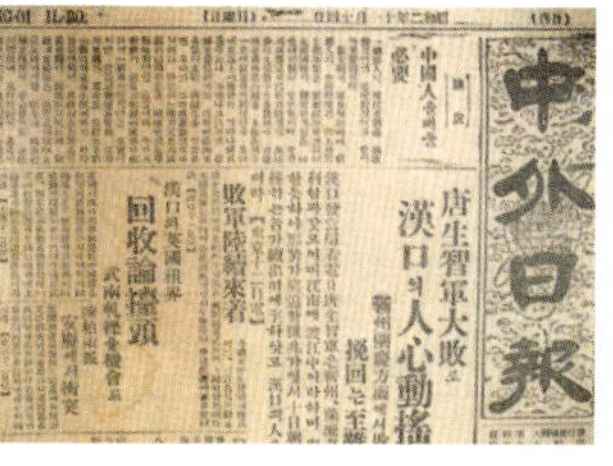
中外日報
唐生智軍大敗
漢口에 人心動搖
回收論擡頭
敗軍陸續來着

현은 사지를 쭈욱 뻗어 기지개를 켜고 파리 나는 천장을 멀—거니 쳐다본다.

*《중외(中外)》 때다. 월급날이면, 그것도 어두워서야 영업국에서 긁어 오는 돈 백 원 남짓한 것을 겨우 삼 원씩, 오 원씩 나눠 들고, 그거나마 인력거를 불러 타고 *호로를 내리고 나서기 전에는, 문 밖에 진을 치고 선 빵장사, 쌀장사, 양복점원 들에게 털리고 말던 그 시절이었다. 현은 다행히 독신이던 덕으로 이태나 견디었지만, 어머님을 모시고, 아내와 자식과 더불어 남의 셋방살이를 하던 서해로서는, 다만 우정과 의리를 배불리는 것만으로 가족들의 목숨까지를 지탱시켜 나갈 수는 없었다.

호로
일본어. 마차나 인력거 등의 포장. 덮개.

"난 *《매신》으로 가겠소. 가끔 원고나 보내우. 현도 아무리 독신이지만 하숙빈 내야 살지 않소."

《매신》
1910년에 창간된 총독부 한글판 기관지인 〈매일신보〉의 약칭.

현은 그 후 《중외》에 있으면서 실상 《매신》의 원고료로 하숙집 마누라의 입을 겨우 틀어막곤 하였다. 그러다 《중외》가 기어이 폐간이 되자, 현은, 그까짓 공연히 시간만 빼앗기던 것, 인젠 정말 내 공부나 착실히 하리라 하고, 서해가 쓰라는 대로 잡문을 쓰고 단편도 얽어 하숙비를 마련하는 한편, 학생 때 맛 모르고 읽은 태서대가(泰西大家)들의 명작들을 재독하는 것부터 일과를 삼았다. 그러나 사람은 조금만 틈이 생기어도 더 큰 욕망에 눈이 텄다. 공연히 남까지 데려다 고생을 시켜? 하는 반성이 한두 번 아니었으나 결국 직업도 없이, 집 한 간 없이, 현은 허턱 장가를 들어 놓았다. 제 한 몸 이상을 이끌어 나간다는 것은 확실히 제 한 몸 전신으로 힘을 써야 할 짐이었다. 공부고 예술이고 모두 제 이 제 삼이 되어 버렸다. 배운 도적질이라 다시 신문사밖에는 떼를 쓸 데가 없다. 다행히 첫아이를 낳기 전에 월급은 제대로 나오는 《동아》에 한 자리를 얻어, 또 신문소설이라도 한옆으로 써내는 기술을 가져, 그때만 해도 한 평에 이삼 원씩이면 살 수가 있었으니 전차에서 내려 이십 분이나 걷기는 하는 데지만 우선은 집 걱정을 면할 오막살이가 묻어오는 이백여 평의 터를 샀고, 그 후 부(府)로 편입이 되고 땅 시세가 오르는 바람에 터전 반을 떼어 팔아 넉넉히 십여 간 기와집 한 채를 짓게까지 되었다.

인력거

"인전 집은 쓰고 앉았으니 먹구 입을 걸……."

현의 아내는 살림에 재미가 나는 듯하였다. 재봉틀 월부를 끝내고, 간이보험을 들고, 유성기도 이웃집에서 샀다는 말을 듣고 그 이튿날로 월부로 밑아 오너니, 이세는 한걸음 나아가 현이 어쩌다 소리판을 한둘 사들고 와도,

"그건 뭣허러 삼 원씩 주고 사오, 음악이 밥 주나! 그런 돈 날 좀 줘요."

하였고, 여름이면 현은 패스 덕이긴 하지만 혼자만 싸다니는 것이 미안하여 한 이십 원 만들어다, 아이들 데리고 가까운 인천이라도 하루 다녀오라고 주면, 아침에는 인천까지 갈 채비로 나섰다가도 고작 진고개로 가로새어 백화점 식당에나 들어갔다가는, 냄비, 주전자, 찻종, 그런 부엌세간을 사서 아이들에게까지 들려 가지고 들어오기가 일쑤

였다.

이 현의 아내는 바로 이들 집에서 고개 하나 너머 있는 M여전(女專) 문과(文科) 출신이다. 오막살이에서나마 처음에는 창마다 유리를 끼고, 꽃무늬 커튼을 드리우고, 벽에는 밀레의 안젤루스를 걸고, 아침 저녁으로 화분을 가꾸었다. 때로는 잠든 어린것 옆에서 조슬란의 자장가도 불렀고, 책장에서 비단 뚜껑 한 책을 뽑아다 브라우닝을 읊기도 하였다. 아이가 둘이 되면서부터 그리고 그 흔한 건양사 집들이 좌우 전후에 즐비하게 들어앉는 것을 보면서부터는 모교가 가까워 동무들이 자주 찾아오는 것을 도리어 싫어하였고, 어서 오막살이를 헐고 뻰듯한 기와집을 지어 보려는 설계에 파묻히게 되었다. 안젤루스에 먼지가 앉거나 말거나, 화초분이 말라 시들거나 말거나 그의 하루는 그것들보다 더 절박한 것으로 프로가 꽉 차지는 것 같았다.

현은 일 년에 하나씩은 신문소설을 썼다. 현의 야심인즉 신문소설에 있지 않았다. 단편 하나라도 자기 예술욕을 채울 수 있는 창작에 자기를 기르며 자기를 소모시키고 싶었다. 나아가서는, 아직 지름길에서 방황하는 이곳 신문학을 위해 그 대도(大道)로 들어설 바 교량이 될 만한 대작이 그의 은근한 본원이기도 했다. 인물의 좋은 이름 하나가 생각나도 적어 두어 아끼었고, 영화에서 성격 좋은 배우 하나를 보아도 그의 사진을 찢어 모아 두었다.

그러나 머릿속에서 구상만으로 해를 묵을 뿐, 결국 붓을 들기는 몰아치는 대로 몰아쳐질 수는 있는 신문소설뿐이었다.

현의 신문소설이 시작되면 독자보다는 현의 아내가 즐거웠다. 외상값 밀린 것이 풀리고 단행본으로 나와 중판이나 되면 뜻하지 않은 목돈에 가끔 집안이 윤택해지기 때문이다.

'그러나 나도 소위 불혹지년이란 게 낼 모레가 아닌가! 밤낮 이것만 허다 까부러질 건가? 눈 뜨면 사로 가고 사에 가선 통신 번역이나 하고…… 고작 애를 써야 신문소설이나 되고…….'

현의 비장한 결심이 그렇지 않아도 굳어질 무렵인데 《동아》가 《조선》과 함께 고스란히 폐간이 되는 것이었다.

명랑하라, 건실하라, 시대는 확성기로 외친다. 현은 얼떨떨하여 정신을 수습할 수 없는데다, 며칠 저녁째 술이 취해 돌아왔던 것이다.

내단(內丹)
단전(丹田). 배꼽 아래 한치 다섯 푼 되는 곳. 아랫배에 해당하며 여기에 힘을 주면 건강과 용기를 얻는다고 함.

밤 잔 숭늉에 *내단(內丹)이 씻긴 듯 속은 시원하였으나 골치는 그저 무겁다.

'술이 좀 늘어야 물맛을 알지…… 흥, 신문사 십 년에 냉수 맛을 알게 된 것밖에 는 게 무언고?'

다시 숭늉 그릇을 이끌어 왔으나 찌꺼기뿐이다. 부엌 쪽 벽을 뚝뚝 울리어 아내를 불렀다.

"기껀 주무셌수?"

"물 좀."

아내는 선선히 나가 물을 떠가지고 와 앉는다. 앉더니 물을 자기가 마시기나 한 것처럼 목을 길게 빼며 선트림을 한다. 아내는 벌써 숨을 가빠하는 것이다. 한 딸, 두 아들이어서 꼭 알맞다고 하던 것이 다시 네 번째의 임신인 것이었다.

"나 당신헌테 헐 말 있어요."

평시에 잔소리가 없는 만치 현의 아내는 가끔 이런 투로 현의 정색을 요구하였다.

"요즘 당신 심경 나두 모르진 않우. 그렇지만 당신 벌써 사흘째 내려

술 아뉴?"

현은 잠자코 이마를 찌푸린 채 터부룩한 머리를 쓸어넘긴다.

"술 먹구 잊어버릴 정도의 거면 애당초에…… 우리 여자들 눈엔 조선 남자들 그런 꼴처럼 매스껍구 불안스런 건 없습디다. 술루 *심평이 피우? 또 작게 봐 제 가정으루두 어디 당신들 사내 하나뿐유? 처자식 수두룩허니 두구, 직업두 인전 없구, 신문소설 쓸 데두 인전 없구…… 왜 정신 바짝 채리지 않구 그류?"

심평
타산적인 내용, 셈수를 뜻하는 '셈평'의 방언.

현은, 듣기 싫어 소리를 치고 다시 이불을 뒤집어썼으나, 또 반동적으로 이날도, 그 이튿날도 곤주가 되어 들어왔으나, 사실 아내의 말에 찔리기도 하였거니와 저 혼자 취한다고 세상이 따라 취하는 것도 아니요, 저 혼자나마도 언제까지나 취할 수도 없는 것이었다.

토끼

현은 아내의 주장대로 그 송장의 주머니에서 턴 것 같은, 가슴이 섬뜩한 퇴직금이지만, 그것을 밑천으로 토끼를 기르기로 한 것이다.

뉘 집에서는 처음 단 두 마리를 사온 것이 일 년이 못 돼 오십 평 마당에 어떻게 주체할 수 없도록 퍼지었고, 뉘 집에서는 이백 원을 들여 시작했는데, 이태가 못 되어 매월 평균 칠팔십 원 수입이 있다는 것은 현의 아내가 직접 목격하고 와서 하는 말이었고, 토끼 기르는 책을 얻어다 주어 현은 하루 저녁으로 독파를 하니, 토끼를 기르기에는 날마다 붙잡히는 일이기는 하나 날마다 신문소설을 써대는 것보다는 마음의 구속은 적을 것 같았고, 신문소설을 쓰면서는 본격소설에 손을 댈 새가 없었으나, 토끼를 기르면서는 넉넉히 책도 읽고 십 년에 한 편이 되더라도 저 쓰고 싶은 소설에 착수할 여력도 있을 것 같았다. 이런 것은 시대가 메가폰으로 소리쳐 요구하는 명랑하고 건실한 생활일 수도 있는 점에 현은 더욱 든든한 마음으로 토끼 치기를 결심하였다. 그리고 우선 아내의 뒤를 따라 아내와 동창이라는, 이백 원을 들여 지금은 매달 칠팔십 원씩을 수입한다는 집부터 견학을 나섰다.

그 집 바깥주인은 몇 해 전에 《동아》에서도 사진을 이단으로나 낸 적이 있고, 그의 연주회 주최를 다른 사와 맹렬히 다투기까지 하던, 한때 이름 높던 피아니스트였다. 피아니스트답지는 않게 거칠고 풀물이 시퍼런 손으로 현의 부처를 맞아 주었다. 마당엔 들어서기가 바쁘게 두엄내보다는 노릿한 내가 더 나는 훗훗한 냄새가 풍겨 나왔다. 목욕탕에 옷 벗어 넣는 궤처럼 여러 층, 여러 칸으로 된 토끼집이 작은 고층건물을 이루어 한편 마당을 둘러 있었다. 칸칸이 새하얀 토끼들이 두 귀가 빨쪽하니 앉아 연분홍 눈을 굴리며 입을 오물거린다. 현은 집의 아이들 생각이 났다. 동화의 세계다. 아동문학을 하는 이에게 더 적당한 부업같이도 생각되었다. 현 부처는 피아니스트 부처에게서 양토 경험담을 두 시간이나 듣고, 보고 너욱 굳어시는 자신으로 놀아왔다. 와서는 곧 광주 가네보 양토부로 제일 기르기 쉽다는 메리켄으로 이십 마리를 주문하였다. 곧 목수를 데려다 토끼장을 짰다. 토끼장이 끝나기도 전에 '오늘 토끼를 부쳤다'는 전보가 왔다. 현은 아이들을 데리고 산으로 가 풀과 아카시아잎을 뜯어 왔다. 두부 장사에게 비지도 맡기었다. 수분 있는 사료만으로는 병이 나는 법이라 해서 건조 사료(乾燥飼料)도 주문하였

다. 사흘 만에 이 작고 귀여운 현의 집 새 식구 이십 명은 천장을 철사로 얽은 궤짝에 담기어 한 명도 탈없이 찾아들었다. 그들은 더위에 할락거리기는 하면서도 그저 궤짝 속이 저희 안도(安堵)인 듯, 밖을 쳐다보는 일이 없이 태연히 주둥이들만 오물거리었다. 자연의 한 동물이라기보다 시험관 속에서 된 무슨 화학물(化學物) 같았다. 아이들과 아내는 즐기어 끄르며 덤비었으나, 현은 뒤에 물러서서 그 작은, 그 귀여운, 그리고 박꽃처럼 희고 여린 동물에게다 오륙 명의 거센 인생의 생계(生計)를 계획한다는 것을 생각할 때 확실히 죄스럽고 수치스럽기도 하였다.

박꽃

아무튼 토끼가 와서부터 현은 잠시도 쉴 새가 없었다. 먹이를 주고 다음 먹이의 준비까지 되어 있으면서도 얼른 손을 씻고 방으로 들어와지지가 않았다. 토끼장 앞으로 어정어정하는 동안 다시 다음 먹이 시간이 되고, 다시 그 다음 먹이를 준비해야 되고 장 안을 소제해야 되고, 현은 저녁이나 되어야 자기의 시간으로 돌아올 수가 있었다.

차츰 밤 긴 가을이 깊어졌다. 워낙 구석진 데라 더구나 저녁에는 찾아오는 친구가 별로 없었다. 현은 저녁만이라도 홀로 조용히 등을 밝히고 자기의 세계를 호흡하는 것이 즐거웠다. 십 년 전, 독신일 때 하숙집에서 재독하기 시작했던 태서 명작을 다시금 음미하는 것도 즐거웠고, 등불을 멀찍이 밀어 놓고 책장을 살피며 근대의 파란 중첩한, 인류의, 문화의, 문학의 뭇 사조(思潮)의 물결을 더듬으며, 한 새 사조가 부딪치고 지나갈 때마다 이 귀퉁이 저 귀퉁이 부스러뜨리기만 해오던 장편(長篇)의 구상(構想)을 계속해 보는 것도 얼굴이 달도록 즐거움이었다.

많지는 못한 장서(藏書)나마 현은 한가히 책장을 쳐다볼 때마다 감개무량하기도 하였다. *일목천고(一目千古)의 감을 느끼는 것이다. 새 책은 날마다 나온다. 또 새 책은 날마다 헌 책이 된다. 한때는 인류사상의 최고봉인 듯이 그 앞에는 불법(佛法)도 성전(聖典)도 무색하던 것이 이제는 그 책의 뚜껑 빛보다도 내용이 앞서 퇴색해 버리고 말았다. 그 뒤에 오는 다른 새 것, 또 그 뒤를 따른 다른 새 것들, 책장 한 층에만도 사조는 두 시대, 세 시대가 가지런히 꽂혀 있는 것이다.

일목천고(一目千古) 한눈으로 천년을 꿰뚫어보다.

'지나가 버린 낡은 사조의 유물들! 희생된 것은 저 책들뿐인가? 저 저자들뿐인가? 저 책들과 저 저자들뿐이라면 인류는 이미 얼마나 복된 백성들이었으랴마는, 인류는 언제나 보다 나은 새 질서를 갈망해 헤매지 않으면 안 되었었나.'

새 사조가 지나갈 때마다 많으나 적으나, 또 그 전 것을 위해서나 새 것을 위해서나 반드시 희생자는 났다. 그 사조가 거대한 것이면 거대한 그만치 넓은 발자취로 인류의 일부를 짓밟고 지나갔다. 생각하면 물질문명은 사상의 문명이기도 하다. 한 사상의 신속한 선전은 또 한 사상의 신속한 종국을 가져오기도 한다. 예전 사람들은 일생에 한 번이나 겪을지 말지 한 사상의 난리를 현대인은 일생 동안 얼마나 자주 겪어야 하는가. 청(淸)의 시인 이초(二樵)가 *일신수생사(一身數生死)라 했음은 정히 현대의 우리를 가리킴이라 하고, 현은 몇 번이나 책장

일신수생사(一身數生死) 한 몸이 여러 번 죽었다 삶.

을 바라보며 쓴웃음을 지었다.

'일신수생사! 사상은 짧고 인생은 길고…….'

토끼는 듣던 바와 같이 빠르게 번식해 나갔다. 스무 마리가 아카시아잎이 단풍들 무렵엔 사십여 마리가 되어 북적거린다. 토끼장도 다시 한 오십 마리 치를 늘리려 재목까지 사들이는 때다. 문제가 일어났다. 먹이의 문제다. 풀과 아카시아잎의 저장을 충분히 할 수 없어 비지와 건조 사료에 오히려 믿는 바 컸었는데 두부 장사가 가끔 거른다.

아카시아나무 꽃

오는 날도 비지를, 소위 실적의 반도 못 가져온다. 건조 사료도 선금과 배달비까지 후히 갖다 맡겼는데도 오지 않는다. 콩이 잘 들어오지 않아 두부 생산이 준 것, 그러니 두부 대신 비지 먹는 사람이 는 것, 그러니 비지는 두부보다도 더 귀해진 셈이다. 건조 사료란 잡곡의 겨〔糠〕인데 무슨 곡식이나 칠분도(七分搗) 내지 오분도로 찧으니 겨가 나올 리 없다. 알고 보니 최근까지의 건조 사료란 전년의 재고품이었던 것이다. 현의 아내는 동분서주하였으나, 토끼는커녕 닭을 치던 집에서들까지 닭을 팔고 닭의 우리를 허는 판이었다.

현의 아내는 억울한 일을 당할 때처럼 며칠이나 얼굴이 붉어 있었으나 결국 토끼를 기름으로써의 생계는 단념하는 수밖에 없었다. 토끼를 헐값이라도 치우기 시작하였다. 그러나 가죽이면 얼마든지 일시에 처분할 수가 있으나 산 것 째로는 어디서나 먹이가 문제라 길이 막히었다. 사십여 마리를 일시에 죽이자니 집안이 일대 도살장이 되어야 한다. 한꺼번에 사십여 마리의 가죽을 쟁을 쳐 말릴 널판도 없거니와 단 한 마리라도 칼을 들고 껍질을 벗길 위인이 없다. 현은 남자면서도 닭의 멱 하나 따본 적이 없고, 현의 아내 *역, 한번은, 오막살이집 때인

역(亦) 또한.

튀
새나 잡은 짐승을 물에 잠깐 넣었다가 꺼내어 털을 뽑는 일.

데, *튀하기는 한 닭 한 마리를 온근 채 사왔더니 닭의 흘겨 뜬 죽은 눈이 무서워 신문지로 덮어 놓고야 썰던 솜씨였다. 더 늘리지나 말고 오래는 걸리더라도 산 채로 처분하는 수밖에 없었다. 산 채로 처분하자니 팔리는 날까지는 어떻게 해서나 굶겨 죽이지는 않아야 한다. 부드러운 풀은 벌써 거의 없어진 때다. 부엌에서 나오는 것은 무청뿐이요 밖에서 얻을 수 있는 것은 클로버뿐이다. 클로버도 며칠 안 있으면 된서리를 맞을 즈음인데 하루는 현의 아내가 그의 모교인 M여전 운동장이 클로버투성이인 것을 생각해 냈다. 그 길로 고개를 넘어 모교에 다녀오더니, 학교에서는 해마다 사람을 사서 뽑는데도 당할 수가 없어 잔디를 버릴까 봐 걱정이니 제발 뜯어라도 가라는 것이라 한다. 현은 입맛을 쩍쩍 다시다가, "당신이 가기 싫음 내가 가리다. *오륙이 멀쩡해 가지구 미물이라두 기르던 걸 굶겨 죽여야 옳우?" 하는 아내의 위협에 아내가 홀몸도 아닌 때라, 또 다른 곳도 아니요 저희 모교 마당에 가서 토끼밥을 뜯고 앉아 있는 정상이 어째 정도 이상으로 가긍하게 머릿속에 떠올라, 그만 대팻밥 모자를 집어 쓰고 동저고릿바람인 채 고무신을 끌고, 박 학교에서 돌아오는 큰녀석에게까지 다래끼를 하나 둘러메어 가지고 고개를 넘어 M여전으로 왔다.

오륙(五六)
오장육부라는 뜻으로 온몸을 가리키는 말.

다래끼

운동장에는 과연 잔디와 클로버가 군데군데 반반 정도로 대진이 되어 있었다.

'나야 이렇게 동저고릿바람에 농립을 눌러 썼으니 누가 알아볼라구…… 또 알아본들 현아무개란 하상…….'

하학이 된 듯 운동장에는 과년한 여학생들이 설멍하니 다리들을 드러내고 발리볼을 던지기도 하고 자전차를 타고 돌기들도 한다. 현은 남의 집 안마당에 들어서는 것 같은 어색함을 느꼈으나 수굿하고 한편

*여가리에 물러앉아 클로버를 뜯기 시작하였다.

여가리
'언저리'의 방언.

"아버지?"

"왜?"

아들애는 아직 우두머니 서서 언덕 위에 장엄하게 솟은 교사와 여학생들이 자전차 타는 것만 바라보고 있었다.

"우리 엄마두 여기 학교 나왔지?"

"그럼…… 어서 이 시퍼런 풀이나 뜯어……."

이 아버지와 아들의 짧은 대화를 학생 두엇이 알아들은 듯,

"얘, 너의 엄마가 누군데?"

하며 가까이 온다. 현의 아들애는 코만 훌쩍 하고 돌아선다. 현은 힐끗 아들을 쳐다본다. 그 쳐다보는 눈이, 가끔 집에서 '떠들면 안 돼' 하던 때 같다. 아들애는 잠자코 제 다래끼를 집어다 클로버를 뜯기 시작한다.

"이거 뜯어다 뭘 허니?"

"토끼 메게요."

"토끼! 너이 집서 토끼 치니?"

"네."

학생들은 저희도 뜯어서 현의 아들 다래끼에 담아 준다.

"너이들 뭣 허니?"

클로버(토끼풀)

현의 등뒤에서 다른 학생들 한 떼가 몰려온다. 현은 자기까지 아울러 '너희들' 로 불려지는 것같이 화끈해진다.

"우린 *요쓰바 찾는다누."

요쓰바
네잎 클로버.

딴은 그들은 토끼밥을 뜯어 주기 위해서가 아니라 저희들 '행복' 을 찾기 위해서였다.

"나두, 나두……."

그들은 모이를 본 새떼처럼 클로버에 몰려 앉는다. 현은 수굿하고 다른 쪽을 향해 뜯어 나가며, 자기의 아내도 한때는 브라우닝의 시집을 끼고 이 운동장 언저리를 거닐다가 저렇게 목마르듯 '행복의 요쓰바'를 찾아보았으려니, 그 '행복의 요쓰바'와 함께 푸른 하늘가에 떠오르던 그의 '영웅'은 오늘 이 마당에 농립을 쓰고 앉아 토끼밥을 뜯는 사나이는 결코 아니었으려니, 이런 생각에 혼자 쓴침을 삼켜 보는데 무엇이 궁둥이를 툭 때린다. 넓은 마당에 까르르 웃음이 건너간다. 현의 각도로 섰던 발리볼 선수 하나가 볼을 놓쳐 버렸던 것이다.

현은 다음날 오후에도 큰녀석을 데리고 M여전 운동장으로 왔다. 클로버는 아직도 한 댓새 더 뜯어 갈 수가 있었다. 그러나 이날이 마지막이게 이날 밤에 된서리가 와버린 것이다. 현의 아내는 마침 김장 때라 무청과 배추 우거지를 이 집 저 집서 모아들였다. 그러나 그것도 잠시 한철이었다. 현은 생각다 못해 한두 마리씩이라도 없애 보려 대학병원에 그리 친치도 못한 의사 한 분을 찾아가 보았다. 십여 년째 대는 사람이, 그도 요즘은 한두 마리씩 더 갖다 맡기어 걱정이라는 것이었다. 현은 대학병원에서 놀아오는 길에 어느 책사에 들렀다. 양토법에 관한 책에는 토끼의 도살법까지도 씌어 있기 때문이다. 전에 아내가 빌려온 책에서는 그만 기르는 법만 읽고 돌려보낸 것이다.

토끼를 죽이는 법, 목을 졸라 죽이는 법, 심장을 찔러 피를 뽑아 죽이는 법, 물에 담가 죽이는 법, 귀를 잡고 어느 다리를 어떻게 잡아당겨 죽이는 법, 동맥을 잘라 죽이는 법, 그리고 귀와 귀 사이의 골을 망치로 서너 번 때리면 오체를 바르르 떨다가 죽게 하는 법, 이렇게 여섯 가지나 씌어 있었다.

현은 먼지 낀 책을 도로 제자리에 꽂고 주인의 눈치를 엿보며 얼른 책사를 나와 집으로 돌아왔다.

오는 길로, 옷을 갈아입는 길로, 토끼 한 놈을 꺼내었다. 묵직하고, 포근하고, 따뜻하고, 뻐들컹거리고, 눈을 똘망거리고…… 교미기가 지난 놈들이라 새끼 때의 화학물감(化學物感) 박꽃감은 이젠 아니요, 놓기는커녕 웬만침 서투르게만 붙잡아도 뻐들컹하고 튕겨져 산으로 치달을 것만 같은 '짐승'이다.

현은 단단히 앙가슴과 뒷다리를 움켜쥐고 마루로 왔다. 딸년이 방에서 나오다가 소리를 친다.

"애들아, 아버지가 토끼 꺼냈다!"

큰녀석 작은녀석이 마저 뛰어나온다.

"왜 그류, 아버지?"

"병 났수?"

"마루에 가둬. 우리 가지구 놀게."

"이뻐서 그류, 아버지?"

딸년은 제 손에 들었던 빵쪽을 토끼의 입에다 갖다 댄다. 토끼는 수염을 쫑긋거리더니 빵쪽을 물어떼려 한다. 현은 잠자코 아까 책사에서 본 여섯 가지 방법을 생각해 낸다.

"왜 그류, 아버지?"

"가, 저리들."

현은 그제야 소리를 꽥 질렀다. 아내가 부엌에서 나온다. 현은 아내의 해산달이 멀지 않았음을 깨닫는다. 현은 등솔기에 오싹함을 느끼며 토끼를 다시 안고 뒤꼍으로 왔다. 아내가 따라오며 그 역, 왜 그러느냐고 묻는다.

"뭣허러 아이처럼 따라댕겨?"

아내는 얼른 물러나지 않는다. 현은 도로 토끼를 갖다 넣고 만다. 암만 생각하여도 그 목을 졸라 쥐고, 빼들적거리는 것을 이기느라고 같이 힘을 쓰며 뒤어쓰는 눈을 내려다보고 숨이 끊어지기를 기다리는 노릇, 현은 그 목을 졸라 죽이는 법에 자신이 생기지 못한다. 심장이 어드메쯤이라고 그 폭신한 가슴을 더듬어 송곳을 들이박기는, 남의 주사침 맞는 것도 제대로 보지 못하는 현으로는 더욱 불가능한 일이요, 쥐처럼 덫 속에 든 것도 아닌 것을 물 속에 끌어 넣기나, 귀와 다리를 붙잡고 척추가 끊어지도록 잡아 늘쿠는 것이나, 그 어린아이처럼 따스하고 발랑거리는 목에서 동맥을 싹둑 잘라 놓는 것이나, 자꾸 돌아보는 것을 앞으로 숙여 놓고 망치로 뒤통수를 때리는 것이나, 현으로는 생각할수록 소름이 끼치고, 지금 아내의 뱃속에 들어 있는, 마치 토끼 형상으로 꼬부리고 있을 태아를 위해 이런 짓은 생각만으로도 죄를 받을 것만 같았다.

김장철이 지나가자 토끼먹이는 더욱 귀해서 사람도 먹기 힘든 두부의 게비지로 대는데 하루에 일 원 사오십 전씩 나간다. 이렇게 서너 달만 먹인다면 그 담에는 토끼 오십 마리를 한목 판다 하여도 먹잇값밖에는 나올 게 없다. 서너 달 뒤에 가서는 토끼 문제뿐만 아니다. 토끼 때문에 이럭저럭 사오백 원이 부서졌고, 김장하고 장작 두 마차 들이고, 퇴직금 봉지엔 십 원짜리 서너 장이 남았을 뿐이다.

'어떻게 살 건가?'

어느 잡지사에서 단편 하나 써달란 지가 오래다. 독촉이 서너 차례나 왔다. 단돈 십 원 벌이라도 벌이라기보다, 단편 하나라도 마음 편히 앉아 구상해 보기는 다시 틀렸으니 종이만 펴놓을 수 있으면 어디서고 돌아앉아 쓰는 게 수다. 하루는 있는 장작이라 우선 사랑에 군불을 뜨뜻이 지피고 '이놈의 토끼 이야기나 써보리라' 하고 들어앉아 서두를 찾느라고 망설이는 때였다.

"여보? 어디 계슈?"

하는 아내의 찾는 소리가 난다. 내다보니 얼굴이 종잇장처럼 해쓱해진 아내는 두 손이 피투성이다.

"응!"

"물 좀 떠줘요."

"웬 피유?"

아내의 표정을 상실한 얼굴은 억지로 찡기어 웃음을 짓는다. 피투성이 두 손은 부들부들 떤다. 현의 아내는 식칼을 가지고 어떻게 잡았는지, 토끼 가죽을 두 마리나 벗겨 놓은 것이다. 현은 머리칼이 쭈뼛 솟았다.

"당신더러 누가 지금 이런 짓 허래우?"

"안 험 어떡허우? 태중은 뭐 지냈수? 어서 손 씻게 물 좀 떠놔요."

하고 아내는 토끼털과 선지피가 엉킨 두 손을 쩍 벌려 내어민다. 현의 머릿속은 불현듯, 죽은 닭의 눈을 신문지로 가려 놓고야 썰던 아내의 그전 모습이 지나친다. 콧날이 찌르르 하며 눈이 어두워졌다.

피투성이의 쩍 벌린 열 손가락, 생각하면 그것은 실상 자기에게 물을 요구하는 것이 아니었다. 현은 펄썩 주저앉을 듯이 먼 산마루를 쳐다보았다. 산마루엔 구름만 허옇게 떠 있었다.

『돌다리』, 박문서관, 1943.

사냥

심란한 것뿐, 무슨 이렇다 할 병이 있어서도 아니요 자기 체질에 저혈(猪血)이 맞으리라는 무슨 근거를 가져서도 아니었다. 손이 바쁘던 때는, 어서 이 잡무에서 헤어나 조용히 쓰고 싶은 것이나 쓰고 읽고 싶은 것이나 읽으리라 염불처럼 외워 왔으나 이제 막상 손을 더 대려야 댈 수가 없게 되고 보니 그것들이 잡무만은 아니었던 듯 와락 그리워지는 그 편집실이요 그 교실들이었다.

사람이 안정한다는 것은 손발이 편안해지는 데 있는 것은 아니었다. 한은 한동안 문을 닫고 손발에 틈을 주어 보았다. 미닫이 가까이 앉아 앙상한 앵두나뭇가지에 산새 내리는 것도 내다보았고 가랑잎 구르는 응달진 마당에 싸락눈 뿌리는 소리도 즐겨 보려 하였다. 그러나 하나도 마음에 안정을 가져오지 않을 뿐 아니라 점점 신경을 날카롭게 메마르게 해주는 것만 같았다. 이번 사냥은 이런 신경을 좀 눅여 보려는 한갓 산책에 불과한 것이었다.

앵두나무

한은 즐거웠다. 오래간만에 학생 때 친구 윤을 만나는 것도 반가웠다. 편지 한 장으로 구성을 생각하여 모든 것을 주선해 놓고 부르는 그의 우정이 감사하였다. 오래간만에 촌길을 걸을 것, 험준한 산마루를 달려 볼 것, 신에게서 받은 자세대로 힘차게 가지를 뻗은 정정한 나무들을 쳐다볼 수 있을 것, 나는 꿩을 떨구고, 닫는 노루와 멧도야지를 고꾸라뜨릴 것, 허연 눈 위에 온천처럼 용솟음쳐 흐를 피, 통나무 화톳불에 가죽째 구워 뜯을 짐승의 다리, 생각만 하여도 통쾌한 야성적인 정열이 끓어올랐다. 아무리 문화에 길들었어도 사람의 마음 한구석에는 야성에의 향수가 늘 대기하고 있는 듯하였다.

월정리(月井里)에서 차를 내리니 윤은 약속대로 두 포수와 함께 폼에 나와 기다리고 있었다. 윤은 한의 손을 잡고,

"그냥 만나선 어디 알겠나?"

하며 의심스럽게 쳐다보았다. 한 역시 한참 마주 들여다보지 않을 수 없었다.

월정리역

"열다섯 해란 세월이 인생에겐 이렇게 긴 걸세그려!"

대합실에 나와 포수들과 *지면을 하고 담배를 한 대씩 피워 물고 찻길을 건너 서북편으로, 촌길로는 꽤 넓은 길을 걷기 시작하였다. 늙은 포수는 꿩 철 따위는 아예 재지도 않는다고 하였고 젊은 포수만이, 우선 저녁 찬거리라도 장만해야 한다고, *탄자를 재더니 길섶으로만 꼬리를 휘저으며 달아나는 '도무'라는 개의 뒤를 따랐다. 전에는 황무지였으나 수리조합 덕에 개간되어 한 십 리 들어가 혹은 *뫼초리 한 마리 일지 않는 탄탄대로였다.

지면
처음 만나서 서로 알게 됨.

탄자
탄환.

뫼초리
'메추라기'의 방언.

여기를 걷는 동안, 한은 윤에게서 대서업자로서 본 인생관이라고 할까 세계관이라 할까 단편적이나마 솔직하긴 한 이야기를 심심치 않게 들었다. 결국, 민중이란 어리석은 것이란 것, 이 어리석은 무리들에게 도의를 베푸는 손은 너무 먼 데 있는데 그렇지 않은 손들은 그들의 주위에 너무 가까이 너무 많이 있다는 것이다. 그래 그들은 행복하기가 쉽지 못하다는 것이다. 학창을 처음 나와서는 그들을 위해 의분도 느꼈었으나 자기 하나의 의분쯤은 이른바 *홍로점설(紅爐點雪)에 불과하였고, 그런 모리배들만의 촌읍 사회에 끼어 일이년 생계를 세우는 동안 어느 틈엔지 현실에 영리해졌다는 것이요, 그 덕에 오늘에 이르런 사무실 문을 닫고 이렇게 삼사 일씩 나와 놀아도 집에선 조석 걱정은 않게끔 되었노라 실토하였다. 그리고 읍 사람들은

홍로점설(紅爐點雪)
홍로상일점설. 빨갛게 달아오른 화로 위에 눈을 조금 뿌린 것과 같다는 뜻.

너무 겉약고 촌사람들은 너무 무지몽매하다는 것을 몇 번이나 한탄하였다.

차츰 엷게 눈이 깔린 산기슭이 가까워졌다. 동네를 하나 지나서부터는 논 대신 밭들이 나오며 길도 촌맛이 나기 시작했다. 꼬리가 점점 긴장해지던 도무란 놈이 그루만 남은 콩밭으로 뛰어들었다. 사람 눈에는 아무것도 보이지 않는데 개는 코를 땅에 묻히고 썰썰 맴을 돌면서 내음을 해나간다. 젊은 포수는 총을 바로 잡고 바짝 따라 선다. 일행은 길 위에 서서들 바라보았다. 불과 오륙십 보 안에서다. 아무것도 보이지 않던 밭고랑에서 푸드득 하더니 *수엽랑 같은 장끼 한 마리가 뜬다. 날개도 제대로 펴기 전에 총부리에서 흰 연기가 찍 뻗더니 탕 소리와 함께 꿩은 그 순간 물체가 되어 밭둑에 툭 떨어지는 것이었다. 한은 꿩을 주으러 뛰어갔으나 개가 먼저 와 물었다. 한이 달래 보았으나 개는 쏜살같이 저의 주인에게로 달아났다. 주인이 꿩을 받으나 개는 주인의 다리에 제 등허리를 부대끼며 꿍꿍대며 기고 뛰고 하였다. 주인에게 충실하기만 한 것이 아니라 제 공을 되도록 크게 알리려는 공리욕도 개의 강렬한 근성인 듯하였다.

수엽랑
따 들이는 뽕잎의 양.

장끼

꿩은 죽지 밑에 피가 좀 배어 나왔을 뿐, 그림같이 고요해 있었다. 푸드득푸드득 공간을 파도를 치듯 하며 세차게 날던 것, 어느 불꽃이, 어느 솟는 샘이 그처럼 싱싱한 생명이었으랴만 탕 소리 한번 순간에 이처럼 모든 게 정지해 버린다는 건, 분수없이 허무한 것이었다. 아무튼 사냥 기분은 이 장끼 한 마리에서부터 호화스러워지는 것 같았다.

장산들은 아직도 아득하더니 여기서도 시오 리나 들어가서야 이들의 근거지가 될 동네가 나타났다. 이발소가 있고 여인숙이 있고 주재소까지 있는 꽤 큰 거리였다. 뜨뜻한 *갈자리 방에 간소한 여장들을 끄르고 우선 꿩을 뜯고 국수를 누르게 하였다. 한은 시장했기도 했지만 한 산기슭에서 자란 때문일까 꿩과 모밀이 그처럼 제격인 것은 처음 맛보았다.

갈자리 '삿자리'(갈대를 엮어서 만든 자리)의 방언.

점심을 치르고 나니 해는 어느덧 산머리에 노루 꼬리만침밖엔 남지 않았다. 여기서도 오 리는 올라가야 해마다 해보아 몰이에 익숙한 사람들이 있는 산마을이 있고 그 마을 뒷등부터가 곧 노루며 멧도야지며 때로는 곰까지도 나오는 목이 산갈피마다 무수히 있어, 대엿새 동안은 날마다 새 골짜기를 털어 볼 수 있다는 큰 사냥터라는 것이었다.

몰이꾼을 맡기려 늙은 포수만이 이웃마을로 올라가고 한과 윤과 젊은 포수는 거리에 남았다. 꿩은 해가 질 무렵에도 내리는 것이라고 이들은 다시 사냥을 나섰다. 과연 도무는 낮에보다는 꿩을 흔하게 퉁기었다. 총은 한 마리나 혹은 두 마리인 경우에는 으레 하나씩은 떨구었다. 그러나 십여 마리씩 떼로 몰린 데서는 개와 총이 사정(射程) 안에 들어서기 전에 어느 한 놈이고 먼저 날았고, 한 놈만 날면 우르르 따라 날아 버렸다. 어둑스레해서 거리로 들어설 때는 눈발이 부실부실 날리었다. 기름진 까투리며 장끼며 다섯 마리나 차고 들고 신등에 눈을 털며 남폿불 빠안한 촌방에 들어서는 정취엔 한은 도회에 남기고 온 몇 친구가 그리웠다. 발을 씻고 불돌을 제쳐 놓고 싸리나무 불에 말리고 꿩을 볶아 저녁을 먹고, 주인집 젊은이를 불러내어 국수내기 화투를 치고, 자정이나 되어 이가 저린 동치밋국에 꿩과 모밀의 그 깔끄럽고도 미끄러운 밤참을 먹고 밤국수 먹으러 혹은 밤낚시질 다니다가, 혹은 딴동네 처녀에게 반해 다니다가 도깨비한테 홀리던 이야기로 두시가 넘어서야 잠들이 들었다.

밭날가리
며칠 동안 걸려서 갈 만큼의 밭.

자귀
짐승의 발자국.

이악스럽다
기를 쓰고 달라붙는 기세가 굳세고 끈덕지다.

아람차다
힘에 겹도록 정도가 심하다.

눈들이 부성한 이튿날 아침은 술 먹은 뒤처럼 머리가 터분하고 속이 쓰렸다. 한은 그것이 도리어 심리적으로는 구수하였다. 꿩 한 자웅에 사 원이 넘는다는 말을 들으니 더욱 진작 이런 촌에 와 *밭날가리나 장만하고 총 허가나 맡았더면, 하는 후회도 났다.

자연 늦은 조반이 되었다. 눈은 겨우 발자국 나리만치 깔리었고 바람은 잔잔하여 사냥하기에는 받은 날씨라 하였다.

열시나 되어 윗마을에 닿았다. 카랑카랑한 늙은 포수는 몰이꾼을 넷이나 데리고 일곱시서부터 길에 나와 섰노라고 성이 나 있었다.

이내 산으로 들어섰다. 몰이꾼들은 듬성듬성 새를 두어 산기슭, 산 낮은 허리, 중허리, 상허리에 늘어서고 포수들과 윤과 한은 산등을 타고 넘어 두 골짜기 안에 가 목을 잡되, 가장 긴요한 목에 늙은 포수가 앉고 다음 목에 젊은 포수가 앉고, 잘못되어 처지면 이리도 짐승이 빠질는지도 모른다는 목에 윤과 한이 섰기로 하였다. 이들은 만일에 짐승이 오는 눈치면 소리를 질러 다른 목으로 에워만 놓으라는 것이었다.

거의 한 시간이 걸려서야 뚜—뚜— 소리들이 들려 왔다. 아래위로 맞받으면서 가닥나무를 뚜드리면서 산을 씨고 넘어왔다. 산비둘기가 몇 마리 날았을 뿐, 짐승은 나타나지 않았다. 포수들은 이번엔 다음 산의 자차분한 솔밭 속으로 들어서며 *자귀를 해나가기 시작하였다. 늙은 포수는 이내 꽤 큰 노루의 발자국을 찾아내었다. 자국난 데 눈을 만져 보더니 이날 아침에 지나간 것이 틀리지 않다 하였다. 한 등성이를 넘었을 때다. 갑자기 도무의 *이악스럽게 짖는 소리가 났다. 늙은 포수가 아뿔싸! 하며 혀를 찼다. 개가 너무 멀리 앞질러 가 퉁긴 것이었다. 송아지 같은데 목과 다리만 날씬한 것이 벌써 꺼불거리고 다음 산비탈을 뛰고 있었다. 늙은 포수는 큰 사냥터에 꿩 사냥개를 데리고 왔다고 찡찡거렸다. 개는 임자가 불러도 자꾸만 짐승만 다우쳤다.

"저 노룬 오늘 백 리도 더 갈 거요."

포수들은 그 노루는 단념하고 다른 데 몰이를 붙였다. 또 허탕이었다. 그 다음 산마루에서 불을 해놓고 점심들을 먹을 때다. 한은 배는 아직 든든하나 다리가 아팠다. 담배를 한 대 피워 물고 꽤 높은 고개의 분수령에 앉아 멀리는 첩첩한 산등성이를 내려다보는 맛과 가까이는 *아람찬 참나무들의 드센 가지들을 쳐다보는 것만도 통쾌하였다.

몰이꾼들은 베보자기를 끌러 놓고 싯누런 조밥덩이를 김치쪽에 버무려 우적우적 탐스럽게 먹었다. 그 숫된 사나이들과 화톳불에 둘러앉아 인생의 한 때를 쉬어 보는 것도 즐거운 일이었다. 그들의 빈 보자기들이 다시 그들의 꽁무니에 채워지고 곰방대들을 꺼내 물 때다. 포수 하나가 무어라고인지 소리를 꽥 질렀다. 몰이꾼의 하나가 총을 집어들고 만적거린 것이었다.

"그 사람이 총 묘린 몰라서요?"

"알구 모르구."

"그 사람 노룰 다 쐈는걸요."

"노루를 쏘다니?"

혼솔
홈질로 꿰맨 옷의 솔기.

도리우치
사냥모자의 일본말. 운두가 없고 둥글납작한 모자.

하는데, 침이 지르르한 두터운 입술이 벌쭉거리며 얼굴이 시뻘개진 당자가 불 앞으로 왔다. *혼솔이 희끗희끗 닳았으나 곤색 양복 조끼를 저고리 위에 입은 것이나 챙이 꺾이었으나 *도리우치를 쓴 것이나 지까다비를 신은 것이나 몰이꾼 패에서는 이채였다. 그러면서도 얼굴만은 어느 쪽에서 보든지 두리두리한 것이, 흰자위 많은 눈이 공연히 실룽거리는 것이라든지 기중 어리석해 보이는 사람이었다.

"아, 자네가 언제 총을 놔봤나?"

늙은 포수가 물었다.

"왜 난 쏘믄 총알이 안 나간답디까?"

우쭐렁한 대답이었다.

"이런 젠장 누가 총알이 안 나간댔어! 언제 놔봤느냈지?"

그는 아이처럼 흐하하 웃었다. 그리고 대뜸 신이 났다.

"사람 쏠 뻔하던 얘기 할까유?"

"어디 들어보세."

"아! 하마틈 맹꽁이쇨 차는 걸……."

"요 아래 참나뭇굴서 그랬대지?"

"그럼유! 아, 꿩만 보구 냅다 쏘구났더니 바루 그쪽에 숯 굽는 패가 둘이나 섰는 걸 금세 보군 깜박 야저먹었지? 가만 보니까 사람이 둘이 다 간 데가 없군요! 맞았음 쓰러졌지 별수 있겠나유? 집으루 삼십육겔 부를랴는데 아, 한 녀석이 도낄 잔뜩 들구 성큼성큼 내려오지 않갔나유? 그땐 다리가 떨려 뛸 수두 없구…… 예끼 정칠 이왕 저눔 도끼에 죽느니 총으루 한 방 먼저 갈겨나 본다구 총을 바짝 쳐들었죠. 저눔이 소릴 지를 것만 같어서 겨냥을 할 수가 있어야쥬. 그냥 어림만 대구 잔뜩 들구서 가까이만 오길 기다렸쥬. 아, 수염이 시커머뭉투룩헌 여간

감때가 아니쥬! 저만큼 오길래 방아쇨 지끈 당겼죠. 아, 귀에선 앵— 소리가 났는데 총이 구르지두 않구 연기두 안 나가구 저눔은 그냥 털레털레 벌써 앞으루 다 왔갔나유! 아, 인전 이눔 도끼에 대가릴 찍히구 마는구나! 허구 앞이 캄캄해지는데 얼른 정신을 채려 보니까 그잔 벌써 쇠고삐 한기장은 지나서 나려가구 있지 않갔나유? 보니까 한 손엔 숫돌을 들구 개울루 도낄 갈러 가는 걸 모루구…… 흐하하…….”

한바탕 산마루에 웃음판이 벌어졌다.

“아니 총은 웬 총인데?”

그의 사촌이 한때 면장으로 총을 가지고 있었다는 것이었다. 그는 아직도 너머 동리에서 볏백이나 거둬들이고 산다는 것이었다.

이날은 오후 참에도 결국 탕 소리를 못 내어 보고 내려오고 말았다. 다음날도 노루 한 마리와 도야지 한 마리를 퉁기고도 몰이꾼들이 몰린 덴 너무 몰리고 뜬 데는 너무 떠 어느 한 마리도 총목에 몰아넣지 못하고 말았다.

멧돼지

사흘째 되는 날은, 윤이 아침결에 나가더니 꿩을 두 마리나 쏘아 와, 한은 기운도 지치고 하여 점심에 국수나 눌러 먹는다는 핑계로 혼자 거리에 떨어지고 말았다.

저녁상이 나오도록 사냥꾼들은 돌아오지 않았다. 상을 물리고 거리길에 나서 어정거리는 때였다. 쿵 소리가 시커먼 병풍처럼 둘린 뒷산 어느 갈피에서 울려 나왔다.

연이어 또 한 방 쿵— 울리었다. 한은 궁금했으나 기다리는 수밖에 없었다. 포수들은 그 후 두 시간이나 뒤에 나타났다. 황소만한 멧도야지를 잡았다는 것이다. 참나무를 베어 그 위에 얹어 싣고 끄노라니 제

대로 내려올 리가 없었다. 옆으로 굴러 한번 도랑에만 떨구면 여간해 끌어올릴 수가 없었다. 겨우 윗동네 앞까지 와서는 몰이꾼들도 허기가 져 모두 흩어졌다는 것이다. 윤은, 한더러, 오늘 밤 안으로는 피가 식지 않을 것이니 올라가자 하였으나 한은 저녁 먹은 것도 그저 뭉쿨한 채요, 어둡고 춥기도 하였고, 또 꼭 저혈을 먹기 위해 온 소위 피꾼도 아니요, 포수의 말에 의하면 식은 피라도 중탕을 하여 데우면 조금도 다를 것이 없다 하므로 이튿날 식전에들 올라가기로 한 것이다.

세수들만 하고 해돋이에 윗마을로 올라왔다. 동네 사람들은 벌써 허옇게 나와 둘러싸고 있었다. 그 속에 몰이꾼 하나가 불거져 뛰어오더니,

"뭔지 변이 생겼습니다."

했다.

"무슨?"

"어떤 눔이 밤에 와 밸 온통 갈러 필 죄 쏟아 놓구 *열은 떼두 못 가구 터뜨려만 놓구, 살두 여러 근이나 떼갔군요!"

열
'쓸개'의 방언.

가보니 정말 그대로였다. 빛깔이나 털의 거침부터 짐승이라기보다 여긔 백 년 된 고목의 한 토막 같은 게 쓰러졌다. 도적은 그 배만 가르지 않고 뒷다리 살을 썩둑썩둑 베어 갔다. 그것을 총질한 늙은 포수는 입술이 파래졌다.

"이건 이 동네 사람 짓이 틀림없죠."

하더니 구장 집을 물었다.

"구장은 찾어 어떻게 허시료?"

"가만들 계슈. 내게 맡기슈."

늙은 포수는 구장을 시켜 동네 젊은 사람들을 모조리 구장네 사랑으로 모이게 하였다. 모두 칠팔 인밖에 안 되는데 그 중에 네 사람은 이

들의 몰이꾼들로, 그 도끼 갈러 내려가는 숯쟁이를 총으로 쏘았다는 곤색 양복 조끼짜리도 물론 끼어 있었다. 이 칸 방에 쭈욱 둘러 좌정이 되기를 기다려 늙은 포수는, 한편 어금니는 빠졌으나 말은 야무지게 입을 열었다.

"이게 한 사람의 짓이지 두 사람의 짓두 아닌 걸 가지구 이렇게 동네 여러 분네를 오시란 건 미안헌 줄두 모르지 않쇠다만, 사세부득 이쯤 된 게니 잠깐만 용서들 허슈…… 내 방법이란 한 가지밖엔 없쇠다. 쥐인장 물을 둬 대야만 뜨끈허게 데워 내오슈…… 고기에 탐내 그랬겠수 쓸개에 탐이 났지만 어둬서 쓸개는 터뜨리기만 해놓구 왔던 김이니 고기두 떼간 게지…… 아무튼 그 고길 오늘 아침에 삶어 놓구 뜯어 먹구 왔을 게요. 뱃속을 보선목이니 뒤집어 보잘 순 없는 게구…… 뜨건 물에 손을 당거 봄 고기 주므른 사람 손이면 뜨는 게 있습넨다……."

좌중이 일시에 눈들이 서로 손으로 갔다. 모두 둘씩은 가진 손이었다. 모두 울툭불툭 마디들이 험한 손이었다. 선한 일이고 악한 일이고 시키는 대로 할 뿐인, 죄 없는 손들이었다. 더구나 꾀로 살지 않고 힘으로 살기에, 도회지 사람들의 발보다도 더 험해진 그 순박한 손들에게 이런 야박스런 모욕이란 생후 처음들일 것이었다. 한은 한편이긴 하나 늙은 포수가 오히려 얄미웠다. 이 자리에 한 손도 그 죄의 기름이 뜨는 손은 없기를 바랐다. 그러나 데운 물그릇이 나오기 전에 여러 사람의 시선을 혼자 쪼이는 손이 있었다. 곤색 양복 조끼의 손이었다. 깍지도 껴보고, 무릎 밑에 깔아도 보고, 허리춤을 긁적거려도 보고, 나중엔 완전히 떨리어 곰방대를 내어 담배를 담았다. 눈치 빠른 늙은 포수는 얼른 끼고 앉았던 화로를 내밀었다. 담뱃불을 붙이느라고 길게 뺀 고개가 어딘지 어색할 뿐 아니라 불에 갖다 대는 대통이 덜덜 떨리었다. 늙은 포수는 버럭 소리를 질렀다.

"저 사람이 담밸 붙여, 뭘 붙여?"

양복 조끼는 그만 입에서 놓쳐 버린 곰방대를 화로에서 집노라고 쩔쩔매었다. 늙은 포수는 옴팡한 눈으로 그를 할퀴듯 쏘아보았다. 그만 양복 조끼의 얼굴은 화로보다도 더 이글거렸다. 늙은 포수는 문을 열어 젖히며 안으로 소리를 쳤다.

"쥐인장? 물 데 내올 것두 없쇠다."

그리고,

"한 사람만 남구 죄 없는 분들은 하나씩 일어나 나가슈."

하였다. 끝내 못 일어서기는커녕, 고개도 못 들고 남아 있는 것이 이 양복 조끼였다. 늙은 포수는 어느새 철썩 그의 귀때기를 갈겼다.

결국 구장이 나와, 자기 동리에서 생긴 불상사를 사과하였고, 이쪽의 처분을 기다리노라 하였다. 늙은 포수에게서는 이내 계산이 나왔다.

소불하(少不下) 적어도, 적게 치더라도.

"피가 그 돼지헌테서 다섯 사발만 나왔겠소? *소불하 다섯 사발 치구두 오십 원허구, 쓸개가 어제 저 사람 제 입으루두 사십 원짜린 염려 없을 세라구 그랬소. 사십 원허구, 뒷디릴 함부루 썰어 놨으니 가죽이 못쓰게 되잖었소? 가죽값 십 원만 허구, 백 원만 물어 노슈. 오늘 이 지경 됐으니 사냥헐 맛 있게 됐소? 오늘 하루두 우린 손해요."

"참, 손해가 많으시군요! 허나 이 사람이야 단돈 십 원을 해낼 주제가 어디 되나요. 요 너머 이 사람 사촌이 한 분 계시니 내 넘어가 의논허구 과히 억울치 않두룩 마련하오리다. 아무튼 주재소에만 알리지 말구 내려가 기다려주시기요."

늙은 포수는 주재소 말이 저쪽에서 나온 김이라, 오후 세 시까지 기다려서 소식이 없을 때는 주재소에 고소를 한다고 하였고,

"저따위 덜된 자석은 몇 해 감악소 밥을 멕여야 사람 구실을 헐 거요." 하고 을러메었다.

아무튼 도야지를 각을 떠 석 점이나 지워 가지고 거리로 내려왔다. 식전에 십 리 길을 걸은 속이라 모두 시장했으나 한 사람도 고기맛이 있을 리 없었다. 뒷일은 늙은 포수에게 맡기고 한과 윤은 젊은 포수를 데리고 꿩사냥을 나갔다가 어스름해서야 돌아와 보니, 일은 더욱 상서롭지 못하게 번져 있었다. 양복 조끼의 사촌형이 돈 삼십 원을 주며, 이 돈만으로는 포수가 들을 리가 없으니 또 주재소에서도 소문으로라도 벌써 모르고 있을 리 없을 것이니, 주재소로 가서 때리는 대로 맞고, 그저 죽을 때라 잘못했노라 하고, 이 돈 삼십 원밖엔 해놓을 수가 없으니, 이 돈으로 무사하게 처분해 달라고 빌라고 일러 보냈는데 돈 삼십 원을 넣은 양복 조끼는 주재소로도 포수에게로도 나타나지 않았다. 밤이 이슥해서는 그가 월정리역에서 어디로 가는 것인지 차표 사는 것을 보았다는 소문까지 퍼지었다.

사냥은 이렇게 마치고 말았다.

차가 창동을 지나니 자리가 수선해지는 바람에 한은 깜박 들었던 잠을 깨었다. 집이 있는 서울이 가까워온다. 그러나 한은 조금도 반갑지 않았다. 그는 생각하였다. 단돈 삼십 원으로도 달아날 수 있는 그 양복 조끼에게는 세상이 얼마나 넓으랴! 싶었다.

『돌다리』, 박문서관, 1943.

무연(無緣)

처음에는 고기를 잡는 재미에 가나 차츰은 낚는 맛에요, 낚는 데 자리가 잡히면 그로부터는, 하필 물에 가야만 낚시질이 아닌 듯하다. 밝은 날 아침에 떠나기 위해 이날 저녁 등 밑에 앉아 끊어진 실을 잇는 것이나, 뜰망이나 어롱을 매만지는 것부터 이미 낚시질이며 물동무와 함께 누워 지난 어느 한때의 낚고 끊기던 이야기로 흥을 돋움도 또한 낚시질이니, 지금 내가 이런 이야기를 쓰는 것조차 한 낚시질일 수 없지 않을 것이다.

한번 송전(松田)서, 한번 인천(仁川)서 배를 타고 나아가 낚시질을 해보았다. 그것으로 바다 낚시질을 말하는 것은 심히 망령될 것이나 바다 낚시질은 좀 소란하고, 좀 노동에 가깝고, 꽤 물리는 날은 직업적인 결과를 갖게 되는 것만은 사실인 것 같았다.

맑고 고요하고 짐스럽지 않기는 아무래도 민물 낚시질이라 생각한다.

내가 서울서 처음 민물 낚시질을 가본 데는 동대문 밖 중랑천(中浪川)이다. 논물이 빠지는데다가 회기리(回基里) 쪽으로부터 하수도도 이리 합치는 모양으로 물내가 퀴퀴하고 물리는 것도 *미어기 따위 잡고기가 흔한데 *반두질꾼, *주앵이질꾼, 미역 감는 패, 잡인이 너무 모여 *시비부도처(是非不到處)는 아니었다.

다음으로 가본 데가 소래(蘇來) 저수지다. 경인선으로 가 소사(素砂)서 내려 마침 버스가 있으면 대야리(大也里)까지 타고 없으면 장장 십리 길을 걸어야 하는 데다. 얕은 줄밭이 많고 깊은 데는 돌로 쌓은 둔덕에 앉게 되므로 바닥도 좋지 못하고 사람도 너무 뜨거워진다. 그러나 가끔 손아귀가 번 붕어를 낚을 수 있는 맛에 공일날 같은 때는 무려

미어기
메기.

반두질꾼
반두(긴 네모꼴 두 끝에 손잡이 막대기를 댄 고기 잡는 그물의 한 가지)로 물고기를 잡는 사람.

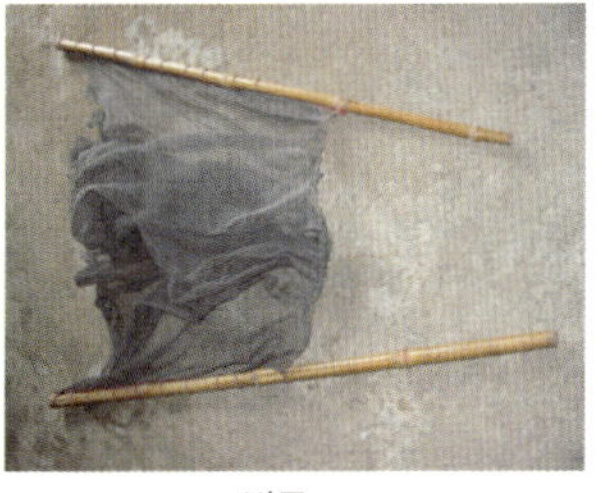

반두

주앵이질
주낙(낚시 줄에 여러 개의 낚시를 띄엄띄엄 달아 자새에 감아서 물살을 따라 감았다 풀었다 하여 물고기를 잡는 제구의 한 가지)질.

시비부도처(是非不到處)
옳고 그름이 관계하지 않는 곳.

삼사십 명은 모이는 데다.

서울서 과히 떨어지지 않은 망우리(忘憂里) 고개 너머 수택리(水澤里)에 좋은 늪들이 서너 자리나 있는 것은 훨씬 뒤에 알게 되었다. *이시미가 나와 송아지를 먹고 들어갔다는, 좀 오래고 깊은 소(沼)나 늪에는 으레 있는 전설이 여기도 있는 만치 두 칸 반 낚싯대에 으레 길 반은 서는 깊은 물이었다.

이시미
'이무기'의 방언. 어떤 저주에 의하여 용이 되지 못하고 물속에 산다는, 여러 해 묵은 큰 구렁이.

고기만을 탐내지 않는 바에는 역시 앉을 자리 좋은 데가 으뜸으로, 자리를 가려 앉으면 물도 맑은 편이요, 울멍줄멍 먼 산의 전망도 일취 있는 데다. 붕어도 소래서보다 더 큰 것이 가끔 나타났고 어쩌다가는 잉어가 덤벼 줄을 끊거나 한눈 파는 새 낚싯대째 끌고 달아나기도 일쑤였다. 은비늘이 물 위에 솟아 뛰고 해오라기 한가히 조는 모양도 수향 경치로는 제격이었다.

그러나 원체 사람이 너무 모여들었다. 버스를 내리는 데서부터 경쟁들이다. 잘 물리는 자리에 앉으려는 것은 욕심이라기보다 누구나의 상정일 것이나, 젊은이도 십오 분은 걸리는 데를 늙은이가 뛰는 것은, 뛰다가 그예 떨어지고 마는 것은, 더욱 좁은 논틀길이어서 더 뛰지 못하는 늙은이를 떠다밀고 앞서 달아나는 것은 어느 쪽이나 함께 아름다워 보일 리 없다.

"물립니까?"

남의 옆을 고요히 지나는 교양이 별로 없다. 또 잘 물리어도 잘 물린다고 대답하는 정직도 그리 없다. *곤드레가 한 시간만 까딱 안 하면 벌써 탄식이 나온다. 두 시간만 되면 그만 자리를 옮긴다. 다음 자리에서부터는 욕이 나온다. 용왕님이 옆에 있기만 하면 얻어맞았지 별수 없을 것이다. 온 늪의 고기를 제 자리에만 끌어 모을 듯이 깻묵과 반죽

곤드레
낚시의 찌.

미끼를 아낌없이 퍼붓는다. 옆의 친구가 여간해서는 그냥 견디지 못하고 미끼 던지는 경쟁이 일어난다. 이렇게 고기들은 낚시를 찾을 겨를이 없이 그만 배가 불러 버리는 것이다. 제일 질색인 것은, 큰 고기에 마음이 들뜬 친구다. 소위 '낭에' 라고, 납이 호두알만치나 달린 것으로 남은 다 쫓아 버릴 듯이 혼자 털버덩대고 돌아다니는 것이다. 시정에서 부리던 얌치와 악지와 투기를 그냥 가지고 오는 사람이 거의 전부인 것이다.

'좀 멀더라도 이런 사람들헌테 시달리지 않을 데가 없을까?'

수십 년 잊어버리었던 데가 진작부터 생각났고 희미한 기억이 차츰 *소명해지는 데가 있었다. 강원도 동주(東州) 땅 어느 산촌으로, 산촌이면서 물이 많아 '용못' 이란 이름을 가진 동리다. 어려서는 자주 가보던 외가댁 동네다.

소명(昭明)하다
사리를 분간함이 밝고 똑똑하다.

외조부님께서 낚시질을 즐기셨다. 손수 낚싯대를 다듬으시고 손수 줄을 드리셨다. 지금 우리가 사다 쓰는 도구와는 다르다. 참대가 귀한 데라 서울 인편이 있을 때, 대설대보다는 배나 굵고, 한 발은 훨씬 넘어서 자르면 끝이 *간필 붓두껍만할 대와, 길이가 그것과 거의 비등할 왕대를 쪼갠 죽편을 사온다. 통대는 불에 쪼여 굽은 데를 바로잡고, 대설대 만들 듯 마디를 뚫는다. 자루엔 소뿔을 깎아 아로새겨 박고 끝은 터질 염려가 없도록 명주실로 감은 후에 밀을 먹인다. 죽편으로는 그 끝에 꽂을 휘추리를 다듬는 것이다. 이것도 굽은 데를 잡은 다음, 처음에는 칼을 쓰고 다음에는 사금파리로 다듬어, 다시는 트집도 아니 가고 물도 아니 먹게 기름칠을 해가며 끝을 돌을 달아 몇 달이고 매달아 두는 것이다. 이것을 거꾸로 꽂으면 통대 속에 잠겨 버리고, 바로 꽂으면 전체가 꿩의 *장북을

간필
편지 쓰기에 알맞도록 굵은 붓과 가는 붓의 중간 굵기로 만든 붓. 크기에 따라 초필, 간필, 대필로 나눔.

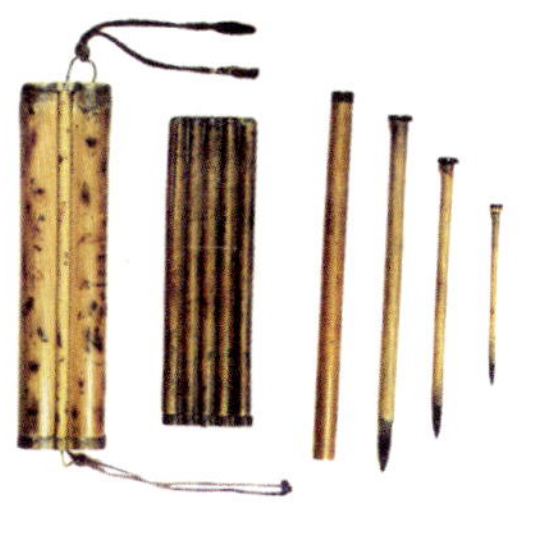

장북
'장목'(꿩의 꽁지깃을 묶어 깃대 끝에 꽂는 장식)의 방언.

든 것처럼 중동이 처지는 법 없이 쭉 뻗어야 쓰는 것이다. 어려서 몇 번 들어 본 기억이나 요즘 사다 쓰는 낚싯대처럼 중동이 무거운 법은 결코 없는 것이다. 실도 명주로 세 벌로 들여 *가닥나무 물을 들이고 그것을 *청석돌에 감아 기름을 먹여 밥솥에 쪄내는 것이다. 여간 공이 아니었다. 낚시도 머슴아이를 시켜 휘이는 것이라 미늘이 커서 여간 해선 고기가 떨어지지 않는 것이요, 목줄도 흰 말총을 뽑아다 매는 것으로 물 속에 들어가면 투명해 고기 눈에 잘 띌 리도 없다. *고기 족댕이는 장마때 같은 때 댑싸리로 손수 결으시었고 받침대에는 무슨 글인지 한문인데 잔글씨로 여러 줄 새긴 것을 본 생각이 난다.

가닥나무
떡갈나무.

청석돌
점판암.

고기 족댕이
고기 족대. 작은 반두와 같은 어구의 일종.

이 외조부님께서는 '당금질'이라고, 앉아서 하는 낚시질만 다니시었다. 내가 몇 번 따라가 본 데는 '쇠치망'이라는 데다. 동네 앞을 지나 내려오는 약간 흐린 개울물과 금학산(金鶴山) 깊은 산골짜기에서부터

'칠송정' 이니 '선비소' 니 여러 소를 이루며 흘러 내려오는, 차고 맑은 '한내천' 이 합수되는 데다. 석벽 밑은 아무리 가문 때라도 바닥이 들여다보이지 않는다. 이시미가 나와 소를 잡아먹어 쇠치망이란 이름이 생겼다는 데로, 고기도 흐린물 것과 맑은물 것이 다 모이는 데다. 싯누런 붕어도 있고, 무지개처럼 오색이 영롱한 무당치리도 있고, 은비늘에 청옥빛이 도는 *참마자떼와 검고 가시는 세나 맑은물 고기 중에서도 제일급인 *꺽지도 있다. 비가 오는 때거나 비가 든 직후여서 물이 붉은 때에는 지렁이 미끼로 붕어와 드럭마자와 메기를 잡는 것이요, 물이 맑아지면 여울담에서 돌미끼를 잡아 참마자와 꺽지를 낚는 것이다. 매미 소리뿐, 그리고 저— 아래 여울담에서 물소리뿐, 무한 고요한 주위였다. 내가 갑갑해하는 눈치면 외조부께서는 낚시는 담가 놓은 채 나를 이끌고 원두막으로 가시었다. 참외는 진흙밭에서 아침 이슬에 딴 *백사과였다. 희고 동글고 홈마다 푸른 줄이 진 것인데 배꼽을 따면 볼그스름한 것은 무르익은 표였다. 요즘 메론을 연상시키는 향기와 단맛인데 그 연삭삭한 맛은 메론이 당치 못할 것이다.

그러나 나는 외조부님보다는 외삼촌들을 따라다니기가 더 즐거웠다. 외삼촌들은 당금질은 갑갑하다고 하지 않았고 그물을 가지고 선비소로 가거나 낚시질이면 '여울놀이' 를 하였다. 당금질보다 낚싯대도 경쾌하고 낚시도 파리 한 마리를 끼면 고만이게 작다. *곤드레도 수수깡 속보다는 훨씬 가는 무슨 나무의 속을 뽑아 쓴다. 여울에 들어서서 낚시를 흘리는 것이다. 여울 고기는 여간 민활하지 않아, 곤드레가 미처 채일 새가 없이 고기 그것처럼 노는 것이다. 물은 흘러 내려

참마자
잉어과에 딸린 민물고기.

꺽지
농어과에 딸린 민물고기. 쏘가리와 비슷하나 작음.

백사과
노르께한 흰 빛깔의 참외. 재래종으로 살이 매우 연하고 맛이 좋음.

곤드레
낚시의 찌.

은어(鮎)
'메기'의 방언.

날베리
눈이 붉고 몸빛이 은빛인 피라미.

족댕이
족대.

지뽐짜리
길이가 한 뼘쯤 되는 물건이나 물고기.

다래끼
대, 싸리 따위로 결어서 바구니 비슷하게 만든 그릇.

뚝지
도칫과에 딸린 바닷물고기.

가고 고기는 거슬러 끌려 올라오므로 낚싯대에 실리는 탄력은 갑절이나 더하다. 장마 뒤면 가끔 호화스러운 무망치리가 끌려 나온다. *은어(鮎) 비슷하게 생긴 것으로 등은 검으나 몸은 푸른 바탕에 붉은 빛이 거칠게 주욱죽 그어졌다. 배에는 약간 누른빛까지 돌아 여울놀이에서는 가장 유쾌한 꽃고기다. 가문 때에는 이보다 맑고 기름지기는 더한 갈베리 *날베리들이 물린다. 선비소에서부터 진소까지 오 리도 못 되는 데를 내려가는 동안, 두 사발들이 *족댕이가 차버리는 것이 항용이다. 낚시를 물 만한 놈이면 적어도 *지뽐짜리에서부터 굵은 놈은 거의 한 자에 이르는 놈이 간혹 있다.

그물을 가지고 선비소로 갈 때는 족댕이는 안 된다. 아예 옥수수나 오이를 따러 다니는 *다래끼를 들고 간다. 큰 바위를 둘러 그물을 치고 돌을 들어다 바윗등을 드윽득 갈면 신짝만큼한 꺽지, *뚝지, 날베리 들이 나와 그물을 쓰는 것이다. 선비소는 물이 맑고 강변이 깨끗하여 천렵들을 많이 오는 덴데, 옛날, 어떤 선비가 여기 바위 위에 나와 글을 읽다가 책이 바람에 날려, 그것을 집으려다 빠져 죽어서 선비소란 이름인 만치 도깨비 많기로도 유명한 데였다. 낮에라도 아이들끼리만은 무서워 못 오는 데다. 그러나 조금도 어두운 인상을 주는 데는 아니다. 등성이가 잣나무숲인 석벽이 좌청룡 우백호(左青龍右白虎)를 둘리어 남향볕이 언제든지 뜨거웠고 속속들이 자갈이어서 아무리 헤엄을 쳐도 물이 흐르지 않는다. 탐스런 들백합이 석벽에 늘어져 웃고 구름을 인 금학산은 늘 명상(瞑想)에 조는 처사(處士)의 풍도였다. 나는 용못을 생각하면 먼저 선비소부터 그리워지곤 하였다.

우리가 서울 온 후로 외가와 내왕이 드물어졌고, 더욱 나는 공부로,

세상살이로 서울서도 다시 나돌아 전전하기를 여러 해에 외조부님도 이미, 내가 강호(江戶)에 있을 때 옥루(玉樓)에 오르셨고, 외삼촌들도 누대 살아오던 용못을 버리고 만주 어디로, 북지 어디로 흩어졌다 하니, 나와 용못은 점점 인연이 멀어지고 만 것이다.

그러던 것이 낚시질로 인해 물을 찾게 되었고, 물녘에 앉아 떠오르는 데는 진작부터 용못이었다. 그러나 길이 외지고 이제는 찾아가야 누가 낯을 알 만한 데도 아니어서, 나 혼자 전설의 하나로 즐길 뿐이더니, 낚시터를 찾아다녀 볼수록 사람 멀미가 못 견딜 지경이요, *청유(淸遊)가 아니라 때로는 욕되는 적이 없지 않아, 그 매미 소리뿐이요, 그 들백합의 웃음뿐인 쇠치망과 선비소에 한번 낚시를 담가 보고 싶은 욕망이 더욱 간절해지어 그예 지난 여름에는 뜻을 정하고, 여러 날 앞서부터 행장을 갖추다가 바람 잔 날을 택해 새벽차로, 어느 고운님을 뵈오러 가는 길이 그처럼 설레랴 싶게 용못을 찾아갔던 것이다.

청유(淸遊)
조촐하고 속되지 않은 놀이.

아아! 십 년이면 산천도 변한다는 십 년이 두어 번 지났기로 과연 세월에는 산천도 못 믿을 것이던가! 동네 한가운데 있는 '큰 돌다리' 밑에 소녀 하나가 나와 걸레를 헹구는데 흙탕이 이니, 개울이 아니라 그만 조그만 도랑이 되어 버렸구나! 전에는 겨울에도 얼음 위에서 떡메로 때리면 얼음이 *살가는 바람에 손뼉 같은 붕어가 자빠져 뜨던 데다. 이 개울물이 어찌해 이다지 줄었느냐 물었으나 걸레 빠는 소녀는 예전 개울은 본 적도 없으니 내 묻는 것만 부질없었다. 농사가 한참 바쁜 머리라 동네는 빈 듯 고요하였다. 누구를 만난대야 서로 알아볼 리도 없겠기에 예전 외갓집이던 집이 있는 웃말 쪽은 바라만 보고 우선 낚시부터 담가 보고 싶은 욕심에 쇠치망으로 향하였다.

살가다
별로 부딪치지 않았거나 대수롭지 않게 건드려서 공교롭게 상할 경우에 '악귀의 침범이 있다'는 뜻으로 이르는 말.

걸을 만치 걸었다. 저만치 어드메쯤이 쇠치망이려니 하는 데서 나는 더욱 요령을 잡을 수 없어 한참이나 망설이었다. 분명 쇠치망 일대를 산을 뭉개 메꾸고 뻘—건 진흙길이 비탈을 돌아간 것이다. 김매는 농군에게 물은즉, 거기가 쇠치망이 옳다 한다. 뒷산 골짜기에 광산이 생겨 화물자동차가 드나드느라고 길을 닦아 쇠치망의 소(沼)는 없어진 지 오래다 한다. 그 앞에 다가가 보니, 흐르는 물도 좁은 뭇으로는 성큼 뛰어 건널 정도다. 다시 농군에게 돌아와 물으니, 앞개울물은 수리조합 저수지에 수원을 빼앗기어 겨우 논에서 빠지는 물이나 내려오는 것이며 선비소를 거쳐 흘러오는 한내천조차 수도 수원지가 되어 읍의 사람들이 먹어 말리는 때문이라 했다. 그러면 선비소도 물이 줄었느냐 물으니, 물이 뭐요 아마 그냥 갯장변이리다 한다. 허무한 노릇이다. 왔던 길이니 옛 추억이나 더듬을까 하여 땀을 흘리며 선비소로 올라가니 등성이에 잣나무숲은 *백골 치듯 하얗게 깎이고, 공동묘지가 된 듯 무덤이 됫박 덮이듯 했다. 그새 여기 사람이 저렇듯 많이 죽었는가! 물이 보일 만한 덴데 보이지 않는다. 가까이 가니까야 물소리가 난다. 흐르는 소리가 아니라 한 번 나고 그치는 소리인데 어떻게 되어 난 물소리인지 이상하다. 내 걸음에서 나는 것이 아닌 자갈 밟는 소리가 들린다. 그쪽을 살피니, 웬 하—얀 귀신 같은 노파가 선비소의 바로 석벽 밑에서 올려 솟는 것이다. 나는 등골이 오싹해 걸음을 멈추었다.

백골(白骨)
죽은 사람의 몸이 썩고 남은 뼈.

무얼까? 주춤주춤 자갈밭으로 올라서더니 꾸부정하고 업딘다. 자갈을 주워 치마폭에 담는 것이다. 한참 담더니 허리를 펴고 돌아서 주춤주춤 석벽 밑으로 내려가는 것이다. 물은 보이지 않으나 물소리가 난다. 아까 들은 것도 자갈을 물에 쏟는 소리였었다. 파뿌리 같은 머리가 또 올려 솟는다. 주춤주춤 자갈밭으로 올라서더니 또 자갈을 집히는

대로 치마폭에 담아 가지고는 다시 내려간다. 나는 판단하기에 곤란하였다. 선비소에는 여러 가지 도깨비의 전설이 있다 하나 밤도 아니요, 낮이라도 *운권천청인데 도깨비라 보기에는 나 자신의 상식을 너무 멸시해야 된다. 사람이라 보기에는, 이런 처소에 옴직하지 않은 백발 노파일 뿐 아니라 돌을 주워다 물을 메운다는 것이 이해할 수 없는 행동이다. 사방을 둘러보니 산밭에서 김매는 사람들이 처처에 있다. 나는 용기를 얻어 부러 자갈 소리를 크게 내며 석벽 밑에서 물 소리를 내고 다시 주춤주춤 올라서는 노파를 향해 나아갔다.

"여보슈?"

노파는 탁 풀어진 뿌—연 눈으로 헐떡이며 마주 보기만 한다.

"돌은 왜 담어다 물에 넣소?"

대답이 없다. 꾸부정하고 그저 자갈을 줍더니 또 물로 내려간다. 또 올라오는 것을 소리를 질러 물었다.

운권천청(雲捲天晴) 구름이 걷히고 하늘이 맑게 갬.

"물을 아주 메꿔 버릴려구 그러시오?"

그제야 노파는 고개를 끄떡인다.

"왜요?"

역시 말은 없이 자기의 행동만 계속한다.

쇠치망만 그리 못하지 않게 깊고 넓던 여기가 자갈이 내려 밀려 평지처럼 *변작이 되었는데 물줄기가 여기는 아주 끊어져 버리었다. 다만 석벽 밑에만 겨우 두어 간통 되게 자작자작한 물이 남았을 뿐인 것을 이 알 수 없는 노파가 부지런히 메우고 있는 것이었다.

변작(變作) 변조(變造). 이미 만들어진 물건 따위를 다른 모양이나 물건으로 바꾸어 만드는 일.

철원의 금학산

금학산만은 예와 같았다. 흰 구름을 이고 태평스럽게 졸고 있다. 석벽을 더듬으니 들백합도 몇 송이 시뻘겋게 피어 있기는 하였다. *연목구어(緣木求漁)란 말을 생각하며, 어구(漁具)를 벗어 놓고 불볕에 앉아 한참 쉬어 가지고는 다시 동네를 향해 들어오는 수밖에 없었다. 노파는 쉬지도 않고 땀을 철철 흘려 가며 지성으로 돌을 물에 나르고 있었다.

연목구어(緣木求漁) 당치 않은 일을 무리하게 하려 한다는 비유.

참외막을 겨우 하나 찾았다. 맨 요새 '긴마까' 뿐이다. '백사과' 니 '간사과' 니 '먹시과' 니는 이젠 질종이 되었나는 것이다. 그것도 개화속에 맞지 않아 그런지, 긴마까처럼 잘 열리지부터 않고 잘 찾지들도 않는다는 것이다.

참외까지도 고전이 되어 버리는가! 나는 종로에서 사먹는 것보다 좀 신선하기는 한 긴마까를 먹으며 이 참외막 주인에게서 그 선비소의 백발노파의 수수께끼를 겨우 풀었다.

그는 도깨비도 망령난 늙은이도 아니라 한 슬픈 어머니였다. 그의 작은아들이 병신을 비관하여 선비소에 빠져 죽었다는 것이다. 넋이라도 건져 주려 물굿을 했더니 물에서 나오는 넋은 자기 아들이 아니라 의외에도 자기 아들보다 몇십 년 앞서 빠져 죽은, 안마을 어떤 집 종년이었다. 물귀신은 그렇게 언제든지 대신 들어가는 사람이 있어야 나온다는 것으로, 다시 누가 빠지기 전에는 암만 물굿을 한들, 자기 아들의 넋은 건질 바가 없었다. 살아서도 병신으로 구석으로만 돌던 것이 죽어서까지 외딴 벼랑 밑 우중충한 물 속에서 일구영천 천도될 길이 없을 것을 생각하고는 몇 번이나 그 어머니는 자기를 그 물에 던지었으나 번번이 큰아들에게 건짐을 받아 작은아들을 대신할 물귀신이 되지 못하다가, 마침 선비소가 물이 줄고 장마때면 자갈만 내려 쏠려 변작이 되는 통에, 옳구나 하늘이 무심치 않다! 하고 날마다 나와 그 얼마 되지 않는 물을 메우기 시작한 것이라 한다. 허황하나 이 또한 인생의 얼마나 진실한 사정이기도 한가!

나는 웃말로 올라서 우리 외가댁이던 집을 찾았다. 중년 할머니가 손자인 듯 갓난애를 업고 마당에서 밀멍석의 닭을 쫓고 있었다. 지나가던 사람인데 사랑 구경이나 하겠노라 청하니, 아들이 출타하고 없으나 들어가 쉬라 한다.

창포

사랑 마당에 들어서니 기억은 찬찬하나 눈에 몹시 설어진다. 누마루가 어렸을 때 우러러보던 것처럼 드높지는 않다. 삼면 둘러 결분합이던 것이 유리창이 되었다. 전면에 호상루(濠想樓)란 현판이 붙었었는데 없어졌고, 붕어 달린 풍경도 간데없다. 사랑방은 미닫이가 닫혀 있었다. 누마루 밑을 돌아 연당으로 가보았다. 연은 한 포기도 없이 창포만 무성한데 개구리들만 놀라서 물로 뛰어든다.

밤이면 개구리들이 어찌 드끄럽도록 울었던지, 외조부께서 잠드실 동안은 하인을 시켜 돌을 던져 울지 못하게 하던 연당이다. 연당 건너 초당이 그저 있다. 삼간 사랑이 겨울이면 너무 휑뎅그르하시다고 단간방에 단간마루를 달아 지어, 삼동에만 드시던 초당이다. 새 주인은 이 초당은 돌보지 않는 듯, 이엉 썩은 물이 벽과 기둥에 *숭업게 흘렀다. 영창 바로 위에 무슨 글 여러 줄의 흔적이 있다. 종이가 몹시 삭았다. 이것이 이 집에 남은 우리 외조부님의 유일한 필적이나 아닌가 해 반가이 나아가 살펴본즉, 안노공(顔魯公)체의 둔중한 운필이 과연 그 어른 모습 다웠다.

숭업게
흉하게.

*坐茂樹以終日濯清泉以自潔採於山美可茹釣於水鮮可食起居無時惟適之安 (좌무수이종일탁청천이자결채어산미가여조어수선가식기거무시유적지안)…….

坐茂樹以終日濯清泉以自潔採於山美可茹釣於水鮮可食起居無時惟適之安
무성한 나무 아래 앉아서 날을 마치고, 청천에 씻어서 스스로 조촐하게 한다. 산에서 캔 좋은 것은 가히 먹음직하고, 물에서 낚은 조어한 것도 가히 먹음직하다. 기거함이 때가 없이 오직 편한 것을 따른다.

더 읽을 수가 없이 아래는 종이가 삭아 떨어져 버리었다. 그 초당에 잘 *울리는, 속기 없는 좋은 글이다. 나중에 돌아와 상고해 보니 *한퇴지(韓退之)의 글이었다. 글은 비록 남의 것이나 한때 생활은 바로 이 어른의 것이었었다.

울리다
어울리다.

한퇴지(韓退之)
중국 당나라 중세의 문인인 한유.

'기거무시 유적지안…….'

나는 초당 마루에 걸터앉아 멀—리 금학산 머리의 구름을 바라보며 이런 생각을 입 속에 다스렸다.

'이 초당 주인께서 지금껏 현세해 계시다면 오늘의 쇠치망과 선비소에 심경이 어떠실 것인가? 잘 사시다 잘 가시었다! 자연도 주인과 함께 오고 주인과 함께 가는 것인지 몰라! 기거무시의 생활부터 없으며 이제는 전설일밖에 없는 그런 청복을 시정에서 파는 속취 분분한 물감칠한 낚싯대로 더불어 낚으러 다닌다는 것은 그 생각부터가 한낱 부질없는 꿈이런가!'

외가댁 문중에서 아직 몇 집은 이 동리에 계신 줄 짐작하나 나는 수굿하고, 그 아들의 넋을 물을 메움으로써 건지기에 골독한 늙은 어미의 애달픔을 한편 내 속에 맛보며 길만 걸어 동구밖을 나서고 말았다.

한 사조의 밑에 잠겨 산다는 것도 한 물 밑에 사는 넋일 것이었다. *상전벽해(桑田碧海)라 일러는 오나 모든 게 따로 대세의 운행이 있을 뿐, 처음부터 자갈을 날라 메우듯 할 수는 없을 것이다.

상전벽해(桑田碧海) 뽕나무 밭이 변하여 푸른 바다가 됨. 세상의 변화가 심한 것을 비유한 말.

『돌다리』, 박문서관, 1943.

석양

*매헌(梅軒)은 벼르던 경주(慶州) 구경을 하필 삼복지경에 나서게 되었다. 가을에 동행하자는 친구도 더러 있었으나 가을은 좋으나 친구까지는 그다지 기다리고 싶지 않았다.

성미가 워낙 아무나 더불어 쉽게 투합되지 않았다. 아무리 허물없는 친구라도 그는 혼자만치 편치 못했다. 여럿이 왁자하며 천 리를 가기보다 홀로 백 리를 가는 것이 더 멀리 가는 맛이기도 했다. 그래 그는 틈이 난 김에 복더위를 그다지 꺼리지 않고 나서 버리었다.

부여(夫餘)가 백제(百濟)의 고도(古都)이듯, 경주는 신라(新羅)의 고도라는 것밖에는, 그는 경주에 대한 별로 지식을 준비하지 못하였다. *뷰로에 가 차표를 사면서도 경주 안내 같은 것 한 장 청하지 않았다. 신을 가벼운 것으로 바꾸어 신고 하이킹 단장을 짚었을 뿐, 가방 하나도 들지 않았다. 어디 못 가본 데를 새로 구경 간다는 것보다는 한때나마 *번루(煩累)를 떠나 본다는, 최소한도의 단순을 생활해 본다는, 또는 고독에 환원해 본다는 그런 정취에 더 쏠리는 편이라, 살림을 그냥 가방에 꾸역꾸역 넣어 들고 나설 필요가 무엇인가 싶었다. 그리고 경주를 다녀왔다면 으레 몇 군데서 기행문을 조를 것이나, 원고지도 한 장 넣지 않았다. 그는 정신을 차리고 보기보다 정신을 늦추고 쉬고 싶었다. 그는 그만치 벌써 갖가지로 피로했는지도 모른다. 그저 주머니에 돈 한 가지만 과히 부족되지 않게 넣은 것으로 든든하였다.

남북이 그냥 여름의 한중간이라 차는 달리어도 *봄새나 가을처럼 철다툼 한 군데 보이지 않는다. 게다가 여러 번 지나 본 경부선이라 차창은 별로 매력이 없이 저물어 버렸다. 대구서 갈아탈 때는 아직도 어두웠고 두어 역 지나서부터야 창 밖은 낯선 풍경을 드러내 주었다. 같은 푸른 벌판이나 이슬 빛이 찬란해 아침다웠다. 반야월(半夜月)이란,

매헌(梅軒)
지은이 이태준은 이 작품에 등장하는 남자 주인공의 호를 자기 부친 이창하의 호 '매헌'을 따서 쓰고 있다.

뷰로(bureau)
사무소.

번루(煩累)
번거로운 근심과 걱정.

봄새
① 날씨가 많이 풀어진 봄철.
② 봄이 지나는 동안.

시흥을 돋우는 역명(驛名)도 지나갔고 김이 피어오르는 강가엔 농부보다도 부지런한 어부의 낚대 드리운 모양도 시골맛이었다. 볕이 차츰 따가워 차창을 내려 버릴까 할 즈음에 경주에 닿은 것이다.

조선집의 윤곽인 정거장을 나서니 바른편에 석탑이 한자리 섰다. 벌써 뜨겁기 시작한 해는 결코 동쪽 같지 않은 데서 쏘아 온다. 이모저모 부서지고 갈라지고 한 탑은 돌이 아니라 몇만 년 전 지층(地層)에서 나온 무슨 동물의 사등이뼈같이 누르퉁퉁하다. 산이 삥삥 돌리었는데 자차분하게 깔리다 만 시가는 경주가 아니라 경주의 부스러기란 느낌이었다.

매헌은 지팡이를 얼마 끌지 않아 납다데한 여관으로 들어섰다. 방은 차지할 것도 없이 툇마루에 앉아 조반을 치르고 담배를 한 대 피우고는 박물관(博物館)으로 찾아왔다.

조금만 더 넓었으면 거닐기 좋은, 운치 있는 정원이다. 대개 파편들이나 석물(石物)들이 정을 끈다. 정거장 앞에서 본 탑과는 빛이 주는 인상이 전혀 달라, 도자기(陶磁器) 중에도 이조(李朝) 것처럼 생활이 그냥

봉덕사 종

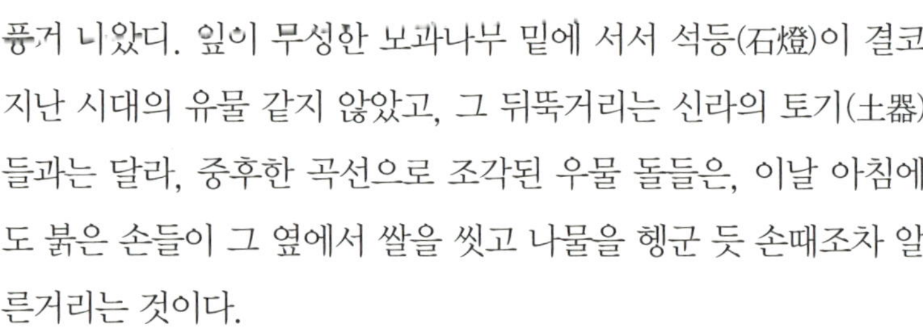
풍겨 나왔다. 잎이 무성한 보과나무 밑에 서서 석등(石燈)이 결코 지난 시대의 유물 같지 않았고, 그 뒤뚝거리는 신라의 토기(土器)들과는 달라, 중후한 곡선으로 조각된 우물 돌들은, 이날 아침에도 붉은 손들이 그 옆에서 쌀을 씻고 나물을 헹군 듯 손때조차 알른거리는 것이다.

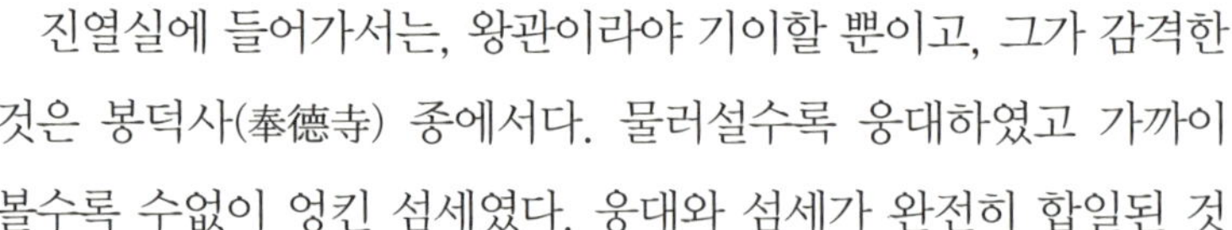
진열실에 들어가서는, 왕관이라야 기이할 뿐이고, 그가 감격한 것은 봉덕사(奉德寺) 종에서다. 물러설수록 웅대하였고 가까이 볼수록 수없이 엉킨 섬세였다. 웅대와 섬세가 완전히 합일된 것으로, 그는 문학상의 최대작 『전쟁과 평화』를 읽고 났을 때의 감격을

이 종 앞에서 다시 한번 맛보는 것 같았다. 그러나 이 종에서는, 공이를 끌러 한 번 때려 본다면 웅장한 소리보다는 슬픈 음향이, 그 자신이 지닌 전설보다도 오히려 슬픈 음향이 우러날 것 같았다.

거리로 나선 그는 목이 말랐다. 그러나 빙숫집보다는 고완품점(古翫品店)이 먼저 눈에 띄었다. 신라 토기에는 그다지 애착이 없으면서도 그의 호고벽(好古癖)은 이런 집 앞을 그냥 지나지 못했다. *와전(瓦塼)이 쌓이고 *와당(瓦當)이 쌓이고 토기가 늘어 놓이고, 그리고 여기 고적을 틀에 넣은 사진, 그림엽서들이었다. 와전이나 와당은 볼 만한 것이 없었다. 토기에는 서울서는 보기 드문, 단순한 음각(陰刻)으로도 꽤 변화를 일으킨 것이 몇 가지 눈에 뜨인다. 이것도 사들고 다니고 싶지 않으나 공연히 버릇처럼 골라 보는데 가게 안이 숨이 가쁘게 무덥다. 지지미 셔츠 바람으로 옆에 와 섰는 소년에게 물을 한 그릇 청했다. 소년은 이내 안으로 들어갔다. 그러나 물그릇을 쟁반에 받쳐 들고 나타나는 것은 소년이 아니라 웬 소녀다. 미목이 청수한 데 매헌은 놀랐다. 맑으면서도 가느스름한 눈매와 두볼진 볼룩한 턱이 고요하고 듬직한 인상을 준다.

와전
기와와 벽돌.

와당
기와와 마구리. 막새나 내림새의 끝에 둥글게 모양을 낸 부분.

"물이 꽤 차군!"

"우물에서 새로 떴어요."

의젓한 말소리를 듣고 보니 가슴*서껀 키서껀 소녀는 아니다. 흰 바탕에 초록 나뭇잎이 듬성듬성 찍힌 수수한 원피스로 위아래가 *설멍하니 드러났다. 볕에 약간 그을기는 했으나 알마치 부른 팔과 다리엔 잠깐 본 동작이나 꽤 세련된 '도회'가 풍기는 처녀다. 매헌은 반가웠다. 딸의 동무래도 좋을 나이지만 도회 사람에겐 도회적인 것만으로도 고향 사람처럼 반가운 듯했다. 아마 어느 전문학교에 가 공부하다 방

서껀
'…이랑 함께'의 뜻을 나타내는 보조사.

설멍하다
옷이 몸에 짧아 어울리지 아니하다.

학에 와 있나 보다 했다.

매헌은 거의 다 마신 물대접을 놓고 다시 주무르던, 주전자도 아니요 항아리도 아닌 토기를 들고 먼지를 불었다.

"더 좀 이상허게 된 건 없나 원!"

"이상헌 거요?"

"좀 재밌게 되구……."

"이상허구 재밌게 되구…… 평범허더라두 오래 둬두 애착이 변허지 않을 걸 고르시는 게 좋지 않어요?"

매헌은 입이 얼어 처녀의 얼굴부터 다시 쳐다보았다. 너무나 그의 말은 훌륭한 함축이 있다. 오래 두고 보아도 애착이 변하지 않을 평범이란 그 처녀 자신의 얼굴을 가리키기도 함인 듯, 그냥 담담할 뿐인 표정인데 무한한 애착이 간다.

"어떤 게 그런 걸까? 하나 골라 주시오."

저녀는 사양치 않고 두어 군데 손을 망설이다가 이조기라면 제기(祭器)라고 할, 높은 굽 위에 연잎처럼 널따랗게 펼쳐진 하나를 집어내었다.

"딴은 실과라도 담어 놓으면 훌륭헌 정물 그릇이 되겠군!"

"빈 대루 놓구 봄 더 정물이죠."

처녀는 역시 간단히 해버리는 말인데 깊이가 있다. 고완품을 다루는 집 딸이기로 다 이럴 수야 있으랴 하고 처녀의 교양에 감탄하면서 매헌은 얼른 돈을 치르기가 아까워졌다. 좀더 그의 교양과 지껄여 보고 싶었다. 그러나 앉을 자리도 없고 무엇보다 무더워서, 여기 어느 여관이 나으냐고 묻고는 나와 버리었다.

그 처녀에게 들은 여관을 찾아 점심을 먹고, 다시 나서 첨성대(瞻星臺)와 석빙고(石氷庫)를 보고, 반월성(半月城) 등성이를 걸어 계림(鷄林)을 지나 문천(蚊川)을 끼고 오릉(五陵)으로 향하였다.

첨성대

석빙고

꽤 늘어지게 걷는 길이었다. 언양가도(彦陽街道)에 나서서야 다리 건너로 옛 능원다운 울창한 송림이 바라보인다.

표식이 선 좁은 길은 어둡도록 소나무에 덮여 있었다. 천천히 걸어 땀이 들만 해서다. 소나무들이 좌우로 물러서며 아늑한 공지가 트이는데 봉분이라기보다 기름기름한 잔디의 산이 부드러운 모필로 그은 듯한 곡선으로 허공을 향해 봉긋봉긋 올려 솟는 것이다. 신라의 시조 박혁거세(朴赫居世)를 비롯해 다섯 능이 한자리에 모여 있음이었다. 바라볼수록 그야말로 초현실적인 기이한 풍경이다. 가까이 이를수록 담이 가리어 발돋움을 하나 시원히 바라보이지 않는다. 긴 담을 끼고 나가 보았다. 문이 잠겨 있었다. 할 수 없이 정문을 지나 겨우 봉분의 상반 윤곽만이 엿보이는 대로 계속해 담을 끼고 돌았다. 대소가 다르고 고저가 다른 다섯 봉분의 곡선은 보는 각도마다에서 얼마씩 다른 리듬과 하모니를 일으켰다. 거의 한 바퀴가 끝날

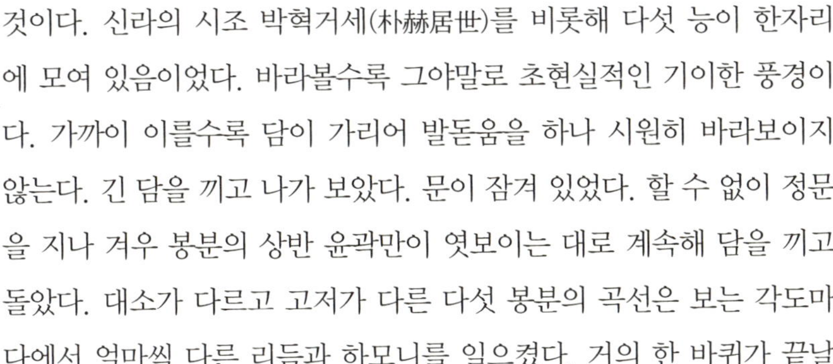

즈음에서다. 지형이 약간 도독해 있어 발돋움을 하기에는 가장 편리한 곳이었다. 매헌은 단장에 힘을 주고 발뒤축을 최고 한도로 솟구어 능 안을 엿보았다. 그러나 시원치 않고 오래 견딜 수도 없다. 그만 수건을 내어 땀을 씻는데 문득 공중에서,

"이리 올라와 보세요."

하는 소리가 난다. 놀라 돌려 쳐다보니, 꽤 높은 소나무 중턱에서다. 매헌은 머리가 쭈뼛하였다.

"올라오세요. 여기서가 제일 좋게 봬요."

매헌은 말소리를 인식하자 순간 반갑기도 했다. 그러나 주위가 너무 호젓한 데라 무슨 착각이나 아닌가 싶어 얼른 움직이지 못했다. 땅도 아니요 몇 길이나 될 높은 나무 위에서 내려다보는 처녀는, 분명 처음부터 이상한 매력을 풍기던 그 고완품점의 처녀였다.

"웬일이오?"

"전 늘 와요."

"그 높은 델 어떻게 올라갔소?"

"올라오세요. 전 윗가지로 더 올라갈 수 있어요."

나무 밑에는 그의 푸른 파라솔과 흰 헝겊 구두가 두 짝 다 쓰러진 채 놓여 있었다. 매헌은 나무 밑으로 왔다. 쓰러진 처녀의 구두를 집어 바로 세워 놓아 주었다. 신바닥에는 엷게나마 땀자리가 또렷이 배어 있었다. 그는 한결 마음에서 괴이감을 떨어 버리며 벗어 들었던 웃저고리는 낮은 가지에 드리우고 구두를 벗고 처녀가 시키는 대로 엉금엉금 나무를 탔다. 처녀는 앉았던 가지에서 일어나 더 윗가지로 올라갔다.

"떨어지리다! 난 이만치서두 좋으니 그냥 앉어 있어요."

"괜찮어요. 더 올라오셔요. 더 올라오세야 더 좋은 걸 보세요."

결국 처녀가 앉았던 자리까지 올라왔다.

"아! 여기선 봉분들의 조화가 더……."

"더 뭐야요? 형용해 보세요."

쳐다보니 처녀의 다리가, 발로는 거의 자기 머리를 밟을 만치 가까이 드리워 있었다.

"형용이요?"

"퍽 '니힐' 허지 않어요?"

"니힐!"

오릉의 아름다움은 이 처녀가 발견한 이 소나무의 중턱에서가 가장 효과적인 포즈일 것 같았다. 볼수록 그 음함에 사무치게 한다. 능이라기엔 너무나 소박한 그냥 흙의 모음이다. 무덤이라기엔 선에 너무나

애착이 간다. 무지개가 솟듯 땅에서 일어 땅으로 가 잠긴 선들이면서 무궁한 공간으로 흘러간 맛이다. 매미 소리가 오되 고요하다. 고요히 바라보면 울어야 할지 탄식해야 할지, 그냥 나중엔 멍—해지고 만다. 처녀의 말대로 '*니힐'을 형용사로 쓰는 수밖에 없을 것이다.

니힐(nihil) 허무.

"여기 능들이 모다 이렇소?"

"괘릉(掛陵) 무열왕릉(武烈王陵) 다 가봐두 이런 맛은 여기뿐인가 봐요."

"그래 여기 가끔 오시오?"

"네, 전 경주서 여기가 젤 좋아요. 어제도 왔더랬어요."

"혼자 무섭지 않소?"

"무서운 맛이 아주 없음 무슨 맛이게요."

쳐다보려야 처녀의 얼굴은 보이지 않는다. 숙성하다고 할까, 교양이 치우쳤다고 할까 그의 정신은 그의 몸에 지나친 데가 있는 것 같았다.

"경주가 고향이오?"

"경주 온 지 몇 해 안 돼요."

"경성이더랬소?"

"……."

매헌은 굳이 캐어묻기도 안 되어 화제를 돌리었다.

"그렇지만 당신 같은 젊은 여성이 뭣 허러 이런 옛 능에나 자주 와 니힐을 즐기시오?"

처녀에게서는 이번에도 대답이 내려오지 않는다.

"혼자 조용히 쉬는 델 내가 와 떠들어 미안허우."

"저 아깐 책 보드랬어요."

"책이오?"

"네."

매헌은 담배를 피워 물었다. 얼마 뒤부터 위에서는 책장 넘기는 소리가 났다. 매헌은 경주에 잘 왔다 싶었다. 오릉의 신비한 곡선들은 사람에게 신비한 안식을 준다.

오릉(五陵)
경주시 탑동에 있는 다섯 능묘. 신라의 시조 박혁거세, 알영 왕비, 남해왕, 유리왕, 파사왕의 능이라고 전해진다. 사적 172호.

해는 첫 봉분 위에 그늘이 들기 시작했다. 매미 소리도 이런 데서 듣는 것은 더욱 유장하다.

어느덧 담배를 세 대나 피우고 나니 능 안은 그늘에 덮여 버린다.

"많이 쉬셨어요?"

위에서 처녀가 정적을 깨뜨렸다.

"잘 쉤소! 여기서 당신을 못 만나드면 오릉을 헛 보고 갈 뻔 했구려!"

"전 인전 오금이 아퍼졌어요."

매헌도 일어나 나무를 내려왔다. 내려와서 다시 놀란 것은 그 처녀가 들고 내려오는 책에였다. 바로 지난 봄에 낸 자기의 수필집이다. 반가운 한편 무안스러웠다. 이런 니힐을 말하는 교양으로 본다면 비웃음을 면치 못할 초기의 감상문들이 꽤 여러 편 실렸기 때문이다.

"요 앞에 냇물이 퍽 맑답니다."

"같이 걸어도 괜찮소?"

"오세요. 인전 포석정(鮑石亭)엔 아마 못 가실 거야요."

책을 낀 처녀의 걸음은 더욱 도시적인 보법이었다. 상체가 짧고 하체가 길어 양장에 어울리는 체격이다. 얼마 걷다가 매헌은 물었다.

"그 책 재미있습디까?"

"더런 좋은 글이 있어요."

"그 사람 것 다른 것두 읽었소?"

"이인 소설을 아마 더 쓰죠? 소설은 난 별루 안 읽어요."

"왜요?"

"글쎄요…… 소설엔요 많인 못 봤어두요, 너무 교훈이 많이 나오는 거 같어요."

"그 책엔 그런 게 없습디까?"

"더러 있어요. 그래두 꽤 친헐 수 있는 이 같어요. 좀 고독헌 이인가 봐요."

"고독 예찬이 많지 아마?"

"읽어 보셨나요, 이 책?"

하며 처녀는 책을 쳐들어 보인다. 매헌은 그저 자기를 감춘 채,

"읽었지요."

해 버린다.

"고독을 예찬허누랍시구 쓴 건 되려 고독을 수다로 만들어 놓았죠?"

매헌은 얼굴이 화끈했다. 처녀는 말을 계속했다.

"제의(題意)가 고독이 아닌 글에서 차라리 이이가 지닌 고독미가 은연히 잘 드러난 거 같어요."

"상당히 예리허군요! 저자가 아마 당신 같은 독잘 가진 줄 알면 퍽 다행으로 생각할 거요."

"선생님은 뭘 허시는 분이세요?"

"나요?"

갑자기 눈부신 햇빛이 닥쳤다. 솔밭이 끝나자 강변이다. 처녀는 아직껏 둘이의 대화는 무시해 버리듯 돌아다보지도 않고 이글이글 단 모새 위로 파라솔도 접어 든 채 뛰어나가는 것이다. 매헌은 어쩔 줄 몰라 다시 소나무 그늘로 들어섰다. 그리고 또 차츰, 이게 정말 현실인가?

자기 *눈씨의 의혹이 생기었다. 그, 소녀는 결코 아닌, 더구나 교양으로는 어느 어른의 경지보다도 높은 그 처녀가 그리 멀리도 가지 않아 있는 웅덩이 앞에서 기탄없이 옷을 활활 떨어 버리는 것이다. 반짝이는 모새 위에 푸른 먼산을 배경으로 한순간 상큼 서보는 나체, 그 신비한 곡선들의 오릉 속에서 뛰어나온 요정이 아니고 무엇이랴! 탐방탐방…… 물은 비낀 햇빛에 금쪽으로 뛰었다. 처녀는 그 속에 흐뭇이 잠긴다. 이윽고 상반신을 드러내더니,

눈씨
쏘아보는 시선의 힘.

"덥지 않으세요?"

소리를 지르는 것이다. 분명히 인간의 소리다. 매헌은 천재(天才)와 천치(天痴)는 일치된다는 말을 생각했으나 이 처녀를 천치로 업신여길 수는 없었다. 어슬렁어슬렁 그 다음 웅덩이로 내려가 땀을 씻고 다시 올라왔을 때는, 처녀는 옷을 입고 파라솔을 받고 발만 맨발로 무슨 곡조인지 나직한 노래를 부르며 어정어정 걷고 있었다.

매헌은 되도록 이 처녀의 기분에 간섭하지 않으려 하였다. 그의 천진(天眞)을 상해하고 싶지도 않았고, 옆에 사람이 있되 혼자이고 싶은 때는 곧, 기탄없이 혼자가 될 수 있는 그의 자연 그대로의 태도를 그는 본받고도 싶어졌다. 큰길 다리 밑에까지 서로 혼자처럼 걸었다.

"이 다리 아래가 퍽 시원허답니다."

"참 서늘하군!

"조금 더 있어야 큰길은 식을 거야요."

하며 처녀는 발은 물에 담근 채 잔디에 자리를 잡고 앉는다. 매헌도 같은 모양으로 옆에 앉았다. 다리 위로는 자전차도 버스도 사람들도 지나간다.

"실례지만 무슨 학교에 다녔소?"

"저요?"

처녀는 드물게 미소를 띤다.

"내가 나이 자랑이야 헐 게 되오만 나도 딸이 중학에 다니는 것두 있다우. 반말을 쓴다구 어찌 알지 말우."

"전요, 그런 덴 태평이랍니다. 해라라두 허세요."

"아깐 내가 속일래 속인 게 아니라 *계면쩍어 내란 말을 안 했소만 사실은 그 책이 부끄럽지만 내가 쓴 거라오."

계면쩍다
'겸연쩍다'가 변한 말.

"네? 매헌 선생님이세요?"

"내 호(號)라우."

"어쩌면요!"

"그렇게 정독을 해주니 고맙소."

"그런 줄두 모르구 전 아까 마구 말씀드렸죠!"

"어디 막이오? 여간 절실허지 않었소."

"어쩌면요!"

처녀는 암만해도 '우연'이 믿어지지 않는 듯했다. 담담하던 두 눈동자가 날카로운 초점을 일으킨다. 매헌은 먼저 뜨거워지는 눈을 놀이켰다.

"선생님의 글을 읽구 상상했던 선생님관 아주 딴이세요."

"어떻게 다루?"

"다니지 마세요. 글만 못허세요."

"글만……."

"퍽 실제적인 인물이실 것 같네요."

매헌은 껄껄 웃고,

"실제적인…… 글장사니까! 그러나 글 역 내 것이니까 난 역시 기뻐."

하였지만, 속으로는 자기 글에 약간 질투가 가는 심사다.

얼마 전 일이다. 어느 책갈피에서 자기의 동경 유학시절 사진이 나왔었다. 자기인 줄 얼른 몰랐다. 내가 이렇게 젊었었나! 내가 이렇게 남에게 정열적 인상을 줄 수 있었나! 감탄하였고, 지금의 얼굴을 거울 속에 비춰 보고는 그만 사진을 찢고 싶던 충동이었던 것이 매헌은 문득 여기서 생각이 났다.

물은 미뭉—히 소리 없이 흘러 오릉 앞을 감돌아 내려간다. 바닥에서는 모래들도 흘러 발을 간지른다. 매헌은 서글펐다. 자기의 얼굴에서, 글에서보다 몇 배 더 발랄하였을 낭만의 피를 뽑아 간 것은, 이 물처럼 흘러가고 거슬러 올 줄 모르는 세월이었다.

"전 동지사 다니다 고만뒀어요."

"왜요? 영문과더랬소?"

"네. 어머니두 돌아가시구, 경주가 경도보다 더 있구 싶어서요."

"어머님께서 언제 돌아가셨소?"

"지난 봄에 *대상 치렀어요."

대상(大祥) 삼년상을 마치고 탈상하는 제사.

"아버지께선 상점에 계슈?"

"반야월에 가 계세요. 과수원이 있는데 올부터 열기 시작했다나요. 그래 여긴 제가 지키구 있는 셈이죠."

"그런데 이렇게 나다뉴?"

"일갓집 아일 하나 둔걸요. 난 뭐든지 내 맘대루 하게 내버려두라구 어머니가 유언해 주셨어요. 난 세상에 젤 귀헌 유산을 받은 셈이야요. 어머니께선 내 성질을 어려서부터 잘 이해해 주셨에요."

"훌륭헌 어머님을 여읬구랴!"

"전 그래두 고독해하지 않을려구 해요. 생각험 고독허지 않은 사람이 있겠어요?"

"실례요만 이름이 뭐요?"

"옳지, 저 봐!"

"왜 그러오?"

"실례란 말 잘 쓰시는 것, 이름부터 알려시는 것, 그런 게 선생님의 실제성이세요. 제가 바로 알아맞혔죠?"

매헌은 적이 무안스러웠다. 그리고 그 무안이 걷히면서부터는 자기에게도 먼 옛날에 잃어버리었던 '천진'이 전신에 소생하는 것 같았다.

처녀는 뒤로 들어앉으며 발을 물에서 들어내었다. 새파란 잔디 위에서 물을 떨치기나 하는 것처럼 꼼지락거리는 열 발가락, 매헌은 와락 고와졌다. 그의 정신보다는 모든 게 앳되어 보이는 이 처녀의 형체에서도 그의 발가락은 더욱 앳되어 보였다. 매헌은 두 손에 어린아이의 볼기에와 같은 단순한 감촉욕이 후끈 달았다. 얼른 처녀의 두 발을 붙들었다. 어느 틈에 한 손은 손수건을 꺼내었다. 물을 발가락 새마다 닦고 모래를 턴 구두 속에 제 짝씩 발을 넣어 주고 단추를 똑 똑 잠가 주었다. 어떻게 손이 자연스러웠는지 나중에 오히려 놀라웠다. 처녀는 역시 아무렇지도 않은 태도였다.

큰길에 올라서서는 매헌은 담배를 피워 물고, 처녀는 어릴 때 부르던 노래 같은 사사조의 무슨 곡조를 또 콧노래하며 걸었다. 다시 서로 혼자처럼 얼마를 제 생각들로 걸었다.

"선생님, 낼 불국사 안 가시겠어요?"

"좀 안내해 주겠소?"

"덥지만 선생님 가신다면!"

"갑시다 그럼."

매헌의 여관 앞에 이르러서는, 내일 차 시간을 의논하고 헤어졌다.

다시 온욕(溫浴)을 하고 저녁상을 물리고 나니 단열밤이라 어느덧 초경은 지났고 몸도 굳은 자리에 뻗어 보고 싶게 곤했다. 그래 누웠으나 잠은 오지 않는다.

어쩌면 그 처녀가 저녁 뒤에 놀러라도 와줄 것 같다. 가까인 모기 소리와 멀리론 개구리 소리가 무인지경처럼 호젓하다. 어쩌면 그 처녀가 이쪽에서 산보삼아 저희 상점으로 와주지 않을까 하고 기다릴 것도 같다. 그렇다고, 해태 한 갑을 거의 다 뽑으면서도 매헌은 얼른 자리를 일지는 못했다. 나다닐 때에는 별로 다른 줄 모르겠어도 이렇게 한번 자리에 털썩 누웠다가는 좀처럼 일어나지지 않는다. 이런 때 집에서는, 아내가, 왜 점점 게을러 가슈? 하였으나 매헌 자신은 게으름이 아닌 것을 벌써 수삼 년 전부터 은근히 깨달아 오는 것이다.

'모든 게 혈긴가 보다!'

매헌은 메마른 두 손을 배 위에 맞잡고 무엇인지 자기의 마디마디 뼈를 해마다 무게를 가해 누르는 그 무형한 힘에게 편안히 인종하려 하였다

이튿날, 처녀는 첫차 시간에 먼저 나와 있었다. 그 원피스, 그 맨발에 그 흰 구두, 그 파라솔이었다. 매헌은 저만치 처녀를 발견하자 그의 앞으로 뛰어갔다. 퍽 반가웠다. 아침은 자기 인정에도 다시 오는 것 같은 신선이었다.

'청춘! 청춘은 청춘 그것만으로도 얼마나 미덕이냐!'

한 정거장 다음이지만 매헌은 이등표를 샀다. 타보는 것은 다음이요 우선 사는 기분이었다.

시골 아침차 이등실은 비어 있었다. 처녀는 아무 자리에나 창 가까이 가 앉아 버린다. 넓은 찻간에 하필 그 처녀와 무릎을 맞대이려 들어갈 용기가 나지 않아, 매헌은 마주는 바라뵈는 딴 자리에 앉았다.

"저게 안압지야요."

"이것두 무슨 능이래요."

매헌은, 안압지보다, 능보다, 아침 식탁이 기름졌던 듯, 가을 실과처럼 윤택해진 처녀의 입과 잇속과 오라기오라기 살아나는 것 같은 살랑대는 처녀의 이마 머리칼에 더 황홀한 정신을 두었다. 그러나 차는 햇볕과 바람이 그대로 비치고 풍기게만 달리지 않았다. 휘우뚱 돌아 처녀의 얼굴을 그늘지게도 달리었다. 처녀의 얼굴이 밝았다 어

두웠다 서너 번에 불국사역이었다.

좁은 *하이어 한 대는 손님을 터지게 실었다. 좁은 데 서니 처녀는 매헌보다도 넓은 자리가 필요했다.

하이어
영업용 승용차.

"괜찮대두요. 편히 푹 앉으세요."

그러나 매헌은, 더욱 차가 뛸 때마다 말을 타듯 옹송그리며 십 리 언덕을 올랐다.

"어때요? 사진보다 실지가 좋지요, 여긴?"

차에서 내려 몇 걸음 옮기지 못하고 둘이는 우뚝 서버린 것이다. 절이라기엔 너무나 목가적(牧歌的)인 서정(抒情)이 무르녹았다. 청운교(靑雲橋), 백운교(百雲橋) 흐르는 듯한 돌층계에는 곧 무희(舞姬)라도 나타나 춤추며 내려올 듯하다.

"전 여기 옴 저 돌층계를 오르락내리락허는 게 젤 좋아요! 신라 여자들은 어떤 신발이었을까?"

매헌은 처녀를 따라 백운교를 올라 청운교를 올라 자하문(紫霞門) 안을 들어섰다. 한 길이나 돌을 세워 싸돌린 신라 독특한 양식이라는 대웅전(大雄殿)의 단아한 기단(基壇), 동편엔 다보탑(多寶塔), 서편에는 석가탑(釋迦塔), 매헌은 종교적 의의는 떠나, 탑이란, 사람이 쳐다볼 수 있는 미술품으로는 최고의 형식일 거라 했다. 공간과 입체의 조화, 어느 희랍(希臘)의 인체(人體)가 이처럼 자연스럽고 장엄하랴.

"여기서껀 저기서껀 빈 주초가 많지 않어요? 이 절 경내에 건물이 이천여 간이나 있었대요!"

"얼마나 즐비했을까!"

"그게 일조에 불이 붙었으니 여기가 황황 붙는 불바다였을 것 아니에요? 그 불바다 속에 이 두 탑만이 떡 버티구 섰었을 걸 상상해 보세

다보탑

석가탑

요. 얼마나 영웅적이구 비극이었을까요!"

그 말을 듣고 보니 탑들은 더한층 엄연해 보인다. 돌을 쪼은 것이 아니라 녹여 부은〔鑄造〕 듯한 부드러운 곡선들의 다보탑은 여성적인 미의 극치요, 간소하나 머리털 하나의 틈이 없이 짜인 석가탑은 금강역사(金剛力士) 백을 뭉쳐 세운 듯한 강력한 인상이다. 다보탑과 잘 대조가 되는 남성적 미의 극치다.

매헌은 처녀와 가지런히 범영루(泛影樓)에 *걸어앉아 탑 머리에 지나는 구름을 기다리며 보내며 한나절을 저희들도 구름인 듯 유유히 지내었다.

걸어앉다
높은 곳에 궁둥이를 붙이고 두 다리를 늘어뜨리고 앉다.

호텔에 와 점심을 같이 하였다. 복도라기보다 전망대로서 서늘한 등의자가 군데군데 놓여 있었다. 처녀는 영지(影地)를 향해 가장 전망이 좋은 자리로 매헌을 이끌었다. 매헌은 담배를 들고, 처녀는 태극선을 들고 깊숙이 의자에 의지해 먼 시선을 들었다. 몇십 리 기장이나 될까, 뽀—얀 공간을 건너 검푸른 산마루를 첩첩이 둘리었는데 그 밑에 한 골짜기가 번쩍 거울처럼 빛난다.

"저게 영지로군!"

"네, 아사녀(阿斯女)가 빠져 죽었다는…… 전 여기서 내다보는 이 공간이 말헐 수 없이 좋아요!"

태극선

딴은 오릉과 일맥상통하는 유구한, 니힐이 떠돈다. 가만히 살펴보면 작은 구릉들이 있고, 숲들이 있고, 꼬불꼬불 길이 달아나고, 꼬불꼬불 냇물이 흘러가고, 산모퉁이마다 작은 마을들이 있고, 논과 밭들이 있고, 그리고 그 위에 구름이 뜨고, 다시 그 구름의 그림자가 마을 위에 혹은 냇물 위에 던져져 있고…… 무심히 보면 그냥 푸르스름한 땅과 뿌연 대기(大氣)뿐, 아무것도 없노라 하여도 고만일 것이었다.

매헌은 피우던 담배를 버리고 긴— 하품을 쉬었다. 얼마 아니 하여 둘이는 쿨쿨 잠이 들어 버렸다.

얼마를 잤는지 아랫도리에 해가 뜨거워 매헌이 먼저 깨었다. 땀이 전신에 흥건해 있었다. 처녀도 이마에 땀이 방울방울 돋았다. 매헌은 손수건을 내어 가장 정한 데로 처녀의 이마에부터, 땀을 씻는다기보다 날쌔게 묻혀내 주었다. 모르고 콜—콜 잔다. 양편으로 봉긋한 가슴이 숨소리와 함께 솟았다 낮았다 한다. 부채를 들어 고요히 그에게 바람을 일으켜 보내며 매헌은 처녀의 숨소리를 따라 하여 보았다. 자기보다 훨씬 빠름에 놀란다. 자기가 다섯 번을 쉴 새 그는 여섯 번은 쉬어야 된다. 매헌은 길동무에게서 떨어져 버리는 고독을 맛보며 다시금 올려 솟는 처녀의 이마에 땀을 씻어 준다. 햇볕은 점점 그의 얼굴을 범했다. 처녀는 입을 옴짓해 침을 삼키며 눈을 떴다.

"아, 아—무 꿈두 없이 잤네요!"

"잘했소."

"죽음이 그런 걸까요?"

"글쎄!"

둘이는 도랑으로 내려와 목마를 했다. 해는 빛이 붉어지며 산머리에 뉘엿거리었다. 처녀는 호텔 앞 매점에서 불국사 사진이 찍힌 부채를 한 자루 샀다. 그리고 저녁차에 내려가는 자동차표를 미리 한 장 샀다.

"왜 석굴암엔 안 갔다 가려구?"

"전 저녁차에 집에 가요."

더 문답하지 않았다. 자동차 시간은 아직도 한 시간이나 남았다. 둘이는 다시 백운교, 청운교를 올라 다보탑 뒤로 해서 절 뒷산을 올랐다. 장마에 군데군데 패였으면서도 잔딧길이 거닐기 좋게 솔밭 사이로, 비스듬한 언덕으로 깔려 있었다. 언덕에 이르렀을 때 해를 가린 구름은 장밋빛으로 탔다. 둘이는 석양을 향해 풀 위에 앉았다. 영지는 순간순간 연지빛을 띠었다. 산마루 성 마루들에 서기(瑞氣)가 돌고 어디선지 바람결이 선들선들 날아온다. 처녀는 부채를 폈다. 부채에도 처녀의 얼굴에도 석양은 황홀히 물들었다.

"선생님?"

"응?"

"저 여기다 뭐 하나 써주세요."

매헌은 선선히 그의 부채를 받았다. 만년필을 뽑아 잠깐 석양을 향해 생각하였다. 그리고 *이의산(李義山)이란, 옛 시인의 석양시 한 편을 써주었다.

이의산(李義山)
중국 당나라 때의 시인 이상은(813~858)의 자. 관료로서 불우하였으나 시에 있어서는 정밀, 화려하여 송대 초기의 화대한 서곤체시의 기본이 되었음.

夕陽無限好 (석양무한호)
只是近黃昏 (지시근황혼)

석양은 무한 좋으니 다민 황혼이 가까워 온나는 한탄이었다. 매헌은 자기 자신의 석양을 느끼고 이 글이 생각난 것이다. 영리한 처녀는 이 부채를 받고 그 위에 이슥도록 고요히 눈을 감았다.

불국사(佛國寺)
경주시 진현동 토함산 기슭에 있는 절. 신라 법흥왕 15년(528)에 창건하였고 경덕왕 10년(751)에 김대성이 크게 중창하였다.

"제가 인제 편지해 드릴게요."

석양은 긴 것이 아니었다. 둘이는 이내 일어섰으나 내려오는 길은 이미 황혼이었다. 매헌은 정거장까지 따라나가 귀여운 한때 길동무를 어두운 밤차에 보내 주었다.

매헌은 *불국사에서 사흘을 묵었다. 그러면서도 석굴암(石窟庵)에도 올라가지 않았다. 날마다 호텔 복도에 앉아 영지 쪽을 향해 무료히 바라보다 석양을 맞이하곤 하였다.

집에 돌아와 며칠 안 기다려 처녀에게서 편지가 왔다. 경주는 가을이 좋다 하였고, 그 중에도 오릉이나, 불국사 호텔에서 영지에의 전망이 더욱 그렇다고 하였다. 가을에 오신다면 그때는 자기도 불국사에 가서 며칠 묵으며 동무해 드릴 수가 있으리라 하였다. 그리고 그의 이름은 타옥(陀玉)이라 씌어 있었다.

'타옥!'

매헌은 곧 답장을 썼다. 자기도 가을에 다시 한번 가기로 마음먹고 왔노라는 것과 더구나 타옥과 함께 가 보려 석굴암은 아껴 둔 채 왔노라 하였다. 그리고 자기 수필집을 한정판(限定版)으로 한 권을 구하여 함께 부쳐 주었다.

타옥에게서는 또 편지가 왔다. 책 보내 준 것과 석굴암 아껴 둔 것을 감사하였고 어서 경주에 가을이 오기를 고대한다 하였다.

가을은 왔다. 당해 놓고 보니 매헌한테는 너무 속히 왔다. 또 멈칫멈칫하는 동안에 가을은 가버리는 것도 너무 속하였다. 일정한 어디 출근시간이 있어야만 행동이 구속되는 것은 아니었다. '청복(淸福)도 복이라 내게는 무신(無信)한가 보오!' 하는 탄식하는 편지를 보내고 이듬해 가을을 기약하는 수밖에 없었다.

매헌은 가끔 타옥을 그리었다. 경주가 아니라 타옥이었다. 타옥일진댄 하필 가을이랴 싶어지기도 했다.

매헌은 몇 번이나 아침에만은, '나 오늘 어쩜 시굴 좀 갈 듯허우' 하고 집을 나왔다. 나와 생각하면 타옥을 만나기 위해 간다는 것이 어쩐지 스스로 민망해지곤 하였다.

'내가 타옥을 사랑하는 거나 아닐까?'

매헌은, 아마 지금의 자기의 호흡은 타옥과 육 대 사쯤이나 될 것이라고 스스로 비웃고 어슬렁어슬렁 집으로 돌아와 탁자 위에 놓인, 그 타옥이가 '빈 대로 놓구 봄 더 정물이죠' 하던 신라 토기를 장시간을 정좌하여 바라보곤 하였다.

그러나 인생의 위기는 노소를 한가지로 어느 철보다도 봄인 것인가! 매헌은 봄을 지그시 못 보내어 진달래가 져버리기 전에 경주에 내려오고야 말았다. 타옥은 반가이 맞아 주었다. 그러나 매헌은 경이라 할까 환멸이라 할까, 타옥을 만나는 순간 일변해 버리는 자기의 심경을 어떻게 수습해야 좋을지 몰랐다. 딴, 전혀 다른 타옥이었다. 경주에 있는 타옥은 역시 유유히 가을을 기다려 만나도 좋을 타옥이었다. 자기를 하루가 급하게 속을 조여 온 것은 매헌 자신 속에 생겨난 한 요녀였던 듯, 진정한 타옥의 앞에 서자 매헌의 한가닥 사념(邪念)은 뿌리째 뽑혀 사라지고 마는 것이었다.

"선생님은 그래두 낭만이 계신가 봐!"

타옥은 이런 말조차 예사롭게, 이니 물처럼 담담한 얼굴로 시설였다. 매헌의 흐렸던 안정은 그 담담한 물에 담박 씻기었다. 매헌은 악몽에서 깬 듯, 다시금 속으로,

'차라리 다행한 일이다!'

하였다.

둘이는 먼저 오릉으로 왔다. 그 소나무에 타옥이 먼저 오르고 매헌이 따라 올랐다. 오릉의 니힐한 맛은 봄이나 여름이나 다를 것 없었다.

이들은 이날로 불국사로 왔다. 청운교 백운교의 긴 층계는, 한결같이, 곧 무희라도 나타나 춤추며 내려올 것만 같은 서정이었다. 솔잎일

망정 딴 기운을 띠어 푸르건만, 다보탑과 석가탑은 그저 한 빛깔 한 자세였다.

'오, 두 스핑크스여! 언제까지나 저렇게 서 있을 건가!'

매헌은 적이 처량해졌다.

호텔에 왔을 때는 이미 영지가 짙은 황혼에 묻혀 버린 뒤다.

남폿불 밑에서 저녁을 먹고 남폿불 밑에서 옛 전설을 음미하고 문학을 이야기하고 미술을 이야기하고, 나라 나라들의 흥망을 이야기하고 때로는 깊어 가는 밤 자취에 귀를 기울여 이 밤의 달은 지금 지구의 어드메쯤을 희멀건히 비치고 있을까를 의논하고, 아무래도 매헌 편이 곤하여 먼저 드렁드렁 코를 골았다.

이튿날은 *석굴암으로 올라왔다. 석굴은 자연과는 사귀지 않은 오로지 인조미(人造美)의 전당이었다. 예술의 황홀경이었다. 타옥의 말대로 돌에서 근육과 능라의 미를 느낀다는 것은 감탄할 따름이었다. 타옥은 불타의 무릎 위에 떨어진 바른편 손의 새끼손가락만은 떼어 가지고 싶다 하였다. 처음엔 매헌은 그냥 보여지는 대로의 개념이나 얻으면 그만이라 하였다. 그러나 너무나 정력적인 미의 압도에는 정신을 차리지 않고는 견딜 수가 없었다. 먼저 석굴을 구조에부터 눈을 더듬기 시작했다. 매헌은 이내 피로를 느끼었다.

석굴암
경주시 토함산 동쪽에 있는 석굴 사원. 신라 경덕와 때 김대성이 축조하였다.

밖으로 나와 한참 쉬어 가지고 불상들을 살펴보기 시작했다. 정면의 불타상은 무슨 찬사를 드리는 것이 오히려 경망스럽기만 할 것 같았다. 불타상 바로 뒤에 섰는 십일면관음(十一面觀音), 아무리 고운 여자라도 정말 숭고한 미란, 종교를, 또는 철학을 체득하지 않고는 발휘하지 못하는구나! 깨달았다. 매헌은 타옥을 불렀다. 십일면관음 앞에 가지런히 세웠다. 십일면관음의 도독한 손등을 쓰다듬고 그 손으로 역시

지천명(知天命)
하늘의 뜻을 앎. '오십대'를 달리 이르는 말.

도독한 타옥의 손을 쓰다듬었다. *지천명(知天命)이 내일 모레인 자기의 그 집요한 삿된 정욕을 만나는 일순에 돈망경(頓忘境)에 빠뜨려 놓는 타옥도 역시 자기에겐 숭고한 영원의 여성이었다.

'타옥!'

굴 안은 한결 엄숙한 정경이었다.

매헌은 타옥과 함께 불국사에서 사흘을 지내었다.

매헌은 사흘 동안, 타옥은 이조백자와 같은 여자라 생각하였다. 화려한 그릇들은 앉을 자리를 다투는 것이요, 주인이 눈을 다른 데로 줄까 *시새우는 것이요 보면 볼수록 소란스럽고 피로해지는 것이나 이조백자는 모두가 그와 딴쪽이다. 바쁜 때는 없는 듯 보이지 않으나 고요한 때는 바로 옆에서 기다리고 있었다. 고요히 위로와 안식을 주며 싫어지는 날이 없는 영원의 그릇이다.

시새우다
자기보다 잘되거나 나은 사람을 공연히 미워하고 싫어하다.

필가
붓걸이.

매헌은 서울에 돌아오는 길로 자기가 문갑 위에 두고 일야 애무하던 이조백자의 *필가(筆架) 하나를 타옥에게 보내 주었다. 정말 가을이 오고 또 봄이 오고 다시 가을이 오고, 그 동안 타옥과의 순결한 *한묵(翰墨)은 끊어지지 않았다.

한묵(翰墨)
글을 짓거나 쓰는 것을 이르는 말.

매헌은 어느 책사와 전작(全作) 한 편을 약속하였다. 가을 안으로 출간해야 한다는 것을 초겨울이 되도록 탈고(脫稿)가 되지 않았다. 달포를 책상에 꼬부리고 앉았더니 옆구리와 어깨가 결리는 것은 물론, 전과 달라 현기까지 난다. 날이 차츰 차지어 방을 덥히니 기름기 없는 피부가 조이는 것은 마음까지 윤습을 잃어버리게 하였다. 매헌은 기어이 집에서 탈고를 못 하고 해운대(海雲臺) 온천으로 가지고 왔다.

경주와 가까운 데라 오는 길로 타옥에게 알리었다. 그러나 원고를 끝내는 날 다시 알릴 터이니 그때 오라 하였는데 타옥은 다음 기별을 기다리지 않고 먼저 나타난 것이다.

타옥은 *만발(滿發)이었다. 그의 무늬 돋힌 연두 저고리는 그의 얼굴을 연당에 솟은 한 송이 연꽃으로 보여 주었다. 매헌에겐 늙음이 오는 새 타옥에겐 청춘이 절정으로 올려달은 듯하였다. 으레 그랬을 것이었다. 만나서 이야기는 편지에서 사연보다 오히려 담박한 그였으나 그의 만발한 청춘의 광채만으로도 매헌에겐 간곡함이 폐부에 스며들었다.

만발(滿發)
꽃이 활짝 다 핌.

"타옥이가 저렇듯 고왔던가?"

"저를 얼마나 밉게 보셨더랬길래!"

"난 많이 늙었지!"

"늙는단 것도 정신 문제가 아니겠어요?"

"그럴까!"

타옥은 탕을 다녀나와 김이 모락모락 이는 손으로 매헌의 만년필을 가만히 빼앗았다. 매헌은 어찔해지는 눈을 한참이나 감았다가야 일어서 타옥과 함께 해변으로 나왔다.

바닷가는 바람이 제법 쌀쌀하였다. 파도도 제법 일었다. 매헌은 외투깃을 일으키고 목을 움츠렸으나 타옥은 고름을 허순히 묶은 동저고릿바람으로 앞을 서 뛰어나갔다.

"어서 오세요."

매헌은 이 해변에 여러 번째지만 처음으로 뛰어 보았다.

"선생님?"

"응?"

타옥은 불러 놓고 멍하니 바다만 내다보았다.

"선생님?"

"왜?"

"파도 소리 좋아허세요?"

"그럼!"

"파도 소릴 들음 타고르의 명상이 일어나군 허죠?"

"타고르를 연상허기엔 난 너머 추운걸!"

"파도두 날씨는 물론이구요, 거기 해변 생긴 것 따라, 모새 따라, 물 자체의 맑구 흐린 것 따라 소리가 얼마씩 다를 거야요. 세상의 육지 변두리를 죄다 다녀 봤으면! 어디 파도 소리가 기중 좋을까?"

"대단헌 명상이시군!"

"파도 소린 참 유구허죠!"

"저 종아리가 좀 시릴까?"

펄럭거리는 검은 사지치마 아래로 밋밋한 두 다리, 그 다리가 엷은 비단 양말을 팽팽히 잡아다녀 신은 것도 매헌에겐 새로 느끼는 타옥의 감촉이었다.

이날 저녁이다. 해변에서 옹송그리고 들어온 매헌은 훈훈한 저녁 식탁에서 반주까지 서너 홉 하고 나니, 전신이 혼곤해졌다. 식탁에서 물러나 타옥과 몇 마디 지껄이지 않아 깜박 잠이 들곤 했다. 놀라 눈을 떠보면 그 동안이 얼마나 짧은 것이었던지, 얼마나 긴 것이었던지, 타옥은 쓸쓸히 혼자 천장을 바라보고 있었다. 당황하여 아닌 것처럼 빽빽한 눈알을 굴려 보는 매헌 역시 무한히 속으로 쓸쓸하였다. 자기 잠든 새 타옥의 영혼은 넌지시 다른 사람과 대화를 하고 있은 것같이 질투다운, 쓰릿—한 고독이 메마른 가슴을 콱 찌르는 것이었다.

"내가 졸았지 그만?"

"여러 날 너머 무릴 허셨나 봐요? 과로허심 안 되세요."

"그리 과로랄 것두 없는데…… 그래 경주 근방에서두 고려자기가 더러 난다구?"

"경주랬어요 누가? 김해(金海)서요. 저어 계룡산(鷄龍山) 계통 같으나 계룡보단 훨씬 유헌 게 가끔 출토된다는군요."

"무안(務安) 것 비슷헌 게 있지…… 그게……."

매헌은 또 깜박해 버렸다.

"선생님?"

"……."

"선생님?"

"그게…… 그게 그렇지만 고련 아니구……."

"일찍 주무세요."

후스마
미닫이문.

타옥은 *후스마를 열고 옆방으로 가버렸다. 매헌은 또 의자에 앉은 채 졸았다. 얼마쯤 뒤에 눈을 떠보니 술이 홱 깨이며 오싹 추워진다. 탕으로 갔다. 한 시간이나 후끈히 몸을 데워 가지고 나오니 자리에 들어가기가 아깝도록 정신이 맑아진다. 또 최근의 경험으로 보아 초저녁에 잠깐이라도 졸고 나면 일찍 눕는대야 여간해 잠이 오지 않는 법이다. 담배를 피워 물고 붓을 들기 시작했다.

붓을 든 동안처럼 시간이 빠른 때는 없다. 어느 틈에 손이 시리도록 몸이 식었을 때, 바시시 후스마가 열리었다. 헝큰 머리를 한 손으로 매만지며 한 손으로 자리옷을 여미며 타옥이가 나타났다.

"몇 신 줄 아세요?"

그제야 매헌은 시계를 들여다보았다. 새로 두 시가 가까웠다.

"무리허지 마시래두요 네?"

매헌은 붓을 던지고 기지개를 켜고 일어났다. 잠에 취했던 타옥은 봉긋한 턱 아래까지 복사꽃으로 붉으면서도 새뽀얘 있었다.

"그만 주무세요."

"자께."

타옥은 다시 제 방으로 가더니 제 베개를 들고 왔다. 그리고 매헌의 베개를 집어다 제 자리에 놓았다.

"선생님이 저 방에 가 주무세요."

"왜?"

"글쎄요."

"왜?"

"글쎄요."

하며 타옥은 매헌의 자리에 누워 버리는 것이었다.

매헌은 더 묻지 않았다. 따스하게 녹은 자리를 주는 타옥의 마음에 그윽히 입 맞추고 그 온천보다는 향기롭기까지 한 타옥의 체온 속에 푸근히 묻혀 버리었다.

얼마를 잤을까 해운대에 와 처음 늦잠이었다. 눈을 떠보니 창장 사이로 햇빛이 눈부시다. 시계를 집으려 머리맡을 더듬으니 웬 종이 한 장이 집힌다. 집어다 보니 타옥의 글씨다.

"선생님 전 갑니다. 최근에 약혼을 했습니다. 어제저녁에 이야기 끝에는 이런 말씀도 드리려고 했으나 그만 기회가 없었습니다. 오늘 아침 배에 그이가 동경으로부터 와요. 부산으로 마중을 가려니까 선생님 깨시기 전에 그만 가버리게 되는 거야요. 용서하세요 네? 너머 무리허시지 마시고 편안히 쉬시며 좋은 작품을 잘 완성시켜 가지고 올라가시기 바랍니다. 선생님! 저이들 장래를 축복해 주세요 네?"

매헌은 벌떡 일어났다. 머리맡에는 이 편지뿐이 아니었다. 원고 쓰던 책상에 두었던 담배와 성냥과 깨끗이 부신 재떨이까지 갖다 가지런히 놓아 주고 간 것이었다.

매헌은 한참이나 턱을 고이고 눈을 감았다가 타옥의 편지를 다시 읽어 보았다. 후스마를 홱 열어 보았다. 텅 비어 있었다. 비었던 방에는 찬기운이 음습해 왔다. 매헌은 담배를 집었다. 반 갑이 넘어 남은 것을 차례차례 다 태우고야 겨우 일어났다.

'가버리었구나!'

종일 마음이 자리잡히지 않았다. 술도 마셔 보았다. 담배를 계속해 피워도 보았다. 저녁녘이 되자 바람은 어제보다 더 날카로운 것 같으나 매헌은 해변으로 나와 보았다.

파도 소리는 어제와 다름없었다. 타옥의 말대로 파도 소리는 유구스러웠다.

석양은 해변에서도 아름다웠다. 그러나 각각으로 변하였다. 너무나 속히 황혼이 되어 버리는 것이었다.

『돌다리』, 박문서관, 1943.

돌다리

정거장에서 샘말 십리길을 내려오노라면 반이 될락말락한 데서부터 샘말 동네보다는 그 건너편 산기슭에 놓인 공동묘지가 먼저 눈에 뜨인다.

창섭은 잠깐 걸음을 멈추고까지 바라보았다.

봄에 올 때 보면, 진달래가 불붙듯 피어올라가는 야산이다. 지금은 단풍철도 지나고 누르테테한 *가닥나무들만 묘지를 둘러, 듣지 않아도 적막한 버스럭 소리만 울릴 것 같았다. 어느 것이라고 쉬어 낼 수는 없어도, 창옥의 무덤이 어디쯤이라고는 짐작이 된다. 창섭은 마음으로 '창옥아' 불러 보며 묵례를 보냈다.

가닥나무
① 졸참나무.
② 떡갈나무.

다만 오뉘뿐으로 나이가 훨씬 떨어진 누이였었다. 지금도 눈에 선—하다. 자기가 마침 방학으로 와 있던 여름이었다. 창옥은 저녁 먹다 말고 갑자기 복통으로 뒹굴었다. 읍으로 뛰어들어가 의사를 청해 왔다. 의사는 주사를 놓고 들어갔다. 그러나 밤새도록 열은 내리지 않았고 새벽녘엔 아파하는 것도 더해 갔다. 다시 의사를 데리러 갔으나 의사는 바쁘다고 환자를 데려오라 하였다. 하라는 대로 환자

진달래

를 데리고 들어갔으나 역시 오진(誤診)을 했었다. 다시 하루를 지나 고름이 터지고 복막(腹膜)이 절망적으로 상해 버린 뒤에야 겨우 맹장염(盲臟炎)인 것을 알아낸 눈치였다.

그때 창섭은, 자기도 어른이기만 했으면 필시 의사의 멱살을 들었을 것이었다. 이런, 누이의 허무한 죽음에서 창섭은 뜻을 세워, 아버지가 권하는 고농(高農)을 마다하고 의전(醫專)으로 들어갔고, 오늘에 이르러는 맹장 수술로는 서울서도 정평이 있는 한 권위가 된 것이다.

'창옥아, 기뻐해 다구. 이번에 내 병원이 좋은 건물을 만나 커지는 거다. 개인병원으론 제일 완비한 수술실이 실현될 거다! 입원실 부족도 해결될 거다. 네 사진을 크게 확대해 내 새 진찰실에 걸어 노마…….'

창섭은 바람도 쌀쌀할 뿐 아니라, 오후 차로 돌아가야 할 길이라 걸음을 재우쳤다.

길은 그 전보다 넓어도 졌고 바닥도 평탄하였다. 비나 오면 진흙에 헤어날 수 없었는데 복판으로는 자갈이 깔리고 어떤 목은 좁아서 *소바리가 논으로 미끄러져 들어가기 십상이었는데 바위를 갈라 내어서까지 *일매지게 넓은 길로 닦아졌다. 창섭은, '이럴 줄 알았더면 정거장에서 자전거라도 빌려 타고 올걸' 하였다.

눈에 익은 정자나무 선 논이며 돌각담을 두른 밭들도 나타났다. 자기 집 논과 밭들이었다. 논둑에 선 정자나무는 그전부터 있은 것이나 밭에 돌각담들은 아버지께서 손수 쌓으신 것이다.

창섭의 아버지는 근검(勤儉)으로 근방에 소문난 영감이다. 그러나 자기 대에 와서는 밭 하루갈이도 늘쿠지는 못한 것으로도 소문난 영감이다. 곡식값보다는 다른 물가들이 높아졌을 뿐 아니라 전대(前代)에는 모르던 아들의 유학이란 것이 큰 부담인데다가,

소바리
소의 등에 실어 나르는 짐.

일매지다
모두가 다 고르고 가지런하다.

"할아버지와 아버지께서 나를 부자 소린 못 들어도 굶는단 소린 안 듣고 살도록 물려주시구 가셨다. 드럭드럭 탐내 모아선 뭘 허니, 할아버지께서 쇠똥을 맨손으로 움켜다 넣시던 논, 아버지께서 멍덜을 손수 이룩허신 밭을 더 건 논으로 더 기름진 밭이 되도록, 닦달만 해가기에도 내겐 벅찬 일일 게다."

하고 절용해 쓰고 남는 돈이 있으면 그 돈으로는 품을 몇씩 들여서까지 비뚠 논배미를 바로잡기, 밭에 돌을 추려 바람맞이로 담을 두르기, 개울엔 둑막이하기, 그러다가 아들이 의사가 된 후로는, 아들 학비로 쓰던 몫까지 들여서 동네길들은 물론, 읍길과 정거장 길까지 닦아 놓았다. 남을 주면 땅을 버린다고 여간 근실한 자국이 아니면 소작을 주지 않았고, 소를 두 필이나 매고 일꾼을 세 명씩이나 두고 적지 않은 전답을 전부 자농(自農)으로 버티어 왔다. 실속이 타작(打作)만 못하다는 둥, 일꾼 셋이 저희 농사 해 가지고 나간다는 둥 이해만을 따져 비평하는 소리가 많았으나 창섭의 아버지는 땅을 위해서는 자기의 이해만으로 타산하려 하지 않았다. 이와 같은 임자를 가진 땅들이라 곡식은 거둔 뒤, 그루만 남은 논과 밭이되, 그 비닥들의 고름, 그 인저리들의 바름, 흙의 부드러움이 마치 시루떡 모판이나 대하는 것처럼 누구의 눈에나 탐스럽게 흐뭇해 보였다.

이런 땅을 팔기에는, 아무리 수입은 몇 배 더 나은 병원을 늘쿠기 위해서나 아버지께 미안하지 않을 수 없었다. 그러나 잡히기나 해가지고는 삼만 원 돈을 만들 수가 없었고, 서울서 큰 양관(洋館)을 손에 넣기란 돈만 있다고도 아무 때나 될 일이 아니었다.

'아버지께선 내년이 환갑이시다! 어머니께선 겨울이면 해마다 기침이 *도지신다. 진작부터 내가 모셔야 했을 거다. 그런데 내가 시굴로

도지다
병이나 어떤 일이 다시 생기다. 재발하다.

올 순 없고, 천생 부모님이 서울로 가시어야 한다. 한 동네서도 땅을 당신만치 못 거둘 사람에겐 소작을 주지 않으셨다. 땅 전부를 소작을 내어맡기고는 서울 가 편안히 계실 날이 하루도 없으실 게다. 아버님의 말년을 편안히 해드리기 위해서도 땅은 전부 없애버릴 필요가 있는 거다!'

창섭은 샘말에 들어서자 동구에서 이내 아버지를 뵐 수가 있었다. 아버지는, 가에는 살얼음이 잡힌 찬물에 무릎까지 걷고 들어서서 동네 사람들을 *축추겨 돌다리를 고치고 계시었다.

축추기다
남을 꾀거나 떠밀어서 무슨 일을 하게 하다.

"어떻게 갑재기 오느냐?"

"네 좀 급히 여쭤 봐야 할 일이 생겼습니다."

"그래? 먼저 들어가 있거라."

동네 사람 수십 명이 쇠고삐 두 기장은 흘러내려간 다릿돌을 동아줄에 얽어 끌어올리고 있었다. 개울은 동네 복판을 흐르고 있어 아래위

로 징검다리는 서너 군데나 놓였으나 하룻밤 비에도 일쑤 넘치어 모두 이 큰 돌다리로 통행하던 것이었다. 창섭은 어려서 아버지께 이 큰 돌다리의 내력을 들은 것이 아직도 기억에 남아 있다.

"너이 증조부님 돌아가시어서다. 산소에 상돌을 해오시는데 징검다리로야 건네올 수가 있니? 그래 너이 조부님께서 다리부터 이렇게 넓구 튼튼한 돌루 노신 거란다."

그 후 오륙십 년 동안 한 번도 무너진 적이 없었는데 몇 해 전 어느 장마엔 어찌 된 셈인지 가운데 제일 큰 장이 내려앉아 떠내려갔던 것이다. 두께가 한 자는 실하고 폭이 여섯 자, 길이는 열 자가 넘는 자연석 그대로라 여간 몇 사람의 힘으로는 손을 댈 염두부터 나지 못하였다. 더구나 불과 수십 보 이내에 면(面)의 보조를 얻어 난간까지 달린 한다한 나무다리가 놓인 뒤엣일이라 이 돌다리는 동네 사람들에게 완전히 잊혀진 채 던져져 있던 것이었다.

집에 들어가니, 어머니는 다리 고치는 사람들 점심을 짓느라고, 역시 여러 명의 동네 여편네들과 허둥거리고 계시었다.

"웬일인데 이쩨 혼자만 오느나?"

어머니는 손자아이들부터 보이지 않음을 물으신다.

"오늘루 가야겠어서 아무두 안 데리구 왔습니다."

"오늘루 갈 걸 뭘 허 오누?"

"인전 어머니서껀 서울로 모셔 갈 채빌 허러 왔다우."

"서울루! 제발 아이들허구 한데서 살아 봤음 원이 없겠다."

하고 어머니는 땅보다, 조상님들 산소나 사당보다 손자아이들에게 더 마음이 끌리시는 눈치였다. 그러나 아버지만은 그처럼 단순히 들떠질 마음이 아니었다.

아버지는 아들의 뒤를 쫓아 이내 개울에서 들어왔다. 아들은, 의사인 아들은, 마치 환자에게 치료 방법을 이르듯이, 냉정히 차근차근히 이야기를 시작하였다. 외아들인 자기가 부모님을 진작 모시지 못한 것이 잘못인 것, 한집에 모이려면 자기가 병원을 버리기보다는 부모님이 농토를 버리시고 서울로 오시는 것이 순리인 것, 병원은 나날이 환자가 늘어 가나 입원실이 부족되어 오는 환자의 삼분지 일밖에 수용 못하는 것, 지금 시국에 큰 건물을 새로 짓기란 거의 불가능의 일인 것, 마침 교통 편한 자리에 삼층 양옥이 하나 난 것, 인쇄소였던 집인데 전체가 콘크리트여서 방화 방공으로 가치가 충분한 것, 삼층은 살림집과 직공들의 합숙실로 꾸미었던 것이라 입원실로 변장하기에 용이한 것, 각층에 수도, 가스가 다 들어온 것, 그러면서도 가격은 염한 것, 염하기는 하나 삼만 이천 원이라, 지금의 병원을 팔면 일만 오천 원쯤은 받겠지만 그것은 새 집을 고치는 데와, 수술실의 기계를 완비하는 데 다 들어갈 것이니 집값 삼만 이천 원은 따로 있어야 할 것, 시골에 땅을 둔대야 일년에 고작 삼천 원의 실리가 떨어질지 말지 하지만 땅을 팔아다 병원만 확장해 놓으면, 적어도 일년에 만 원 하나씩은 이익을 뽑을 자신이 있는 것, 돈만 있으면 땅은 이담에라도, 서울 가까이라도 얼마든지 좋은 것으로 살 수 있는 것…… 아버지는 아들의 의견을 끝까지 잠잠히 들었다. 그리고,

"점심이나 먹어라. 나두 좀 생각해 봐야 대답허겠다."

하고는 다시 개울로 나갔고, 떨어졌던 다릿돌을 올려놓고야 들어와 그도 점심상을 받았다.

점심을 자시면서였다.

"원, 요즘 사람들은 힘두 줄었나 봐! 그 다리 첨 놀 제 내가 어려서

봤는데 불과 여남은이서 거들던 돌인데 장정 수십 명이 한나잘을 씨름을 허다니!"

"나무다리가 있는데 건 왜 고치시나요?"

"너두 그런 소릴 허는구나. 나무가 돌만 허다든? 넌 그 다리서 고기 잡던 생각두 안 나니? 서울로 공부 갈 때 그 다리 건너서 떠나던 생각 안 나니? 시쳇사람들은 모두 인정이란 게 사람헌테만 쓰는 건 줄 알드라! 내 할아버니 산소에 상돌을 그 다리로 건네다 모셨구, 내가 천잘 끼구 그 다리루 글 읽으러 댕겼다. 네 어미두 그 다리루 가말 타구 내 집에 왔어. 나 죽건 그 다리루 건네다 묻어라…… 난 서울 갈 생각 없다."

"네?"

"천금이 쏟아진대두 난 땅은 못 팔겠다. 내 아버님께서 손수 이룩허시는 걸 내 눈으루 본 밭이구, 내 할아버님께서 손수 피땀을 흘려 모신 돈으루 장만허신 논들이야. 돈 있다고 어디가 느르지논 같은 게 있구,

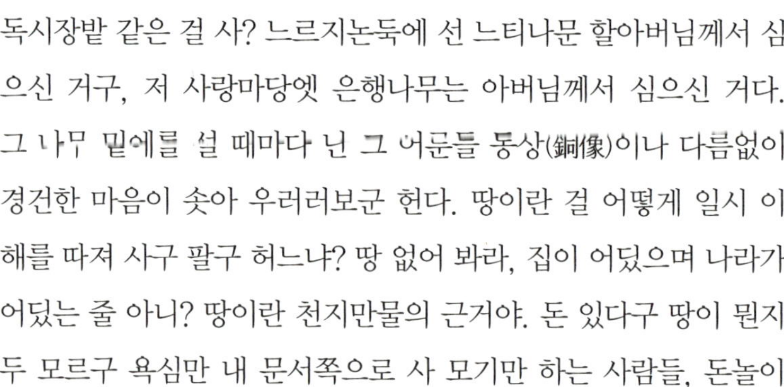

독시장밭 같은 걸 사? 느르지논둑에 선 느티나문 할아버님께서 심으신 거구, 저 사랑마당엣 은행나무는 아버님께서 심으신 거다. 그 나무 밑에를 설 때마다 넌 그 어룬들 동상(銅像)이나 다름없이 경건한 마음이 솟아 우러러보군 헌다. 땅이란 걸 어떻게 일시 이해를 따져 사구 팔구 허느냐? 땅 없어 봐라, 집이 어딨으며 나라가 어딨는 줄 아니? 땅이란 천지만물의 근거야. 돈 있다구 땅이 뭔지두 모르구 욕심만 내 문서쪽으로 사 모기만 하는 사람들, 돈놀이처럼 *변리만 생각허구 제 조상들과 그 땅과 어떤 인연이란 건 도시 생각지 않구 헌신짝 버리듯 하는 사람들, 다 내 눈엔 괴이한 사람들루밖엔 뵈지 않드라."

느티나무

변리
남에게 돈을 빌려 쓴 대가로 치르는 일정한 비율의 돈.

"……."

"네가 뉘 덕으루 오늘 의사가 됐니? 내 덕인 줄만 아느냐? 내가 땅 없이 뭘루? 밭에 가 절하구 논에 가 절해야 쓴다. 자고로 하늘 하늘 허나 하늘의 덕이 땅을 통허지 않군 사람헌테 미치는 줄 아니? 땅을 파는 건 그게 하늘을 파나 다름없는 거다."

"……."

"땅을 밟구 다니니까 땅을 우섭게들 여기지? 땅처럼 응과(應果)가 분명헌 게 무어냐? 하늘은 차라리 못 믿을 때두 많다. 그러나 힘들이는 사람에겐 힘들이는 만큼 땅은 반드시 후헌 보답을 주시는 거다. 세상에 흔해 빠진 지주들, 땅은 작인들헌테나 맡겨 버리구, 떡 도회지에 가 앉어 소출은 팔어다 모다 도회지에 낭비해 버리구, 땅 가꾸는 덴 단돈 일 원을 벌벌 떨구, 땅으루 살며 땅에 야박한 놈은 자식으로 치면 후레자식 셈이야. 땅이 말을 할 줄 알어 봐라? 배가 고프단 땅이 얼마나 많을 테냐? 해마다 걷어만 가구, 땅은 자갈밭이 되니 아나? 둑이 떠나가니 아나? 거름 한번을 제대로 넣나? 정 급허게 돼 작인이 우는 소리나 해야 요즘 너이 신의들 주사침 놓듯, 애꾸진 금비(藥品肥料)만 갖다 털어넣지. 그렇게 땅을 홀댈 허군 인제 죽어서 땅이 무서서 어디루들 갈 텐구!"

창섭은 입이 얼어 버리었다. 손만 부비었다. 자기의 생각은 너무나 자기 본위였던 것을 대뜸 깨달았다. 땅에는 이해를 초월한 일종 종교적 신념을 가진 아버지에게 아들의 이단적(異端的)인 계획이 용납될 리 만무였다. 아버지는 상을 물리고도 말을 계속하였다.

"너루선 어떤 수단을 쓰든지 병원부터 확장허려는 게 과히 엉뚱헌 욕심은 아닐 줄두 안다. 그러나 욕심을 부련 못쓰는 거다. 의술은 예로부터 인술(仁術)이라지 않니? 매살 순탄허게 진실허게 해라."

활인(活人)
사람의 목숨을 구원하여 살림.

전장
개인이 소유하는 논밭.

"……."

"네가 가업을 이어나가지 않는다군 탄허지 않겠다. 넌 너루서 발전헐 길을 열었구, 그게 또 모리지배(謀利之輩)의 악업이 아니라 *활인(活人)허는 인술이구나! 내가 어떻게 불평을 말허니? 다만 삼사 대 집안에서 공들여 이룩해 논 *전장을 남의 손에 내맡기게 되는 게 저윽 애석헌 심사가 없달 순 없구……."

"팔지 않으면 그만 아닙니까?"

"나 죽은 뒤에 누가 거두니? 너두 이제두 말했지만 너두 문서쪽만 쥐구 서울 앉어 지주 노릇만 허게? 그따위 지주허구 작인 틈에서 땅들만 얼말 곯는지 아니? 안 된다. 팔 테다. 나 죽을 임시엔 다 팔 테다. 돈에 팔 줄 아니? 사람헌테 팔 테다. 건너 용문이는 우리 느르지논 같은 건 한 해만 부쳐 보구 죽어두 농군으로 태났던 걸 한허지 않겠다구 했다. 독시장밭을 내논다구 해봐라, 문보나 덕길이 같은 사람은 길바닥에 나앉드라두 집을 팔아 살려구 덤빌 게다. 그런 사람들이 땅 임자 안 되구 누가 돼야 옳으냐? 그러니 아주 말이 난 김에 내 유언(遺言)이다. 그런 사람들 무슨 돈으루 땅값은 한몫 내겠니? 몇몇 해구 그 땅 수출을 팔아 연년이 갚어 나가게 헐 테니 너두 땅값을랑 그렇게 받어 갈 줄 미리 알구 있거라. 그리구 네 모가 먼저 가면 내가 묻을 거구, 내가 먼저 가게 되면 네 모만은 네가 서울루 그때 데려가렴. 난 샘말서 이렇게 야인(野人)으로 나 죄 없는 밥을 먹다 야인인 채 묻힐 걸 흡족히 여긴다."

"……."

"자식의 젊은 욕망을 들어 못 주는 게 애비 된 맘으루두 섭섭허다. 그러나 이 늙은이헌테두 그만 신념쯤 지켜 오는 게 있다는 걸 무시하지 말어다구."

아버지는 다시 일어나 담배를 피우며 다리 고치는 데로 나갔다. 옆에 앉았던 어머니는 두 눈에 눈물을 쭈루루 흘리었다.

"너이 아버지가 여간 고집이시냐?"

"아뇨, 아버지가 어떤 어룬이신 건 오늘 제가 더 잘 알었습니다. 우리 아버진 훌륭헌 인물이십니다."

그러나 창섭도 코허리가 찌르르하였다. 자기가 계획하고 온 일이 실패한 것쯤은 차라리 당연하게 생각되었고, 아버지와 자기와의 세계가 격리되는 일종의 결별의 심사를 체험하는 때문이었다.

백낙천(白樂天) 백거이(白居易, 772~846). 호는 향산거사(香山居士). 중국 중당기의 시인. 주요 저서는 「장한가」, 「비파행」 등이 있다.

아들은 아버지가 고쳐 놓은 돌다리를 건너 저녁차를 타러 가버리었다. 동구밖으로 사라지는 아들의 뒷모양을 지키고 섰을 때, 아버지의 마음도, 정말 임종에서 유언이나 하고 난 것처럼 외롭고 한편 불안스러운 심사조차 설레었다.

제비

아버지는 종일 개울에서 허덕였으나 저녁에 잠도 달게 오지 않았다. 젊어서 서당에서 읽던 *백낙천(白樂天)의 시가 다 생각이 났다. 늙은 제비 한 쌍을 두고 지은 노래였다. 제 뱃속이 고픈 것은 참아 가며 입에 얻어 문 것은 새끼들부터 먹여 길렀으나, 새끼들은 자라서 나래에 힘을 얻자 어디로인지 저희 좋을 대로 다 날아가 버리어, 야위고 늙은 어버이 제비 한 쌍만 가을 바람 소슬한 추녀 끝에 쭈그리고 앉았는 광경을 묘사하였고, 나중에는, 그 늙은 어버이 제비들을 가르쳐, 새끼들만 원망하지 말고, 너희들이 새끼 적에 역시 그러했음도 깨달으라는 풍자(諷刺)의 시였다.

'흥!…….'

노인은 어두운 천장을 향해 쓴웃음을 짓고 날이 밝기를 기다려 누구보다도 먼저 어제 고쳐 놓은 돌다리를 보러 나왔다.

흙탕이라고는 어느 돌틈에도 남아 있지 않았다. 첫곬으로도, 가운뎃곬으로도 끝엣곬으로도 맑기만 한 소담한 물살이 우쭐우쭐 춤추며 빠져 내려갔다. 가운뎃장으로 가 쾅 굴러 보았다. 발바닥만 아플 뿐 끄떡이 있을 리 없다. 노인은 쭈루루 집으로 들어와 소금 접시와 낯수건을 가지고 나왔다. 제일 낮은 받침돌에 내려앉아 양치를 하고 세수를 하였다. 나중에는 다시 이가 저린 물을 한입 물어 마시며 일어섰다. 속에 모든 게 씻기는 듯 시원하였다. 그리고 수염에 물을 닦으며 이렇게 생각하였다.

'비가 아무리 쏟아져도 어떤 한정을 넘는 법은 없다. 물이 분수없이 늘어 떠내려갔던 게 아니라 자갈이 밀려내려와 물구멍이 좁아졌든지, 그렇지 않으면, 어느 받침돌의 밑이 물살에 궁굴러 쓰러졌던 그런 까닭일 게다. 미리 바닥을 치고 미리 받침돌만 제대로 보살펴 준다면 만 년을 간들 무너질 리 없을 게다. 그저 늘 보살펴야 허는 거다. 사람이란 하늘 밑에 사는 날까진 하루라도 천리(天理)에 방심을 해선 안 되는 거다…….'

『돌다리』, 박문서관, 1943.

해방 전후
–한 작가의 수기

호출장(呼出狀)이란 것이 너무 자극적이어서 시달서(示達書)라 이름을 바꾸었다고는 하나, 무슨 이름의 쪽지이든, 그 긴치 않은 심부름이란 듯이 파출소 순사가 거만하게 던지고 간, 본서(本署)에의 출두 명령은 한결같이 불쾌한 것이었다. 현(玄) 자신보다도 먼저 얼굴빛이 달라지는 아내에게는 으레 껀으로 *심상한 체하면서도 속으로는 정도 이상 불안스러워 오라는 것이 내일 아침이지만 이 길로 가 진작 때우고 싶은 것이, 그래서 이날은 아무 일도 손에 잡히지 않고, 밥맛이 없고, 설치는 밤잠에 꿈자리조차 뒤숭숭한 것이 소심한 편인 현으로는 '호출장' 때나 '시달서' 때나 마찬가지곤 했다.

심상하다
대수롭지 않고 예사롭다.

현은 무슨 사상가도, 주의자도, 무슨 전과자(前科者)도 아니었다. 시골 청년들이 어떤 사건으로 잡히어서 가택 수색을 당할 때, 그의 저서(著書)가 한두 가지 나온다든지, 편지 왕래한 것이 한두 장 불거진다든지, 서울 가서 누구를 만나 보았느냐는 심문에 현의 이름이 끌려든다든지 해서, 청년들에게 제법 무슨 사상 지도나 하고 있지 않나 하는 혐의로 가끔 오너라 가너라 하기 시작한 것이 인젠 저들의 수첩에 준요시찰인(準要視察人) 정도로는 오른 모양인데, 구금(拘禁)을 할 정도라면 당장 데려갈 것이지 호출장이니 시달서니가 아닐 것은 짐작하면서도 번번이 불안스러웠고 더욱 이번에는 은근히 마음 쓰이는 것이 없지도 않았다. 일반 지원병제도(一般志願兵制度)와 학생 특별 지원병제도 때문에 뜻 아닌 죽음이기보다, 뜻 아닌 살인, 살인이라도 내 민족에게 유일한 희망을 주고 있는 중국이나 영미나 소련의 우군(友軍)을 죽여야 하는, 그리고 내 몸이 죽되 원수 일본을 위하는 죽음이 되어야 하는, 이 모순된 번민으로 행여나 무슨 해결을 얻을까 해서 더듬고 더듬다가는 한낱 소설가인 현을 찾아와준 청년도 한둘이 아니었다. 현은 하루 이틀 동안에 극도의 신경쇠약이 된 청년도 보았고 다녀간 지 한 주일 뒤에 자살하는 유서를 보내 온 청년도 있었다. 이런 심각한 민족의 번민을 현은 제 몸만이 학병 자신이 아니라 해서 혼자 뒷날을 사려해 가며 같은 불행한 형제로서의 울분을 절제할 수는 없었다. 때로는 전혀 초면들이라 저 사람이 내 속을 떠보려는 밀정이나 아닌가 의심하면서도, 그런 의심부터가 용서될 수 없다는 자책으로 현은 아무리 낯선 청년에게라도 일러주고 싶은 말은 한마디도 굽히거나 남긴 적이 없는 흥분이곤 했다. 그들을 보내고 고요한 서재에서 아직도 상기된 현의 얼굴은 그예 무슨 일을 저지르고 만 불안이었고 이왕 불안일 바엔, 이왕 저지르는 바엔 이 한 걸음 한 걸음 절박해 오는 민족의 최후에 있어 좀 더 보람 있는 저지름을 하고 싶은 충동도 없지 않았으나 그 자신 아무런 준비도 없었고 너무나 오랫동안 굳어버린 성격의 껍데기는 여간 힘으로는 제 자신이 깨뜨리고 솟아날 수가 없었다. 그의 최근작인 어느 단편 끝에서,

미군 함정으로 뛰어드는 가미가제 특공대

"한 사조(思潮)의 밑에 잠겨 사는 것도 한 물 밑에 사는 넋일 것이다. 상전벽해(桑田碧海)라 일러는 오나 모든 게 따로 대세의 운행이 있을 뿐 처음부터 자갈을 날라 메꾸듯 할 수는 없을 것이다."

라고 한 구절을 되뇌면서 자기를 헐가로 규정해버리는 쓴웃음을 지을 뿐이었다.

"당신은 메칠 안 남았다고 하지만 특공댄(特攻隊)지 정신댄(挺身隊)지 고 악지 센 것들이 끝까지 일인일함(一人一艦)으로 뻐틴다면 아무리 물자 많은 미국이라도 일본 병정 수효만치야 군함을 만들 수 없을 거요. 일본이 망하기란 하늘에 별 따기 같은 걸 기다리나 보오!"

현의 아내는 이날도 보송보송해 잠들지 못하는 남편더러 집을 팔고 시골로 가자 하였다. 시골 중에도 관청에서 동뜬 두메로 들어가 자농(自農)이라도 하면서 하루라도 마음 편하고 배불리 살다 죽자 하였다. 그런 생각은 아내가 꼬드기기 전에 현도 미리부터 궁리하던 것이나 지금 외국으로는 나갈 수 없고 어디고 일본 하늘 밑인 바에야 그야말로 *민불견리(民不見吏), 야불구폐(夜不狗吠)의 요순(堯舜) 때 농촌이 어느 구석에 남아 있을 것인가? 그런 *도원경(桃源境)이 없다 해서 언제까지나 서울서 견딜 수 있느냐 하면 그런 것도 아니고 소위 시국물(時局物)이나 일문(日文)에의 전향이라면 차라리 붓을 꺾어 버리려는 현으로는 이미 생계(生計)에 꿀리는 지 오래며 앞으로 쳐다볼 것은 집밖에 없는데 집을 건드릴 바에는 곶감 꼬치로 없애기보다 시골로 가 다만 몇 마지기라도 땅을 잡아야 한다는 것이 상책이긴 하다. 그러나 성격의 껍데기를 깨치기처럼 생활의 껍데기를 갈아 본다는 것도 그리 쉬운 일이 아니었다.

"좀 더 정세를 봅시다."

이것이 가족들에게 무능하다는 공격을 일 년이나 두고 받아오는 현의 태도였다.

민불견리야불구폐(民不見吏 夜不狗吠)
백성들이 관리를 볼 수 없고, 밤에는 개 짖는 소리가 없다. 평화롭고 살기 좋은 상태를 이름.

도원경(桃源境)
이 세상이 아닌 무릉도원처럼 아름다운 곳. '무릉도원'은 송나라의 시인 도연명(365~427)이 쓴 「도화원기(桃花源記)」에서 나오는 이상향.

동대문서 고등계의 현의 담임인 쓰루다 형사는 과히 인상이 험한 사나이는 아니다. 저의 주임만 없으면 먼저 조선말로 "별일은 없습니다만 또 오시래 미안합니다"쯤 인사도 하곤 하는데 이날은 뒷박 이마에 옴팡눈인 주임이 딱 뻗치고 앉아 있어 쓰루다까지도 현의 한참씩이나 수그리는 인사는 본 체 안하고 눈짓으로 옆에 놓인 의자만 가리키었다.

현은 모자가 아직 그들과 같은 국방모(國防帽) 아님을 민망히 주무르면서 단정히 앉았다. 형사는 무엇 쓰던 것을 한참 만에야 끝내더니 요즘 무엇을 하느냐 물었다. 별로 하는 일이 없노라 하니 무엇을 할 작정이냐 따진다. '글쎄요'하고 없는 정을 있는 듯이 웃어 보이니 그는 힐긋 저의 주임을 돌아보았다. 주임은 무엇인지 서류에 도장 찍기에 골독해 있다. 형사는 그제야 무슨 뚜껑 있는 서류를 끄집어내어 뚜껑으로 가리고 저만 들여다보면서 이렇게 물었다.

"시국을 위해 왜 아무것도 안 하십니까?"

"나 같은 사람이 무슨 힘이 있습니까?"

"그러지 말구 뭘 좀 허십시오. 사실인즉 도 경찰부에서 현선생 같으신 몇 분에게, 시국에 협력하는 무슨 일 한 것이 있는가? 또 하면서 있는가? 장차 어떤 방면으로 시국 협력에 가능성이 있는가? 생활비가 어디서 나오는가? 이런 걸 조사해 올리란 긴급 지시가 온 겁니다."

"글쎄올시다."

하고 현은 더욱 민망해 쓰루다의 얼굴만 쳐다보는 수밖에 없었다.

"그래두 뭘 허신다구 보고가 돼야 좋을걸요? 그 허기 쉬운 창씬 왜 안 허시나요?"

수속이 힘들어 못 하는 줄로 딱해하는 쓰루다에게 현은 역시 이것에 관해서도 대답할 말이 없었다.

"우리 따위 하층 경관이야 뭘 알겠습니까만, 인전 누구 한 사람 방관적 태도는 용서되지 않을 겁니다."

"잘 보신 말씀입니다."

현은 우선 이번의 호출도 그 강압 관념에서 불안해하던 구금이 아닌 것만 다행히 알면서 우물쭈물하던 끝에,

"그렇지 않아도 쉬 뭘 한 가지 해보려던 참입니다. 좋도록 보고해 주십

시오.”

하고 물러나왔고, 나오는 길로 그는 어느 출판사로 갔다. 그 출판사의 주문이기보다 그곳 주간(主幹)을 통해 나온 경무국(警務局)의 지시라는, 그뿐만 아니라 문인 시국강연회 때 혼자 조선말로 했고 그나마 마지못해 ‘춘향전’ 한 구절만 읽은 것이 군(軍)에서 말썽이 되니 이것으로라도 얼른 한 가지 성의를 보여야 좋으리라는 『대동아전기(大東亞戰記)』의 번역을 현은 더 망설이지 못하고 맡은 것이다.

심란한 남편의 심정을 동정해 아내는 어느 날보다도 정성들여 깨끗이 치운 서재에 일본 신문의 *기리누키를 한 뭉텅이 쏟아놓을 때, 현은 일찍 자기 서재에서 이처럼 지저분함을 느껴 본 적이 없었다.

‘철 알기 시작하면서부터 굴욕만으로 살아온 인생 사십, 사랑의 열락도 청춘의 영광도 예술의 명예도 우리에겐 없었다. 일본의 패전기라면 몰라 일본에 유리한 전기(戰記)를 내 손으로 주무르는 건 무엇 때문인가?’

현은 정말 살고 싶었다. 살고 싶다기보다 살아 견디어내고 싶었다. 조국의 적일 뿐 아니라 인류의 적이요 문화의 적인 나치스의 타도를 오직 사회주의에 기대하던 독일의 한 시인은 모로토프가 *히틀러와 악수를 하고 독소 중립조약(獨蘇中立條約)이 성립되는 것을 보고는 그만 단순한 생각에 절망하고 자살하였다 한다.

‘그 시인의 판단은 경솔하였던 것이다. 지금 독소는 싸우며 있지 않은가? 미·영·중(美英中)도 일본과 싸우며 있다. 연합군의 승리를 믿자! 정의와 역사의 법칙을 믿자! 정의와 역사의 법칙이 인류를 배반한다면 그때는 절망하여도 늦지 않을 것이다!’

기리누키
일본어. 신문 스크랩.

히틀러(Adolf Hitler)
1889~1945. 독일의 정치가, 나치스의 지도자. 제1차 세계대전의 독일 패전 후 독일노동자당에 가입하여 웅변을 통한 당의 선동가로서 정치활동에 전념하였다. 민중의 지지를 기반으로 일당독재체제를 확립, 독재자가 된 그는 경제를 재건하고 군비를 확장하여 제2차 세계대전을 일으켰으나 결국 패전하여 자살하였다.

현은 집을 팔지는 않았다. 구라파에서 제이전선이 아직 전개되지 않았고 태평양에서는 일본군이 아직 라바울을 지킨다고는 하나 멀어야 이삼 년이겠지 하는 심산으로 집을 최대한도로 잡혀만 가지고 서울을 떠난 것이다. 그곳 *공의(公醫)를 아는 것이 *반연으로 강원도 어느 산읍이었다. 철도에서 팔십 리를 버스로 들어오는 곳이요, 예전엔 현감(縣監)이 있던 곳이나 지금은 면소와 주재소뿐의 한적한 구읍이다. 어느 시골서나 공의는 관리들과 무관하니 무엇보다 그 덕으로 징용이나 면할까 함이요, 다음으로 잡곡의 소산지니 식량 해결을 위해서요, 그리고는 가까이 임진강 상류가 있어 낚시질로 세월을 기다릴 수 있음도 현이 그곳을 택한 이유의 하나였다.

공의(公醫)
관청의 위촉으로 그 구역 안의 진료와 전염병 예방을 맡아보던 의사.

반연(絆緣)
뒤얽힌 인연.

그러나 와서 실정에 부딪쳐 보니 이 세 가지는 하나도 탐탁한 것은 아니었다. 면사무소엔 상장(賞狀)이 십여 개나 걸려 있는 모범 면장으로 나라에선 상을 타나 백성에겐 그만치 원망을 사는 이 시대의 모순을 이 면장이라고 예외일 리 없어 성미가 강직해 바른말을 잘 쏘는 공의와는 사이가 일찍부터 틀린 데다가, 공의는 육 개월이나 장기간 강습으로 이내 서울 가버리고 말았으니 징용 면할 길이 보장되지 못했고 그 외에 아는 사람이라고는 공의의 소개로 처음 *지면한 향교 직원(鄉校直員)으로 있는 분인데 일 년에 단 두 번 춘추 제향 때나 고을 사람들의 기억에서 살아나는 '김직원님'으로는 친구네 양식은커녕 자기 식구 때문에도 손이 흰, 현실적으로는 현이나 마찬가지의, 아직도 상투가 있는 구식 노인인 선비였다.

지면(知面)하다 처음 만나서 서로 알게 되다. 만나서 얼굴이 익은 사이가 되다.

낚시터도 처음 와볼 때는 지척 같더니 자주 다니기엔 거의 십 리나 되는 고달픈 길일 뿐 아니라 하필 주재소 앞을 지나야 나가게 되었고 부장님이나 순사 나리의 눈을 피하려면 길도 없는 산등성이 하나를 넘어야 되는데 하루는 우편국 모퉁이에서 넌지시 살펴보니 가네무라라는 조선 순사가 눈에 띄었다. 현은 낚시 도구부터 질겁을 해 뒤로 감추며 한 걸음 물러서 바라보니 촌사람들이 무슨 나무껍질 벗겨 온 것을 면서기들과 함께 점검하는 모양이다. 웃통은 속옷 바람이나 다리는 각반을 치고 칼을 차고 회초리를 들고 이 사람 저 사람에게 거드름을 부리고 있었다. 날래 끝날 것 같지 않아 현은 이번도 다시 돌아서 뒷산등을 넘기로 하였다.

길도 없는 가닥숲을 젖히며 비 뒤의 미끄러운 비탈을 한참이나 헤매어서 비로소 펑퍼짐한 중턱에 올라설 때다. 멀지 않은 시야에 곰처럼 시커먼 것이 우뚝 마주 서는 것은 순사부장이다. 현은 산짐승에게보다 더 놀라 들었던 두 손의 낚시 도구를 이번에는 펄썩 놓아버리었다.

"당신 어데 가오?"

현의 눈에 부장은 눈까지 부릅뜨는 것으로 보였다.

"네, 바람 좀 쏘이러요."

그제야 현은 대팻밥 모자를 벗으며 인사를 하였으나 부장은 이미 딴 쪽을 바라보는 때였다. 부장이 바라보는 쪽에는 면장도 서 있었고 자세 보니 남향하여 큰 *정구(庭球) 코트만치 장방형으로 새끼줄이 치어져 있는데 부장과 면장의 대화로 보아 *신사(神社)터를 잡는 눈치였다. 현은 말뚝처럼 우뚝이 섰을 뿐 어찌해야 좋을지 몰랐다. 놓아 버린 낚시 도구를 집어올릴 용기도 없거니와 집어올린댔자 새끼줄을 두 번이나 넘으면서 신사 터를 지나갈 용기는 더욱 없었다. 게다가 부장도 면장도 무어라고 쑤군거리며 가끔 현을 돌아다본다. 꽃이라도 있으면 한 가지 꺾어 드는 체하겠는데 패랭이꽃 한 송이 눈에 띄지 않는다. 얼마 만에야 부장과 면장이 일시에 딴 쪽을 향하는 틈을 타서 수갑에 채였던 것 같던 현의 손은 날쌔게 그 시국에 태만한 증거물들을 집어 들고 허둥지둥 그만 집으로 내려오고 만 것이다.

정구(庭球)
테니스.

신사(神社)
일본에서 황실의 조상이나 국가에 공로가 큰 사람을 신으로 모신 사당.

"아버지 왜 낚시질 안 가구 도루 오슈?"

현은 아이들에게 대답할 말이 미처 생각나지도 않았거니와 그보다 먼저 현의 뒤를 따라온 듯한 이웃집 아이 한 녀석이,

"너이 아버지 부장헌테 들켜서 도루 온단다."

하는 것이었다.

낚시질을 못 가는 날은 현은 책을 보거나 그렇지 않으면 김직원을

찾아갔고 김직원도 현이 강에 나가지 않았음직한 날은 으레 찾아왔다. 상종한다기보다 모시어 볼수록 깨끗한 노인이요, 이 고을에선 엄연히 존경을 받아야 옳을 유일한 인격자요 지사였다. 현은 가끔 *기인여옥(其人如玉)이란 이런 이를 가리킴이라 느끼었다. 기미년 삼일운동 때 감옥살이로 서울에 끌려 왔었을 뿐, 조선이 망한 이후 한 번도 자의로는 총독부가 생긴 서울엔 오기를 피한 이다. 창씨를 안 하고 견디는 것은 물론, 감옥에서 나오는 날부터 다시 상투요 갓이었다. 현과는 워낙 수십 년 연장(年長)인데다 현이 한문이 부치어 그분이 지은 시를 알지 못하고, 그분이 신문학에 무관심하여 현대문학을 논담하지 못하는 것엔 서로 유감일 뿐, 불행한 족속으로서 억천 암흑 속에 일루의 광명을 향해 남몰래 더듬는 그 간곡한 심정의 촉수만은 말하지 않아도 서로 굳게 잡히고도 남아 한두 번 만남으로 서로 간담을 비추는 사이가 되었다.

기인여옥(其人如玉) 인품이 옥과 같이 맑고 깨끗한 사람.

하루 저녁은 주름 잡히었으나 *정채 돋는 두 눈에 눈물이 마르지 않은 채 찾아왔다. 현은 아끼는 촛불을 켜고 맞았다.

정채(精彩) 돋다 정채롭다. 휘황한 색채나 광채가 가득차서 빛나다.

"내 오늘 다 큰 조카 자식을 행길에서 매질을 했소."

김직원은 그저 손이 부들부들 떨며 서 있었다. 조카 하나가 면서기로 다니는데 그의 매부, 즉 이분의 조카사위 되는 청년이 일본으로 징용당해 가던 도중에 도망해왔다. 몸을 피해 처가에 온 것을 이곳 면장이 알고 그 처남더러 잡아오라 했다. 이 기미를 안 매부 청년은 산으로 뛰어올라갔다. 처남 청년은 경방단의 응원을 얻어 산을 에워싸고 토끼 잡듯 붙들어다 주재소로 넘기었다는 것이다.

"강박한 처남이로군!"

현도 탄식하였다.

"잡아오지 못하면 네가 대신 가야 한다고 다짐을 받었답디다만 대신 가기루서 제 집으로 피해 온 명색이 매부 녀석을 경방단들을 끌구 올라가 돌팔매질을 하면서꺼정 붙들어다 함정에 넣어야 옳소? 지금 젊은 놈들은 쓸개가 없습넨다!"

"그러니 지금 세상에 부모기로니 그걸 어떻게 공공연히 책망하십니까?"

"분해 견딜 수가 있소! 면소서 나오는 놈을 노상이면 어떻소. 잠자코 한참 *대설대가 끊어져나가도록 패주었지요. 맞는 제 놈도 까닭을 알 게고 보는 사람들도 아는 놈은 알었겠지만 알면 대사요."

이날은 현도 우울한 일이 있었다. 서울 *문인보국회(文人報國會)에서 문인 궐기대회가 있으니 올라오라는 전보가 온 것이다. 현에게는 엽서 한 장이 와도 먼저 알고 있는 주재소에서 장문 전보가 온 것을 모를 리 없고 일본제국의 흥망이 절박한 이때 문인들의 궐기대회에 밤낮 낚시질만 다니는 이 자가 응하느냐 안 응하느냐는 주재소뿐 아니라 일본인이요 방공 감시 초장인 우편국장까지도 흥미를 가진 듯, 현의 딸아이가 저녁때 편지 부치러 나갔더니, 너희 아버지 내일 서울 가느냐 묻더라는 것이다.

김직원은 처음엔 현더러 문인 궐기대회에 가지 말라 하였다. 가지 말라는 말을 들으니 현은 가지 않기가 도리어 겁이 났다. 그랬는데 다음날 두 번째 또 그 다음날 세 번째의 좌우간 답전을 하라는 독촉전보를 받았다. 이것을 안 김직원은 그날 일찍이 현을 찾아왔다.

"우리 따위 노혼한 것들이야 새 세상을 만난들 무슨 소용이리까만 현공 같은 젊은이는 어떡하든 부지했다가 그예 한몫 맡아 주시오. 그러

대설대
담배 설대. 담배통과 물부리 사이에 끼워 맞추는 가느다란 대통.

문인보국회(文人報國會)
정식 명칭은 '조선문인보국회'. 일제 강점기 말인 1943년 4월에 결성된 친일문학단체. 결성식이 경성 부민관 대강당에서 개최되었다. 기존의 조선문인협회, 조선하이쿠작가협회, 조선센류(川柳)협회, 국민시가연맹 등 4개 단체가 통합되어 1945년 해방일까지 존속했다. 종군작가강연회, 일본작가환영간담회, 내선작가교환회, 출진학도격려대회 등의 친일 활동을 했다.

자면 웬만한 일이건 과히 뻗대지 맙시다. 징용만 면헐 도리를 해요."

그리고 이날은 가네무라 순사가 나타나서, 이틀밖에 안 남았는데 언제 떠나느냐, 떠나면 여행 증명을 해가지고 가야 하지 않느냐, 만일 안 떠나면 참석 안 하는 이유는 무엇이냐, 나중에는, 서울 가면 자기의 회중시계 수선을 좀 부탁하겠다 하고 갔다. 현은 역시,

'살고 싶다!'

또 한번 비명을 하고 하루를 앞두고 가네무라 순사의 수선할 시계를 맡아 가지고 궂은비 뿌리는 날 서울 문인보국회로 올라온 것이다.

현에게 전보를 세 번씩이나 친 것은 까닭이 있었다. 얼마 전에 시국협력을 달갑게 여기지 않는 중견층 칠팔 인을 문인보국회 간부급 몇 사람이 정보과장과 하루 저녁의 합석을 알선한 일이 있었는데 그 날 저녁에 현만은 참석하지 못했으므로 이번 대회에 특히 순서 하나를 맡기게 되면 현을 위해서도 생색이려니와 그 간부급 몇 사람의 성의도 드러나는 것이었다. 현더러 소설부를 대표해 무슨 진언(進言)을 하라는 것이었다. 현은 얼마 앙탈해 보았으나 나타난 이상 끝까지 뻗대지 못하고 이튿날 대회 회장으로 따라나왔다. *부민관인 회장의 광경은 어마어마하였다. 모두 국민복에 예장(禮章)을 찼고 총독부 무슨 각하, 조선군 무슨 각하, 예복에, 군복에 서슬이 푸르렀고 일본 작가에 누구, 만주국 작가에 누구, 조선 문단 생긴 이후 첫 어마어마한 집회였다. 현은 시골서 낚시질 다니던 진흙 묻은 웃저고리에 바지만은 플란넬을 입었으나 국방색도 아니요, *각반도 치지 않아 자기의 복장은 시국 색조에 너무나 무감각했음이 변명할 여지가 없게 되었다. 그러나 갑자기 변장할 도리도 없어 그대로 진행되는 절차를 바라보는 동안 현은 차차 이 대회에 일종 흥미도 없지 않았

부민관
1935년에 세워진 극장. 지금의 태평로 1가 소재. 현재는 서울시 의회 건물로 사용되고 있다.

각반
걸음을 걸을 때 가든하게 하려고 아랫다리에 감는 헝겊 띠.

다. 현이 한동안 시골서 붕어나 보고 꾀꼬리나 듣던 단순해진 눈과 귀가 이 대회에서 다시 한번 선명하게 느낀 것은 파쇼 국가의 문화행정의 야만성이었다. 어떤 각하짜리는 심지어 히틀러의 말 그대로 문화란 일단 중지했다가도 필요한 때엔 일조일석에 부활시킬 수 있는 것이니 문학이건 예술이건 전쟁 도구가 못 되는 것은 아낌없이 박멸하여도 좋다 하였고, 문화의 생산자인 시인이며 평론가며 소설가들도 이런 무장각하(武裝閣下)들의 웅변에 박수갈채할 뿐 아니라 다투어 일어서, 쓰러져 가는 문화의 옹호이기보다는 관리와 군인의 저속한 비위를 핥기에만 혓바닥의 침을 말리었다. 그리고 현의 마음을 측은케 한 것은 그 핏기 없고 살 여윈 만주국 작가의 서투른 일본말로의 축사였다. 그 익지 않은 외국어에 부자연하게 움직이는 얼굴은 작고 슬프게만 보였다. 조선 문인들의 일본말은 대개 유창하였다. 서투른 것을 보다 유창한 것을 보니 유쾌해야 할 터인데 도리어 얄미운 것은 무슨 까닭일까? 차라리 제 소리 이외에는 옮길 줄 모르는 개나 도야지가 얼마나 명예스러우랴 싶었다. 약소 민족은 강대 민족의 말을 배우기 시작하는 것부터가 비극의 *감수(甘受)였던 것이다. 그렇다고 해서, 그러면 일본 작가들의 축사나 주장은 자연스럽게 보이고 옳게 생각되었느냐 하면 그것도 아니었다. 현의 생각엔 일본인 작가들의 행동이야말로 이해하기에 곤란하였다. 한때는 *유종렬(柳宗悅) 같은 사람은, "동포여 군국주의를 버리자. 약한 자를 학대하는 것은 일본의 명예가 아니다. 끝까지 이 인륜(人倫)을 유린할 때는 세계가 일본의 적이 될 것이니 그때는 망하는 것이 조선이 아니라 일본이 아닐 것인가?" 하고 외치었고, 한때는 히틀러가 조국이 없는 유태인들을 추방하고, 진시황(秦始皇)처럼 *번문욕례(繁文縟禮)를 빙자해 철학·문학을 불지를 때 이것에 제법 항의

감수(甘受)
책망이나 고통 따위를 불만 없이 달게 받음.

야나기 무네요시(柳宗悅, 1889~1961)
일본의 민예연구가이자 미술평론가. 그는 토쿄에 민예관을 설립하여 공예지도에 진력했다. 특히 일제 강점기에 광화문 철거가 논의되었을 때 적극 반대하는 등 한국의 민속예술에 많은 관심을 보였다. 1924년 조선미술관을 설립했고 이조도자기 전람회와 이조미술전람회를 열기도 했다.

번문욕례(繁文縟禮)
번거롭고 까다로운 규칙과 예절.

를 결의한 문화인들이 일본에도 있지 않았는가? 그들은 지금 무엇을 하고 찍소리도 없는 것인가? 조선인이나 만주인의 경우보다는 그래도 조국이나 저희 동족에의 진정한 사랑과 의견을 외칠 만한 자유와 의무는 남아 있지 않을 것인가? 진정한 문화인의 양심이 아직 일본에 있다면 조선인과 만주인의 불평을 해결은커녕 위로조차 아니라 불평할 줄 아는 그 본능까지 마비시키려는 사이비 종교가만이 쏟아져나오고, 저의 민족문화의 한 발원지라고도 할 수 있는 조선의 문화나 예술을 보호는 못할망정, 야만적 관료의 앞잡이가 되어 조선어의 말살과 긴치 않은 동조론(同祖論)이나 국민극(國民劇)의 앞잡이 따위로나 나와 돌아다니는 꼴들은 반세기의 일본 문화란 너무나 허무한 것이 아닌가? 물론 그네들도 양심 있는 문화인은 상당한 수난일 줄은 안다. 그러나 너무나 태평무사하지 않은가? 이런 생각에서 펀뜻 박수 소리에 놀라는 현은, 차츰 자기도 등단해야 될, 그 만주국 작가보다 더 비극적으로 얼굴의 근육을 경련시키면서 내용이 더 구린 일본어를 배설해야 될 것을 깨달을 때, 또 여태껏 일본 문화인들을 비난하며 있던 제 속을 들여다볼 때 '네 자신은 무어냐? 네 자신은 무엇 허러 여기 와 앉아 있는 거냐?' 현은 무서

운 꿈 속이었다. 뛰어도 뛰어도 그 자리에만 있는 꿈속에서처럼 현은 기를 쓰고 뛰듯 해서 겨우 자리를 일어섰다. 일어서고 보니 걸음은 꿈과는 달라 옮겨지었다. 모자가 남아 있는 것도 의식 못 하고 현은 모든 시선이 올가미를 던지는 것 같은 회장을 슬그머니 빠져나오고 말았다.

'어찌 될 것인가? 의장 가야마 선생은 곧 내가 나설 순서를 지적할 것이다. 문인보국회 간부들은 그 어마어마한 고급관리와 고급군인들의 앞에서 창씨 안 한 내 이름을 외치면서 찾을 것이다!'

위에서 누가 내려오는 소리가 난다. 우선 현은 변소로 들어섰다. 내려오는 사람은 절거덕절거덕 칼소리가 났다. 바로 이 부민관 식당에서 언젠가 한번 우리 문인들에게, 너희가 황국 신민으로서 충성하지 않을 때는 이 칼이 너희 목을 용서하지 않을 것이다 하던 그도 우리 동포인 무슨 중좌인가 그자인지도 모르는데 절거덕 소리는 변소로 들어오는 눈치다. 현은 얼른 대변소 속으로 들어섰다. 한참 만에야 소변을 끝낸 칼 소리의 주인공은 나가 버리었다. 그러나 그 뒤를 이어 이내 다른 구두 소리가 들어선다. 누구이든 이 속을 엿볼 리는 없을 것이나, 현은, 그 시골서 낚시질을 가던 길 산등성이에서 순사부장과 닥뜨리었을 때처럼 꼼짝 못 하겠다. 변기는 씻겨 내려가는 식이나, 상당한 무더위와 독하도록 불결한 내다. 현은 담배를 꺼내 피워 물었다. 아무리 유치장이나 감방 속이기로 이다지 좁고 이다지 더러운 공기는 아니리라 싶어 사람이 드나드는 곳치고 용무 이외에 머무르기 힘든 곳은 변소 속이라 느낄 때, 현은 쓴웃음도 나왔다. 먼 삼층 위에선 박수 소리가 울려 왔다. 그리고는 조용하다. 조용해진 지 얼마 만에야 현은 밖으로 나왔다. 그리고 맨머리 바람인 채, 다시 한번 될 대로 되어라 하고 시내에서 그 중 동뜬 성북동에 있는 친구에게로 달려오고 만 것이다.

어찌 되었든 현이 서울 다녀온 보람은 없지 않았다. 깔끔하여 인사도 제대로 받지 않으려던 가네무라 순사가 시계를 고쳐다 준 이후로는 제법 상냥해졌고, 우편국장 · 순사부장 · 면장 들이 문인대회에서 전보를 세 번씩이나 쳐서 불러간 현을 그전보다는 약간 평가를 높이 하는 듯, 저의 편에서도 자진해 인사를 보내게쯤 되어 이제는 그들이 보는 데도 낚싯대를 어엿이 들고 지나다니게쯤 되었다.

낚시질은, 현이 사용하는 도구나 방법이 동양 것이어서 그런지는 몰라도 역시 동양적인 *소견법(消遣法)의 하나 같았다. 곤드레가 그린 듯이 소식 없기를 오랠 때에는 그대로 강 속에 마음을 둔 채 조을고도 싶었고, 때로는 거친 목소리나마 한 가락 노래도 흥얼거리고 싶은 것인데 이런 때는 신시(新詩)보다는 시조나 한시(漢詩)를 읊는 것이 제격이었다.

*소현의산각 관루사종현 (小縣依山脚 官樓似鐘懸)
관서제조리 청소낙화전 (觀書啼鳥裏 聽訴落花前)
봉박칭빈리 신한호산선 (俸薄稱貧吏 身閑號散仙)
신참조어사 월반재강변 (新參釣魚社 月半在江邊)

현이 이곳에 와서 무엇이고 군소리 내고 싶은 때 즐겨 읊조리는 한시다. 한번은 김직원과 글씨 이야기를 하다가 *고비(古碑) 이야기가 나오고 나중에는 심심하니 동구(洞口)에 늘어선 현감비(縣監碑)들이나 구경 가자고 나섰다. 거기서 현은 가장 첫머리에 선 *대산 강진(對山姜瑨)의 비를 그제야 처음 보았고 이조말 사가시(四家詩)의 계승자라고 하는 시인 대산이 한때 이곳 현감으로 왔던 사적을 반겨 놀라지 않을

소견법(消遣法)
마음을 붙이어 세월을 보내는 방법.

소현의산각 관루사종현
(小縣依山脚 官樓似鐘懸)
관서제조리 청소낙화전
(觀書啼鳥裏 聽訴落花前)
봉박칭빈리 신한호산선
(俸薄稱貧吏 身閑號散仙)
신참조어사 월반재강변
(新參釣魚社 月半在江邊)
원제는 「협현(峽懸)」, 『대산시집초』 권2의 제 43장에 수록.
조그만 고을 산자락에 기대있으니 / 관청이라고 경쇠를 매단 듯 / 새 지저귀는 속에서 책을 읽고 / 꽃 지는 앞에서 송사를 듣는다 / 봉급이 얄팍하여 빈리라 일컫겠으나 / 몸은 한가로우니 신선이라 하겠구려 / 새로 낚시 모임에 참여하니 / 한 달에 반이나 강가에 나가있다네.

고비(古碑)
옛날의 비석.

대산 강진 (對山姜瑨, 1807~1858)
조선후기 순조~철종 때 사람으로 자는 진여. 대산은 호다. 화가로 이름높은 표암 강세황의 증손으로 헌종 때 규장각 검서를 지냈고, 철종 때 안협 현감으로 나간 바 있다.

수 없었다. 그 길로 김직원 댁으로 가서 두 권으로 된 이 『대산집(對山集)』을 빌리어다 보니 중년작은 거의가 이 산읍에 와서 지은 것이며 현이 가끔 올라가는 만경산(萬景山)이며 낚시질 오는 용구소(龍九沼)며 여조 유신(麗朝遺臣) 허모(許某)가 와 은둔해 있던 곳이라는 두문동(杜門洞)이며 진작 이 시인 현감의 시제(詩題)에 오르지 않은 구석이 별로 없다. 그는 일찍부터 *출재산수향(出宰山水鄕) 독서송계림(讀書松桂林)의 한퇴지(韓退之)의 유풍을 사모하여 이런 산수향에 수령되어 왔음을 만족해한 듯하다. 새 우짖는 소리 속에 책을 읽고 꽃 흩는 나무 앞에서 백성의 시비를 가리는 것이라든지, 녹은 적으나 몸 한가한 것만 신선이어서 새로 낚시꾼들에게 끼여 한 달이면 반은 강변에서 지내는 것을 스스로 호강스러워 예찬한 노래다. 벼슬살이가 이러할진댄 *도연명(陶淵明)인들 굳이 팽택령(彭澤令)을 버렸을 리 없을 것이다. 몸이야 관직에 매였더라도 음풍영월(吟風詠月)만 할 수 있으면 문학이었고 굳이 관대를 끄르고 전원(田園)에 돌아갔으되 역시 음풍영월만이 문학이긴 마찬가지였다.

출재산수향 독서송계림(出宰山水鄕 讀書松桂林)
산수 좋은 고장에 고을살이 나가니, 송계의 숲에서 책을 읽으리.
이 시는 중국 당의 문학가 한유가 지방의 수령으로 나가는 사람에게 지어준 것.

도연명(陶淵明, 365~427)
중국의 시인. 「도화원기」, 「귀거래사」, 「오류선생전」 등이 유명하다.

'관서제조리, 청소나화전! 이런 운치의 정치를 못 가져본은 현대 정치인의 불행이라 할 수 있을 것이다! 그러나 다시 이런 운치 정치로 살 수 있는 세상이 올 수 있을 것인가? 음풍영월만으로 소견 못 하는 것이 현대문인의 불행이기도 할 것이다. 그러나 마찬가지로 음풍영월이 문학일 수 있는 세상이 다시 올 수 있을 것인가? 아니 그런 세상이 올 필요나 있으며 또 그런 것이 현대 정치가나 예술가의 과연 흠모하는 생활이며 명예일 수 있을 것인가?'

현은 무시로 대산의 시를 입버릇처럼 읊조리면서도 그것은 한낱 왕조 시대의 고완품(古翫品)을 애무하는 것 같은 취미요 그것이 곧 오늘 자기 문학 생활에 관련성을 가진 것이라고는 생각되지 않았다.

'그렇다고 내 자신이 걸어온 문학의 길은 어떠하였는가? 봉건시대의 소견문학과 얼마만한 차이를 가졌는가?'

현은 이것을 붓을 멈추고 자기를 전망할 수 있는 이 피난처에 와서야, 또는 강대산 같은 전 세대 시인의 작품을 읽고야 비로소 반성하는 것은 아니었다. 현의 아직까지의 작품세계는 대개 신변적인 것이 많았다. 신변적인 것에 즐기어 한계를 둔 것은 아니나 계급보다 민족의 비애에 더 솔직했던 그는 계급에 편향했던 좌익엔 차라리 반감이었고 그렇다고 일제의 조선 민족 정책에 정면 충돌로 나서기에는 현만이 아니라 조선 문학의 진용 전체가 너무나 미약했고 너무나 국제적으로 고립해 있었다. 가끔 품속에 서린 현실자로서의 고민이 불끈거리지 않았음은 아니나, 가혹한 검열제도 밑에서는 오직 인종(忍從)하지 않을 수 없었고 따라 *체관(諦觀)의 세계로밖에는 열릴 길이 없었던 것이다.

체관(諦觀)
사물의 본체를 상세하게 살펴봄.

'자, 이젠 무엇을 어떻게 쓸 것인가? 일본이 망할 것은 정한 이치다. 미리 준비를 하자! 만일 일본이 망하지 않는다면? 조선은 문학이니 문화니가 문제가 아니다. 조선말은 그예 우리 민족에게서 떠나고 말 것이니 그때는 말만이 아니라 민족 자체가 성격적으로 완전히 파산되고 마는 최후인 것이다. 이런 끔찍한 일본 군국주의의 음모를 역사는 과연 일본에게 허락할 것인가?'

현은 아내에게나 김직원에게는 멀어야 이제부터 일 년이란 것을 누누이 역설하면서도 정작 저 혼자 따져 생각할 때는 너무나 정보(情報)에 어두워 있으므로 막연하고 불안하였다. 그러나 파시즘의 국가들이 이기기나 하면 어쩌나 하는 불안은 이내 사라졌다. 무솔리니의 실각, 제이전선의 전개, 사이판의 함락, 일본 신문이 전하는 것만으로도 전쟁의 대세는 이미 결정되어 있었다.

그렇다고 현은 붓을 들 수는 없었다. 자기가 쓰기는커녕 남의 것을 읽는 것조차 마음은 여유를 주지 않았다. 강가에 앉아 '관서제조리, 청소낙화전'은 읊조릴망정, 태서 대가들의 역작 · 명편은 도무지 머릿속에 들어오지 않아, 다시 읽는 *『전쟁과 평화』를 일 년이 걸리어도 하권은 그예 못다 읽고 말았다. 집엔 들어서기만 하면 쌀 걱정, 나무 걱정, 방바닥 뚫어진 것, 부엌 불편한 것, 신발 없는 것, 옷감 없는 것, 약 없는 것, 나중엔 삼 년은 견딜 줄 예산한 집 잡힌 돈이 일년이 못다 되어 바닥이 났다. 징용도 아직 보장이 되지 못하였는데 남자 육십 세까지의 국민의용대 법령이 나왔다. 하루는 주재소에서 불렀다. 여기는 시달서도 없이 소사가 와서 이르는 것이나 불안하고 불쾌하긴 마찬가지다. 다만 그 불안을 서울서처럼 궁금한 채 내일까지 기다리는 것이 아니라 그 길로 달려가 즉시 결과를 알 수 있는 것만 다행이었다.

「전쟁과 평화」(1864~1869)
제정러시아의 작가 톨스토이가 쓴 장편소설. 나폴레옹의 침략을 배경으로 상류회의 전제와 그에 저항하는 귀족 안드레이와 피엘이 번민하며 각성하는 과정을 그린 작품.

주재소에는 들어설 수 없게 문간에까지 촌사람들로 가득하였다. 현은 자기를 부른 일과 무슨 관계가 있나 해서 가만히 눈치부터 살피었다. 농사 진 밀 · 보리는 종자도 남기지 않고 모조리 걷어들여 오고 이름만 농가라고 배급은 주지 않으니 무얼 먹고 살라느냐, 밤낮 증산이니, 무슨 공출이니 하지만 먹어야 농사도 짓고 먹어야 머루 덤불도, 관솔도, 참나무 껍질도 해다 바치지 않느냐, 면에다 양식 배급을 주도록 말해 달라고 진정하러들 온 것이었다. 실실 웃기만 하고 앉았던 부장이 현을 보더니 갑자기 얼굴에 위엄을 갖추며 밖으로 나왔다.

"오늘은 낚시질 안 갔소?"

"안 갔습니다."

"당신을 *경방단에도, 방공 감시에도 뽑지 않은 것은 나라를 위해서 글을 쓰라고 그냥 둔 것인데 자꾸 낚시질만 다니니까 소문이 나쁘게 나는 것이오. 내가 어제 본서에 들어갔더니, 거긴, 어떤 한가한 사람이 있어 버스에서 보면 늘 낚시질을 하니, 그게 누구냐고 단단히 말을 합디다. 인전 우리 일본제국이 완전히 이길 때까지 낚시질은 그만둡시다."

현은,

"그렇습니까? 미안합니다."

하는 수밖에 없었다.

"그리고 당신은, 출정 군인이 있을 때마다 여기서 장행회가 있는데 한 번도 나오지 않지 않었소?"

"미안합니다. 앞으론 나오겠습니다."

현은 몹시 우울했다.

첫 장마 지난 후, 고기들이 살도 올랐고 떼지어 활발히 이동하는 것도 이제부터다. 일 년 중 강물과 제일 즐길 수 있는 당절에 그만 금족을 당하는 것이었다. 낚시 도구는 꾸려 선반에 얹어 두고, 자연 김직원과나 자주 만나는 것이 일이 되었다. 만나면 자연 시국 이야기요, 시국 이야기면 이미 독일도 결딴났고 일본도 벌써 적을 오키나와까지 맞아들인 때라 자연히 낙관적 관찰로서 조선 독립의 날을 꿈꾸는 것이었다.

"국호(國號)가 고려국이라고 그러셨나?"

현이 서울서 듣고 온 것을 한번 김직원에게 이야기한 적이 있다.

"고려민국이랍디다."

"어째 고려라고 했으리까?"

"외국에는 조선이나 대한보다는 고려로 더 알려졌기 때문인가 봅니

경방단(警防團)
일제가 대중 통제를 위해 1939년 7월 부령(府令) 경방단 규칙에 의해 설립한 기관.

1944년 양성 교육을 받는 경방단

다. 직원님께선 무어라 했으면 좋겠습니까?"

"그까짓 국호야 뭐래든 얼른 독립이나 됐으면 좋겠소. 그래도 이왕이면 우리넨 대한이랬으면 좋을 것 같어."

"대한! 그것도 이조 말에 와서 망할 무렵에 잠시 정했던 이름 아닙니까?"

"그렇지요. 신라나 고려나처럼 한때 그 조정이 정했던 이름이죠."

"그렇다면 지금 다시 이왕시대(李王時代)가 아닐 바엔 대한이란 거야 무의미허지 않습니까? 잠시 생겼다 망했다 한 나라 이름들은 말씀대로 그때그때 조정이나 임금 마음대로 갈었지만 애초부터 우리 민족의 이름은 조선이 아닙니까?"

"참, 그러리다. 사기에도 고조선이니 위만조선(衛滿朝鮮)이니 허구 조선이란 이름이야 흠뻑 오라죠. 그런데 나는 말이야……."

하고 김직원은 누워서 피우던 담뱃대를 놓고 일어나며,

"난 그전대로 국호도 대한, 임금도 영친왕을 모셔 내다 장가나 조선 부인으루 다시 듭시게 해서 전주이씨 왕조를 다시 한번 모셔보구 싶어."

하였다.

"전조(前朝)가 그다지 그리우십니까?"

"그립다뿐이겠소. 우리 따위 필부가 무슨 불사이군(不事二君)이래서보다도 왜놈들 보는데 대한 그대로 광복(光復)을 해가지고 이번엔 고놈들을 한번 앙갚음을 해야 허지 않겠소?"

"김직원께서 이제 일본으로 총독 노릇을 한번 가보시렵니까?"

하고 둘이는 유쾌히 웃었다.

"고려민국이건 무어건 그래 군대도 있구 연합국간엔 승인도 받었으리까?"

"진가는 몰라도 일본에 선전 포고꺼정 허구 군대가 김일성 부하, *김원봉 부하, 이청천 부하, 모다 삼십만은 넘는다는 말이 있습니다."

"삼십만! 제법 대군이로구려! 옛날엔 십만이라두 대병인데! 거 인제 독립이 돼 가지구 우리 정부가 환국할 땐 참 장관이겠소! 오래 산 보람 있으려나 보!"

하고 김직원은 다시 담배를 피워 물었다. 그리고 그 피어오르는 연기 속에서 삼십만 대병으로 호위된 우리 정부의 복식 찬란한 헌헌장부들의 환상(幻像)을 그려 보는 것이었다. 나중에는 감격에 가슴이 벅찬 듯 후— 한숨을 쉬는 김직원의 눈은 눈물까지 글썽해 있었다.

김원봉(金元鳳)
1898~1958, 약산(若山). 약관의 나이에 의열단을 창단, 치열한 투쟁을 전개하였으며, 조선의용대를 창설해 일본군과 맞서 싸웠다. 김약산과 젊은 그들의 활약은 거의 신화적인 것이었으니, 조선 민중은 임시정부의 존재는 몰라도 김약산과 의열단은 모두 알고 있을 정도였다.

그 후 얼마 안 있어서다. 하루는 김직원이 주재소에 불려갔다. 별일은 아니라 읍에서 군수가 경비전화를 통해 김직원을 군청으로 들어오라는 기별이었다. 김직원은 이튿날 버스로 칠십 리나 들어가는 군청으로 갔다. 군수는 반가이 맞아 자기 관사에서 저녁을 차리고, 김직원에게 이런 말을 하였다.

"왜 지난달 춘천(春川)서 열린 도 유생대회(道儒生大會)엔 참석허지 않었습니까?"

"그것 때문에 부르셨소?"

"아니올시다. 더 드릴 말씀이 있습니다."

"다 허시지요."

"이왕 지나간 대회 이야기보다도…… 인전 시국이 정말 국민에게 한 사람에게도 방관할 여율 안 준다는 건 나뿐 아니라 김직원께서도 잘 아실 겁니다. 노인께 이런 말씀 드리는 건 미안합니다만 너무 고루하신 것 같은데 성인도 시속을 따르랬다고 대세가 그렇지 않습니다."

"그래서요?"

"이번에 전국 유도대회(全國儒道大會)를 앞두고 군(郡)에서 미리 국어와 황국정신에 대한 강습이 있습니다. 그러니 강습에 오시는 데 미안합니다만 머리를 인전 깎으시고 대회에 가실 때도 필요할 게니 국민복도 한 벌 장만하십시오."

"그 말씀뿐이오?"

"그렇습니다."

신체발부 수지부모(身體髮膚 受之父母)
'몸 전체는 부모에게서 받은 것'이라는 뜻.

낙치(落齒)
늙어서 이가 빠짐.

"나 유생인 건 사또께서 잘 아시리다. *신체발부(身體髮膚)는 수지부모(受之父母)란 성현의 말씀을 지키지 않구 유생은 무슨 유생이며 유도대회는 무슨 유도대회겠소. 나 향교 직원 명예로 허는 것 아니오. 제향 절차 하나 제대로 살필 위인이 없으니까 그곳 사는 후학(後學)으로서 성현께 대한 도리로 맡어온 것이오. 이제 머리를 깎어라, *낙치(落齒)가 다 된 것더러 일본말을 배워라, 복색을 갈어라, 나 직원 내노란 말씀이니까 잘 알아들었소이다."

하고 나와 버린 것인데, 사흘이 못 되어 다시 주재소에서 불렀다. 또 읍에서 나온 전화 때문인데 이번에는 경찰서에서 들어오라는 것이다 김직원은 그 길로 현을 찾아왔다.

"현공? 저놈들이 필시 나헌테 강압 수단을 쓸랴나 보."

"글쎄올시다. 아무튼 메칠 안 남은 발악이니 충돌은 마시고 잘 모면만 하십시오."

"불러도 안 들어가면 어떠리까?"

"그건 안 됩니다. 지금 핑계가 없어서 구속을 못 하는데 관명 거역이라고 유치나 시켜 놓고 머리를 깎이면 그건 기미년 때처럼 꼼짝 못허구 당허십니다."

"옳소, 현공 말이 옳소."
하고 김직원은 그 이튿날 또 읍으로 갔는데 사흘이 되어도 나오지 않았고 나흘째 되던 날이 바로 '팔월 십오일' 인 것이었다.

그러나 현은 라디오는커녕 신문도 이삼 일이나 늦는 이곳에서라 이 역사적 '팔월 십오일' 을 아무것도 모르는 채 지나버리었고, 그 이튿날 아침에야 서울 친구의 다만 '급히 상경하라' 는 전보로 비로소 제 육감이 없지는 않았으나 그러나 여행증명도 얻을 겸 눈치를 보러 주재소에 갔으되, 순사도 부장도 아무런 이상이 없었을 뿐 아니라 가네무라 순사에게 넌지시, 김직원이 어찌 되어 나오지 못하느냐 물었더니,

"그런 고집불통 영감은 한참 그런 데서 땀 좀 내야죠!"
한다.

"그럼 구금이 되셨단 말이오?"

"뭐 잘은 모릅니다. 괜히 소문내지 마슈."
하고 말을 끊는데, 모두가 변한 것이 조금도 없다.

'급히 상경하라. 무슨 때문인가?'

현은 궁금한 채 버스를 기다리는데 이날은 버스가 정각 전에 일찍 나왔다. 이 차에도 김직원이 나타나는 것을 보지 못하고 현은 떠나고 말았다.

버스 속엔 아는 사람도 하나 없다. 대부분이 국민복들인데 한 사람도 그럴듯한 기색은 보이지 않는다. 한 사십 리 나와 저쪽에서 들어오는 버스와 마주치게 되었다. 이쪽 운전사가 팔을 내밀어 저쪽 차를 같이 세운다.

"어떻게 된 거야?"

"무에 어떻게 돼?"

"철원은 신문이 왔겠지?"

"어제 방송대루지 뭐."

"잡음 때문에 자세들 못 들었어. 그런데 무조건 정전이라지?"

두 운전사의 문답이 이에 이를 때, 누구보다도 현은 좁은 틈에서 벌떡 일어섰다.

"그게 무슨 소리들이오?"

"전쟁이 끝났답니다."

"뭐요? 전쟁이?"

"인전 끝이 났어요."

"끝! 어떻게요?"

"글쎄, 그걸 잘 몰라 묻습니다."

하는데 저쪽 운전대에서,

항복을 선언하는 왕 쇼와.

"결국 일본이 지구 만 거죠. 철원 가면 신문을 보십니다."

하고 차를 달려 버린다. 이쪽 차도 갑자기 구르는 바람에 현은 펄석 주저앉았다.

'옳구나! 올 것이 왔구나! 그 지리하던 것이……'

현은 코허리가 찌르르해 눈을 슴벅거리며 좌우를 둘러보았다. 확실히 일본 사람은 아닌 얼굴들인데 하나같이 무심들하다.

항복 방송을 듣고 거리로 나온 사람들.

"여러분은 인제 운전사들의 대활 못 들었습니까?"

서로 두리번거릴 뿐, 한 사람도 응하지 않는다.

"일본이 지고 말었다면 우리 조선이 어떻게 될 걸 짐작들 허시겠지요?"

그제야 그것도 조선옷 입은 영감 한 분이,

"어떻게든 되는 거야 어디 가겠소? 어떤 세상이라고 똑똑히 모르는 걸 입을 놀리겠소?"
한다. 아까는 다소 흥미를 가지고 지껄이던 운전사까지,
"그렇지요. 정말인지 물어 보기만도 무시무시헌걸요."
하고, 그 피곤한 주름살, 그 움푹 들어간 눈으로 버스를 운전하는 표정뿐이다.

현은 고개를 푹 수그렸다. 조선이 독립된다는 감격보다도 이 불행한 동포들의 얼빠진 꼴이 우선 울고 싶게 슬펐다.

'이게 나 혼자 꿈이나 아닌가?'

현은 철원에 와서야 꿈 아닌 경성일보를 보았고, 찾을 만한 사람들을 만나 굳은 악수와 소리나는 울음을 울었다. 하늘은 맑아 박꽃 같은 구름송이, 땅에는 무럭무럭 자라는 곡식들, 우거진 녹음들, 어느 것이고 우러러 절하고 소리 지르고 날뛰고 싶었다.

*

현은 십칠일날 새벽, 뚜껑 없는 모래차에 모래 실리듯 한 사람 틈에 끼여, 대통령에 누구, 육군 대신에 누구, 그러다가 한 정거장을 지날 때마다 목이 터지게 독립 만세를 부르며 이날 아침 열시에 열린다는 건국대회에 미치지 못할까 보아 초조하면서 태극기가 휘날리는 열광의 정거장들을 지나 서울로 올라왔다.

청량리 정거장을 나서니, 웬일일까, 기대와는 달리 서울은 사람들도 냉정하고 태극기조차 보기 드물다. 시내에 들어서니 독 오른 일본 군인들이 *일촉즉발(一觸卽發)의 예리한 무장으로 거리마다 목을 지키고

일촉즉발(一觸卽發) 한 번 건드리기만 해도 폭발할 듯한 매우 위급한 상태.

경성일보가 의연히 태연자약한 논조다.

현은 전보 쳐준 친구에게로 달려왔다. 손을 잡기가 바쁘게 건국대회가 어디서 열리느냐 하니, 모른다 한다. 정부 요인들이 비행기로 들어왔다는데 어디들 계시냐 하니, 그것도 모른다 한다. 현은, 대체 일본 항복이 사실이긴 하냐 하니, 그것만은 사실이라 한다. 현은 전신에 피곤을 느끼며 걸상에 주저앉아 그제야 여러 시간 만에 처음 정신을 가다듬었다. 그리고 이 친구로부터 팔월 십오일 이후 이틀 동안의 서울 정황을 대강 들었다.

현은 서울 정황에 불쾌하였다. 총독부와 일본 군대가 여전히 조선민족을 명령하고 앉았는 것과, 해외에서 임시정부가 오늘 아침에 들어왔다, 혹은 오늘 저녁에 들어온다 하는 이때 그새를 못 참아 건국(建國)에 독단적인 계획들을 발전시키며 있는 것과, 문화면에 있어서도, 현 자신은 그저 꿈인가 생시인가도 구별되지 않는 이 현혹한 찰나에, 또 문화인들의 대부분이 아직 지방으로부터 모이기도 전에, 무슨 이권이나처럼 재빨리 간판부터 내걸고 서두르는 것들이 도시 불순하고 경망해 보였던 것이다. 현이 더욱 걱정되는 것은 벌써부터 기치를 올리고 부서를 짜고 덤비는 축들이, 전날 좌익 작가들의 대부분임을 알게 될 때, 문단 그 사회보다도, 나라 전체에 좌익이 발호할 수 있는 때요, 좌익이 제멋대로 발호하는 날은, 민족상쟁 자멸의 파탄을 일으키지 않을까 하는 위험성이었다. 현은 저 자신의 이런 걱정이 진정일진댄, 이러고만 앉았을 때가 아니라 생각되어 그 *'조선문화건설중앙협의회' 란 데를 찾아갔다. 전날 *구인회(九人會) 시대, *문장(文章) 시대에 자별하게 지내던 친구도 몇 있었으나 아닌 게 아니라 전날 좌익이었던 작가와 평론가가 중심이었다. 마침 기초된 선언문을 수정하면서들 있었

조선문화건설중앙협의회
해방 직후 1945년 8월 18일에 결성된 좌익 문화단체 '문건'이라고도 한다. 임화, 이원조 등이 서울 종로에 있는 한청 빌딩에 설치하였다.

구인회(九人會)
1030년 결선한 문하동인회. 김기림, 이효석, 정지용, 이무영 등이 순수문학을 지향하며 결성했다.

문장(文章)
1939년 2월에 창간된 문예지. 이태준 주간으로 발행된 당시의 대표적인 순문예지로 작품 발표와 고전 발표, 신인의 배출과 양성에 주력하여 신문학사에 큰 공적을 남겼으나 일제의 탄압으로 1941년 폐간되었다.

다. 현은 마음속으로 든든히 그들을 경계하면서 그들이 초안한 선언문을 읽어 보았다. 두 번 세 번 읽어 보았다. 그리고 그들의 표정과 행동에 혹시라도 위선적인 데나 없나 엿보기를 게을리 하지 않으며 적이 속으로 이상하게 생각하지 않을 수 없었다.

'이들에게 이만큼 조선 사정에 진실한 정신적 준비가 있었던가?'

현은 그들의 태도와 주장에 알고 보니 한 군데도 이의(異意)를 품을 데가 없었다. '장래 성립할 우리 정부의 문화 · 예술 정책이 서고, 그 기관이 탄생되어 이 모든 임무를 수행할 때까지, 우선, 현계단의 문화 영역의 통일적 연락과 각 부문의 질서화를 위하여' 였고 '조선 문화의 해방, 조선 문화의 건설, 문화전선의 통일' 이것이 전진 구호였던 것이다. 좌우를 막론하고 민족이 나아갈 노선에서 행동 통일부터 원칙을 삼아야 할 것을 현은 무엇보다 긴급으로 생각한 것이요, 좌익 작가들이 이것을 교란할까 보아 걱정한 것이며 미리부터 일종의 증오를 품었던 것인데 사실인즉 알아볼수록 그것은 현 자신의 *기우(杞憂)였었다. 아직 이 이상 구체안이 있을 수도 없는 때이나, 이들로서 계급혁명의 선수를 걸지 않는 것만은 이들로는 주저나 자중이 아니라, 상당한 자기비판과 국제 노선과 조선 민족의 관계를 심사숙고한 연후가 아니고는, 이처럼 일견 단순해 보이는 태도나 원칙만엔 만족할 리가 없을 것이었다. 현은 다행한 일이라 생각하고 즐겨 그 선언에 서명을 같이 하였다.

기우(杞憂)
쓸데없는 군걱정을 함. 또는 그 걱정.

그러나 도시 마음이 놓이지는 않았다. '모든 권력은 인민에게로!' 이런 깃발과 노래만 이들의 회관에서 거리를 향해 나부끼고 울려 나왔다. 그것이 진리이긴 하나 아직 민중의 귀에만은 이른 것이었다. 바다 위로 신기루같이 황홀하게 떠들어올 나라나, 대한이나, 정부나, 영웅들을 고대하는 민중들은, 저희 차례에 갈 권리도 거부하면서까지 화려한 환상과 감격에 더 사무쳐 있는 때이기 때문이다. 현 자신까지도 '모—든 권력은 인민에게로'가 이들이 민주주의자로서가 아니라 그전 공산주의자로서의 습성에서 외침으로만 보일 때가 한두 번 아니었고, 위고 같은 이는 이미 전 세대에 있어 '국민보다 인민에게'를 부르짖은 것을 생각할 때, 오늘 우리의 이 시대, 이 처지에서 '인민에게'란 말이 그다지 새롭거나 위험스럽게 들릴 것도 아무것도 아닌 줄 알면서도, 현은 역시 조심스러웠고, 또 현을 진실로 아끼는 친구나 선배의 대부분이, 현이 이들의 진영 속에 섞인 것을 은근히 염려하는 것이었다. 그런 데다 객관적 정세는 날로 복잡다단해졌다. 임시정부는 민중이 꿈꾸는 것 같은 위용(偉容)은커녕 개인들로라도 쉽사리 나타나주지 않았고, 북쪽에서는 소련군이 일본군을 여지없이 무찌르며 조선인의 골수에 사무친 원한을 충분히 이해해서 왜적에 대한 철저한 소탕을 개시한 듯 들리나, 미국군은 조선 민중의 기대는 모른 척하고 일본인들에게 관대한 삐라부터를 뿌리어, 아직도 총독부와 일본 군대가 조선 민중에게 "보아라 미국은 아직 일본과 상대이지 너희 따위 민족은 문제가 아니다" 하는 자세를 부리기 좋게 하였고, 우리 민족 자체에서는 '인민공화국'이란, 장래 해외 세력과 대립의 예감을 주는 조직이 나타났고, '조선문화건설중앙협의회'와 선명히 대립하여 '*프롤레타리아예술연맹'이란, 좌익문학인들만으로 문화운동 단체가 기어이 일어나고 말았다.

이 '프로예맹'이 대두함에 있어, 현은 물론, '문협'에서들은, 겉으로는 "역사나 시대는 그네들의 존재 이유를 따로 허락치 않을 것이다" 하고 비웃어버리려 하나 속으로는 '문화 전선 통일'에 성실하면 성실한 만치 무엇보다 먼저 해결하지 않으면 안 될 당면과제의 하나였다. 현

프롤레타리아예술연맹(프로예맹)
좌익 진영의 이기영, 한설야 등이 조선문화건설중앙협의회에 대항하여 만든 단체, 후에 두 단체가 합쳐져 조선문학가동맹이 탄생했다.

이기영

한설야

이 더욱 불쾌한 것은 '프로예맹' 선언강령이 '문협' 것과 별로 다를 것이 없는 점이요, 그렇다면 과거에 좌익작가들이, 과거에 자기들과 대립 존재였던 현을 책임자로 한 '문학건설본부'에 들어 있기 싫다는 표시로도 생각할 수 있는 점이다. 하루는 우익 측 몇 친구가 '프로예맹'의 출현을 기다리었다는 듯이 곧 현을 조용한 자리에 이끌었다.

"당신의 진의는 우리도 모르지 않소. 그러나 급기야 당신이 거기서 못 배겨나리다. 수포에 돌아가리다. 결국 모모(某某)들은 당신 편이기보단 프로예맹 편인 것이오. 나중에 당신만 지붕 쳐다보는 꼴이 될 것이니 진작 나와 우리끼리 따로 모입시다. 뭣 허러 서로 어성버성한 속에서 챙피만 보고 계시오?"

현은 그들에게 이 기회에 신중히 생각할 여지가 있다는 것만은 수긍하고 헤어졌다. 바로 그 다음날이다. 좌익 대중 단체 주최의 데모가 종로를 지나게 되었다. 연합국기 중에도 맨 붉은 기뿐이요, 행렬에서 부르는 노래도 *적기가(赤旗歌)다. 거리에 섰는 군중들은 모두 이 데모에 냉정하다. 그런데 '문협' 회관에서만은 열광적 박수와 환호로 이 데모에 응할 뿐 아니라, 이제 연합군 입성 환영 때 쓸 연합국기들을 다량으로 준비해두었는데, '문협'의 상당한 책임자의 하나가 묶어 놓은 연합국기 중에서 소련 것만을 끄르더니 한아름 안고 가 사층 위로부터 행렬 위에 뿌리는 것이다. 거리가 온통 시뻘개진다. 현은 대뜸 뛰어가 그것을 막았다. 다시 집으러 가는 것을 또 막았다.

적기가(赤旗歌)
독일 민요와 영국 노동가요에서 출발해 1930년대에 한반도에 들어와 지금은 북한에서 널리 불리는 혁명가요.

"침착합시다."

"침착헐 이유가 어디 있소?"

양편이 다 같이 예리한 시선의 충돌이었다. 뿐만 아니라 옆에 섰던 젊은 작가들은 하나같이 현에게 모멸의 시선을 던지며 적기를 못 뿌리는 대신, 발까지 구르며 박수와 환호로 좌익 데모를 응원하였다. 데모가 지나간 후, 현의 주위에는 한 사람이 가까이 오지 않았다. 현은 회관을 나설 때 몹시 외로웠다. 이들과 헤어지더라도 이들 수효만 못지 않은, 문학단체건, 문화단체건 만들 수 있다는 자신도 솟았다.

'그러나……

그러나…….'

현은 밤새도록 궁리했다. 그 이튿날은 회관에 나오지 않았다.

'마음에 맞는 친구끼리만? 그런 구심적(求心的)인 행동이 이 거대한 새 현실에서 어떤 결과를 가져올 것인가? 새 조선의 자유와 독립은 대중의 자유와 독립이라야 한다. 그들이 대중운동에 그처럼 열성인 것을 나는 몰이해는커녕 도리어 그것을 배우고 그것을 추진시키는 데 티끌만치라도 이바지하려는 것이 내 양심이다. 다만 적기만 뿌리는 것이 이 순간 조선의 대중운동이 아니며 적기 편에 선 것만이 대중의 전부가 아니란, 그것을 나는 지적하려는 것이다. 이런 내 심정을 몰라 준다면, 이걸 단순히 반동으로밖에 해석할 줄 몰라준다면 어떻게 그들과 함께 일할 수 있는 것인가?'

다음날도 현은 회관으로 나가고 싶지 않아 방에서 혼자 어정거리고 있을 때다. 그날 창밖에 데모를 향해 적기를 뿌리던 그 친구가 찾아왔다.

"현형? 그저껜 불쾌했지요?"

"불쾌했소."

"현형? 내 솔직한 고백이오. 적색 데모란 우리가 얼마나 두고 몽매간에 그리던 환상이리까? 그걸 현실로 볼 때, 나는 이성을 잃고 광분했던 거요. 부끄럽소. 내 열 번 경솔이었소. 그날 현형이 아니었드면 우리 경솔은 훨씬 범위가 커졌을 거요. 우리에겐 열 사람의 우리와 똑같은 사람보다 한 사람의 현형이 절대로 필요한 거요."

그는 확실히 말끝을 떨었다. 둘이는 묵묵히 담배 한 대씩을 피우고 묵묵히 일어나 다시 회관으로 나왔다.

그 적색 데모가 있은 후로 민중은, 학생이거나 시민이거나, 지식층이거나 확실히 좌우 양파로 갈리는 것 같았다. 저녁이면 현을 또 조용한 자리에 이끄는 친구들이 있었다. 현은 '문협'에서 탈퇴하기를 결단하라는 간곡한 충고를 재삼 받았으나, '문협'의 성격이 결코 그대들이 생각하는 것처럼 어느 한쪽에 편향한 것이 아니란 것을 극구 변명하였는데, 그 이튿날 회관으로 나오니, 어제 이 친구들로부터 전화가 걸려왔다.

"자네가 말한 건 자네 거짓말이거나, 그렇지 않으면 우리가 본 대로 자네는 저들에게 이용당하고 있는 걸세. 그 증거는, 그 회관에 오늘 아침 새로 내걸은 대서특서한 드림을 보면 알 걸세."

하고 이쪽 말은 듣지도 않고 불쾌히 전화를 끊어 버리는 것이었다. 현은 옆엣사람들에게 묻지도 않았다. 쭈루루 밑엣층으로 내려가 행길에서 사층인 회관의 전면을 쳐다보았다. 놀라지 않을 수 없었다. 아까 현은 미처 보지 못하고 들어왔는데 옥상에서부터 이 이층까지 드리운, 광목 전폭에다가 '*조선인민공화국 절대지지'란, 아직까지 어떤 표어나 구호보다 그야말로 대서특필한 것이었다. 안전 지대에 그득한 사람들, 화신 앞에 들끓는 군중들, 모두 목을 젖히고 쳐다보는 것이다. 모두가 의아하고 불안한 표정들이다. 현은 회관 사층을 십 분이나 걸려 올라왔다. 현은 다시 한번 배신을 당하는 심각한 우울이었다. 회관에는 '문협'의 의장도 서기장도 아직 나타나지 않았다. '문학건설본부'

조선인민공화국
8·15 해방 직후 여운형을 중심으로 발족한 조선건국준비위원회와 국내의 좌익세력이 해방 정국의 주도권 장악을 위해 선포한 나라 이름.

여운형

의 서기장만이 뒤를 따라 들어서기에 현은 그의 손을 이끌고 옥상으로 올라왔다.

"이건 누가 써 내걸었소?"

"뭔데?"

부슬비가 내리는 때라 그도 쳐다보지 않고 들어왔고, 또 그런 것을 내어걸 계획에도 참례하지 못한 눈치였다.

"당신도 정말 몰랐소?"

"정말 몰랐는데! 이게 대체 누구 짓일까?"

"나도 몰라, 당신도 몰라, 한 회관에 있는 우리가 몰랐을 땐, 나오지 않는 의원(議員)들은 더 많이 몰랐을 것이오. 이건 독재요. 이러고 문화전선의 통일 운운은 거짓말이오. 나는 그 사람들 말 더 믿구 싶지 않소. 인전 물러가니 그리 아시오."

하고 돌아서는 현을, 서기장은 당황해 앞을 막았다.

"진상을 알구 봅시다."

"알아보나마나요."

"그건 속단이오."

"속단해 버려도 좋을 사람들이오. 이들이 대중운동을 이처럼 경솔히 하는 줄은 정말 뜻밖이오."

"그래도 가만있소. 우리가 오늘 갈리는 건 우리 문화인의 자살이오!"

"왜 자살행동을 하시오?"

하고 현은 자연 언성이 높아졌다.

"정말이오. 나도 몰랐소. 그렇지만 이런 걸 밝히고 잘못 쏠리는 걸 바로잡는 것도 우리가 헐 일 아니고 누가 헐 일이란 말이오?"

하고 서기장은 눈물이 핑 도는 것이다. 그리고 그 드림 드리운 데로 달려가 광목 한 통이 비까지 맞아 무겁게 늘어진 것을 한 걸음 끌어올리고 반 걸음 끌어내려가면서 닻줄을 감듯 전력을 들여 끌어 올리고 있는 것이었다. 현도 이내 눈물을 머금었다.

'그렇다! 나 하나 등신이라거나 이용을 당한다거나 그런 조소를 받는 것이 문제가 아니다. 그런 것에나 신경을 쓰는 건 나 자신 불성실한 표다!'

현은 뛰어가 서기장과 힘을 합쳐 그 무거운 드림을 끌어 올리었다.

나중에 알고 보니 '문협'의 의장도, 서기장도 다 모르는 일이었다. 다만 서기국원 하나가, 조선이 어떤 이름이 되든 인민의 공화국이어야 한다는 여론이 이 회관 내에 있어옴을 알던 차, '인민공화국'이 발표되었고, 마침 미술부 선전대에서 또 무엇 그릴 것이 없느냐 주문이 있기에, 그런 드림이 으레 필요하려니 지레짐작하고 제 마음대로 원고를 써보낸 것이요, 선전대에서는 문구는 간단하나 내용이 중요한 것이라 광목 전폭에다 내려썼고, 쓴 것이 마르면 으레 선전대에서 가지고 와 달아까지 주는 것이 그들의 책임이라 식전 일찍이 와서 달아 놓고 간 것이었다. 아침 여덟시부터 열한시까지 세 시간 동안 걸린 이 간단한 드림은 석 달 이상을 두고 변명해 오는 것이며 그것 때문에 '문협' 조직체가 적지 않은 타격을 받은 것도 사실인 것이다.

그러나 이것을 계기로 전원은 아직도 여지가 있는 자기비판과 정세 판단과 '프로예맹'과의 합동운동을 더 진실한 태도로 착수하기 시작한 것이다.

이미 미국 군대가 들어와 일본 군대의 총부리는 우리에게서 물러섰으나 삐라가 주던 예감과 마찬가지로 미국은 그들의 *군정(軍政)을 포

미군정(美軍政)
일본의 항복에 따라 남한에 진주한 미군이 1945년 9월부터 1948년 8월 15일 대한민국 정부가 수립되기까지 38선 이남지역에 시행했던 군사통치.

1945년 9월 9일 총독부 건물에서 일장기를 내리고 성조기를 게양하는 미군

고하였다. 정당(政黨)은 누구든지 나타나란 바람에 하룻밤 사이에 오륙십의 정당이 꾸미어졌고, 이승만 박사가 민족의 미칠 듯한 환호 속에 나타나 무엇보다 조선 민족이기만 하면 우선 한데 뭉치고 보자는 주장에 그 속에 틈이 있음을 엿본 민족 반역자들과 모리배들이 다시 활동을 일으키어 뭉치는 것은 박사의 진의와는 반대의 효과로 일제 시대 비행기 회사 사장이 새로 된 것이라는 국립항공회사에도 부사장으로 나타나는 것 같은 일례로, 민심은 집중이 아니라 이산이요, 신념이기보다 회의(懷疑)의 편이 되고 말았다. 민중은 애초부터 자기 자신들의 모든 권익을 내어던지면서까지 사모하고 환상하던 임시정부라 이제야 비록 자격은 개인으로 들어왔더라도 그 후의 기대와 신망은 그리로 쏠릴 길밖에 없었다. 그러나 개인이나 단체나 습관이란 이처럼 숙명적인 것일까? 해외에서 다년간 민중을 가져 보지 못한 임시정부는 해내에 들어와서도, 화신 앞 같은 데서 석유상자를 놓고 올라서 민중과 이야기할 필요는 조금도 느끼지 않고 있었다. 인공(人共)과 대립만이 예각화(銳角化)되고, 삼팔선은 날로 조선의 허리를 졸라만 가고, 느는 건 강도요, 올라가는 건 물가요, 민족의 장기가 흥분하였던 신경은 쇠약할 대로 쇠약해만 가는 차에 탁치(託治) 문제가 터진 것이다.

누구나 할 것 없이 그만 냉정을 잃고 말았다. 여기저기서 탁치 반대의 아우성이 일어났다. 현도 몇 친구와 함께 반탁 강연에 나갔고 그의 강연 원고는 어느 신문에 게재도 되었다.

그러나 현은, 아니 현만이 아니라 적어도 그날 현과 함께 반탁 강연에 나갔던 친구들은 하나같이 어정쩡했고, 이내 후회하지 않을 수 없었다. 탁치 문제란 그렇게 간단히 규정할 것이 아님을 차츰 깨닫게 되었는데, 이것을 제일 먼저 지적한 것이 조선공산당으로, 그들의 치밀한 관찰과 정확한 정세 판단에는 감사하나, *삼상회담 지지가 공산당에서 나왔기 때문에 일부의 오해를 더 사고 나아가선 정권싸움의 재료로까지 악용당하는 것은 불행 중 거듭 불행이었다.

"탁치 문제에 우린 너머 경솔했소!"

"적지 않은 과오야!"

"과오? 그러나 지금 조선 민족의 심리론 그닥 큰 과오라군 헐 수 없지. 또 민족적 자존심을 이만침은 표현하는 것도 좋고."

"글쎄, 내용을 알고 자존심만 표현하는 것과 내용을 모르고 허턱 날뛰는 것관 방법이 다를 거 아니냐 말이야."

"그렇지! 조선 민족에게 단기만 있고 정치적 통찰력이 부족하다는 게 드러나니 자존심인들 무슨 자존심이냐 말이지."

"과오 없이 어떻게 일하오? 레닌 같은 사람도 과오 없인 일 못 한다고 했고 과오가 전혀 없는 사람은 일 안 하는 사람이라 한 거요. 우리 자신이 깨달은 이상 이 미묘한 국제 노선을 가장 효과적이게 계몽에 힘쓸 것뿐이오."

현서낀 회관에서 이런 이야기들을 하고 앉았을 때다. 이런 데는 올리지 않는 웬 갓 쓴 노인이 들어선 것이다.

"오!"

현은 뛰어 마주 나갔다. 해방 이후, 현의 뜻 속에 있어 무시로 생각나던 김직원의 상경이었다.

"직원님!"

"현선생!"

"근력 좋으셨습니까?"

"좋아서 이렇게 서울 구경 왔소이다."

삼상회담
모스크바 3상회의. 1945년 12월 16~25일 모스크바에서 열린 미국·영국·소련의 3개국이 2차대전의 전후 처리 문제를 위해 소집한 회의. 신탁통치 문제가 논의 되었다.

3상회담 지지 행진

그러나 삼팔 이북에서라 보행과 화물자동차에 시달리어 그런지 몹시 피로하고 쇠약해 보였다.

"언제 오셨습니까?"

"어제 왔지요."

"어디서 유허셨습니까?"

"참, 오는 길에 철원 들러, 댁에서들 무고허신 것 뵈왔지요. 매우 오시구 싶어들 합디다."

현의 가족들은 그간 철원으로 나왔을 뿐, 아직 서울엔 돌아오지 못하고 있는 것이었다.

"잘들 있으면 그만이죠."

"현공이 그저 객지시게 다른 데 유헐 곳부터 정하고 오늘 찾어왔지요. 그래 얼마나들 수고허시오?"

"저희야 무슨 수고랄 게 있습니까? 이번에 누구보다도 직원님께서 얼마나 기쁘실까 허구 늘 한번 뵙구 싶었습니다. 그리구 그때 읍에 가셔선 과히 욕보시지나 않으셨습니까?"

"하마트면 상투가 잘릴 뻔했는데 다행히 무면했수이다."

"참 반갑습니다."

마침 점심때도 되고 조용히 서로 술회(述懷)도 하고 싶어, 현은 김직원을 모시고 어느 구석진 음식점으로 나왔다.

"현공, 그간 많이 변허셨다구요?"

"제가요?"

"소문이 매우 변허셨다구들."

"글쎄요……."

현은 약간 우울했다. 현은 벌써 이런 경험이 한두 번째 아니기 때문이다. 해방 이전에는 막역한 지기(知己)여서 일조 유사한 때는 물을 것도 없이 동지일 것 같던 사람들이 해방 후, 특히 정치적 동향이 보수적인 것과 진보적인 것이 뚜렷이 갈리면서부터는, 말 한두 마디에 벌써 딴사람처럼 서로 *경원(敬遠)이 생기고 그것이 대뜸 우정에까지 거리감을 자아내는 것을 이미 누차 맛보는 것이었다.

경원(敬遠)
① 받들면서 가까이하지 않음.
② 겉으로는 존경하는 체하면서 실제로는 꺼리어 멀리함.

"현공?"

"네?"

"조선 민족이 대한 독립을 얼마나 갈망했소? 임시정부 들어서길 얼마나 연연절절히 고대했소?"

"잘 압니다."

"그런데 어쩌자구 우리 현공은 공산당으로 가셨소?"

"제가 공산당으로 갔다고들 그럽니까?"

"자자합디다. 현공이 아모래도 이용당허는 거라구."

"직원님께서도 절 그렇게 생각허십니까?"

"현공이 자진해 변했을는진 몰라, 그래두 남헌테 넘어갈 양반 아닌 건 난 알지요."

"감사헙니다. 또 변했단 것도 그렇습니다. 지금 내가 변했느니, 안 변했느니 하리만치 해방 전에 내가 제법 무슨 뚜렷한 태도를 가졌던 것도 아니구요, 원인은 해방 전엔 내 친구가 대부분이 소극적인 처세가들인 때문입니다. 나는 해방 후에도 의연히 처세만 하고 일하지 않는 덴 반댑니다."

"해방 후라고 사람의 도리야 어디 가겠소? 군자는 *불처혐의간(不處嫌疑間)입넨다."

불처혐의간(不處嫌疑間)
의심받을 곳에 있지 않는다.

"전 그렇진 않습니다. 지금 이 시대에선 이하(李下)에서라고 비뚤어진 갓(冠)을 바로잡지 못하는 것은 현명이기보단 어리석음입니다. 처세주의는 저 하나만 생각하는 태돕니다. 혐의는커녕 위험이라도 무릅쓰고 일해야 될 민족의 가장 긴박한 시기라고 생각합니다."

"아모튼 사람이란 명분을 지켜야 헙니다. 우리가 무슨 공뢰 있소. 해외에서 일생을 우리 민족 위해 혈투해 온 그분들께 그냥 순종해 틀릴게 조곰도 없습넨다."

"직원님 의향 잘 알겠습니다. 그리고 저도 그분들께 감사하고 감격하는 건 누구헌테 지지 않습니다. 그러나 지금 조선 형편은 대외, 대내가 다 그렇게 단순치가 않답니다. 명분을 말씀허시니 말이지, 광해조(光海朝) 때 일을 생각해 보십시오. 임진란(壬辰亂)에 명(明)의 구원을 받었지만, 명이 청태조(淸太祖)에게 시달리게 될 때, 이번엔 명이 조선에 구원군을 요구허지 않었습니까?"

"그게 바루 우리 조선서 대의명분론(大義名分論)이 일어난 시초요구려."

광해군(光海君)
조선 15대 왕(1608~23 재위) 자주적, 실리적 외교로 명·청 교체기의 국제 정세에 대처했다.

"임진란 직후라 조선은 명을 도와 참전할 실력은 전혀 없는데 신하들의 대의명분상, 조선이 명과 함께 망해 버리는 한이라도 그냥 있을 순 없다는 것이 명분파요, 나라는 망하고 임군 노릇을 그만두드라도 여지껏 왜적에게 시달린 백성을 숨도 돌릴 새 없이 되짚어 도탄에 빠뜨릴 순 없다는 것이 택민파(澤民派)요, 택민론의 주창으로 몸소 폐위(廢位)까지 한 것이 *광해군(光海君) 아닙니까? 나라들과 임군들 노름에 불쌍한 백성들만 시달려선 안 된다고 자기가 왕위를 *폐리같이 버리면서까지 택민론을 주장한 광해군이, 나는, 백성들은 어찌 됐든지 지배자들의 명분만 찾던 그 신하들보다 몇 배 훌륭했고, 정말 옳

광해군의 묘

폐리
헌 신.

은 지도자였다고 생각합니다. 그리고 또 의리와 명분이라 하드라도 꼭 해외에서 온 이들에게만 편향하는 이유는 어디 있습니까?"

"거야 멀리 해외에서 다년간 조국 광복을 위해 싸웠고 이십칠팔 년이나 지켜 온 고절(孤節)이 있지 않소?"

"저는 그분들의 풍상을 굳이 헐하게 알려는 것도 결코 아닙니다. 지역은 해외든 해내든, 진심으로 우리를 위해 꾸준히 싸워 온 이면 모두가 다 같이 우리 민족의 공경을 받어 옳을 것이고, 풍상이라 혈투라 하나, 제 생각엔 실상 악형에 피가 흐르고, 추위에 손발이 얼어 빠지고 한 것은 오히려 해내에서 유치장으로 감방으로 끌려다니며 싸워 온 분들이 몇 배 더했으리라고 생각합니다. 육체적 고초뿐이 아니었습니다. 정신적으로 매수하는 가지가지 유인과 협박도 한두 번이 아니어서, 해내에서 열 번을 찍히어도 넘어가지 않고 싸워 낸 투사라면 나는 그런 어른이 제일 용타고 생각합니다."

"현공은 그저 공산파만 두둔하시는군!"

"해내엔 어디 공산파만 있었습니까? 그리고 이번에 공산당이 무산계급 혁명으로가 아니라 민족의 자본주의적 민주혁명으로 이내 노선을 밝혀 논 것은 무엇보다 현명했고, 그랬기 때문에 좌우익의 극단적 대립이 원칙상 용허되지 않어서 동포의 분열과 상쟁을 최소한으로 제지할 수 있은 것은 조선 민족을 위해 무엇보다 다행한 일이라고 저는 생각합니다."

"난 그게 무슨 말씀인지 잘 못 알아듣겠소만 그저 공산당 잘못입넨다."

"어서 약주나 드십시다."

"우리야 늙은 게 뭘 아오만……."

김직원은 술이 약한 편이었다. 이내 얼굴에 취기가 돌며,

"어째 우리 같은 늙은 거기로 꿈이 없었겠소? 공산파만 가만 있어 주면 곧 독립이 될 거구, 임시정부 요인들이 다 고생허신 보람 있게 제자리에 턱턱 앉어 좀 잘 다스려 주겠소? 공연히 서로 싸우는 바람에 신탁통치 문제가 생긴 것이오. 안 그렇고 무어요?"

하고 저윽이 노기를 띤다. 김직원은, 밖에서는 소련이, 안에서는 공산당이 조선 독립을 방해하는 것이라 하였다. 이렇게 역사적, 또는 국제적인 견해가 없이 단순하게, 독립전쟁을 해 얻은 해방으로 착각하는 사람에겐 여간 기술로는 계몽이 불가능하고, 현 자신에겐 그런 기술이 없음을 깨닫자 그저 웃는 낯으로 음식을 권했을 뿐이다.

김직원은 그 이튿날도 현을 찾아왔고 현도 그 다음날은 그의 숙소로 찾아갔다. 현이 찾아간 날은,

"어째 당신넨 탁치 받기를 즐기시오?"

하였다.

"즐기는 게 아닙니다."

"그러면 즐겁지 않은 것도 임정에서 반탁을 허니 임정에서 허는 건 덮어놓고 반대하기 위해서 나중엔 탁치꺼지를 지지헌단 말이지요?"

"직원님께서도 상당히 과격허십니다그려."

"아니, 다 산 목숨이 그러면 삼국 외상헌테 매수돼서 탁치 지지에 잠자코 끌려가야 옳소?"

"건 좀 과허신 말씀이구! 저는 그럼, 장래가 많어서 무엇에 팔려서 삼상회담을 지지허는 걸로 보십니까?"

그 말에는 대답이 없으나 김직원은 현의 태도에 그저 못마땅한 눈치만은 노골화하면서 있었다. 현은 되도록 흥분을 피하며, 우리 민족의

해방은 우리 힘으로가 아니라 국제 사정의 영향으로 되는 것이니까 조선 독립은 국제성의 지배를 벗어날 수 없는 것, 삼상회담의 지지는 탁치 자청이나 만족이 아니라 하나는 자본주의 국가요 하나는 사회주의 국가인 미국과 소련이 그 세력의 선봉들을 맞댄 데가 조선이라 국제간에 공개적으로 조선의 독립과 중립성이 보장되어야지, 급히 이름만 좋은 독립을 주어 놓고 소련은 소련대로, 미국은 미국대로, 중국은 중국대로 정치 · 경제 모두가 미약한 조선에 지하 외교를 시작하는 날은, 다시 이조말의 *아관파천(俄館播遷)식의 *골육상쟁과 멸망의 길밖에 없다는 것, 그러니까 모처럼 얻은 자유를 완전 독립에까지 국제적으로 보장되는 길을 택할 수밖에 없다는 것, 이왕조(李王朝)의 대한(大韓)이 독립전쟁을 해서 이긴 것이 아닌 이상, '대한' '대한'하고 전제 제국(專制帝國)시대의 회고감(懷古感)으로 민중을 현혹시키는 것은 조선 민족을 현실적으로 행복되게 지도하는 태도가 아니라는 것, 지금 조선을 남북으로 갈라 진주해 있는 미국과 소련은 무엇으로 보나 세계에서 가장 실제적인 국가들인만치 조선 민족은 비실제적인 환상이나 감상(感傷)으로가 아니라 가장 과학적이요 세계사적인 확실한 견해와 준비가 없이는 그들에게 적정한 응수를 할 수 없다는 것, 현은 재주껏 역설해 보았으나 해방 이전에는, 현 자신이 기인여옥이라 예찬한 김직원은, 지금에 와서는, 돌과 같은 완강한 머리로 조금도 현의 말을 이해하려 하지 않고, 다만, 같은 조선 사람인데 '대한'을 비판하는 것만 탐탁지 않았고, 그것은 반드시 공산주의의 농간이라 *자가류(自家流)의 해석을 고집할 뿐이었다.

그 후 한동안 김직원은 현에게 나타나지 않았다. 현도 바쁘기도 했

아관파천(俄館播遷)
1896년 2월 11일부터 1897년 2월 20일까지 1년간 고종과 세자가 왕궁을 떠나 러시아 공사관으로 옮겨서 거처한 사건.

러시아 공사관

골육상쟁
가까운 혈족끼리 서로 싸움.

자가류(自家流)
객관적 사실에 근거하지 않고 자신의 주관대로 생각하거나 행동하는 방식.

지만 더 김직원에게 성의도 나지 않아 다시는 찾아가지도 못하였다.

신탁통치 반대 데모

탁치 문제는 조선 민족에게 정치적 시련으로 너무 심각한 것이었다. 오늘 '반탁' 시위가 있으면 내일 '삼상회담 지지' 시위가 일어났다. 그만 군중은 충돌하고, 지도자들 가운데는 이것을 미끼로 정권싸움이 악랄해 갔다. 결국, 해방 전에 있어 민족 수난의 십자가를 졌던 학병(學兵)들이, 요행 죽지 않고 살아온 그들 속에서, 이번에도 이 불행한 민족 시련의 십자가를 지고 말았다.

이런 우울한 하루였다. 현의 회관으로 김직원이 나타났다. 오늘 시골로 떠난다는 것이었다. 점심이나 같이 자시러 나가자 하니 그는 전과 달리 굳게 사양하였고, 아래층까지 따라 내려오는 것도 굳게 막았다. 전날 정리로 보아 작별만은 하러 들렀을 뿐, 현의 대접이나 인사는 긴치 않게 여기는 듯하였다.

"언제 서울 또 오시렵니까?"

"이런 서울 오고 싶지 않소이다. 시굴 가서도 그 두문동 구석으로나 들어가겠소."

하고 뒤도 돌아다보지 않고 분연히 층계를 내려가고 마는 것이었다. 현은 잠깐 멍청히 섰다가 바람도 쏘일 겸 옥상으로 올라왔다. 미국군의 지프가 물매미 떼처럼 서물거리는 사이에 김직원의 흰 두루마기와 검은 갓은 그 영자 너무나 *표표함이 있었다. 현은 문득 청조 말(淸朝末)의 학자 *왕국유(王國維)의 생각이 났다. 그가 일본에 와서 명곡(明曲)에 대한 강연이 있을 때, 현도 들으러 간 일이 있는데, 그는 청나라식으로 도야지꼬리 같은 *편발(編髮)을 그냥 드리우고 있었다. 일본 학생들은 킬킬 웃었으나, 그의 전조(前朝)에 대한 충의를 생각하고 나라 없는 현은 눈물이 날 지경으로 왕국유의 인격을 우러러보았었다. 그 뒤에 들으니, 왕국유는 상해로 갔다가 북경으로 갔다가, 아무리 헤매어도 자기가 그리는 청조의 그림자는 스러만 갈 뿐이므로, *'녹수청산부증개(綠水靑山不曾改), 우세창태석수간(雨洗蒼苔石獸間)'을 읊조리고는 편발 그대로 곤명호(昆明湖)에 빠져 죽었다는 것이었다. 이제 생각하면, 청나라를 깨트린 것은 외적이 아니라 저희 민족 저희 인민의 행복과 진리를 위한 혁명으로였다. 한 사람 군주에게 연연히 바치는 뜻갈도 갸륵한 바 없지 않으나 왕국유가 그 정성, 그 목숨을 혁명을 위해 돌리었던들, 그것은 더 큰 인생의 뜻이요 더 큰 진리의 존엄한 목숨일 수 있었을 것 아닌가? 일제 시대에 그처럼 구박과 멸시를 받으면서도 끝내 부지해 온 상투 그대로, '대한'을 찾아 삼팔선을 모험해 한양성(漢陽城)에 올라왔다가 오늘, 이 세계사의 대사조 속에 한 조각 티끌처럼 아득히 가라앉아 가는 김직원의 표표한 뒷모양을 바라볼 때, 현

표표함
사람의 생김새나 풍채가 눈에 띄게 두드러짐.

왕국유
(王國維, 1877~1927)
청나라 말기의 고증학자. 1927년 청조 부흥의 가망이 없음을 비관하여 곤명호에 투신자살하였다.

편발(編髮)
변발(辮髮). 몽고인이나 만주인의 풍습으로, 남자의 머리를 뒷부분만 남기고 나머지는 깍아낸 뒤 남은 머리카락을 길게 땋아 내린다.

녹수청산부증개
(綠水靑山不曾改)
우세창태석수간
(雨洗蒼苔石獸間)
'푸른 산과 물은 옛날처럼 변치 않았는데 비는 석수상의 이끼를 씻는구나'의 뜻으로, 세상은 변했으나 변하지 않는 것도 있다는 의미.

은 왕국유의 애틋한 최후를 연상하지 않을 수 없었다.

바람이 아직 차나 어딘지 부드러운 벌써 봄바람이다. 현은 담배를 한 대 피우고 회관으로 내려왔다. 친구들은 '프로예맹' 과의 합동도 끝나고 이번엔 '전국문학자대회' 준비로 바쁘고들 있었다.

『문학』, 1946. 8.

1904년_1세 11월 4일 강원도 철원군 묘장면 산명리 출생. 부친 이씨 창하(昌夏), 모친 순흥 안씨 사이의 1남 2녀 중 장남. 본명은 규태(奎泰), 호는 상허(尙虛), 상허당주인(尙虛堂主人).

1909년_6세 개화파였던 아버지의 망명으로 러시아의 블라디보스토크로 이주. 그해 8월 아버지 별세로 귀국, 함북 배기미(梨津)에 정착. 서당에 다니며 한문을 수학.

1912년_9세 어머니 별세로 고아가 됨. 외할머니를 따라 고향인 철원 용담으로 돌아와 친척집을 전전함.

1915년_12세 안협의 오촌 집에 입양. 다시 용담으로 돌아와 오촌 이용하(李龍夏)의 집에 기거함. 철원의 사립봉명학교 입학.

1918년_15세 3월에 철원 사립봉명학교 졸업. 철원 읍내 간이농업학교에 입학하나, 자기 손으로 인생을 개척하겠다는 결심으로, 한 달 후 집을 떠남. 원산 등지에서 2년간 객줏집 사환 등의 일을 하며 문학 서적 탐독. 이후 인척 아저씨를 찾아 중국 안동현까지 갔으나 뜻을 이루지 못하고 경성까지 옴.

1920년_17세 4월 배재학당 보결생 모집에 응시하여 합격하나 등록하지 못함. 상점 점원을 하면서 야학에 나가 공부함.

1921년_18세 4월 휘문고등보통학교 입학. 고학생으로 비교적 우수한 성적을 받음. 같은 학예부원으로 상급반에 정지용, 김영랑, 박종화, 하급반에 박노갑이 있었음. 그리고 스승으로 가람 이병기가 있었음.

1924년_21세 휘문고등보통학교 학예부장으로 활동. 동화 「물고기 이야기」 등 6편의 글을 『휘문』 제2호에 발표. 6월 동맹휴교 주모자로 5년제 과정 중 4학년 1학기에 퇴학. 같은 학교 친구 김연만의 도움으로 일본 유학길에 오름.

1925년_22세 일본에서 단편소설 「오몽녀」를 『조선문단』에 투고, 입선하여 등단. 「오몽녀」는 《시대일보》 7월 13일자에 발표됨.

1926년_23세 4월 동경 상지대학(上智大學) 예과에 입학. 신문과 우유 배달 등을 하며 매우 궁핍한 생활을 함. 이때 나도향 등과 교유.

1927년_24세 11월 상지대학을 중퇴하고 귀국함. 신문사들과 모교를 방문하여 일자리를 구하나 취업난에 허덕임.

1929년_26세 개벽사에 입사하여 『학생』, 『신생』 등의 잡지 편집에 관여함. 『어린 수문장』,

「불쌍한 소년미술가」, 「슬픈 명일 추석」, 「쓸쓸한 밤길」, 「불쌍한 삼형제」 등의 소년물과, 콩트를 다수 발표. 《조선일보》에 「온실화초」, 『문예공론』에 「누이」를 발표함.

1930년_27세 이화여전 음악과를 갓 졸업한 이순옥(李順玉)과 결혼. 『신소설』에 「은희 부처」, 「어떤 날 새벽」 등 콩트와 단편을 발표.

1931년_28세 《중외일보》 기자로 근무. 그 신문이 폐간되자 《조선중앙일보》 학예부 기자로 옮김. 장녀 소명(小明) 태어남. 경성부 서대문정 2정목 7의 3 다호에 거주. 『신소설』에 장편 『구원의 여상』을, 《동아일보》에 단편 「고향」을 연재.

1932년_29세 이전(梨專), 이보(梨保), 경보(京保) 등 학교에 출강. 장남 유백(有白) 태어남. 「불우선생」, 「실락원 이야기」등 단편 발표.

1933년_30세 박태원, 이효석 등과 함께 '구인회(九人會)'를 조직. 단편집 『달밤』 《한성도서》에서 간행. 경성부 성북정 248번지로 이사. 이후 월북 전까지 이곳에 거주함. 「아담의 후예」, 「달밤」 등 다수의 단편소설을 발표. 이듬해까지 중편 「법은 그러치만」을 『신소설』에, 장편 『제2의 운명』을 《조선중앙일보》에 연재함.

1934년_31세 차녀 소남(小楠) 태어남. 희곡 「어머니」를 《중앙》에 발표. 이듬해인 1935년 3월까지 장편 『불멸의 함성』을 《조선중앙일보》에 연재함.

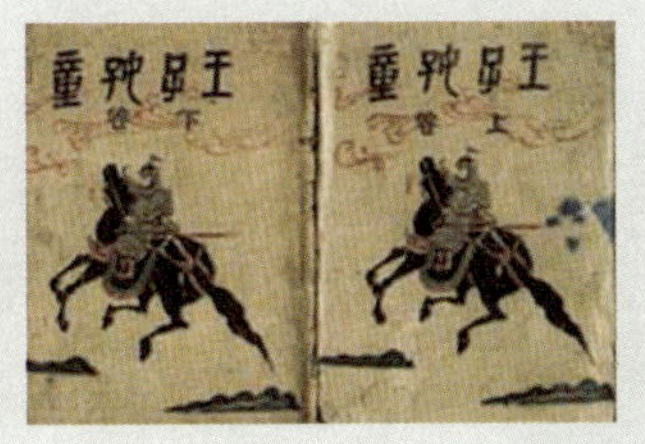

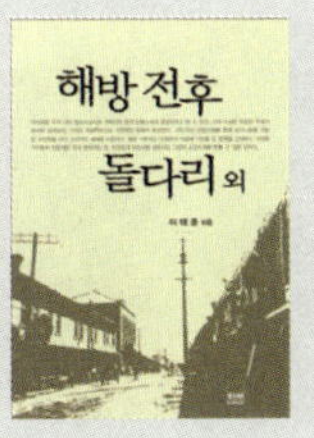

1935년_32세 《조선중앙일보》 퇴사, 창작에 몰두함. 「애욕의 금렵구」, 「색시」 등 단편 발표. 장편 『성모』를 《조선중앙일보》에 연재.

1936년_33세 차남 유진(有進) 태어남. 「가마귀」, 「장마」, 「철로」 등 단편 외에도 희곡 「산사람들」을 발표. 장편 『황진이』가 《조선중앙일보》에 연재되다가 중단됨.

1937년_34세 단편집 『가마귀』(한성도서), 『구원의 여상』(영창서관), 『제 2의 운명』(한성도서)이 출간됨. 「오몽녀」가 나운규에 의해 영화화됨. 「복덕방」, 「사막의 화원」 등 단편 발표. 중편 『코스모스 피는 정원』, 장편 『화관』을 연재함.

1938년_35세 만주 일대 여행. 『황진이』 간행.

1939년_36세 『문장』지 편집자 겸 신인 작품의 소설 추천 심사위원을 맡음. 「아련」, 「농군」 등 단편 발표. 장편 『딸 삼형제』를 《동아일보》에 연재. 『문장강화』를 《문장》에 연재. 『이태준 단편선』(박문서관), 『딸 삼형제』(문장사) 출간. 황군위문작가단, 조선문인협회에서 활동함.

1940년_37세 3녀 소현(小賢) 태어남. 단편 「밤길」을 『문장』에 발표하고, 장편 『청춘무성』을 《조선일보》에 연재.

1941년_38세 제2회 조선예술상 수상. 장편소설 『사상의 월야』를 《매일신보》에 연재함.

1943년_40세 강원도 철원 안협으로 낙향, 해방 전까지 이곳에서 칩거함. 1942년부터 시작

한 『별은 창마다』, 『행복에의 흰 손들』, 『왕자 호동』 등의 장편 연재를 마침. 단편 「석교」를 『국민문학』에 발표, 이후 제목을 바꾸고 다른 작품과 묶어서 단편집 『돌다리』(박문서관)로 출간.

1944년_41세 『왕자호동』(남창서관) 출간.

1945년_42세 해방 후 문화건설중앙협의회, 문학가동맹, 남조선민전 등 조직에 참여, 문학가동맹 부위원장, 민전 문화부장, 《현대일보》 주간 등 역임.

1946년_43세 『장편 불사조』를 《현대일보》에 연재. 6월경에 월북. 단편 「해방 전후」 발표, 이 작품으로 제1회 해방문학상 수상. 10월 방소 문화사절단의 일원으로 소련 여행.

1947년_44세 단편선 『복덕방』이 을유문화사에서, 『해방 전후』가 조선문학사에서, 『소련기행』이 백양당에서 출간됨.

1948년_45세 8·15 북조선최고인민회의 표창장을 받음. 북조선문학예술총동맹 부위원장, 국가학위수여위원회 문학분과 심사위원 역임. 중편 「첫전투」 발표. 『농토』(삼성문화사), 『영원의 여상』(영창서관), 『제2의 운명』(한성도서) 출간.

1949년_46세 단편집 『첫전투』(문화전선사) 출간. 「아버지의 모시옷」, 「삼팔선 어느 지구에서」 등 단편이 실려 있음.

1950년_47세 중편 『고향길』 탈고.

1951년_48세 「백배 천배로」, 「누가 굴복하는가 보자」, 「미국 대사관」, 「네거리에 선 전신주」, 「고귀한 사람들」 탈고.

1952년_49세 소설집 『고향길』(재일본조선인교육자동맹 문화부) 출간. 이즈음 남로당과 함께 숙청될 위기에 놓이지만 소련파 기석복의 도움으로 제외됨.

1954년_51세 3개월간의 사상 검토 작업 중 과거를 추궁당함.

1955년_52세 이광수, 박창옥 등과 함께 비판당함.

1956년_53세 소련파의 몰락과 더불어 과거 '구인회' 활동의 반동성과 사상성의 불철저를 이유로 1월 조선 노동당 중앙위원회 상무위의 결의로 임화, 김남천과 함께 비판받음, 2월 '평양시당 관할 문학예술부 열성자 대회'에서 한설야의 가혹한 비판을 받고 숙청됨.

1957년_54세 함흥 노동신문사 교정원으로 배치되어 일함.

1958년_55세 함흥 콘크리트 블록 공장의 파고철 수집 노동자로 배치됨.

1964년_61세 중앙당 문화부 창작 제1실 전속작가로 복귀함.

1969년_66세 김진계의 구술에 따르면(『조국』, 현장문학사), 1월경에 강원도 장동 탄광 노동자 지구에서 사회보장으로 부부가 함께 살고 있었다고 함. 그 이후의 소식은 알지 못함.

이태준론

정 호 웅 (홍익대학교)

1. 머리말

이태준은 1904년 11월 강원도 철원에서 태어났다. 한국과 남만주의 패권을 쥐려는 러시아와 일본의 야욕이 맞부딪친 러일전쟁이 막바지를 향해 치닫던 때이다. 이미 청일전쟁에서 승리하여 중국을 내몬 일본은 러일전쟁에서도 이겨 한국의 독점 지배 체제를 구축하게 되는데, 역사가 크게 굽이치던 바로 그 때에 이태준이 태어난 것이다.

이태준은 한국에 대한 일본의 독점 지배 체제 구축과 한일합방으로 이어지는 역사 전개의 거친 물결 한복판에 곧장 휩쓸려들게 된다. 연보를 열면 그 같은 격랑에 휩쓸려들어 나뭇잎처럼 떠도는 소년 이태준의 고단한 행로가 펼쳐진다. 1909년 망명하는 아버지를 따라 러시아 블라디보스토크로 이주, 아버지의 죽음으로 귀국하여 함경북도 배기미에 정착(1909), 어머니의 죽음으로 고향인 철원 용담으로 돌아옴(1912), 원산 중국 안동 등지를 떠돌다 경성으로 올라감(1918), 고학으로 서울의 휘문고보를 거쳐 일본의 동경 상지대학에 입학하나 중퇴(1927)하고 귀국하여 개벽사에 입사(1929)하고 곧이어 결혼(1930).

이태준이 작가로서 몸을 세운 것은 1925년이었다. 대학 입학을 준비하던 중 일본에서 투고한 단편 「오몽녀」가 이 땅 최초의 근대적 문학지인 『조선문단』의 현상공모에 입선하여 등단하였던 것이다. 이후 이태준은 중외일보, 조선중앙일보 기자를 지냈고(1931-1935), 이상 박태원 등과 '구인회' 활동을 하였으며, 일제 말기에는 친일문학단체에 들어 욕된 명부에 이름을 올리기도 하였다(이상 이태준의 생애는 이 책 말미의 '작가 연보'와 자전적 작품인 장편 『사상의 월야』 참조).

역사의 격랑에 휩쓸려 떠도는 어린 고아임에도 쓰러지지 않고 어기차게 나아가 마침내 작가로 자신을 세웠으니 이태준은 남달리 강인한 정신의 소유자였다 하겠다. 그 강인한 정신이 저 풍성한 이태준 문학을 낳았다.

2. 해방과 새로운 주체 세우기

라디오는 물론 없었고 신문도 이삼 일씩 늦는 벽지인 강원도 철원의 산골 마을에 은거해 살아가던 이태준이 해방 소식을 처음 들은 것은 8월 16일이었다. 서울 친구의 "급히 상경하라"는 전보를 받고 영문도 모른 채 오른 서울길 버스 속에서였다. 철원 쪽에서 오는 버스 운전사와 그가 탄 버스의 운전사 사이에 오간 대화를 듣고서야 비로소 이태준은 일본의 항복과 식민지 조선의 해방을 알게 되었던 것이다.

"태극기가 휘날리는 열광의 정거장들을 지나" 이태준이 서울에 도착한 것은 십칠 일 새벽이었다. 거리거리 무장한 일본 군인들이 목을 지키고 섰고, 일어 신문 『경성일보』의 논조는 '의연히 태연자약'하다. 서울 친구에게 물었으나 일본의 항복이 사실이라는 것만 분명할 뿐 모든 것이 오리무중 속이다. 해방 뒤 이틀 사이의 '서울 정황'에 대한 친구의 설명을 길잡이 삼아 앞뒤를 분별하기 어려운 안개를 헤치고 이태준이 가장 먼저 한 일은 임화 김남천 등 왕년의 카프 문인들이 주도한 조선문화건설중앙협의회에 이름을 올린 것이었다.

고향 용담의 한내천에 낚시를 드리우고 멈추어 선 시간을 낚던 바로 직전의 이태준을 생각하면 놀라운, 단호한 결단이고 민첩한 행보다. 이태준은 이 같은 단호함과 민첩함으로 이후 혼란의 해방 직후, 뒤엉켜 맴돌 뿐 앞으로 나아가지 못하는 해방 조선의 시간과는 반대로, 거침없이 짓쳐 나아갔다. 문학가동맹 부위원장, 민주주의민족전선 문화부장, 조소문화협회 부위원장, 《현대일보》 주간 등의 요직에 올라 남로당계 문학, 언론 운동을 중심에서 이끌었으며, 더 나아가서는 월북하여 방소문화사절단의 일원으로 두 달여 소련 시찰을 다녀왔고, 북조선문학예술총동맹 부위원장, 국가학위수여위원회 문학 분과 심사위원 등으로 활동하기에 이르렀다.

신변잡사를 소재로 '다만 견딤'의 세계를 반복해 그리던 소설가가 한순간 표변하여 정치운동의 중심에 서서 적극적인 실천의 길을 걷게 된 것인데, 이를 따라 이태준의 문학이 크게 변화하는 것은 자연스럽다. 수작 「해방 전후」가 해방공간의 소용돌이 위로 솟아올랐다.

해방을 맞아 새롭게 떠오른 민족사의 과제 가운데 하나는 과거 비판을 통한 새로운 주체 세우기였다. '소시민적, 소극적, 퇴영적 세계관을 비판, 극복하고 새 시대가 요구하는 혁명적, 적극적, 진취적 세계관으로 무장하게 되는 인물의 변화'를 그린 작품이 쏟아져 나왔는데 「해방 전후」가 대표작이다.

'한 작가의 수기'라는 부제가 드러내듯 작가 이태준의 해방 전후를 매우 사실적으로 그려낸 자전적 작품으로 조선문학가동맹이 제정한 문학상의 제 1회 수상작이다. 해방을 맞은 주인공 현이 신변적인 데 소재를 둔 '체관의 세계'를 무기력하게 반복했던 과거의 자기 문학과, "정말 살고 싶"은 강인한 생명욕에 이끌린 소극적 처세의 삶을 비판하고 적극적 참여의 삶과 문학을 도모하는 존재로 다시 태어나는 과정이 중심 내용이다. 과거/현재, 미래의 이분법인데 이는 현과 김직원의 대비라는 다른 이분법에 대응한다.

> 미국군의 지프가 물매미 떼처럼 서물거리는 사이에 김직원의 흰 두루마기와 검은 삿은 그 영자 너무나 표표함이 있었다. 현은 문득 청조 말(淸朝末)의 학자 왕국유(王國維)의 생각이 났다. 그가 일본에 와서 명곡(明曲)에 대한 강연이 있을 때, 현도 들으러 간 일이 있는데, 그는 청나라식으로 도야지꼬리 같은 편발(編髮)을 그냥 드리우고 있었다. 일본 학생들은 킬킬 웃었으나, 그의 전조(前朝)에 대한 충의를 생각하고 나라 없는 현은 눈물이 날 지경으로 왕국유의 인격을 우러러보았었다. 그 뒤에 들으니, 왕국유는 상해로 갔다가 북경으로 갔다가, 아무리 헤매어도 자기가 그리는 청조의 그림자는 스러만 갈 뿐이므로, '녹수청산부증개(綠水靑山不曾改),

우세창태석수간(雨洗蒼苔石獸間)'을 읊조리고는 편발 그대로 곤명호(昆明湖)에 빠져 죽었다는 것이었다. 이제 생각하면, 청나라를 깨트린 것은 외적이 아니라 저희 민족 저희 인민의 행복과 진리를 위한 혁명으로였다. 한 사람 군주에게 연연히 바치는 뜻갈도 갸륵한 바 없지 않으나 왕국유가 그 정성, 그 목숨을 혁명을 위해 돌리었던들, 그것은 더 큰 인생의 뜻이요 더 큰 진리의 존엄한 목숨일 수 있었을 것 아닌가? 일제 시대에 그처럼 구박과 멸시를 받으면서도 끝내 부지해 온 상투 그대로, '대한'을 찾아 삼팔선을 모험해 한양성(漢陽城)에 올라왔다가 오늘, 이 세계사의 대사조 속에 한 조각 티끌처럼 아득히 가라앉아 가는 김직원의 표표한 뒷모양을 바라볼 때, 현은 왕국유의 애틋한 최후를 연상하지 않을 수 없었다.(「해방 전후」, 359-360쪽)

그가 아조(我朝)라 부르는 이왕조의 부활을 열망하는 시대착오적 의식의 소유자인 봉건 유생 김직원은 이차대전의 종결과 함께 거세게 일렁이기 시작한 〈세계사의 대사조〉에 휩쓸려 흔적도 없이 사라지고 말 '한 조각 티끌'에 지나지 않는다. 그 반대편에 자리한 주인공은 그렇다면 그 물결에 자신을 싣고 그 물결이 되어 미래 개진의 길을 매진하는 신생(新生)의 인물이다. 주인공은 "그렇다! 나 하나 등신이라거나, 이용을 당한다거나 그런 조소를 받는 것이 문제가 아니다!"라 외쳐 자기희생의 황홀조차 드러내고 있는데, 그가 지향하는 '미래'와 자신이 선택한 길의 정당성에 대한 절대의 믿음에서 비롯된 것임은 물론이다.

완고한 근왕주의자 김직원은 과거에 갇혀 화석화된 존재이니 극적 성격의 인물이라 할 것이다. 자신이 열고자 하는 '미래'와 그곳을 향해 가는 자기 행로의 정당성에 대한 절대의 믿음으로 조금의 주저도 망설임도 없는 주인공 또한 마찬가지로 극적 성격의 인물이다. 극적 성격의 두 인물이 이루는 이 단순하고 명료한 이분법의 대립짝은 과거/미래, 봉건/민주, 선/악 등의 다른 이분법적 대립짝과 어울려 모든 것을 부정/긍정의 틀 속에 가둔다. 이에, 자기비판이 필요한 과거나 그것을 부정하고 새롭게 태어나는 과정의 진실 추구 등은 뒷전으로 물러나고, '과학'의 이름 아래 몸을 숨긴 주관(이데올로기)이 전적인 지배력을 행사하는 단순한 세계가 펼쳐졌다.

흥미로운 것은 이 작품에서의 과거 비판이 자기비판에 국한되어 있다는 점이다. 자주적통일민족국가 수립, 토지개혁과 함께 해방 직후의 3대 과제로 제기되었던 친일 잔재 청산의 깃발 아래 친일파들의 친일 행적에 대한 비판의 말이 이 시기 소설에 흘러넘쳤던 것을 생각하면 믿기 어려울 정도로 놀라운 일이다. 황군위문작가단, 조선문인협회 등에서의 활동 이력 때문이었을까?

「해방 전후」는 이처럼 새로운 시대를 맞아 전과 다른 존재로 자신을 세운 새로운 주체의 꿈과 길을 중심에 놓은 작품이다. 이 점에서 이 작품은 이태준의 해방 이전 작품들과 크게 다르다.

그러나 작가의 분신인 주인공 현의 말을 그대로 좇아 전혀 다르다고 말하는 것은 사실과 맞지 않다는 게 내 생각이다. 이태준의 해방 이전 문학과 이후 문학은 겉으로 보아 크게 달라 단절된 별개의 두 세계인 것 같지만, 그 안쪽을 살피면 맞통하고 있어 연속적인

두 세계임을 알 수 있다.

해방 직후의 이태준에게서 보듯이 새로운 상황과 처지는 한 작가의 문학을 뒤흔들어 크게 굽이치게 만드는 것이 일반적이다. 그러나 변화를 이끄는 새롭게 열린 상황과 처지는 외적 요인에 지나지 않는다. 그 작가의 지난 시기 문학 속에는 대체로 그 같은 변화의 씨앗이 이미 배태되어 있었으니, 그 씨가 시간의 흐름을 따라 시숙(時熟)하고 새로운 상황과 처지에 격동되어 마침내 움돋고 잎으로 피어나고 꽃피고 결실하는 것이다. 이태준의 해방 이전 문학에서 그 변화의 씨에 해당하는 것은 무엇인가?

3. 부정의 정신

3-1. 연민과 분노

이태준의 소설 연보 곳곳에서 우리는 궁핍의 막다른 골목에 내몰린 하층민의 비참한 현실을 사실적으로 그린 작품들을 만난다. 「산월이」, 「꽃나무는 심어놓고」, 「촌뜨기」, 「밤길」 등이 이에 해당하는데, 작가는 죽음에 맞닿은 극도의 가난에 신음하는 인물들의 현실을 정시하고 사실적으로 그려냄으로써 세계의 비정함을 또렷이 떠올렸다. 이 비정한 세계에서 그들에게 희망은 존재하지 않는다는 것, 화려한 꽃의 세계는 그들의 것이 아니라는 것이 이 작품들의 전언이다.

황서방은,

"으흐흐……."

하고 한 자리 통곡을 한다. 애비 손으로 제 새끼를 이런 물구덩이에 넣을 것이 측은해, 권서방이 아이 시체를 안으러 갔다.

"뭐?"

죽은 줄만 알고 안아 올렸던 권서방은 머리칼이 곤두섰다. 분명히 아이의 입에서 무슨 소리가 난다. 꼴깍꼴깍 아이의 입은 무엇을 토하는 것이다. 비리치근한 냄새가 확 끼친다.

"여보 어디……?"

황서방도 분명히 꼴깍 소리를 들었다. 아이는 아직 목숨이 붙었다. 빗물이 입으로 흘러 들어간 것을 게운 것이다.

"제에길, 파리새끼만두 못한 게 찔기긴!"

아비가 받았던 아이를 구덩이 둔덕에 털썩 놓아 버린다.

비는 한결같다. 산골짜기에는 물소리뿐 아니라, 개구리, 맹꽁이, 그리고도 무슨 날짐승 소리 같은 것도 난다. (「밤길」, 226쪽)

장맛비가 줄기차게 내리는 캄캄한 어둠 속에서 아직 죽지도 않은 갓난 자식을 땅에 묻는 한 막노동자의 처절한 현실을 작가는 조금의 흔들림도 없이 그려내었다. 이태준은 그와 그의 가족들에 대한 연민이며 비정한 세계에 대한 분노며 등등, 작가의 붓길을 흔드는 마음 움직임을 철저하게 통제할 수 있는 힘을 지닌 작가였던 것이다. 연민과 분노 등 작가의 주관이 겉에 드러나 있지는 않지만, 이 작품의 중심에 놓인 것이 그것임은 물론이다. 하층민들에 대한 연민과 비정한 세계에 대한 분노가 작가로 하여금 이 같은 작품을 쓰게 이끌었던 것이다. 돈이 지배하는 현실과, 그런 현실을 좇아 비정한 배금주의에 혼을 앗긴 인간들에 의해 주변으로 떠밀려 비참한 삶을 살다가 죽는 인물을 다룬 「복덕방」의 밑바닥에 놓인 것도 그 같은 연민과 분노이다. 그 연민과 분노는 해방으로 인해 열린 새로운 가능성의 시대를 맞아 상하귀천의 구별 없이 모두가 인간다운 삶을 누릴 수 있는 세계를 건설하고자 하는 진보적인 정신으로 개화하게 된다. 「해방 전후」의 주인공이 지닌 '혁명적, 적극적, 진취적 세계관'이 곧 그것이다.

3-2. 신변소설과 겹의 주체

1930년대 후반 들면서 한국소설계는 전향소설과 신변소설, 통속 연애소설, 역사소설 중심으로 재편된다. 미래개진의 열정을 잃어버린 창작 주체의 혼돈과 방황을 반영하는 현상인데, 이 구도는 조선어 창작의 마당이 봉쇄되었던 일제 말기 일어창작기에도 그대로 유지되어 해방에까지 이른다.

이태준은 신변소설과 통속 연애소설, 역사소설 쪽으로 후퇴했다. 「제2의 운명」(1937), 「구원의 여상」(1937), 「화관」(1938), 「청춘무성」(1938) 등의 장편 연애소설, 「황진이」(1937), 「황자호동」(1943) 등의 장편 역사소설이 신문 연재 후 책으로 묶여 나와 화려하게 독서계를 누볐다. 이태준은 인기 작가였다.

이들 연애소설과 역사소설은, 작가 스스로 거듭 밝혔듯이 생계를 위해 내키지 않는 마음으로 써낸 것들로, 당연하게도 거칠고 엉성한 억지 구성물에 그쳤다. 이 시기 이태준 문학의 중심은 작가가 직접 등장하여 육성으로, 어려운 시대를 사는 생활인이자 작가인 자신에 대해 내밀한 부분까지 말하고 있는 신변소설들이다. 이태준의 작품 연보를 펼치면 덩치 큰 저들 연애소설과 역사소설 사이사이 작가의 암울하고 고통스러운 실재를 사실적으로 담아낸 이들 신변소설이 우울하게 빛나고 있다.

이태준의 일제 말기 신변소설은 1) 대립구조 위에 구축된 작품과 2) 그렇지 않은 것으로 나눌 수 있는데, 일제 말기를 향해 갈수록 1)은 적어지고 2)가 많아진다. 이태준이 해방 직후 자신의 해방 이전 문학을 〈봉건적 소견문학〉 〈소극적 처세의 문학〉이라 비판했을 때 그 비판은 2)를 겨눈 것이었다. 한효의 「자연주의를 반대하는 투쟁에 있어서의 조선문학」(1953)을 필두로 한 북한에서의 이태준 비판에서 〈부도덕과 에로찌즘의 전파〉, 〈절망과 무기력의 선전〉, 〈고독과 애수의 전파〉, 〈절망과 무기력과 영탄과 애수의 세계를 그려낸 것들로 인민들에게 무희망과 순종과 자기의 해방투쟁이 무의미하다는 사실을 주입하려는 독소〉(이선영 외 편, 『현대문학비평자료집 2』, 태학사) 등으로 규정되어 가혹한 부정의 대상이 되었던 것도 여기에 속하는 작품들이다.

해방 직전 이태준의 신변소설이 도달한 마지막 지점은 1) 대세의 운행에 대한 인식과 2) 시간과의 대결의지를 상실한 주체의 내면풍경이다.

1) 한 사조(思潮)의 밑에 잠겨 산다는 것도 한 물 밑에 사는 넋일 것이었다. 상전벽해(桑田碧海)라 일러는 오나 모든 게 따로 대세의 운행이 있을 뿐, 처음부터 자갈을 날라 메우듯 할 수는 없을 것이다.(「무연」, 271쪽).

2) 매헌은 한참이나 턱을 고이고 눈을 감았다가 타옥의 편지를 다시 읽어 보았다. 후스마를 홱 열어 보았다. 텅 비어 있었다. 비었던 방에는 찬기운이 엄습해 왔다. 매헌은 담배를 집었다. 반 갑이 넘어 남은 것을 차례차례 다 태우고야 겨우 일어났다.

'가버리었구나.'

종일 마음이 자리잡히지 않았다. 술도 마셔 보았다. 담배를 계속해 피워도 보았다. 저녁녘이 되자 바람은 어제보다 더 날카로운 것 같으나 매헌은 해변으로 나와 보았다.

(중략)

석양은 해변에서도 아름다웠다. 그러나 각각으로 변하였다. 너무나 속히 황혼이 되어버리는 것이었다.(「석양」, 301~302쪽).

1)은 「무연」의 마지막 부분인데 「해방 전후」의 주인공이 자신의 해방 이전 삶과 문학의 요약으로 인용하기도 한 것이다. 주인공의 생각은 다른 사람이 물에 빠져 죽어야만 먼저 죽은 사람의 혼이 그 물에서 벗어나 저승으로 갈 수 있다는 미신을 믿는 어떤 노인의 사

연을 듣고 떠올랐다. 아들이 빠져 죽은 소(沼)에 물이 줄어 이제는 아무도 빠져 죽을 수 없을 정도의 얕은 도랑이 되고 말았다. 방법은 하나뿐이다. 그 소를 없애면 죽은 아들의 혼은 자연히 거기서 벗어날 수 있다. 노인은 소를 메우려 쉼 없이 자갈을 나른다.

요점은 두 가지이다. 물에 빠져 죽은 청년의 혼처럼 주인공은 당대를 휩쓰는 사상의 격랑에 휩쓸려 벗어날 수 없는 지옥살이의 고통을 겪고 있다는 것이 그 하나이다. 다른 하나는 견딜 수 없는 고통 속이기에 벗어나고 싶지만 그것은 개개인의 힘으로는 불가능한 것, '대세의 운행'에 따를 수밖에 없는 인간의 한계를 알아 참고 견딜 수밖에 없다는 것이다. '황도사상', '대동아공영권사상' 등 그 이름은 여러 가지이지만 일제 말기 조선 사회와 조선인들을 숨쉴 틈 없이 옥죄었던 '파시즘'의 전면 지배 앞에 절망한 이태준의 내면풍경이 논리의 언어와 비유의 언어가 뒤섞여 모호한 혼자 생각 속에 압축되어 있다.

자신의 무력함을 인정하고 자신이 죽어 물 밑에 갇힌 혼과 같은 존재임을 받아들이는 주체는 ㄱ)한편으로는 절망의 주체이지만, ㄴ)다른 한편 그 물의 정당성을 인정하지 않는 부정의 주체이다. 두 개의 서로 다른 속성의 주체성으로 구성된 겹의 주체인 것이다. 그 가운데 절망의 주체는 시간과의 대결의지를 상실한 존재일 수밖에 없다. 2)는 '만발'하여 '청춘의 절정'으로 아름다운 젊은 육체와 더불어 사랑 속으로 탈출할 용기도 상실한 '늙은' 정신의 존재성을 "너무나 속히 황혼이 되어 버리는" '석양' 이미지로써 드러내 보이는 것인데 처연하다. '夕陽無限好 只是黃昏近', '석양은 무한 좋으나 다만 황혼이 가까워 온다'는 옛 시인의 언어를 빌려 "자기 자신의 석양"을 한탄하는 한창 나이 마흔 살 장년의 주인공은 곧 시간의 파괴성에 맞서는 의지를 상실하고 시간의 물결에 휩쓸려 표류하던 작가이다.

그러나 물 밑에 갇힌 그 주체는, 앞에서 말했듯이, 물의 정당성을 인정하지 않는 부정의 주체이기도 한 것이니 그 안에는 그를 절망케 한 대상(물, 사조)와의 대결의지가 시퍼렇게 살아 있다. 일제 말기에 씌어진 이태준의 신변소설 가운데 대립구조 위에 서 있는 작품들의 주체는 바로 이 같은 대결의지로써 꼿꼿이 서 있는 부정의 주체이다.

대립구조의 작품 가운데 대표적인 것은 「패강냉(浿江冷)」(1938)이다. 두 인물의 대립 관계가 작품 구성의 핵이다.

1) "현군도 인젠 방향 전환을 허게."

한다.

"방향 전환이라니?"

"거 누구? 뭐래던가 동경 가 글쓰는 사람 있지?"

"있지."

"그 사람 선견이 있는 사람이야."(「패강냉」, 162쪽).

2) "이 자식? 되나 안 되나 우린 우린 …… 이래뵈두 우리 ……."(169쪽).

1)은 평양부회(府會) 의원이고 사업가인 김의 말이다. 그가 말하는 "동경 가 글쓰는 사람"은 아마도 장혁주인 듯한데, 제국을 지배하는 중심부의 논리를 따르는 글쓰기에 나아

간 작가이다. 그런 그에게 일본어 창작은 선택의 대상이 아니라 당연이다. 김이 권하는 '방향 전환'의 중심내용은 그러므로 일본어 창작, 제국을 지배하는 중심부의 논리에 충실한 글쓰기이다. 김은 또 읽어도 이해하기 어려운 글은 이제 그만 두고, '실속'을 차려 '팔릴 글'을 쓰라고 말하기도 한다. 대중에 영합하는 통속물을 쓰는 것이 그 '방향 전환'의 또 다른 내용인 셈이다.

식민지 통치권력의 일원이며 식민지 자본주의 체제의 수혜자인 김이 이런 내용의 '방향 전환'을 권하는 것은 자연스럽다. 그에게 그것은 그러해야 마땅한 것이다. 2)는 작가인 주인공 현의 외침이다. 주인공은 격정에 휘둘려 말을 잇지 못하는데 그가 입 밖으로 토해내지 못한 말이 "예술가다! 예술가 이상이다. 이 자식…."임을 원작(『삼천리문학』, 1938. 1)을 통해 알 수 있다. 예술가이고 예술가 이상의 존재라는 것인데, '예술가'의 함의가 무엇인지 알 수 없기에 그 정확한 의미를 읽어낼 수는 없지만, 김에 대한 전적인 부정인 것은 분명하다.

두 사람은 평양 여성들의 '머릿수건 문화'를 두고도 대립한다. 돈을 따지는 김과 아름다움을 생각하는 현의 생각은 빙탄불상용, 한 자리에 어울릴 수 없다. 현실의 승자는 김류(金流)의 사고방식일 터인데, 바야흐로 돈의 논리가 지배하는 시대인 것이다. 돈의 논리가 지배하는 현실의 안쪽에는 개성과 벗어남을 용납하지 않는 전체주의적 통제의 사고방식이 빈틈없이 작동하고 있었다. '머릿수건 문화'를 둘러싼 김과 현의 대립은 돈의 논리와 전체주의적 통제의 사고방식이 지배하는 현실의 전적인 긍정과 전적인 부정의 맞섬이다.

김이 대변하는 현실을 전적으로 부정하며 "예술가이고 예술가 이상"임을 외치는 그 단호한 부정의 의식은 다른 작품에서 "명랑하라, 건설하라, 확성기로 외"(「토끼이야기」, 232쪽)치는, 작가의 도덕률에 대한 절대의 확신 위에 선 파시즘의 계몽성에 대한 부정, 창씨개명의 시행을 향해 내달리는 식민지 통치권력의 폭력적인 통제에 대한 비판으로 나타나기도 한다.

> 안국동(安國洞)서 전차로 갈아탔다. 안국정(安國町)이지만 아직 안국동이래야 말이 되는 것 같다. 이 동(洞)이나 이(里)를 깡그리 정화(町化)시킨 데 대해서는 적지 않은 불평을 품는다. 그렇게 비즈니스의 능률만 본위로 문화를 통제하는 것은 그릇된 나치스의 수입이다. 더구나 우리 성북동을 성북정이라 불러 보면 '이주사'라고 불러야 할 어른을 '리상'이라고 남실거리는 격이다. 이러다가는 몇 해 후에는 이가니 김가니 박가니 정가니 무슨 가니가 모두 어수선스럽다고 시민의 성명까지도 무슨 방법으로든지 통제할는지도 모른다.(「장마」, 120쪽).

조선총독부가 조선민사령(朝鮮民事令)을 개정하고 창씨개명에 대한 조문을 공포한 것은 1939년 11월이었고 창씨개명의 시행에 들어간 것은 다음 해 2월이었다. 「장마」가 발표된 것은 1936년 10월이었으니 이태준은 창씨개명의 시행을 이미 3년 전에 내다보고 있었던 셈이다.

3-3. 작자 확신과 적극적인 자기 개진

앞에서 보았듯, 이태준은 1) 하층민들에 대한 연민과 비정한 세계에 대한 분노로써 하층민들의 비참한 소외와 절망의 현실을 사실적으로 그리는 한편, 2) 강한 대결의지로써 부정적인 대상과 맞서는 부정의 주체를 중심에 세운 작품들을 써내었다. 이들 두 부류와 나란히 3) 강한 자기 확신의 인물이 지닌 신념이나 삶의 태도를 주제로 삼은 작품들도 있는데 「영월 영감」, 「돌다리」 등이다. 3)은 부정적인 대상에 대한 부정의식을 뚜렷이 드러내 보인다는 점에서 2)와 같으나, 중심인물의 신념과 삶의 태도를 분명히 드러내고 그것을 작품의 주제로 삼았다는 점에서 그렇지 않은 2)와는 다르다. 긍정적인 것의 적극적인 드러냄이고 강조인 것이다.

1) "넌 너의 아버질 너무 닮는구나! 전에 너의 아버지께서 고석을 좋아하셔서 늘 안협(安峽)으로 사람을 보내 구해 오셨지……. 그런데 난 이런 처사취미(處士趣味)엔 대 반대다."

"왜 그러십니까?"

"더구나 젊은이들이……. 우리 동양 사람은, 그중에도 우리 조선 사람이지, 자연에들 너무 돌아와 걱정이야."

"글쎄올시다."

"자연으루 돌아와야 할 건 서양 사람들이지. 우린 반대야. 문명으루, 도회지루,

역사가 만들어지는 대루 자꾸 나가야 돼…….”

이렇게 영월 영감은 목소리가 더 우렁차지며 얼굴이 더 붉어지며 가을비에 이끼 끼는 성익의 집 마당을 부산하게 나섰다.(「영월 영감」, 174~175쪽)

화자인 ‘나’와 ‘나’의 부친이 기울었던 자연 동화적 처사취미에 대한 명확한 반대 의견을 피력하는 영월 영감은 말하자면 근대주의자이다. 위의 대화로 미루어 화자가 영월 영감의 근대주의에 동의하는 것 같지는 않다. 그의 삶과 문학 전체로 미루어 작가인 이태준도 그 같은 근대주의에 동의하지는 않았다. 그러나 이 작품의 초점은 영월 영감의 근대주의가 아니라, 자신의 신념에 대한 확신 위에 서서 적극적으로 그것을 개진하고 실현하고자 하는 삶의 태도이다. 화자는 영월 영감과의 대화 도중 나왔던 “서른 둘! 호랑이 같은 때로구나! 왜들 가만히들 있니?”라는 질책성 말을 작품 마지막에 곱씹는데 이것이 이 작품의 초점이다. 그는 영월 영감의 삶의 태도를 앞에 두고, 뒤로 물러나 엉거주춤 주저앉아 이러지도 저러지도 않고 있는 자신의 삶의 태도를 성찰하고 아파하는 것이다.

「영월 영감」이 적극적인 삶의 태도를 전면에 내세운 작품이라면 「돌다리」는 강한 자기 확신의 주체가 지닌 신념을 강조한 작품이다. 이 작품에서 돌다리는 아버지의 삶과 삶에 대한 태도를 전달하는 매개물이다. 아버지의 삶을 떠받쳐 온 것은 땅에 대한 “이해를 초월한 일종 종교적 신념”이다. 그 땅은 여러 가지 의미를 담고 있다. 우선 땅은 땅은 천지 만물의 근거이다. 가문이니 국가니 제도니 법률이니 윤리니 하는 인간이 만들어낸 것들과 인간의 욕망은 한시적이다. 언젠가는 없어져야 할 운명을 지닌 그것들을 떠받치고 껴 안으면서 영원히 존재하는 것은 땅이다. 땅은 또한 곡식을 길러내어 인간의 생계를 가능케 하는 위대한 모성(母性)이다. 뿐만 아니다. 땅은 역사이고 전통이다. 먼 조상에서 지금의 후손에게 이어지고 계속해서 뻗어나갈 핏줄과 수많은 인연들이 땅 위에서 관계 맺고 땅 위에 자취를 남긴다. 땅은 또한 정직하다. 응과(應果)가 분명하여 인간의 정성만큼 되돌려준다.

땅 위에서 태어나 땅을 가꾸며 평생을 살아온 아버지의 이 같은 땅의 철학은 신념이 되어 세태의 변화와 온갖 욕망들로부터 자신의 삶을 지킬 수 있게 하였다. "난 샘말서 이렇게 야인(野人)으로 나, 죄 없는 밥을 먹다 야인인 채 묻힐 걸 흡족하게 여긴다"라는 아버지의 말과 그 속에 담긴 삶의 태도는 세태의 변화를 따라 조변석개하는 사람들의 태도와 그들의 욕망을 근본 비판하는 위력을 지니고 있다.

이 작품은 1943년 1월에 발표되었다. 대동아전쟁의 소용돌이 속에서 자신의 신념을 지키기가 거의 불가능했던 때에 발표되었다는 것은 의미심장하다. 이태준은 친일의 압력과 친일함으로써 얻을 수 있는 것의 유혹 앞에서 흔들리고 있었는지도 모른다. 그 같은 압력과 유혹으로부터 자신을 지키려는 다짐이 아버지의 '땅의 철학'을 낳았다고 생각해볼 수도 있을 것이다.

「해방 전후」는 해방 이전 이태준의 문학 한복판을 관류하던 1) 하층민들에 대한 연민과 비정한 세계에 대한 분노 2) 강한 대결의지로써 부정적인 대상과 맞서는 정신 3) 강한 자기 확신에 근거한 적극적인 삶의 태도와 신념 등이 새로운 시대를 만나 발아한 것이다.

4. 역사의 비정함과 고전에 대한 애정

이태준의 작품 연보에 따르면 「즐거운 기억」(1945. 10), 「너」(1946. 2) 두 편의 단편이 「해방 전후」에 앞서서 발표되었다고 하지만 아직까지는 작품이 발굴되지 않았다. 이태준은 「해방 전후」(1946. 8) 발표에 앞서 그가 주간으로 주도했던 《현대일보》(1946. 3. 27-7. 19)에 미완의 장편 「불사조」를 연재하였다. 1920년대 초의 서울과 개성을 배경으로 전문학교를 나온 지식 여성의 의식 성장의 행로를 따라 전개되는 일종의 성장소설이다. 작가는 발표를 앞두고 "우리 민족 수난의 십자가를 지고 우리 새 건국의 초석이 된 몇 거룩한 청춘 이야기는 이십여 년 전 그들이 이 땅에 탄생하던 무렵에서부터 추려 지어보려 한다. 오래간만에 잡아 보는 나의 해방된 첫 붓이라, 붓은 굴레 벗은 말처럼 차라리 부리기 힘드나 얼마 써 내려가노라면 과한 탈선은 없을 줄 믿는다"(「작가의 말」, 『현대일보』, 1946. 3. 27)이라고 하여 이 작품의 기본 골격이 새나라 건설의 역군으로 성장하는 인물들의 성장과정임을 밝힌 바 있다. 작가의 말대로 '해방된 첫 붓'이라 그런지 언어 운용이 거칠고 구성이 평면적이며 인물 성격의 깊이가 부족해 이태준의 작품인가 의심스러울 정도이다. 근거가 없으니 확언할 수는 없지만, 혹 서랍 속 습작품을 조금 손보아 내보인 것이 아닌가 하는 의심조차 갖게 만드는 수준 이하의 태작이다.

이태준 연구자들에 의하면 그가 월북한 것은 1946년 7월에서 8월 사이이다. 「불사조」의 연재가 7월 19일까지인 것과 맞물리는 때로 일리 있는 추정이다. 월북 직후 이태준은 방소문화사절단의 일원으로 소련 방문길에 올랐다. 두 달여 강행군의 여정이었는데 돌아와 『소련기행』(1947. 5)을 펴냈다.

두 달여 모스크바를 비롯해 레닌그라드, 스탈린그라드 등의 주요 도시와 아르메니아 공화국, 그루지아 공화국 등의 변방 공화국 들을 둘러보는 강행군인데다 음식과 풍토가 맞지 않아 포류지질의 선비로서는 감당하기 힘든 여행이었다. 게다가 전염병균 보균자로 의심 받아 일행들과 떨어져 격리당하기도 했고, 교통사고로 병상 신세를 지기까지 했으니 더욱 그랬다.

『소련기행』은 여정을 따라 펼쳐진다. 주관 개입을 통어하고자 노력했는 듯, 작가의 의견은 보고 들은 것들의 기록 사이사이에 가끔씩 들어 있을 뿐이다. 정보의 부족 때문이기도 하겠지만 이태준의 소련 사회에 대한 이해는 그렇게 깊지 않다. 겉만 보고 지나치는 여행객의 이해 수준에서 멀리 나아가지 못하였다. 일반인들과 만나 대화할 기회가 별로 없었던지 그런 내용은 찾을 수 없는데 국가 기관의 안내를 따르는 여행이었기에 소련 사회 안쪽으로의 접근이 차단되었기 때문일 것이다.

이태준은 거듭해서 소련의 '민족간, 국가간 절대평등' 정책을 예찬한다. 조선과 조선 민족에 대한 소련의 정책에 대해 조금의 의심도 품고 있지 않은 천진한 믿음이다. 이후의 비정한 역사 전개에 짓눌리고 찢겼던 이 천진한 믿음을 담고 있는, 호의와 기대에 넘치는 말길을 따라가는 여행자의 마음은 안타깝다.

이태준은 1928년 소련으로 망명했던 포석 조명희의 소식을 알고자 크게 애썼다. 고려인을 만날 때마다 묻는데 무려 세 번이나 된다. 묻고 물어 이태준이 알아낸 것은, 그 가족은 타시켄트에서 기차로 나흘 걸리는 농촌에 살고 있지만 포석의 행방은 알 수 없다는 것

(『소련기행』, 백양당, 1947, 226쪽)이었다. 스탈린의 강제이주정책에 맞서다 처형당한 포석의 최후를 아는 우리로서는 포석의 행방을 찾으려 애쓰는 이태준을 보는 일은 또한 안타깝다.

『소련기행』 이후 이태준은 『첫전투』(1949)와 『고향길』(1952) 두 권의 작품집을 냈고 여기 수록되지 않은 「먼지」(1952) 등의 단편을 발표했다. 두 작품집의 표제작인 「첫전투」와 「고향길」 그리고 「먼지」가 대표작인데, 북한 소설의 일반적 특징인 선/악의 도식적 이분법, 이것에 실려 질주하는 '절대의 적의/신성권력에 대한 자기희생적인 충성' 등이 뚜렷하여 빼어난 언어 운용력 말고는 이태준의 개성을 찾아보기 어렵다.

하나 흥미로운 것은 「먼지」의 주인공이 내보이는 고전에 대한 지극한 애정이다. 해방 이전 이태준 문학의 한 특성으로 지적되는 '상고주의(尙古主義)'와 관련된 것으로 읽을 수도 있지만, '민족적 형식'을 찾는 작가 이태준의 관심과 관련된 것으로 이해할 수도 있다. 우리는 『소련기행』에서 '사회주의적 내용을 민족적 형식으로'라는, 소련 문학예술의 핵심 창작방법에 큰 관심을 기울이는 이태준을 만날 수 있는데, 이태준은 그것이 조선 실정에는 맞지 않다고 생각했다. '민주주의적 내용을 민족적 형식으로'가 정당하다는 의견이었다(『소련기행』, 149쪽). (이는 북한의 사회주의체제 건설 작업이 아직 완수되지 않았음을 고려한 의견일 수도 있고, 통일 조선의 정치체제는 사회주의체제와는 다른 성격이 것이어야 한다는 역사관에서 나온 의견일 수도 있다.) 이 같은 창작방법에 대한 관심의 하나였으리라. 우리는 이 책의 곳곳에서 이태준이 연극이나 영화 등 소련의 문화예술에서 '고전'이 어떤 위치에 있으며 어떤 역할을 맡고 있는가 눈여겨 살피는 것을 볼 수 있는데, 이것과 「먼지」의 주인공이 내보이는 고전에 대한 지극한 애정은 무관하지 않다.

그러나 「먼지」의 주인공은 고전에 대한 자신의 그 지극한 애정을 품은 채, 북으로 가는 길, 임진강을 건너다 총에 맞아 죽고 만다. 작가의 운명을 미리 보여준 것이었을까? 이태준도 고전에 대한 애정을 그가 열고자 했던 새로운 문학 속에 실현하지 못하고 역사의 뒷전으로 사라지고 말았다.